OETINGER TASCHENBUCH

W0349004

Evelyn Uebach

GLAMOUR GIRL

WER LIEBT, VERLIERT

Oetinger Taschenbuch

MIX
Paper from responsible sources
FSC® C002795

1. Auflage 2018

Poppenbütteler Chaussee 53, 22397 Hamburg
September 2018

Einband von Alexander Kopainski
Satz: Datagroup, 300665 Timisoara, Romania
Druck: Livonia Print SIA, Ventspils iela 50,
LV-1002, Riga, Lettland

ISBN 978-3-8415-0536-1

www.oetinger-taschenbuch.de

Die Goldenen Gesetze der Glamourgesellschaft Saya Nord

I. Wir sind die Elite der High Society. Das Leben zu genießen, ist unser Grundgesetz und die höchste unserer Pflichten.

II. Niemand stellt den Regenten infrage. Seine Entscheidungen sind unsere Entscheidungen.

III. Interne Konflikte werden vom Regenten, unter Beratung durch den Vorstand und die Harmonien, entschieden.

IV. Es dürfen maximal fünfundzwanzig Harmonien angenommen werden. Jeder von ihnen steht die Kandidatur bei der Harmonienwahl frei. Nach der Bindung des Regenten an eine Kandidatin seiner Wahl wird diese als Erstharmonie zur herrschenden Autorität an seiner Seite.

V. Dauerhafte Beziehungen zwischen internen Mitgliedern dürfen nur in Abstimmung mit dem Regenten geführt werden.

VI. Nach der Zeitrechnung innerhalb der Gesellschaft wird jede Nacht um die Dreizehnte Stunde (ab 00:00 Uhr) verlängert, die am Mittag wieder entfällt. Bis zu ihrem Ende feiert die ganze Gesellschaft gemeinsam. Der Mittwochabend steht jedem Mitglied zur freien Verfügung.

VII. Von 06:30 Uhr bis 11:30 Uhr herrscht Morgenruhe. Ruhestörungen sind untersagt.

VIII. Jeden Donnerstag findet um 16 Uhr eine Vollversammlung aller internen Mitglieder statt.

IX. Interviewanfragen der Presse dürfen nur mit Genehmigung des Regenten angenommen werden.

X. Das Verlassen unseres Geländes ist nur nach Antragstellung unter Angabe von Ziel, Grund und Aufenthaltsdauer gestattet. Regelmäßige Verpflichtungen außerhalb der Gesellschaft bedürfen vorheriger Klärung.

Vorglühen

1.

Vicky

Dreizehn Stunden hat die Nacht. In goldenen Lettern auf schwarzem Grund lief der Schriftzug über das gewaltige Banner über dem Eingang. Mein Blick glitt immer wieder dorthin, irrte dann über die Umstehenden, flackerte zu Boden, auf meine Hände, wieder zurück. Ich war nervöser, als mir lieb war, aber aus ganz anderem Grund als die lachende und plappernde Horde in der Schlange vor und hinter mir.

Das Absperrband zu beiden Seiten bot nur dürftigen Schutz vor der Pressemeute. Glücklicherweise lauerten die Fotografen nicht auf Gäste wie mich. Gerade bombardierten sie am VIP-Eingang nebenan eine junge Frau mit ihren Fragen, bestimmt irgendeine reiche Erbin oder eine Politikertochter.

Mit einer fahrigen Bewegung warf ich meine Haare zurück, die mir bereits unangenehm im Nacken klebten, und schloss die Lücke, als der Türsteher ein Pärchen durchließ und die Wartenden vor mir aufrückten.

Ein Plakat am geschlossenen linken Türflügel versprach uns, dass uns die Party des Jahres bevorstand. Ich drehte mein Ticket, eine stabile schwarze Karte mit silbrigen Glitzerpigmenten, zwischen den Fingern und fragte mich zum gefühlt tausendsten Mal, was ich hier eigentlich machte.

Als ich das letzte Mal mein Handy gecheckt hatte, war eine Sprachnachricht von Blanche eingegangen.

Ich habe überreagiert, hatte sie gesagt, *es ist nichts, du musst dir wirklich keine Gedanken mehr darüber machen. Die Sache hat sich schon erledigt.*

Nichts davon hatte ich ihr abgenommen. Dafür war sie viel zu aufgelöst gewesen, viel zu verzweifelt. Außerdem hatte ich den Brief gelesen.

Die Wut schäumte wieder heiß in mir hoch, als ich daran dachte.

Du weißt, ich kann dir wegnehmen, was dir am wichtigsten ist. Das ist deine letzte Chance. Tut mir leid, dass es so weit kommen musste, aber ich werde nicht warten, bis die Schlinge sich zuzieht. Ich habe nichts mehr zu verlieren. Komm in die Saya Nord und werde meine Harmonie, oder du wirst es bitterer bereuen, als du dir vorstellen kannst.

Niemand hatte das Recht, meine beste Freundin so zu bedrohen. Niemand.

Was war bloß passiert? Warum hatte sie mir nicht einfach gesagt, was dieser Verrückte gegen sie …?

Fast hätte ich das Eintrittsticket in der Mitte durchgebrochen.

Konzentrier dich, rief ich mich selbst zur Ordnung. *Oder du wirst nie Antworten finden!*

»Die Karte bitte!«

Ich hatte gar nicht wahrgenommen, dass ich inzwischen an der Reihe war. Ungeduldig streckte der Türsteher mir die Hand entgegen. Ich reichte ihm mein Ticket und hielt den Atem an, als er es durch das Lesegerät zog. Doch das Lämpchen leuchtete grün, und er winkte mich durch.

Wie in Trance ließ ich meine Handtasche kontrollieren und ging dann an der Garderobe vorbei auf die laute Musik und die Lichter zu, die bis in den Eingangsbereich hineinblitzten.

Natürlich gehörte der Laden den Dorvilles. Zwar war der Club in der Hand eines Lokalbetreibers, der mit Sicherheit externes Mitglied war, aber das Gebäude war Eigentum der Familie. Immobilien, Events und Geheimnisse – das war ihr Geschäft. Heute war mindestens einer von ihnen hier, und auf ihn hatte ich es abgesehen.

Es war eine ziemlich exklusive Location, trotzdem war es stickig und voll. Partys wie diese, zu denen auch Nichtmitglieder, die genügend Kohle hatten, zugelassen wurden, waren selten. Mein Ticket war sündhaft teuer gewesen. Ich kannte Leute, die alles dafür gegeben hätten, jetzt an meiner Stelle zu sein. Wer reich ist, hat viele Freunde. Das bestätigte sich mal wieder, wenn man sich hier umsah. Ja, Robin Dorville hatte viele Anhänger. Ob auch nur ein einziger von ihnen ihm hinterherweinen würde, falls ihm jemand den Hals umdrehte? Im Moment hatte ich genau dazu nämlich nicht übel Lust.

Blanche vertraute mir alles an, immer, ausnahmslos. Bis jetzt. Wäre der Brief mir nicht in die Hände gefallen, hätte sie ihn mir vermutlich nie gezeigt – das zu wissen, genügte mir. Wenn etwas derart schlimm für sie war, dass sie damit nicht mal zu mir kommen konnte, war die Lage verdammt ernst. Ich wusste nicht, was hinter alldem steckte, aber ich wusste, *wer*. Und wenn sie mir nicht die Wahrheit sagen konnte – bitte. Dann würde ich die Sache eben selbst in die Hand nehmen. Etwas Besseres gab mein Leben im Moment sowieso nicht her.

Ich war auf eine breite Tribüne getreten, die terrassenartig abwärtsführte und in die Tanzfläche mündete. Kleine Grüppchen saßen auf den verschiedenen Ebenen zusammen und genossen ihre Drinks. Was für eine originelle Idee, einen Club so aufzubauen, dass man gleich beim Reinkommen einen Bereich hatte, von dem aus man die Tänzer beobachten konnte!

Ich hielt noch einmal inne, um mir von hier oben einen groben Überblick zu verschaffen.

Schwarze Wände, schwarzer Boden; ohne die Lichttechnik hätte absolute Finsternis geherrscht. Die Decke jedoch war eine einzige goldene Spiegelfläche, die alles, was im Raum vorging, verdoppelte und die huschenden Kreise der Beleuchtungsstrahler auf den Fliesen unter ihr spielen ließ. Es waren so viele Menschen hier. Nicht bei jedem war leicht zu erraten, wer Mitglied war und wer nur Gast. Doch tendenziell handelte es sich bei den besten Tänzern in den teuersten Klamotten wohl um Insider, bei den großäugigen Kichererbsen hingegen, die teils etwas unbeholfen in der Masse umhertrieben, um überwältigte Fans.

Am gegenüberliegenden Ende des Raums befand sich ein großer Balkon mit Sesseln und Tischen und darunter, ganz im Schatten, das Halbrund einer langen Bartheke. Gerade öffnete ein gläserner Aufzug seine Türen, um einige Gäste von dort nach oben zu befördern. Ich beobachtete ihre Fahrt. Auf dem Balkon angekommen, gesellten sie sich zu den Leuten bei einem mehrstöckigen Brunnen an dessen Rand. Wenn mich nicht alles täuschte, floss darin Champagner.

Ich setzte mich wieder in Bewegung, stieg die Stufen hinunter und mischte mich unters Volk.

Die Bässe wummerten in meinem Bauch, als ich mir meinen Weg zwischen den schwitzenden Leibern hindurchbahnte, die um mich herum wogten. Bisher hatte ich mein Opfer nicht entdeckt, aber die Nacht war noch jung. Eine Dorville-Party endete niemals vor dem Morgengrauen – wenn diese Idioten irgendwelche Regeln hatten, waren es solche.

Ich wich einer Rothaarigen mit protzigem Diamantschmuck aus, die mir bei einer wenig graziösen Drehung beinahe den Ellbogen ins Gesicht gerammt hätte, und stolperte dafür gegen jemand anderen.

»Na, meine Schöne?«

Aufdringliche Hände umfassten meine Taille. Mein erster Reflex war, den Typen irgendwohin zu treten, wo es sehr wehtun würde, aber ich hielt mich gerade noch zurück. Es war bekannt, dass interne Mitglieder sich niemals zu mehr als einem kleinen Flirt mit Außenstehenden hinreißen lassen durften. Außerdem würde keine der anderen Frauen hier so reagieren, und ich war nicht besonders scharf darauf, sofort aufzufliegen. Oder genauer gesagt: überhaupt aufzufliegen. Ganz davon abgesehen ließ mein eng sitzendes Cocktailkleid mir viel zu wenig Bewegungsfreiheit.

»Vin«, stellte der Typ sich vor. Sein versnobter Tonfall passte nur allzu gut zu meiner Vorstellung von Dorvilles Gefolge. Außerdem hatte er viel zu viel Gel in den Haaren. »Ich hab dich noch nie bei uns gesehen. Eine von Robins Verehrerinnen, was?«

Ich musste mich echt zusammenreißen, um ihm nicht ins Gesicht zu spucken. »Nein«, sagte ich kurz angebunden.

Er nickte wissend und fuhr sich mit einer Geste durchs verklebte blonde Haar, die wahrscheinlich anziehend wirken sollte. »Also *noch* nicht.« Endlich nahm er seine widerlichen Griffel von mir weg. »Zu schade.«

»Ich dachte, wir feiern hier gerade quasi seinen Junggesellenabschied – warum sollte ich also herkommen, um *Robin* anzuhimmeln? Habe doch eh keine Chance mehr bei ihm.«

Jetzt sah Vin mich an, als käme ich vom Mond. In gewisser Weise war das sogar richtig. Zu Hause war mir noch nie so weit entfernt vorgekommen wie an diesem Ort, und das, obwohl ich von Lübeck aus nur gute zwei Stunden gebraucht hatte. Wobei, was hieß das für mich schon noch – *zu Hause*?

»Richtig«, sagte er. »Aber dir ist schon klar, dass die offizielle Wahl seiner Erstharmonie noch nicht einmal begonnen hat?!«

Klar, ich hatte fast vergessen, wie das hier lief. In der Klatschpresse kam man kaum daran vorbei – die berühmt-berüchtigten Glamourgesellschaften sorgten ununterbrochen für Schlagzeilen, ganz besonders über Dorvilles Vater, der wiederum Sohn des Gründers war. Doch bisher hatte mich das alles nicht interessiert. Gegen den schillernden Reiz, den die Dorvilles und ihr kranker Lebensstil auf viele Menschen ausübten, war ich aus gutem Grund absolut gefeit, eins der wenigen Dinge, die ich mit meinem Vater gemeinsam hatte.

Aber für meine Pläne hatte ich recherchieren müssen, und jetzt schoss mir in den Kopf, was ich gelesen hatte: Als Regent stand Dorville neben einem Vorstand ein Kreis von Frauen zur Seite, die sich Harmonien nannten. Von ihnen konnte jede die Kandidatur zu seiner »Erstharmonie« antreten. Nach einem Wettbewerb auf dem traurigen Niveau einer TV-Datingshow würde Dorville schließlich eine der Harmonien auswählen und mit ihr etwas eingehen, was man vage mit einer Ehe vergleichen konnte.

Wenn ich diesen Vin richtig verstanden hatte, stellten sich gerade erst die Bewerberinnen auf. Dorville feierte schon, obwohl die Unglückliche noch gar nicht feststand.

»Wer bist du überhaupt?«

Die Tanzenden störten sich nicht daran, dass wir ihnen im Weg standen, sondern schwankten einfach um uns herum. Trotzdem fasste ich nach Vins Arm und zog ihn mit mir an den Rand des Geschehens, vorbei an einer der mit sprudelndem Wasser gefüllten Säulen, die die Fläche vom Rest des Clubs abgrenzten. Goldene Bälle trieben darin auf und ab und ließen mich an das Märchen vom Froschkönig denken.

»Louelle Graf«, antwortete ich etwas verspätet, genau wie ich es vor dem Spiegel geübt hatte. Bevor Vin mir mitteilen konnte, dass er diesen Namen noch nie gehört hatte, fragte ich: »Weißt du denn, wo Dorville gerade steckt? Es gibt da nämlich etwas anderes, das ich gern mit ihm besprechen würde.« Wenn er mich schon angequatscht hatte, konnte er sich ja ruhig auch nützlich machen und mir die Suche ersparen.

Vin lächelte. »Du hast Glück: Ich bin sein bester Freund. Wenn ich dich ihm vorstelle, sammelst du quasi schon Bonuspunkte!«

Na klasse. Ich konnte es gar nicht erwarten, das hier endlich hinter mir zu haben. Dabei stand mir noch weitaus Schlimmeres bevor, sollte ich mit dem ersten Schritt meines Plans Erfolg haben.

Ein nerviger Rest Unsicherheit in mir versuchte, einen anderen Ausweg zu finden. Vielleicht sollte ich Dorville einfach geradeheraus zur Rede stellen? Aber das verwarf ich sofort wieder. Er hatte Blanche unmissverständlich gedroht. So jemand würde nicht davor zurückschrecken, auch mir zu schaden, wenn er zu ahnen begann, warum ich hier war. Also würde ich subtiler vorgehen müssen – das Druckmittel finden, das er gegen Blanche in der Hand hatte, und es unschädlich machen. Worum auch immer es dabei gehen mochte.

Und wenn mir das nicht gelang, konnte ich vielleicht stattdessen etwas finden, mit dem ich wiederum *ihn* erpressen konnte. Jemand wie er hatte zweifellos viel zu verbergen. Es bräuchte nur eine einzige Sache, die er lieber nicht mit der ganzen Welt teilen wollte. Damit würde ich Blanche schützen können.

»Was genau willst du denn von ihm?«

Er hatte ja keine Ahnung! »Der Gesellschaft beitreten natürlich.«

Vin zog die Brauen hoch.

»Liegt doch auf der Hand!«, sagte ich, schon leicht heiser, weil es so anstrengend war, die ganze Zeit die Musik zu übertönen. »Wer würde das nicht wollen?«

Er betrachtete mich skeptisch. »Die Chancen stehen schlecht. Was glaubst du, wie viele Anfragen wir bekommen, gerade auf einer Party wie heute?«

Ich zuckte mit den Schultern. »Das soll mir euer Regent persönlich sagen.« Es hatte seine Vorteile, jemanden zu haben, der mich Dorville vorstellte. So würde er weniger schnell Verdacht schöpfen, als wenn aus dem Nichts plötzlich eine Fremde auftauchte. Außerdem war es fraglich, ob ich ohne Hilfe überhaupt auch nur in seine Nähe kommen würde.

Vin führte mich geradewegs auf die Bar zu.

Bleibst du echt dabei?, meldete sich meine innere Stimme. *Verschwinde, solange du noch kannst! Weih jemanden ein, der helfen kann. Blanche wird es dir irgendwann danken.*

Doch ich hatte all meine Bedenken schon längst in die Waagschale gelegt und war immer wieder zu demselben Entschluss gekommen: Ich würde das durchziehen und herausbekommen, was dieser lachhafte Party-Macho für ein Problem mit meiner besten Freundin hatte.

Auf der Theke aus schwarzem Marmor standen mehrere Champagnerflöten bereit, und ein paar Meter weiter verteilte gerade ein Kellner im Sakko mit Minzblättern garniertes Limettensorbet in kleinen Schälchen. Eine Erfrischung hätte ich jetzt gut gebrauchen können. Doch als Vin neben mir anhielt, war das sofort vergessen. Jeden Moment würde ich Bekanntschaft mit Dorville machen.

Die Musik war hier immer noch laut, aber wir hatten uns weit genug von den Boxen entfernt, um zumindest nicht mehr schreien zu müssen.

»Robin!«, brüllte Vin trotzdem, als wären alle Menschen in Reichweite schwerhörig. »Ich hab ein neues Mädchen für dich!«

Dann stand er mir zum ersten Mal leibhaftig gegenüber. Sein Anblick befeuerte meine Wut, ordnete ihr ein Ziel in der Wirklichkeit zu. Nur irgendwo in einer objektiveren Zone meines Gehirns musste ich zugeben, dass er tatsächlich so attraktiv war, wie immer behauptet wurde. Selbst in offensichtlich angeheitertem Zustand und mit dem völlig zerwühlten braunen Haar sah er ziemlich gut aus. In seinen dunklen Augen lag die Arroganz, die ich erwartet hatte. Er war ein wandelndes Klischee.

»Was will sie?«, blaffte er Vin an, ohne mir auch nur einen längeren Blick zu widmen.

»Beitreten. Was auch sonst?«

Dorville winkte ab. »Bring sie raus.«

Ich hätte es wissen müssen. Sicher nutzten wirklich Dutzende von reichen Deppen Gelegenheiten wie diese, um einen Fuß in die Tür zu bekommen. Jetzt war Improvisation gefragt. Wenn er mich wieder vor die Tür setzte, wäre ich vollkommen umsonst hergekommen.

»Ich kandidiere als Erstharmonie!«, verkündete ich so laut, dass sich die Umstehenden nach mir umdrehten.

Auch Dorvilles Aufmerksamkeit war mir jetzt sicher.

»Interessant«, sagte er gedehnt und sah mich nun direkt an. Der gelangweilte Ausdruck wich einer lauernden Neugier. »Das heißt, du willst bei uns aufgenommen werden, Harmonie werden und dich am Wettbewerb beteiligen? Einfach so, von jetzt auf gleich?«

Ich hielt seinem Blick stand. »So ist es.«

Er lachte und haute Vin dabei auf die Schulter. Der sah etwas irritiert aus. Kein Wunder, vor fünf Minuten hatte ich noch das Gegenteil behauptet. »Schaff sie weg, ich befass mich später mit ihr.«

Wie bitte? Ich war doch kein Geschäftsschreiben, das man irgendwo auf einen Stapel legen konnte!

»Da bist du ja!«, kreischte plötzlich eine schrille Stimme. Sie gehörte zu einer dunkelhaarigen Tussi auf High Heels, mit tonnenweise Make-up im Gesicht, die schon so besoffen war, dass sie das Gleichgewicht verlor und Vin in die Arme fiel.

Das musste eine von Dorvilles verrückten Glamourellas sein. Auf den stürzte sie sich jedenfalls jetzt, um ihm einen dicken Kuss auf die Wange zu schmatzen.

»Veronique!«, zischte Dorville, kaum dass sich die aufgetakelte Schönheit von ihm gelöst hatte. »Hör auf zu trinken! Nur weil das Repräsentantenlimit heute nicht gilt, musst du's nicht gleich übertreiben.«

Mir schenkte er keine weitere Beachtung – echt unglaublich, wenn man bedachte, dass ich mich gerade als seine Zukünftige angeboten hatte.

Veronique richtete den verrutschten Träger ihres mit Perlen verzierten Kleides und versuchte stammelnd, Dorville wieder versöhnlicher zu stimmen, während Vin nach meinem Arm fasste und mich von den beiden wegführte. »Ich lass dich zu unserem Hotel fahren«, sagte er, »Miss *Ich-bin-nicht-wegen-Robin-hier.*«

Gerade wollte ich protestieren, da legte jemand Vin von hinten die Hände auf die Augen. Er wirbelte herum, bereit, die betreffende Person anzuschnauzen, doch als er das Mädchen mit den brünetten Locken sah, wich der Ärger einem breiten Lächeln. »Gwynnia!«

Mein Körper versteifte sich. Noch eine aus dieser armseligen Familie! Ich meinte mich zu erinnern, dass Dorvilles Schwester ein Jahr jünger war als er, aber ganz sicher war ich mir nicht. Auf jeden Fall hatte sie ein sehr hübsches Gesicht mit großen blauen Augen. Vermutlich wurde man aus der Familie verstoßen, wenn man nicht gut genug aussah.

»Kennen wir uns?«, fragte sie mich mit einem leichten Stirnrunzeln und klemmte sich ihre mit beerenfarbenem Samt überzogene Clutch unter den Arm, für die sie mehrere Hunderter geblecht haben musste – das Logo sprach für sich.

»Eine Neue für Robin«, stellte Vin mich vor.

Einen Moment lang war ich versucht, das abzustreiten und einfach zu verschwinden. Aber wie sollte es dann weitergehen?

»Ich habe auch einen Namen.«

Die beiden grinsten sich an, als hätte ich gerade einen guten Witz gerissen, ohne es zu merken.

»Und der wäre?«, fragte Gwynnia.

»Louelle«, antwortete ich zum zweiten Mal in meinem Leben.

Gwynnia stellte sich als Dorvilles Schwester vor und wandte sich dann wieder an Vin. »Meinst du, er nimmt sie an?«

Schon wieder wurde ich mit diesem unverschämt prüfenden Blick gemustert.

»Die dreißig vor ihr hat er jedenfalls sofort abblitzen lassen. Sie ist spät dran, aber sie hat Chancen, so dreist, wie sie ist.«

»Freut mich zu hören!«, mischte ich mich ein. »Was ist jetzt? Ehrlich gesagt würde ich gern noch bleiben! Ich will mir doch nicht meine erste Party hier entgehen lassen!«

Vielleicht könnte ich von einem der anwesenden Mitglieder etwas Nützliches in Erfahrung bringen. Etwas, das mich vor der vermutlich größten Dummheit meines Lebens bewahren würde.

Vin lachte. »Glaub mir, du wirst noch früh genug auf deine Kosten kommen. Aber nicht heute, sorry. Befehl vom Boss.« Er zwinkerte mir zu.

»Wenn du beitrittst, bekommst du ohnehin deine eigene Begrüßungsparty«, sagte Gwynnia tröstend.

»Echt? Kann's kaum erwarten!« Es fiel mir schwer, nicht sarkastisch zu klingen.

Vin zog mich weiter Richtung Ausgang. Gwynnia winkte mir zum Abschied. »Be a Glamour Girl!«

»Wie bitte?«, fragte ich.

Vin lachte wieder. »Das sagt man hier halt so.«

Alles klar. Ohne Spaß, die konnten sich ihren Glamour sonst wohin stecken.

Draußen standen mehrere glänzende Luxuskarossen mit getönten Scheiben in einer Reihe. Gelangweilte Fahrer in schwarzen Anzügen hingen hinter dem Steuer, blätterten in Zeitungen oder rauchten aus heruntergelassenen Fenstern hinaus. Sie ließen sich nicht von den Paparazzi aus der Ruhe bringen, die auch auf dieser Seite des Gebäudes die Stellung hielten und eine kleine Schar von Rauchern umschwärmten.

»Herr Reichbodt!«, hörte ich heraus. »Können Sie uns sagen, ob ihr Vater …?«

»Armer Frederic«, meinte Vin. »Ist schon länger Mitglied bei uns, aber sie interessieren sich erst so richtig für ihn, seit sein Vater die Exfrau dieses italienischen Starfußballers geheiratet hat.«

Reichbodt, Reichbodt … War das nicht dieser Bankenchef?

Was war ich froh, dass hier keiner wusste, wer *mein* Vater war. Viel zu erzählen gab es so oder so nicht über ihn.

Vin winkte einem Fahrer zu, der nicht älter aussah als er selbst. Als die Limo herangefahren war, öffnete Vin mir die hintere Wagentür.

»Bring sie zum Hotel!«, wies er den Chauffeur an. »Und auch wenn noch nichts unterschrieben ist – halt besser Abstand zu ihr.«

Der Junge machte große Augen. »Eine Neue? Jetzt noch?«

»Kennen Sie Robin Dorville persönlich?«, rief eine Journalistin in Karobluse mir zu und näherte sich im Eiltempo. »Sind Sie Mitglied? Was denken Sie über die Harmonienwahl? Warum verlassen Sie die Party so früh?«

Auf ihr Rufen hin drehten sich weitere Köpfe neugierig in unsere Richtung. Die Frau nahm mich bereits mit ihrer Kamera ins Visier. Auch das noch, bloß kein Bild von mir! Schnell schlüpfte ich ins Auto, während Vin abwehrend die Hände hob.

Er lächelte mir noch einmal zu, bevor er zurücktrat. »Du wirst das Gesprächsthema des Abends sein, Süße!« Dann schlug er die Tür zu.

Wir fuhren los und ließen die Klatschreporter hinter uns. Ich wartete darauf, dass mein Fahrer sich vorstellen oder zumindest irgendetwas sagen würde, aber das hatte er wohl nicht vor. Unhöflichkeit war für Mitglieder der Gesellschaft wahrscheinlich Pflicht. Na gut, schweigen konnte ich auch.

Der Club lag im Ortskern der kleinen Küstenstadt. Der Wagen schlängelte sich einige Minuten lang durch kleine Gässchen und fuhr dann am Meer entlang aus dem Ort heraus. Ich starrte die ganze Zeit über aus dem Fenster.

Noch könnte ich darum bitten, rausgelassen zu werden, und mich einfach wieder vom Acker machen. Die Vorstellung, wirklich Dorvilles Gesellschaft beizutreten, gefiel mir gar nicht, geschweige denn die, wirklich als seine Erstharmonie zu kandidieren. Aber nur so würde ich an ihn herankommen. Ich hatte ausgiebig an meiner Tarnung gearbeitet, auch wenn ich dafür weniger als vierundzwanzig Stunden Zeit gehabt hatte. Es würde funktionieren. Das musste es.

2.

Vicky

Wir hielten auf dem abgesenkten Bordstein vor einem Hotel namens *Uniqueness*. Den Namen hatte ich noch nie gehört. Mit der blassgelb getünchten Fassade, den weinroten Dachschindeln und den kunstvoll verschnörkelten Standlaternen zu beiden Seiten des imposanten Eingangs wirkte es wie frisch aus dem Katalog in die Gegend gepflanzt und schon von außen um einiges teurer und nobler als die Hotels der Van-Wächt-Kette, die mein Vater führte – was schon etwas heißen wollte. Eine würdige Unterkunft für jemanden wie Dorville und seine Gesellschaftsmitglieder.

»Ich bring dich rein.«

Das war immerhin schon mal ein ganzer Satz. Mein Chauffeur stieg aus und hielt mir die Tür auf. »Bist du ohne Gepäck gekommen?«

»Ja. Ich konnte ja nicht damit rechnen, dass ich wirklich eine Chance kriege. Vielleicht lass ich mir was nachschicken.«

»Wird nicht nötig sein.«

Darum würde ich mich später kümmern. Mit Koffer auf der Party aufzulaufen, war mir blöd vorgekommen, aber jetzt wünschte ich, ich hätte pragmatischer gedacht. Schließlich konnte ich nicht auf ewig in Partydress und High Heels herumlaufen. Wobei – vielleicht war das in den Glamourgesellschaften so üblich?!

Ich sah mich in der Lobby um, während der Typ an die Rezeption ging. Ornamentverzierte Säulen stützten die Decke, die sich hoch über dem blitzsauberen Boden wölbte. Um einen sternförmigen Brunnen waren teure weiße Sitzmöbel gruppiert. Wären die grausam kitschigen Kronleuchter nicht gewesen, hätte man es fast hübsch nennen können.

Mein Fahrer kam mit einer Schlüsselkarte zurück. Er drückte sie mir in die Hand. »Du hast die 112. Wenn ich dir einen Rat geben darf – genieß die letzte ruhige Nacht. Und das Einzelzimmer.« Damit ließ er mich einfach stehen.

112? Wie der Notruf? Na, wenn das nicht Ironie war!

Hier war ich also, in einem Hotel in einer fremden Stadt, mutterseelenallein.

Ich nahm den Aufzug gegenüber dem Empfang und fuhr ins erste Stockwerk, wo ich mich auf die Suche nach meinem Zimmer machte. Der Flur war unglaublich lang, und weit über mir strahlten weitere Kronleuchter. Der Teppich sah so aus, als ob man lieber keinen Wein darauf verschütten sollte, wenn man nicht für den Rest seines Lebens die Summe für den Schaden abstottern wollte. Es war gespenstisch still.

Vor der 112 angekommen, zog ich meine Karte durch den Schlitz. Das Schloss klickte, und ich betrat den Raum.

Nicht schlecht!, hörte ich meinen Vater beim Anblick des Zimmers anerkennend sagen. Die Einrichtung hätte glatt von ihm zusammengestellt sein können. Schlicht, aber sichtbar edel – stilvoll eben. Ich würde den kurzen Aufenthalt hier auf jeden Fall auskosten.

Einen Millionär zum Vater zu haben, hatte sich für mich noch nie besonders ausgezahlt – im wahrsten Sinne des Wortes. Es würde ihn fuchsteufelswild machen, wenn er wüsste, was ich gerade trieb, und das nicht nur, weil er einer der wenigen Magnaten des Landes war, die sich noch nicht in den unmittelbaren Dunstkreis der Gesellschaften hatten hineinziehen lassen. Ich wünschte, der Gedanke würde mir nicht so gefallen, vielleicht sogar mehr, als der an mein Vorhaben mich abstieß.

Als ich meine kleine Besichtigung beendet hatte, zog ich die Vorhänge vor den großen Fenstern weg, die auf einen Balkon mit Meerblick hinausführten. Dann setzte ich mich auf die Kante des King-Size-Bettes und schleuderte die Schuhe von meinen Füßen. Draußen war tiefe Nacht, aber ein heller Mond stand am Himmel und ließ die sanften Wellen hinter der Steilküste silbern schimmern.

Ich holte mein Handy hervor. Als das Display aufleuchtete, zuckte ich zusammen. Das vertraute Hintergrundbild versetzte mir einen Stich. Warum zur Hölle hatte ich es nicht längst gelöscht? Hastig wählte ich Blanche aus meinen Kontakten aus. Inzwischen hatte sie fünf weitere Male angerufen und sieben Nachrichten geschrieben. Ich zögerte nur kurz, bevor ich zurückrief.

Beim dritten Klingeln nahm sie ab.

»Vicky? Wo bist du? Ich dreh fast durch! Warum hast du dich nicht gemeldet? Ist alles in Ordnung? Bist du sauer? Hast du …?«

Ihr Wortschwall brachte mich zum Lächeln. Doch dann dachte ich wieder daran, was ich ihr zu sagen hatte. »Hör zu, ich weiß nicht, was es mit diesem Brief auf sich hat, aber ich bin zu der Party gefahren, die Dorville heute gibt.«

Stille in der Leitung. Ich beeilte mich weiterzureden.

»Ich hab behauptet, dass ich Mitglied werden will.«

Ich hörte sie nach Luft schnappen. Ein paar Sekunden vergingen. Offenbar musste sie den Schock erst verdauen. Gut, dass ich das mit der Harmonienwahl für mich behalten hatte.

»Bleib, wo du bist. Wir holen dich.«

»Nein«, widersprach ich. »Bitte sag mir einfach, wonach ich suchen muss! Dann bin ich vielleicht schon bald wieder zurück.«

»Es gibt nichts, wonach du suchen könntest. Du hast mich gestern in einem schlechten Moment erwischt, okay? Die Sache ist halb so wild, ich kümmere mich selbst darum.«

»Wenn du's mir nicht sagen kannst, werde ich wohl wirklich beitreten müssen.«

»Das wirst du nicht tun!«, kam es mühsam beherrscht von ihr.

Wir waren beide ziemlich dickköpfig, aber diesmal würde ich mich durchsetzen. Sie konnte rein gar nichts tun, um zu verhindern, dass ich blieb.

Als sie weitersprach, hörte ich sie leiser, als ob sie das Handy weghielt und sich an jemanden richtete, der bei ihr war. »Sag deiner Freundin, dass sie sofort von dort verschwinden und irgendwo auf uns warten soll!«

Mir gefror das Blut in den Adern. Nein, nicht *er*. Nicht jetzt. Wie kam sie dazu, ihn mit reinzuziehen, nach allem …?

»Vicky? Vicky, hörst du mich?«

Seine Stimme spaltete mein Herz. Es fühlte sich an, als würden beide Hälften irgendwohin rutschen, wo nicht ihr Platz war.

»Jasper.«

Dass Blanche mich an ihn weitergegeben hatte, konnte eigentlich nur eines bedeuten … »Du hast es ihr nicht gesagt«, brachte ich heraus. Gegen meinen Willen keimte sofort Hoffnung in mir auf. Hatte er doch noch mal nachgedacht?

»Ich dachte, *du* wolltest das übernehmen.«

So viel zum Thema Hoffnung.

»Was übernehmen?«, hörte ich Blanche im Hintergrund.

Nein, ich hatte ihr noch nicht gesagt, dass es aus war zwischen ihrem Bruder und mir. Das hatte ich vorgehabt, gestern. Schließlich war auch sie gerade zu Besuch in ihrem Elternhaus gewesen. Doch dann war es anders gekommen: Blanches Schluchzen im Badezimmer, der Brief auf dem Boden ihres Zimmers, die mysteriöse Person, mit der sie hinter verschlossener Tür telefoniert hatte, ihr Ausraster, als sie mich mit dem Brief in der Hand erwischte.

Sie hatte andere Sorgen gehabt als meine Trennung. Also hatte ich die schreckliche Neuigkeit für mich behalten und mir eingeredet, Jasper würde erkennen, dass er einen Fehler gemacht hatte. Dann hätte ich Blanche später nur von einer kleinen Krise berichten müssen, die wir überstanden hatten. Aber die Wahrheit laut auszusprechen – so weit war ich einfach noch nicht. Ich hatte sie nicht einmal für mich selbst akzeptiert.

Jasper reagierte nicht auf Blanches Zwischenruf. »Mach keinen Unsinn! Ich weiß, dass du verletzt bist, aber es bringt nichts, dich jetzt kopfüber in irgendetwas reinzustürzen.« Seine Stimme klang ruhig, doch ich hörte heraus, dass er Angst hatte, ich würde nicht nachgeben.

Das werde ich auch nicht, dachte ich, *und das ist nicht zuletzt deine Schuld.*

Ich stand auf und öffnete die Balkontür, trat hinaus. Obwohl es eine laue Spätsommernacht war, überlief mich ein Frösteln.

Ich schwieg, setzte mich dem Schmerz aus, noch einmal seine Stimme zu hören. »Vicky? Bist du noch …?«

Ich legte auf.

Dann holte ich tief Luft und schleuderte das Handy in die Hecke unter dem Balkon. Wenn ich mit Dorville fertig war, würde ich schon einen Weg finden, Blanche zu kontaktieren. Aber bis dahin durfte mich niemand mit ihr in Verbindung bringen.

Sie kamen spät zum Hotel zurück – oder früh, je nachdem, wie man es betrachtete. Jedenfalls versprach der Nachthimmel vor den Fenstern bereits den Sonnenaufgang. Ich hatte auf dem extrem bequemen Bett ein bisschen gedöst, war aber sofort hellwach, als es auf dem Flur lauter wurde. Rufe, Schritte, Lachen. Es dauerte eine ganze Weile, bis wieder Ruhe einkehrte. Ich drehte mich gerade auf die andere Seite, um vielleicht doch noch etwas Schlaf zu bekommen, als ich eine bekannte Stimme vor der Tür vernahm.

»Wirklich? Jetzt noch? Ehrlich gesagt will ich mich einfach nur aufs Ohr hauen.« Das war Vin, ganz klar.

»Jetzt sei kein Frosch! Wir sind in einer halben Stunde zurück, versprochen.« Und Dorville persönlich!

Vin entgegnete noch irgendetwas, das ich nicht verstand, sie schienen sich wieder zu entfernen.

Ich zögerte nur kurz. Nach einem Seufzen in Richtung meiner High Heels verließ ich das Zimmer barfuß. So war ich schneller und würde nicht durch verräterisches Klackern auf mich aufmerksam machen. Ich erhaschte gerade noch einen Blick auf Vins Rücken, bevor sich die Fahrstuhltür schloss.

Ich nahm die Verfolgung der beiden übers Treppenhaus auf, und als ich im Erdgeschoss ankam, sah ich gerade eine Hintertür zufallen, die auf das Außengelände des Hotels führen musste. Der Mann an der Rezeption musterte mich leicht irritiert, aber ich ließ ihm keine Zeit für eine Bemerkung. Schon war ich ebenfalls durch die Tür in den dämmernden Morgen hinausgetreten.

Ich sah mich um. Ein schmaler Rasenstreifen wurde von sauber zurechtgestutzten Büschen eingegrenzt, die in der Mitte von einem schmiedeeisernen Gartentor durchbrochen wurden. Dahinter lief ein heller Schotterweg aufs Meer zu. Meine beiden Beschattungsopfer steuerten auf den Rand der Klippen zu. Dorville trug einen langen, schmalen Gegenstand bei sich. Was zum Teufel hatten sie vor? Die gute Aussicht genießen wohl kaum.

Sie bewegten sich immer weiter vom Gebäude fort, aber ihnen auf der offenen Fläche zu folgen, war zu riskant. Wenn Dorville anfing, mich für eine Stalkerin zu halten, sanken meine Chancen, jemals in die Gesellschaft aufgenommen zu werden, erheblich. Mir blieb nur, den Weg gleich nach rechts zu verlassen und über die vertrocknete Wiese bis zu den Sträuchern zu laufen, hinter denen die Jungs soeben verschwanden.

Ich rannte los und hoffte, dass niemand meine Aktion durch eines der Hotelfenster verfolgte. Die Schottersteinchen bohrten sich schmerzhaft in meine Fußsohlen. Erleichtert seufzte ich auf, als ich schräg über die Wiese weiterlaufen konnte.

Im Winter hätte ich nicht unentdeckt bleiben können, aber zum Glück hatten die wenigen Büsche, die dem scharfen Wind so nah an den Klippen trotzten, ein einigermaßen dichtes Blätterkleid. Vorsichtig spähte ich durch eine Lücke im Geäst.

»Kamera läuft!«, rief Dorville gerade.

Er hatte ein Stativ aufgebaut und entfernte sich nun davon. Die Linse der Kamera hatte er parallel zu dem ansteigenden Pfad justiert, sodass sie den nächsthöheren Klippenrand und das bestimmt fünfzehn Meter tiefer tosende Meer einfing.

»Muss das wirklich sein?«, rief Vin Dorville zu. Es klang ein bisschen kläglich.

Dorville schüttelte verständnislos den Kopf. »Willst du echt kneifen?«

Vins Gesichtsausdruck nach zu urteilen, konnte die Antwort nur Ja lauten.

»Reizt dich das denn gar nicht? Dafür hab ich extra dieses Hotel ausgewählt!«

Vin straffte die Schultern, doch selbst von meinem Standpunkt aus konnte ich ihn schlucken sehen. »Na gut. Bringen wir's hinter uns.«

Sie stiegen zu der Klippe hinauf, auf die die Kamera gerichtet war, und waren schnell außer Hörweite. Inzwischen hatte ich so eine Ahnung, was Dorville geplant hatte. Es wäre allerdings ganz schön verrückt.

»Los!«, hörte ich ihn brüllen, kaum dass ich das gedacht hatte. Er nahm Anlauf und raste über den Klippenrand. Vin, der noch einen Moment gezögert hatte, folgte ihm mit kleinem Abstand. Auf ihrem Weg in die Tiefe grölten die beiden wie die Irren.

Ich sprang aus meinem Versteck hervor und sah gerade noch, wie Vin im Wasser landete und untertauchte. Kurz darauf kam er wieder an die Oberfläche. Nicht weit von ihm entfernt entdeckte ich auch Dorvilles Kopf in den schäumenden Wellen. Fassungslos starrte ich zu den Jungs ins Wasser hinunter. Wieso machte ich mir überhaupt Sorgen, was ich gegen Dorville unternehmen sollte? Er war offensichtlich lebensmüde. Sah ganz so aus, als würde mein Problem sich in absehbarer Zeit selbst aus der Welt schaffen.

3.

Clea

Robin kam selten pünktlich, doch das war selbst für ihn ungewöhnlich. Es war inzwischen fast halb sieben, und er war immer noch nicht aufgetaucht. Ich spürte die Müdigkeit in allen Gliedern, aber bevor ich nicht wusste, was los war, würde ich kein Auge zumachen können.

Laut der Reservierungsbestätigung, die ich mir schon vor Tagen unter einem Vorwand von Gwynnia hatte zeigen lassen, hatte Robin sie kein eigenes Zimmer für sich buchen lassen. Außerdem hatte er sich im Club mit einem »Bis gleich« von mir verabschiedet. Also wo steckte er? Er hatte sich doch nicht etwa spontan dazu entschlossen, zu Apryl zu gehen? Meine Kehle schnürte sich zu. Er war schon die ganze Nacht lang kaum von ihrer Seite gewichen. Irgendwann reichte es auch mal!

Oder hatte sein Wegbleiben etwas mit den Gerüchten über dieses fremde Mädchen zu tun, das auf der Party gewesen sein sollte?

Ich lag nun schon seit einer ganzen Weile im Nachthemd auf dem Bett, der Tür zugewandt und mit einer aufgeschlagenen Zeitschrift vor mir, an die ich noch keinen Blick verschwendet hatte. Falls Robin sich doch noch hierherbequemen sollte, durfte er nicht glauben, dass ich mich seinetwegen schon wieder verrückt gemacht hatte.

Ich überlegte, Apryls Zimmer ausfindig zu machen und an der Tür zu lauschen, verwarf die Idee aber gleich wieder. Wenn mein Verdacht richtig sein sollte, wollte ich es lieber nicht wissen. Davon abgesehen würde mich bei meinem Glück noch jemand dabei erwischen. Eine andere Möglichkeit wäre, Vin oder Gwynnia zu suchen, aber wahrscheinlich lagen die längst in ihren Betten und wären nur genervt.

Ich zuckte vor Schreck zusammen, als es laut klopfte. Im nächsten Moment atmete ich auf. Endlich war er da.

»Sorry, ich war noch … musste noch was erledigen«, sagte er, sobald ich ihm geöffnet hatte.

Ich biss mir auf die Zunge, um nicht nachzuhaken. Er hatte mir schon oft genug vorgeworfen, dass ich klammerte.

Er warf seine Reisetasche zu meiner, lehnte ein Stativ gegen die Wand und legte seine Kamera auf der kleinen Kommode neben der Tür ab. »Bin noch kurz duschen«, verkündete er dann.

Auf dem Weg zum Bad humpelte er leicht.

»Was ist passiert?« Schon war ich bei ihm.

»Hab mir einen kleinen Kratzer eingefangen. Geht schon.«

Er wischte sich mit der Hand übers Bein. Als er sie hob, waren seine Finger blutig. Dafür hatte er nur ein Schulterzucken übrig. »Heilt von allein«, meinte er und griff nach der Klinke der Badezimmertür.

Die Frage rutschte mir einfach heraus, völlig zusammenhangslos: »Ist es wahr? Die Sache mit dem Mädchen, das jetzt noch kandidieren will?«

Er hielt inne und drehte sich langsam zu mir um. »Welches meinst du? Du weißt, die stehen zu Hunderten Schlange.«

Es war witzig gemeint, entsprach aber leider der Wahrheit. Dass bei *PartyTime*, dem exklusiven Sender für Klatsch und Tratsch über die Glamourgesellschaften, aktuell ständig seine

Vorzüge diskutiert, über seine Bettqualitäten spekuliert und anhand der Äußerlichkeiten und Charakterzüge seiner Harmonien – also nicht zuletzt *meinen* – sein Frauengeschmack analysiert wurde, verschlimmerte das Ganze nur noch.

»Stimmt es?«, drängte ich. Was ich eigentlich fragen wollte, behielt ich für mich: Warum hast du sie nicht weggeschickt?

Sein Blick war unergründlich. »Ja, stimmt.«

»Du wirst sie doch nicht annehmen, oder?« Ich merkte selbst, wie panisch ich klang. Aber die Tatsache, Robin in der Öffentlichkeit mit acht anderen teilen zu müssen, war hart genug. Ich hatte absolut kein Interesse daran, dass daraus neun wurden.

»Ich fürchte, ich habe keine Wahl.«

Mein Magen zog sich zusammen. »Was soll das heißen?«

Seine Mundwinkel zuckten. »Du hast ja nicht gesehen, wie heiß sie ist.«

Obwohl ich wusste, dass er mich nur ärgern wollte, traf mich die Bemerkung.

Robin verschwand im Bad und machte mir die Tür vor der Nase zu. Frustriert trat ich dagegen.

»Du musst dir keine Sorgen machen!«, rief er lachend.

Er hatte gut reden!

»Wenn du sie annimmst, werde ich echt sauer«, warnte ich.

Das Brausen und Plätschern der Dusche setzte ein.

Ich atmete tief durch. Da fiel mein Blick auf die Kamera auf dem Schränkchen. Wenn er sie so offen dort abgelegt hatte, würde es ihn ja wohl nicht stören, wenn …? Ich nahm sie mit ins Bett. Als ich die letzten Aufnahmen aufrief, sah ich, dass Robin zuletzt ein Video gemacht hatte. Das Standbild auf dem kleinen Display zeigte eine Klippenkante im ersten Licht der Morgendämmerung, dahinter das Meer. Ich ließ den Film abspielen. »Kamera läuft!«, drang Robins Stimme aus dem kleinen Lautsprecher. Hastig schaute ich Richtung Bad, aber das Rauschen der Dusche war hoffentlich laut genug, um die Geräusche bei mir im Zimmer zu übertönen.

Während Robin und Vin im Kameradisplay diskutierten, ahnte ich bereits Schlimmes. Mein Verdacht bestätigte sich schneller, als ich mich dagegen stählen konnte. Ich sah, wie Robin auf den Abgrund zurannte. Wie er fiel. Mein Herz schlug so heftig, dass es schmerzte. Ich konnte nicht mehr atmen.

Robin war berühmt für seine wahnwitzigen Manöver, aber gewöhnen würde ich mich nie daran.

Daher also seine Wunde! Er musste auf dem felsigen Grund aufgeschlagen oder beim Versuch, wieder an Land zu gelangen, irgendwo hängen geblieben sein. Egal wie, ich hätte ihn heute verlieren können. Auf die eine oder andere Weise konnte ich ihn jeden Tag verlieren.

4.

Vicky

Hatten sie mich vergessen? Seit Stunden war ich schon wach, und es hatte noch niemand bei mir vorbeigeschaut. Eine Menge Zeit, um Pläne zu schmieden und wieder zu verwerfen. Endlich, um die Mittagszeit, klopfte jemand an meine Tür. Ich öffnete und stand dem Typen gegenüber, der mich in der vergangenen Nacht hergefahren hatte. »Es geht zurück zur Saya Nord. Unser Regent will, dass ich dich fahre. Die Partybusse sind nur für Mitglieder.«

Was für ein Jammer aber auch!

Ich folgte ihm nach unten und raus zum Wagen. Wie der Zufall es wollte, stand einer der angekündigten Busse noch auf der gegenüberliegenden Straßenseite. Drei Mädchen packten gerade ihre Sachen in den Stauraum. Dumpfe Bässe drangen bis zu uns herüber. Ich schüttelte nur den Kopf und stieg ins Auto.

Wir fuhren los. Als ich mich umdrehte und durch die Heckscheibe zurückschaute, sah ich ein dunkelhaariges Mädchen am Eingang des Hotels stehen. Sie starrte uns nach und wirkte irgendwie ziemlich angefressen.

Mein sonst so schweigsamer Begleiter hob den Blick zum Rückspiegel, und ihm entfuhr ein Lachen. »Oh weh, ich glaube, du hast die Königin verärgert!«

»Was?«

Doch zu einer Antwort ließ er sich nicht herab. Stattdessen drehte er das Radio auf und begann, im Takt aufs Lenkrad zu klopfen.

Es dauerte fast eine Stunde, bis wir Dorvilles Zuhause erreichten. Die meiste Zeit ging es über breite Landstraßen, immer an der Küste entlang. Zu weiteren Gesprächen kam es wie erwartet nicht, und leider musste ich feststellen, dass mein namenloser Fahrer wirklich einen grottenschlechten Musikgeschmack hatte. Ich war froh, als wir uns endlich unserem Ziel näherten.

Das erste Anzeichen dafür war ein hoher Zaun aus schwarzen Metallstreben, der die Straße versperrte und die Landschaft zu beiden Seiten durchschnitt. Wir mussten einen jungen Mann in einem Häuschen passieren, das mich stark an eine Mautstelle erinnerte. Mein Fahrer und er winkten sich zu, und schon öffnete sich das Tor.

Der Wagen fuhr durch eine schnurgerade Allee aus jungen Birken. Mein Blick versuchte, sich an den vorbeiziehenden Bäumchen festzuhalten, bis mir davon schwindelig wurde.

Würde ich es in die Gesellschaft schaffen? Blanche sagte immer, ich sei die Mutigere von uns beiden. Sie war da gewesen, als ich mir selbst meinen letzten Milchzahn zog, als ich ihren ersten Freund im Bus fertigmachte, weil er sie am Tag ihres Zweimonatigen versetzt hatte, und als ich dem Direktor unserer Schule gestand, dass ich für den Streik unserer Klasse in Frau Helbings Unterricht verantwortlich, aber nach wie vor der Meinung war, dass sie die mathematisch weniger Begabten nicht dermaßen fies vorführen durfte.

Blanche hatte meine stärksten, aber auch meine schwächsten Momente erlebt. Ohne ihre Unterstützung etwas so Gewagtes zu tun, wie mich in das Leben eines Dorvilles einzuschleusen, fühlte sich falsch an.

Ich gab mir die größte Mühe, über allem zu stehen, was da

auf mich zukam, aber langsam wurde mir so richtig flau im Magen. Bei Tageslicht betrachtet erschien mir mein Masterplan nicht mehr halb so brillant wie noch am Abend zuvor.

Wir fuhren auf einen großen, von Blumenrabatten umsäumten Parkplatz, und ich warf einen ersten Blick auf das Gesellschaftsanwesen. Ich erinnerte mich dunkel daran, das riesige Gebäude schon mal im Fernsehen gesehen zu haben – Palazzo – war das nicht die Bezeichnung dafür?

Der Name von Dorvilles Mutter – Saya – prangte in großen Lettern an der Überdachung vor dem Eingang. Das Haus hatte eine lange Front, die eine gewisse Ähnlichkeit mit der von Schloss Cheverny besaß, das ich während eines geschäftlichen Aufenthalts meines Vaters in Blois im französischen Loire-Tal besucht hatte. Ich konnte nicht sehen, wie weit sich das Grundstück dahinter noch erstreckte, aber als ich ausstieg und ein Rauschen vernahm, wusste ich, dass das Meer fast unmittelbar hinter dem Palazzo liegen musste.

»Die anderen sind sicher bald da.«

Der Fahrer führte mich ins Haus hinein; die Tür war nicht verschlossen. Wir kamen in einen großen Eingangsbereich, von dem diverse dunkle Holztüren abgingen. Zu unserer Rechten gab es eine Sitzecke mit sandfarbenen Sofas. Vom Eingang aus blickte man auf eine Art Rezeption, daneben ragte eine beachtliche Standuhr in die Höhe. Das goldene Zifferblatt zeigte eine Zahl zu viel, natürlich die Dreizehn. Hinter Glas schwang ein großes, ebenfalls goldenes Pendel.

Weiter hinten ging es zu beiden Seiten in andere Gebäudeflügel ab und über eine ausladende Treppe ins zweite Geschoss.

Namenlos zeigte auf die Sofas. »Warte da.«

»Und worauf?«

Ausnahmsweise ging er tatsächlich auf meine Frage ein. »Darauf, dass dich jemand abholt. Robin hat angeordnet, dass dein Vorstellungsgespräch noch heute Nachmittag stattfinden soll.«

Vorstellungsgespräch? What?

Bevor ich noch weitere Infos aus ihm herausquetschen konnte, war er schon wieder zur Tür hinausmarschiert.

Seufzend ging ich zu den Sofas hinüber und setzte mich. Irgendjemand hatte ein Fashion-Magazin hier liegen lassen, in dem ich lustlos zu blättern begann.

Es war wahrscheinlich noch keine Viertelstunde vergangen, als die ganze Mannschaft eintraf. Lautes Geschnatter füllte die Stille, als die Ersten von ihnen hereinstürmten. Die meisten wirkten aufgedreht, aber einigen war die Müdigkeit anzusehen. Erst glaubte ich, niemand würde von mir Notiz nehmen, aber dann bemerkte ich die kurzen, verstohlenen Blicke in meine Richtung. Gwynnia löste sich aus dem Pulk und kam zu mir.

»Gute Fahrt gehabt?«, fragte sie fröhlich, wartete aber nicht auf eine Antwort. »Du kannst dich schon mal in den Anhörungsraum setzen.« Sie deutete auf eine Tür nahe der Treppe. »Robin ist noch kurz nach oben gegangen, und ich muss schnell die ganzen Unterlagen ausdrucken.«

Schon war sie wieder davongehuscht.

Ich ging im größtmöglichen Bogen um die lärmenden Mitglieder herum und verschwand beinahe fluchtartig in dem Raum, zu dem sie gezeigt hatte. Sofort beschlich mich ein mulmiges Gefühl. Direkt vor mir stand ein einzelner Stuhl, ihm gegenüber drei weiße Tische, auch mit je einem Stuhl dahinter. Das Ticken einer Uhr füllte die Stille. Sonst wirkte das kleine Zimmer völlig kahl. Zögernd nahm ich auf dem Stuhl ohne Tisch Platz.

Sie ließen mich noch eine ganze Weile warten. Als ich mich schon zu fragen begann, ob das hier eine Art Folter sein sollte und wie sich überhaupt ein solch trister Ort im Gebäude einer *Glamourgesellschaft* befinden konnte, kamen sie schließlich doch noch. Dorville, Gwynnia und ein dunkelhaariger Kerl.

»Schön, dich bei Tageslicht zu sehen«, begrüßte Dorville mich mit einem gekonnt charmanten Lächeln. »Vin sagt, du heißt Louelle?« Und als ich nickte: »Also dann: Marcon – Louelle, Louelle – Marcon, Vorsitzender unseres Gesellschaftsvorstands.«

Marcon musterte mich kühl, formte die Finger seiner rechten Hand zum Brunnen von Schnick-Schnack-Schnuck und bewegte sie in meine Richtung, als ob er mir zuprosten würde.

»Unser Begrüßungsritual.« Gwynnia war mein ratloses Gesicht nicht entgangen. »Statt Händeschütteln.« Sie wiederholte die Geste, und in mir rang der Aha-Effekt mit dem Drang, sie alle, so wie sie vor mir standen, auszulachen. »Oh, ein Glas, kein Brunnen! Wie …« Vollkommen beknackt. »… nett.«

»Fangen wir an.« Dorville ließ sich an dem Tisch in der Mitte nieder, der meinem Stuhl direkt gegenüberstand. Die anderen beiden nahmen links und rechts von ihm Platz.

Gwynnia breitete mehrere Papiere vor sich aus und zückte einen Stift. »Ich protokolliere«, erklärte sie.

»Die leichteste Frage zuerst«, sagte Dorville. »Warum bist du hier?«

Den dreien so unvorbereitet gegenüberzusitzen, machte mich nervös. Ich hatte keine Ahnung, wie genau diese Sache hier ablaufen würde.

»Das habe ich doch gestern schon gesagt«, sagte ich so lässig wie möglich. »Weil ich der Gesellschaft beitreten und für das Amt als deine … ähm … Frau?! … kandidieren möchte.«

Gwynnia kritzelte irgendetwas auf ihren Zettel. Sie schrieb das doch hoffentlich nicht wörtlich mit?

Dorville stützte die Arme auf die Tischplatte, und ich gab mir die größte Mühe, seinem herausfordernden Blick standzuhalten.

»Vielleicht sollten wir beim Eintritt in unsere Gesellschaft anfangen«, meinte Marcon.

Dorville nickte zustimmend. »Macht Sinn. Und ist außerdem deutlich aussichtsreicher. Also – was verschafft uns die Ehre, dass du Teil der Saya Nord werden willst? Warum möchtest du internes Mitglied sein und bei uns leben, statt Antrag auf eine externe Mitgliedschaft zu stellen?«

Was ich darauf antworten könnte, hatte ich mir zum Glück am Morgen im Hotel schon überlegt. »Ich habe schon so viel über die Glamourgesellschaften gehört. Eure Lebenseinstellung ist einfach faszinierend. Ich möchte meinen Alltag hinter mir lassen und bei euch komplett neu beginnen, mich neu erfinden.« Würg.

»Warum hast du dich nicht bei meinem Bruder in der Saya Süd beworben?«, wollte Dorville wissen.

»Ich wollte zu dir«, schoss es sofort aus mir heraus. War ja nicht mal gelogen. »Um jeden Preis.«

Er beobachtete mich ganz genau. »Es ist offensichtlich, dass du nicht viel Ahnung hast, wie es bei uns ist. Die meisten Zuläufer bereiten sich sehr viel besser auf ihre Bewerbung vor.«

»Mir reicht, was ich weiß. Der Reiz besteht doch darin, es selbst zu erleben – die Gemeinschaft, den starken Zusammenhalt, eure unglaublichen Partys!«

Es war echt schwer, sich so einfältig zu geben.

Dorvilles Gesicht zeigte keine Regung. »Alles richtig. Aber bist du dir darüber im Klaren, dass es keine Rückfahrkarte gibt? Nicht, wenn du Harmonie wirst.«

Irgendeinen Hinterausgang gab es immer.

»Ich mache keine halben Sachen.«

Um seine Mundwinkel zuckte es. »Würdest du auch beitreten, wenn ich dich nicht als Kandidatin zulasse?«

Das war eine gute Frage. Vielleicht würde es doch reichen, wenn ich einfach nur Mitglied wurde wie ursprünglich geplant? Allein bei dem Gedanken spürte ich Erleichterung. Doch dann ging mir auf, dass er mich höchstwahrscheinlich sofort wegschicken würde, wenn ich jetzt einen Rückzieher machte. Meine Ankündigung zu kandidieren war es gewesen, die überhaupt erst seine Aufmerksamkeit erregt hatte. Unter Garantie gab es viele Verrückte, die sich um einen Platz in seiner Gesellschaft schlagen würden. Ich musste hervorstechen.

Vielleicht war es eine Fangfrage, weil ich gerade behauptet hatte, immer aufs Ganze zu gehen.

»Nein«, sagte ich. »Ich möchte ganz an die Spitze: an deine Seite. Die Saya Nord mit dir gemeinsam zu führen, wäre die größtmögliche Ehre für mich.«

Immer noch hatte er mich nicht für den kleinsten Moment aus den Augen gelassen. »Das ist alles, was du zu sagen hast?

Komm schon – welches Motiv hast du? Willst du den Ruhm, den Reichtum, oder hältst du meine Gesellschaft für eine Art Nervenklinik? Du kannst dir bestimmt vorstellen, dass ich mir schon eine Menge Anfragen anhören durfte. Die meisten hab ich abgelehnt. Warum also sollte ich ausgerechnet dich wollen?«

Mir wurde fast schlecht dabei, aber ich musste es sagen: »Weil ich nur deinetwegen hier bin.«

Er sah mich abwartend an, und mir wurde klar, dass ich präziser werden musste.

»Ich weiß, dass es verrückt klingt, aber ich bin besessen von dem Gedanken, mit dir zusammenzukommen. Wenn du mich erst einmal kennenlernst, wirst du merken, wie gut wir beide … harmonieren.«

Ich gratulierte mir selbst zu dem Wortwitz und fragte mich, ob ihn meine Worte an Blanche denken ließen; aus irgendeinem Grund war *er* schließlich besessen von *ihr*. Immer noch war mir völlig schleierhaft, welche Verbindung es zwischen den beiden geben könnte. Blanches Familie war, im Gegensatz zu meiner, nie in Berührung mit den Glamourgesellschaften gekommen, zumindest nicht, dass ich wüsste. Ob es vielleicht um die Cateringfirma ihrer Eltern ging? Die Dorvilles waren bekannt dafür, dass sie Unternehmen, gerade aus dieser Branche, ihren Gesellschaften einverleibten. Wollte Dorville meine Freundin also, um Druck auf ihre Eltern auszuüben? Dass Henrik und Ariane nichts mit den Gesellschaften am Hut haben wollten, war kein Geheimnis. Was das anging, waren sie ganz einer Meinung mit meinem Vater. Wenn Dorville ihrer Familie schaden konnte, ergab Blanches Verhalten auf jeden

Fall Sinn, und auch, dass sie nicht einmal mir die Wahrheit anvertraut hatte.

Dorville holte mich zurück in unser Gespräch. »Dass sie nur auf mich aus ist, hat in der Form wirklich noch keine zugegeben«, sagte er mit hochgezogenen Brauen. »Auch wenn es dich … entschuldige … leicht wahnsinnig wirken lässt.«

»Heißt das, ich hab den Job?«

Er grinste mich an. »Einen Versuch ist es wert, selbst wenn es riskant ist, einen Neuzugang gleich kandidieren zu lassen. Wenn aus Marcons Sicht nichts dagegen spricht, werde ich deine Bewerbung annehmen.«

Okay, das war ja im Endeffekt überraschend einfach gewesen.

»Deine Entscheidung«, bestätigte Marcon und hob etwas ratlos die Schultern. »Dann können wir die Formalitäten in Angriff nehmen.«

»Ähm …«, Gwynnia sah von Marcon zu Dorville und wieder zurück. Als niemand etwas sagte, zog sie ein Blatt aus einer Klarsichthülle und winkte mich zu sich heran. »Deine vorläufige Beitrittserklärung. Wenn du bitte hier unterschreiben würdest.« Sie legte den Zeigefinger auf die entsprechende Linie.

Ich überflog die Zeilen – es war tatsächlich nur eine Erklärung darüber, dass ich Mitglied der Gesellschaft werden wollte. Der erste Strich meines Namens war schon gezogen, da fiel mir siedend heiß ein, dass ich ja als Louelle hier war. Die linke Hälfte des V konnte ich gerade noch in ein schiefes L integrieren. Meine Hände zitterten, als ich mich wieder setzte und Gwynnia das Blatt an Marcon und Dorville weitergab, die ebenfalls unterzeichneten. Das war knapp gewesen!

»Da du Harmonie wirst, musst du keine Mitgliedsbeiträge

zahlen«, sagte Gwynnia. »Wir brauchen also vorerst vor allem deinen Sozialversicherungsausweis, damit wir dich auf die Gesellschaftsversicherung ummelden können, und eine Kopie von deinem Perso.«

Zum Glück waren das Dinge, an die ich tatsächlich gedacht hatte. Es hatte mich selbst erstaunt, wie schnell ich an die gefälschten Dokumente gekommen war.

»Du bist doch hoffentlich volljährig?«, fragte Dorville.

»Schon etwas länger, keine Sorge.«

»Wunderbar. Alles Weitere rund um deinen Beitritt erkläre ich dir später in Ruhe«, versprach Gwynnia.

»Damit wären wir beim interessanten Teil. Hast du die Anspruchserklärung?« Dorville nahm ein weiteres Blatt von seiner Schwester entgegen und schnappte sich auch ihren Stift. »Dass ich deine Kandidatur akzeptiere, bedeutet quasi, dass ich Anspruch auf dich erhebe«, sagte er zu mir. »Du weißt, dass du damit für jeden anderen unantastbar wirst?«

Dass ich *was*? Nicht sein Ernst! Das war doch gesetzlich auf keinen Fall zulässig, oder? Diese Mädchen, die sich zur Wahl stellten, betrachteten sich doch nicht etwa als sein persönliches Eigentum?

»Er will dir bloß Angst machen«, kam Gwynnia mir unerwartet zu Hilfe. »Was er meint, ist, dass du vor Ende der Harmonienwahl niemandem außer ihm näherkommen darfst. Sonst bist du sofort raus. Die Bindung des Regenten an seine Ersthharmonie ist unwiderruflich; die Gesellschaften kennen keine Scheidung. Die Bedingungen der Wahl sind deshalb so streng, damit ausschließlich diejenigen bleiben, die sich sicher sind, was sie wollen.«

Für eine angebliche Bewerberin war ich echt ungenügend informiert. Es sollte mich also nicht wundern, dass Dorville das mitbekommen hatte und mit meiner Unwissenheit spielte.

»Ich will auf jeden Fall nur dich«, sagte ich zu ihm. Ich hörte selbst, dass es wie eine Drohung klang.

Da er auf die Erklärung hinunterschaute, konnte ich seinen Gesichtsausdruck nicht sehen.

»Dir muss bewusst sein, welche Verantwortung du als Harmonie tragen würdest – und zwar auch dann, wenn du die Wahl nicht für dich entscheiden solltest«, erklärte Marcon. »Zusammen mit dem Vorstand und natürlich dem Regenten bilden die Harmonien die Führungsriege der Gesellschaft und haben ein enormes Mitspracherecht. Die Entscheidung, die du triffst, ist unumstößlich. Du stellst dich vollkommen in den Dienst der Mitglieder und unterstützt den Regenten bedingungslos.«

Bedingungslose Unterstützung war so ziemlich das Letzte, was ich Dorville gern zukommen lassen wollte. Aber ich lächelte und nickte.

»Also gut«, sagte Dorville. »Für diese Erklärung muss ich dir einige Fragen stellen.«

Ich bemühte mich um eine lockere Haltung. »Nur zu.«

»Deine persönlichen Daten nimmt Gwynnia später auf. Wir gehen jetzt nur die Dinge durch, die ich wissen will, bevor ich endgültig zustimme. Kannst du uns kurz deinen Lebenslauf zusammenfassen?«

Jetzt zahlte es sich aus, dass ich mir zu meiner neuen Identität so viele Gedanken gemacht hatte.

»Ich bin in einem Dorf in der Nähe von Lübeck aufgewachsen. Mein Vater besitzt eine Kfz-Werkstatt, meine Mutter leitet Tanzkurse an der Volkshochschule. Nach meinem Abi habe ich eine Weile gejobbt und schnell festgestellt, dass ich mehr als alles andere einfach mein Leben genießen will. Es geht mir um den Spaß. Und Spaß habt ihr doch in eurer Gesellschaft, oder etwa nicht?«

Gwynnia und Marcon grinsten, aber Dorville verzog keine Miene. »Darauf kannst du Gift nehmen!«

In diesem Moment konnte ich mir nur zu gut vorstellen, wie er in die Tasten gehauen und Wort für Wort des Briefes an Blanche zu Papier gebracht hatte. »Perfekt«, brachte ich heraus.

»Also schon mal keine Familie von Rang und Namen. Eher ungünstig für eine potenzielle Erstharmonie. Wird schwer, das auszugleichen.« Er schaute wieder auf das Blatt. »Dann noch ein paar Kleinigkeiten … deine Lieblingsfarbe?«

»Warum das denn?«

»Schon mal überlegt, wie viele Geschenke ich ständig besorgen muss? Geburtstage, Weihnachten … Da können solche Sachen ganz nützlich sein.«

»Türkis«, antwortete ich mühsam beherrscht.

»Hobbys?«

Verrückte Missionen für Blanche ausführen.

»Ich verbringe die meiste Zeit mit meiner besten Freundin. Sie ist wie eine Schwester für mich.«

»Weiß sie, dass du hier bist?«

»Natürlich.« *Du kannst dir nicht vorstellen, wie begeistert sie davon ist.*

»Ihr werdet euch nur noch sehr selten sehen können. Vielleicht wäre eine externe Mitgliedschaft da nicht doch besser?

Du hättest Zugang zu vielen unserer Events, müsstest aber nicht alle Brücken hinter dir abbrechen.«

»Nein, ist … ähm … schon okay. Sie weiß, wie viel es mir bedeuten würde, die Wahl zu gewinnen. Außerdem geht sie bald ins Ausland, dann werden wir uns eh kaum noch sehen können.« Genaaaau.

»Wie ist ihr Name?«

Shit. Nicht zu lange zögern!

»Chloe!«, platzte ich mit dem Namen einer Sängerin heraus, die Blanche gut fand, und suchte dann krampfhaft nach einem Nachnamen. »Chloe … Schultze.«

Dorville trug den Namen irgendwo ein und machte dabei ein Gesicht, als hätte er in eine Zitrone gebissen.

»Ich hatte lange Klavierunterricht«, sagte ich, um von dem heiklen Thema wegzukommen. »Ich mag Thriller in jeder Form. Ich schwimme gern, war aber nie im Verein.«

Zwischen all den Lügen ein paar wahre Tatsachen.

Er machte sich Notizen. »Du wirst gehört haben, dass wir sehr viele Partys geben. Bist du bisher oft feiern gegangen?«

»Schon. Jedes Wochenende und an meinen freien Abenden unter der Woche.« Als ob! Und wenn ich mal loszog, hatte das nicht viel mit dem zu tun, was die Mitglieder unter »feiern« verstanden.

Dorville nickte. Dann glitt sein Blick von meinem Gesicht abwärts. »Deine Körbchengröße?«

Bitte? Was erlaubte sich der Typ?

»Das geht dich nun wirklich nichts an!«

Er schürzte die Lippen. »Wenn dir deine Privatsphäre so wichtig ist, bist du bei mir an der falschen Adresse, Süße.«

»Lass sie«, mischte Gwynnia sie ein. »Jessi kann das bei ihrer ärztlichen Untersuchung eintragen.«

Er musterte mich provozierend, gab dann aber nach. »Okay. Ändert aber nichts daran, dass ich noch etwas anderes Persönliches fragen muss: Wie viele Beziehungen hast du gehabt, wie lange und mit wem?«

Also *das* hatte selbst ich nicht einkalkuliert. Ich wusste, es musste glaubwürdig sein. Blitzschnell ging ich die Namen meiner Exfreunde durch. Zumindest die Ersten waren ungefährlich. Er würde die Spur nicht zurückverfolgen können.

»Lucas Brenn«, sagte ich. »Meine Grundschulliebe. Wir kamen in der vierten Klasse zusammen, aber nach dem Schulwechsel war das kein Thema mehr.«

Er setzte den Stift an, schrieb, zögerte.

»Schreibt sich mit c«, sagte ich spöttisch. Es konnte doch nicht wahr sein, dass er sich das allen Ernstes aufschrieb!

»Weiter?«, fragte er, ohne aufzusehen.

»Trevor Primes«, fuhr ich fort. »Engländer. Hab ihn auf einer Sprachreise kennengelernt. Das mit uns hat knapp vier Monate gehalten, und ich hab ihn sogar in den Ferien besucht. Leider mussten wir feststellen, dass eine Fernbeziehung nichts für uns ist.«

Ich überlegte, ob ich auch noch die kurze Episode mit Noah Willert anführen sollte, doch dann fiel mir ein, dass ich ihn damals zum großen Weihnachtsdinner von Wächt Hotels mitgenommen hatte. Bestimmt gab es da noch Beweisfotos!

Und nach diesen Geschichten hatte es nur noch einen gegeben: Zu Beginn meines ersten Sommers ohne Blanche – sie hatte unbedingt an irgend so einem Programm an einem Eliteinternat teilnehmen wollen – waren Jasper und ich ein Paar geworden. Ich würde eher sterben, als Dorville seinen Namen zu nennen.

In meinem Magen bildete sich ein Knoten. »Seitdem bin ich Single. Abgesehen von ein paar Flirts gab es niemanden mehr.«

Dorville wirkte amüsiert angesichts dieses Trauerspiels von Liebesleben. »Lass mich raten. Deine Unschuld hast du an diesen Mr Primes verloren?«

Ich drückte meine Fingernägel in die Handflächen. »Korrekt.«

Stimmte natürlich nicht. »Ich hoffe, das ist kein Ausschlusskriterium?«

Er lächelte. »Nicht doch.« Dann verschränkte er die Hände hinter dem Kopf und lehnte sich zurück. »Gut, ich denke, um den Rest kannst du dich später kümmern, Gwynnia.« Er wandte sich wieder an mich. »Die Anspruchserklärung wird erst unterschrieben, wenn wir das Ergebnis des Gesundheitschecks haben, alle Informationen vorliegen und deine Mitgliedsakte angelegt ist. Ich denke, das alles klappt bis morgen. Heute bist du noch von den Gesellschaftsaktivitäten ausgenommen und kannst dich ein bisschen eingewöhnen. Morgen Abend steigt dann deine Willkommensparty. Das lässt sich schnell organisieren.«

Er schob den Stuhl zurück, und auch die anderen beiden erhoben sich.

»Du kannst mit Gwynnia gehen«, sagte Dorville, schon unterwegs zur Tür. »Bis dann, wir sehen uns.«

»Be a Glamour Girl!«, sagte Marcon, bevor er ihm hinausfolgte.

Den Ausdruck würde ich wohl noch eine ganze Weile befremdlich finden.

»Und was sagt man, wenn man sich von 'nem Kerl verabschiedet?«, fragte ich Gwynnia.

»Du wirst lachen: Be a Glamour Guy.«

Ich lachte wirklich, und zu meiner Überraschung stimmte sie mit ein. »Du hast dich doch gut geschlagen!«, meinte sie dann und schenkte mir ein weiteres einnehmendes Lächeln. Ich hatte nicht erwartet, dass ich jemals eine Dorville nett finden könnte. »War klar, dass er versuchen würde, dich in Verlegenheit zu bringen.«

Also waren seine Fragen eher willkürlich gewesen. Das war gut, denn dann würde er sich vielleicht auch nicht weiter mit meiner Vorgeschichte befassen.

»Komm, wir gehen zu Jessi, und später führe ich dich herum. Du bist bestimmt schon gespannt auf dein Zimmer!«

Ehrlich gesagt war mein Zimmer das Letzte, an das ich bis zu diesem Moment gedacht hatte.

Es stellte sich heraus, dass Jessi als private Ärztin in Dorvilles Gesellschaft angestellt war. Sie hatte ihre eigene kleine Praxis mit zwei angeschlossenen Krankenzimmern im zweiten Stockwerk. Sie schüttelte mir überschwänglich die Hand und konnte gar nicht mehr aufhören, mich mit Fragen zu bombardieren. Dass Dorville meinen Beitritt überhaupt in Betracht gezogen hatte, schien wirklich schon fast eine Sensation zu sein.

Ob er so sparsam mit der Anzahl seiner Harmonien war, weil er sich in den Kopf gesetzt hatte, Blanche zu kriegen? Warum ausgerechnet sie? Warum, warum, warum nur?

Gwynnia versprach, mich nachher wieder abzuholen. Während die junge Ärztin begann, einen weiteren Bogen über mich auszufüllen, trat ich ans Fenster. Von hier konnte man das Meer sehen. Es war wirklich nicht weit bis dorthin. Der Innenhof zwischen den beiden Längsflügeln des Gebäudes war zum Wasser hin offen; davor lagen großzügige Grünflächen, die zum Strand hin abfielen. Seitlich zum gegenüberliegenden Flügel entdeckte ich einen Tennisplatz und mehrere hallenartige Gebäude, die ich aus der Ferne nicht zuordnen konnte.

»Im Sommer finden die meisten der Partys unten im Hof statt. Nicht schlecht, oder?« Jessi schaute mich an, als erwartete sie Freudenschreie von mir.

»Feierst du auch mit?«, fragte ich.

»Meistens – wenn ich nicht gerade irgendwelche Mitglieder versorgen muss, die es zu wild getrieben haben.« Sie zwinkerte mir zu. »Aber man muss schon sagen, dass Robin im Allgemeinen gut auf seine Schäfchen aufpasst.« Sie winkte mich näher. »Gut, machen wir eine kleine Routineuntersuchung.«

Ich stieß ein Seufzen aus.

»Ach, keine Sorge. Das wird alles halb so schlimm!«

Da war ich mir nicht so sicher.

5.

Vicky

Nachdem Jessi mich untersucht und mir eine Menge Fragen gestellt hatte (nein, ich hatte keine Allergien und nahm weder Medikamente noch Drogen), entließ sie mich und wünschte mir einen guten Start.

Gwynnia hatte auf dem Flur gewartet und redete gerade mit einem schwarzhaarigen Typen. Mein Auftauchen ließ beide verstummen. Man musste kein Genie sein, um zu erraten, über wen sie gesprochen hatten.

Der Fremde legte den Kopf schief und musterte mich eingehend, bevor er Gwynnia zunickte und wegschlenderte. Noch einer von der ganz höflichen Sorte! Ich kam mir langsam schon vor wie eine Lebendskulptur oder etwas in der Art – bewundern erlaubt, ansprechen verboten.

»Wenn es dir mal nicht gut gehen sollte, scheu dich nicht, zu Jessi zu gehen«, sagte Gwynnia ohne Überleitung. »Sie schreibt dich dann krank, und du musst nicht zum Feiern kommen.«

»Dafür muss ich mich *krankschreiben* lassen?«

»Genau. Wir legen großen Wert darauf, die Abende mit allen gemeinsam zu verbringen.«

Himmel, wo war ich hier bloß gelandet?

»Damit du dich ein bisschen orientieren kannst, würde ich dir kurz das Wichtigste zeigen. Leider kann ich mir nicht ganz so viel Zeit nehmen, weil ich mit Nils aus dem Vorstand noch eine Verwaltungsbesprechung habe.«

Ich zuckte mit den Schultern. Mir war das vollkommen egal. Mein Plan sah nicht vor, mich hier häuslich einzurichten.

»Wir befinden uns hier im Jungstrakt«, startete Gwynnia ihre Tour. »Außer Jessis Praxis hier oben sind alle Zimmer Schlafräume für unsere männlichen Mitglieder. Dahinten, wo der Flur einen Knick macht, beginnt der Regentenflügel; dort hat man von allen Räumen aus einen Panoramablick aufs Meer. Betreten ohne Robins Erlaubnis ist strikt verboten.«

Sie führte mich die Treppe ins Erdgeschoss hinunter. Die weiblichen Mitglieder waren im oberen Stock des Westflügels untergebracht, wie sie mir erklärte.

»Die Kinderzimmer sind unten. Werdende Eltern können sich entscheiden, ob sie eins davon beantragen oder ein Familienapartment beziehen möchten. Natürlich beschäftigen wir nur die besten Betreuer und Pädagogen.«

»Hier gibt es *Kinder*?« Da waren die getrennten Flügel wohl nicht so richtig effektiv.

»Du weißt wirklich nicht viel über uns, was?«

In der Hinsicht konnte ich ihr nichts vormachen. »Stimmt, ich habe mich größtenteils überraschen lassen. Ich meinte das im Gespräch vorhin ernst: Der einzige Grund für mich, herzukommen, war dein Bruder.«

Sie lächelte. »Jetzt kann ich es ja zugeben: Ich habe nicht geglaubt, dass er noch einmal jemanden zulässt. Du musst Eindruck auf ihn gemacht haben.«

Wir schwenkten nach links und bogen in einen weiteren langen Flur ein. Eine kleine Gruppe von Mitgliedern kam uns entgegen, und ich durfte mich wieder anstarren lassen. Ich war froh, als wir sie passiert hatten.

»Glaub ja nicht, dass hier jeder was mit jedem hat«, sagte

Gwynnia belustigt. »Ganz im Gegenteil. Beziehungen sind bei uns sehr streng geregelt. Kein Paar darf ohne Robins Zustimmung offiziell eine Beziehung führen oder zusammenziehen. Geflirtet wird natürlich viel, aber sobald es ernst wird, muss er als Regent die Sache absegnen.«

Die waren doch alle verrückt! Warum sollte man sich von irgendeinem Volltrottel vorschreiben lassen, mit wem man zusammen sein durfte?

»Es gibt für ihn im Normalfall keinen Grund abzulehnen«, erklärte Gwynnia. Wahrscheinlich hatte meine Mimik mal wieder Bände gesprochen. »Der Hintergrund ist, dass wir internen Mitglieder es eben eine ganze Weile miteinander aushalten müssen. Trennungen können sich da echt negativ aufs Miteinander auswirken. Es ist, wie um die Hand von jemandem anzuhalten.«

Ein bisschen sehr altmodisch für meinen Geschmack. Warum sollte Dorville einschätzen können, ob es zwischen zwei Verliebten gut ausgehen würde oder nicht?

»Und, hast du schon jemanden in Aussicht?«, fragte ich.

Gwynnia machte von einem Moment auf den anderen total dicht. »Wie kommst du darauf? Nein.« Sie wich meinem Blick aus und tat, als hätte ich das Thema nie angeschnitten.

Da es mich weder etwas anging noch interessierte, beließ ich es dabei.

Außen an den Türen, an denen wir nun vorbeikamen, klebten bunte Basteleien und Bilder. Von irgendwoher hallte Kinderlachen durch den Flur. Das Quietschen von Schuhsohlen auf dem Boden, Rufe und Türkenknallen verrieten, dass da wohl ein Fangenspiel im Gange war.

Wenig später kamen wir zu einer Glastür, die auf den Hof führte.

»Da werden die Kleinen ja ganz schön beschallt, wenn draußen Partys stattfinden«, stellte ich fest.

Sie winkte ab. »Ihre Zimmer sind gut isoliert. Es ist gar nicht so übel, in der Gesellschaft aufzuwachsen.«

Sie musste es ja wissen. Andererseits kannte sie natürlich auch nichts anderes.

Wir traten ins Freie, und sofort hatte ich das Gefühl, wieder besser atmen zu können. Ich hatte keine Ahnung, wie ich auch nur einen Tag in dieser Klapse überleben sollte.

Wir gingen an der Hauswand entlang auf das Meer zu, bogen dann aber am Ende des Flügels nach links.

Gwynnia blieb stehen und zeigte nacheinander auf die Hallen, die ich schon von oben gesehen hatte. »Eine Partyhalle für die Wintermonate oder schlechtes Wetter. Eine Sport- und eine Eislaufhalle – auch beides zum Feiern nutzbar. Da haben wir noch ein kleines Schwimmbad. Und noch eine kleinere Partyhalle.«

Dafür, dass alle bis tief in die Nacht gefeiert hatten, waren erstaunlich viele schon wieder auf den Beinen. Auf der Rasenfläche wurde eine kompliziert aussehende Bewegungsabfolge irgendeiner Kampfsportart eingeübt, und nicht weit entfernt war eine Handvoll Mädchen in weißen Tenniskleidern in Dehnübungen vertieft.

Wir wandten uns wieder in die andere Richtung und liefen über die Wiese parallel zum Sandstrand am Hof und dann am Regentenflügel entlang. Erst jetzt sah ich den langen Steg, der bestimmt zweihundert Meter aufs Wasser hinausführte. Wäre ich allein gewesen, hätte es mich sofort dort hingezogen. Die

Vorstellung, bis ans äußerste Ende zu laufen und mich dort auf den Holzlatten niederzulassen und aufs Wasser zu schauen, hatte etwas sehr Beruhigendes.

»Die Nachmittage und die Mittwochabende stehen zur freien Verfügung«, sagte Gwynnia und lenkte meine Aufmerksamkeit damit wieder auf sich. »Du wirst schnell feststellen, dass dir hier auf dem Gelände einiges geboten wird. Wenn du nicht die Absicht hast, die ganze Zeit an Robin zu kleben.«

Nur leider musste ich das, wenn ich möglichst schnell wieder von hier verschwinden wollte.

»Wir haben eine große Auswahl an Kursen, teils von Außenstehenden, aber hauptsächlich von Mitgliedern geleitet. Robin legt Wert darauf, dass alle Vorstandsmitglieder und Harmonien bestmöglich gefördert werden; daher wird er deinen Stundenplan mit dir durchgehen, sobald du deine Wünsche zusammengestellt hast.«

Wie sollte es auch anders sein? Er durfte schließlich überall reinreden.

Hinter dem Ostflügel des Hauptgebäudes gab es noch zwei weitere Bauten sowie einen großen Reitstall, vor dem gerade mehrere Pferde gesattelt wurden.

»Dir steht ein eigenes Pferd zu, wenn du eines möchtest. Auch sonstige Haustiere sind ein Vorrecht der Harmonien.«

Sofort drängte sich mir der Gedanke an arme Chihuahuas in Handtaschen auf.

»Neben den Stallungen haben wir noch eine Lagerhalle für technisches Equipment, Dekozeug und all so was.« Dann wies sie auf eine Art Pavillon auf Stelzen. »Und das ist der Salon, unser Café mit Meerblick.«

Von den Plätzen an den sonnenbeschirmten Tischen auf der Außenterrasse war ein gutes Drittel besetzt. Schien ganz so, als ob der eine oder andere nach dem ausgiebigen Feiern dann doch erst mal einen starken Kaffee brauchte.

»Wie? Keine weiteren Partyhallen auf dieser Seite?«, fragte ich sarkastisch.

»Nein, da muss ich dich leider enttäuschen. Aber wir haben noch einen großen Partykeller. Ab und zu feiern wir auch auswärts, zu besonderen Gelegenheiten, wie du weißt. Raffiniert übrigens, dir über die externe Party Zugang zu uns zu verschaffen – im Normalfall zwar auch nicht viel aussichtsreicher als eine normale Bewerbung, aber bei dir hat es ja super funktioniert.«

»Super ist ja gar kein Ausdruck«, murmelte ich.

Wir drehten um und gelangten durch eine andere Tür zurück ins Haupthaus.

»Ach, sieh an! Wenn das nicht unsere unerwünschte Cinderella ist.« Ein Mädchen trat uns in den Weg. Ich hatte sie schon einmal gesehen, allerdings bisher nur in Partymontur und einem Zustand weit entfernt von nüchtern. Jetzt trug sie Skinnyjeans und einen moosgrünen Pullover mit Wasserfallkragen und hatte ihren Kater mit einer gehörigen Portion Make-up retuschiert.

»Veronique, stimmt's?«, erinnerte ich mich.

»Du hättest es gar nicht erst versuchen sollen.«

Damit meinte sie wohl meine Kandidatur.

»Fast hätte ich es mir anders überlegt!«, sagte ich zuckersüß. »Es war nicht zu übersehen, dass dein Angebeteter am liebsten direkt dich wählen würde.«

Sie baute sich vor mir auf, in ihren Augen zog ein Unwetter auf. »Denkst du, du kannst hier mir nichts, dir nichts reinspazieren und dich aufspielen wie eine …«

»Ich bin sicher, ihr werdet noch genügend Gelegenheit dazu haben, euch anzugiften«, versuchte Gwynnia, die Lage zu retten. »Schön, dich getroffen zu haben.« Sie zog so heftig an meinem Arm, als wollte sie ihn mir ausreißen, und zerrte mich außer Reichweite.

»Du wirst hoffnungslos untergehen!«, rief Veronique mir nach.

»Und das war nur eine von vielen, die mich seit heute am liebsten killen würden«, murmelte ich, während ich Gwynnia hinterherstolperte.

»Die Kandidatinnen sind einfach verunsichert«, meinte sie. »Sie haben nicht mit dir gerechnet. Keiner hat das.«

»Tja, sie werden aber auch in Zukunft mit mir rechnen müssen.«

Sie klopfte mir auf die Schulter. »Das nenn ich Kampfgeist!«

Gwynnias Besprechung fing bald an, deshalb kürzte sie den Rest des Rundgangs ab.

»Es gibt natürlich noch viel mehr zu sehen – den Keller, den Speisesaal, den Versammlungssaal, den Pool und die Sauna, den Internetraum, die Zimmer für Gäste und, und, und … Aber für den ersten Überblick sollte es so weit genügen. Du wirst dich schnell zurechtfinden!«

»Internetraum?«, hakte ich nach, weil ich eine Möglichkeit witterte, Blanche zu erreichen – und um weiter nach Hinweisen über Dorville zu suchen.

»Da stehen PCs, damit wir surfen können. Handys sind laut

der Hausordnung verboten; nur Robin, Marcon und ein paar Organisatoren besitzen welche. Alle anderen müssen Telefonate von Robin genehmigen lassen; es gibt ein weiteres Handy bei mir an der Rezeption. Außerdem sind einige Websites und Chatrooms gesperrt, und die Chronik wird immer aufgezeichnet. Wir wollen damit verhindern, dass jemand Infos an die Klatschpresse herausgibt oder Ähnliches.«

Super, überwacht wurde man also auch noch.

Wir fuhren mit einem Aufzug wieder in den zweiten Stock, wo Gwynnia ihre Führung begonnen hatte. Dann brachte sie mich von dort zur Stirnseite des Hauses, zu einem Flur, von dem sechs Türen abgingen.

»Hier sind wir quasi im Kern deines neuen Zuhauses. Die Zimmer sind für die Harmonien vorgesehen. Du wirst sie alle ganz bald kennenlernen.«

Wie wundervoll. Nach der Begegnung mit Veronique konnte ich es kaum erwarten, noch mehr nette Mädchen zu treffen, deren Lebensziel es war, Dorville rumzukriegen! Es ging doch nichts über ein bisschen hasserfüllte Konkurrenz. Dabei mussten sie sich absolut keine Sorgen machen, dass ich ihnen ihr Spielzeug streitig machen könnte.

»Bis zum Ende der Harmonienwahl wohnt ihr noch zu zweit oder dritt, danach wird angebaut, und jede von euch bekommt ihr eigenes Reich. Du teilst dir ein Zimmer mit Taylana. Du hast Glück, sie ist echt nett!« Gwynnia stoppte vor einer der Türen und klopfte an.

»Herein!«, kam es von drinnen.

Gwynnia öffnete und ließ mich zuerst eintreten.

Der Raum war groß und hell, mit mintgrüner Tapete und

flauschigem Teppichboden. Ich sah gleich, dass es eine bewohnte und eine unbewohnte Hälfte gab. Die von der Tür aus rechte gehörte offenbar dem Mädchen, das im Schneidersitz auf dem Bett saß und gerade einen großen Kopfhörer abnahm. Über ihr hing eine bunte Fotocollage an der Wand. Auf ihrem Nachtschränkchen stapelten sich Bücher, die stark nach Fantasy aussahen, und offenbar sammelte sie Nagellacke – jedenfalls standen mindestens fünfzig Fläschchen auf der hölzernen Kommode unter dem Wandspiegel.

Das Mädchen war aufgestanden, kam auf mich zu und umarmte mich einfach. »Willkommen im Team! Du kannst mich Tayla nennen. Ich finde es toll, endlich eine neue Mitbewohnerin zu kriegen!«

Ich atmete innerlich auf. Sie war mir auf Anhieb sympathisch.

»Louelle«, sagte ich. Das ging mir mittlerweile schon ganz leicht von den Lippen.

»Du wirst so schnell wie möglich deine eigenen Sachen bekommen, aber was du bis dahin an Klamotten brauchst, borgt Tayla dir sicher aus«, sagte Gwynnia, und Taylana nickte bestätigend.

Da wir ungefähr gleich groß waren, würde das sicher hinhauen. Endlich raus aus diesen verfluchten Schuhen!

»Ist ja schon eine ganze Weile her, dass die Königin ihr eigenes Zimmer bekommen hat«, meinte Gwynnia.

»Ja, und ich hab Clea echt gern – aber es war schon gut, dass sie umgesiedelt ist. So kann Robin sie ungestört besuchen.«

Die beiden tauschten ein wissendes Lächeln.

Dann verabschiedete Gwynnia sich fürs Erste und kündigte

an, mir später noch ein paar Papiere zum Ausfüllen vorbeizubringen.

Als sie weg war, herrschte Stille. Auf dem Flachbildfernseher neben der Tür lief zwar irgendeine Sendung, jedoch ohne Ton.

Wie würde sich jemand verhalten, der in der Situation war, in der ich zu sein vorgab? Die neue Zimmergenossin mit Fragen löchern!

»Ich dachte, keine von euch freut sich besonders auf mich«, begann ich.

»Oh, ich kandidiere nicht«, sagte sie. Das erklärte, warum sie mir noch nicht an die Gurgel gegangen war. »Es wird garantiert auch die ein oder andere geben, die sich über deinen Beitritt ganz schön ärgert.«

Wenn ich da an Veronique dachte, war das kein leeres Versprechen.

»Warum stellst du dich denn nicht zur Wahl?«, wollte ich wissen. Ich ging zu dem freien Bett hinüber, auf dem bereits Bettwäsche bereitlag, und setzte mich auf die Matratze.

»Ich mag Robin sehr, nur nicht auf diese Weise.«

»Entschuldige, wenn ich so direkt frage, aber … Warum bist du Harmonie geworden?«

Sie lächelte. »Kein Ding, du kannst mich alles fragen. Ich wurde in die Gesellschaft von Robins Vater hineingeboren. Wir sind zusammen aufgewachsen, und für mich stand immer fest, dass ich in den Führungskreis der Saya Nord wollte.«

Dann hatte sie wie Gwynnia nie ein anderes Leben kennenlernt als das innerhalb der Glamourgesellschaften? Wahnsinn.

»Über wen habt ihr eben gesprochen? Deine frühere Mitbewohnerin? Hat sie eine besondere Funktion oder …?«

Tayla stand auf und öffnete eine Tür vor ihrem Bett. Sie führte in einen begehbaren Kleiderschrank, der die Größe eines ganzen Wohnheimzimmers hatte. »Clea? In gewisser Weise. Sie gilt als unsere unangefochtene Königin. Du wirst das verstehen, wenn du sie kennenlernst.« Sie winkte mich zu sich heran, und ich folgte ihr in den Schrank.

»Du meinst, sie ist Dor… Robins Favoritin?«

Tayla war an einen Kleiderständer getreten und suchte offenbar nach ein paar Sachen, die sie entbehren konnte.

Bei meiner Frage warf sie mir einen kurzen, wachsamen Blick über die Schulter zu. »Robin darf vor der Wahl keine Harmonie bevorzugen, jedenfalls nicht öffentlich. Aber Clea kommt wie ich aus der Gesellschaft seines Vaters. Die beiden kennen sich schon ewig, und mit der Zeit hat er ihr einige Privilegien zugestanden, zuletzt das Einzelzimmer. Na ja, und ich denke, ich lehne mich nicht zu weit aus dem Fenster, wenn ich sage, dass er wirklich oft bei ihr ist.«

Sie schien das alles vollkommen in Ordnung zu finden. Mir war es gleich, aber verstehen konnte ich es nicht ganz. Wie sollte denn eine Harmonie, die erst später aufgenommen worden war, mit denen konkurrieren können, die Dorville schon sein Leben lang kannten?

»Besteht also überhaupt keine Chance, dass er sich für eine andere entscheiden wird? Wozu dann das ganze Drama?«

Tayla warf mir ein hübsch geschnittenes schwarzes T-Shirt und eine blaue Jeggins zu. »Du klingst ja *sehr* motiviert. Keine Sorge, Clea hat sich auch nicht als Kandidatin aufstellen lassen. Aber verderben solltest du es dir trotzdem nicht mit ihr.« Sie zuckte mit den Schultern.

Da ich aus diesen ganzen Infos nicht besonders viele Schlüsse ziehen konnte und lieber nicht weiter auf meine Einstellung zur Wahl eingehen sollte, beschloss ich, das Thema erst mal fallen zu lassen.

»Hier kannst du übrigens später deine Klamotten reintun«, sagte Tayla und zog eine weitere Tür auf, die sich in ihrem Schrank befand.

Ich warf einen Blick hinein. Platznot würde ich jedenfalls nicht bekommen.

Zurück im Zimmer, zog ich mich erst mal um und wäre Tayla fast um den Hals gefallen, als sie auch noch superbequeme Sneaker für mich herausrückte.

Während sie im Bad verschwand, setzte ich mich wieder auf das für mich bestimmte Bett und schloss die Augen. All die Eindrücke der letzten Stunden stürzten über mir zusammen. Ich würde eine Harmonie sein. Ich! Wie hatte es so weit kommen können?

Was für eine Ironie, dass ich damit genau das tat, was Dorville von Blanche verlangt hatte.

Ach, Blanche! Wo sie jetzt wohl war? Würde sie sich von diesem Ort fernhalten? Ich war nicht die Einzige von uns beiden, die alles für die andere tun würde, und das machte mir gerade am allermeisten Sorgen.

Etwas zu finden, mit dem ich ihr aus der Klemme helfen könnte, würde womöglich Tage oder sogar Wochen dauern. Wie sollte ich so lange überleben – ohne ihre mit Emojis überladenen Nachrichten, ohne unseren Mittwochnachmittagskakao im Café Vierkron, ohne *sie*?

Tayla kam wieder aus dem Badezimmer. »Heimweh?« Sie

streckte mir ihren Arm entgegen. »Wirst sehen, du hast die richtige Entscheidung getroffen. Lass uns zum Essen runtergehen, Ablenkung hilft am besten!«

Ich war dankbar, dass sie mich so selbstverständlich mitnahm. Obwohl sie mit ihrer Vermutung danebenlag, fühlte ich mich dank ihrer warmherzigen Art gleich ein bisschen wohler in meiner Haut und nicht mehr ganz verloren.

An der Biegung zur Treppe nahm ich gerade noch einen Schatten wahr, da prallte ich schon mit jemandem zusammen. Ich wankte zurück, mein Gegenüber geriet ins Straucheln und griff Halt suchend nach dem Geländer. Erschrocken starrten wir einander an. Moment, die kam mir bekannt vor! Sie war es gewesen, die unserem Auto vom Hoteleingang aus hinterhergestarrt hatte. Auch jetzt verzog sie missbilligend das Gesicht, und ihr Blick wurde stechend.

Aus der Nähe betrachtet, war sie fast einschüchternd perfekt. Perfekte Züge, perfekte Figur und Klamotten, die ihr wahnsinnig gut standen.

»Clea«, begrüßte Tayla sie. »Eben habe ich noch mit Louelle über dich gesprochen! Du hast bestimmt schon gehört, dass Robin sie angenommen hat?!« Aus ihrem beschwingten Tonfall war leise Besorgnis herauszuhören.

Cleas Augen weiteten sich, und mich beschlich der Verdacht, dass sie mich vielleicht noch weniger ausstehen konnte als Veronique, einfach nur, weil ich überhaupt hier war. Für einen Moment glaubte ich, sie würde schreien. Dann stürmte sie ohne ein weiteres Wort an uns vorbei, wieder nach oben.

Tja, sah ganz so aus, als hätte ich es leider doch schon geschafft, es mir mit der Königin zu verderben.

6.

Clea

Ich spürte die irritierten Blicke der Jungs, an denen ich im Gang vorbeistampfte. Kein Wunder – normalerweise würde ich niemals wutschnaubend durch ihren Flur rauschen.

Robin war garantiert noch nicht zum Essen nach unten gegangen. Er kam immer auf den letzten Drücker. Sein Flügel war auch für mich tabu, aber das kümmerte mich gerade nicht im Geringsten. Ich fand ihn weder in seinem Büro noch in seinem privaten Empfangszimmer, dem Speiseraum oder den beiden großen Wohnräumen. Blieb nur noch sein Schlafzimmer. Ohne Vorwarnung platzte ich hinein.

Wie ich schon vermutet hatte, war Robin noch nicht im Begriff, das Zimmer zu verlassen. Stattdessen saß er auf dem Boden vor der Glasfront zum Balkon und hielt einen Schuhkarton auf dem Schoß. Als er mich sah, schloss er beschützend die Hände darum, sodass ich nicht erkennen konnte, was darin war. Betont ruhig griff er nun nach dem Deckel, schloss den Karton und schob ihn beiseite. Er hätte wissen müssen, dass ich ihn zu gut kannte, um ihm die gespielte Gleichgültigkeit abzunehmen. Ich sah genau, wie angespannt er war.

»Ich kann mich nicht erinnern, dich herbestellt zu haben«, sagte er kühl.

Ich hasste es, wenn er so mit mir redete. »Das kannst du nicht machen! Du hast gesagt, du nimmst sie nicht an!«

Dazu lächelte er nur müde. »Gar nichts habe ich gesagt, Clea.«

Er stemmte sich vom Boden hoch und kam auf mich zu.

»Die Sache wird für Ablenkung sorgen, mehr ist nicht dabei. Ich erfülle nur die Erwartungen an mich. Damit niemand von unserem Plan erfährt.«

Ich seufzte. Konnte es denn *unser* Plan sein, wenn er mich so wenig mitreden ließ?

»Kannst du mir bitte einfach vertrauen?«

Ich seufzte ein zweites Mal. Wie sollte ich das? Ich hatte schon so viel Geduld gehabt. Aber immer wenn ich glaubte, er meinte es ernst, passierte etwas, das das Gegenteil bewies.

»Du hast nichts zu befürchten.«

Ja, außer dass er sich möglicherweise dazu entschließen könnte, die Neue zu seiner Ersthamonie zu machen. Oder eine der anderen.

Er trat neben mich, und für einen Moment glaubte ich, er würde mich einfach rausschmeißen. Stattdessen zog er die Tür zu. Kaum war sie ins Schloss gefallen, drückte er mich sanft, aber bestimmt mit dem Rücken dagegen.

Diesmal nicht, sagte ich mir. *Diesmal lässt du dich nicht bestechen.*

»Alles nur für den Schein«, sagte er und suchte meinen Blick.

Ich wich ihm aus, weil ich wusste, sonst würde ich schwach werden und wie schon tausend Mal zuvor in seinen Augen ertrinken. Sein Kuss kam unerwartet, und er ließ mir keine Zeit, ihn zu erwidern. Als er zurückwich, hätte ich ihn am liebsten gepackt und wieder zu mir herangezogen. Ich beherrschte mich, wie immer.

»Ich gehe jetzt raus, und du kommst in zwei Minuten nach, nicht früher, okay?« Sein Blick streifte den Karton am Boden. Er zögerte. »Und Finger weg davon!«

Ich trat zur Seite, damit er hinausgehen konnte, obwohl alles in mir ihn zurückhalten wollte. Ihn zur Rede stellen wollte.

Als er mit der Hand auf der Klinke kurz innehielt, setzte mein Herz aus. Würde er es jetzt sagen? Dann würde ich alles ertragen.

»Nach der Party heute Abend muss ich zu Apryl. Es muss alles sein wie immer, sonst wittert sie was.«

Bitte, bitte nicht! »Was, wenn du sie einfach ignorierst? Soll sie doch denken, was sie will.«

Er seufzte. »Mir gefällt das auch nicht, okay? Es wird nicht mehr lange so weitergehen.«

Ich wollte ihm zu gern glauben.

»Zwei Minuten«, schärfte er mir ein. Dann ließ er mich in seinem Zimmer zurück.

Ich schaute zu dem Schuhkarton. War es eine Art Vertrauensbeweis, mich damit allein zu lassen? Oder wusste er einfach, dass ich es nie wagen würde, diese Grenze zu übertreten? Denn ich war mir sehr sicher, was ich in der Schachtel finden würde.

Die Gegenwart war kompliziert genug. Ich hatte keinen Bedarf, mir auch noch die Geister der Vergangenheit zu Feinden zu machen.

7.

Vicky

Buntes Stimmengewirr und verheißungsvoller Essensduft füllten den Speisesaal. Mein erster Blick galt dem gewaltigen Büfett, das sich an der gesamten hinteren Wand vor den Fenstern entlangzog. Wenn diese ganze Scharade etwas Gutes hatte, war es der Luxus, den ich in der hoffentlich kurzen Zeit hier genießen konnte. Ich würde mir auf jeden Fall schamlos den Bauch vollschlagen.

Wir liefen an mehreren Reihen runder Tische vorbei, auf denen jeweils Silberbesteck und zu Lilien gefaltete Servietten für sechs Personen warteten.

Da es draußen noch nicht dunkel war, reichte der Schein der roten Kerzen in den dreigliedrigen Tischleuchtern aus, und der Saal wirkte feierlich und stimmungsvoll.

»Mittags wird das Essen an der Theke ausgegeben, aber abends haben wir immer das kalte Büfett«, erklärte Tayla mir und deutete dabei auf die geschlossene Essensausgabe zu unserer Rechten. Dann winkte sie einem Mädchen mit rosarot gefärbten Haaren zu, das bereits am Büfett stand. »Ich esse immer mit Collie zusammen. Du wirst sie mögen.«

Sie schob mich weiter auf die mit Tabletts voller Köstlichkeiten beladenen Tische zu.

Collie kam zu uns herüber. Sie hatte sich bereits eine Handvoll Kanapees aufgeladen. »Willkommen an Bord. Cool, dass Tayla und ich dich zuerst kennenlernen dürfen!«, begrüßte sie mich. »Du solltest unbedingt eins von den Grünen probieren!«, empfahl sie und deutete darauf.

»Die sehen … wirklich grün aus.«

»Spinatcakes mit Mascarponecreme, Bohnen und Zuckererbsen«, führte sie aus. »Die Tomatenfinanciers sind aber auch nicht zu verachten.«

»Na, dann bin ich gespannt!« Ich ließ die Avocadosuppe mit Garnelen, die mit Edelschinken umwickelten Melonenstücke und die Austern auf Eis links liegen und ergatterte einige der Häppchen.

Gerade häufte ich mir Salat mit geraspelten Karotten und Räucherlachsscheiben auf, als mir jemand auf die Schulter tippte. »Was hast du hier verloren?«, zischte mir eine Stimme ins Ohr.

Dorville, natürlich.

»Ich hol mir was zu essen? Wie alle hier?«

Rücksichtslos zerrte er mich vom Büfett weg, wobei ich das Salatbesteck fallen ließ. Klirrend landete es auf einem Tablett. »Ich hab gesagt, heute lässt du dich noch nicht in der Gesellschaft blicken!«

Tayla trat neben mich, ihren Teller auf einer Hand balancierend. »Sorry, ich hab sie mitgebracht. Du wirst jetzt doch wohl nicht austicken, weil sie mit uns zu Abend isst, oder?«

Dorville ignorierte sie. »Geh wieder hoch. Von mir aus kannst du dein Essen mitnehmen.« Er sprach ruhig, aber in einem Ton, der keinen Widerspruch zuließ.

Kurz überlegte ich, mich zu wehren. Doch das hätte mich nur negativ auffallen lassen. *Nicht vergessen, du musst so wirken, als wärst du hoffnungslos in ihn verknallt.*

Also nickte ich entschuldigend und raunte Tayla ein »Bis später« zu.

Auf dem Weg hinaus waren meine Schritte auf dem Parkett das Einzige, was zu hören war. Alle hatten ihre Gespräche unterbrochen und beobachteten meinen Rückzug. Ich lief schneller. Nichts wie weg von all den Blicken!

An dem Tisch, der dem Ausgang am nächsten war, stellte eine Blonde, die aussah wie ein Model, gerade eine Champagnerflasche zurück in den Kübel in der Tischmitte und prostete mir schadenfroh mit dem Glas in der anderen Hand zu. Ich tat so, als hätte ich sie nicht gesehen, und war froh, als ich den rettenden Flur erreichte.

Während ich meine kleine Ausbeute allein am Boden sitzend in meinem neuen Zimmer aufaß, sortierte ich den Blätterwust, den Gwynnia mir mittlerweile wie angekündigt vorbeigebracht hatte. Das half, um mich abzulenken – davon, dass ich an einem Ort war, den ich hasste, von den Zweifeln an meinem kopflosen Plan und von der erdrückenden Stille im Zimmer.

Ich füllte weitere Formulare mit den Details meiner neuen Identität und las die Hausordnung, die Gesellschaftsordnung und die Gründungsordnung quer. Ich hatte mir die Gesellschaften gar nicht dermaßen regelbesessen vorgestellt, wo sie doch in allem so gern über die Stränge schlugen. Zum Glück gab es »die Goldenen Gesetze« – eine Zusammenfassung mit den zehn wichtigsten Punkten, die mir ziemlich schnell klarmachte, dass ich mir den Rest getrost schenken konnte. Wenigstens brachte mich der Mist mehrfach zum Lachen: Elite der High Society? Absolute Autorität des Regenten? Morgenruhe bis 11:30 Uhr? Nicht zu vergessen die fehlende Stunde ab Mittag, die nach Mitternacht wieder drangehängt wurde.

Es war einfach herrlich, dass hier alle so unbestreitbar ein Rad abhatten und es nicht mal merkten!

Zum ersten Mal in der Saya Nord aufzuwachen, war schrecklich. Ich fühlte mich, als hätte ich kein Auge zugetan, obwohl ich vielleicht sogar durchgeschlafen hätte – wäre ich nicht eine Stunde nach vierundzwanzig Uhr von den dreizehn durchdringenden Glockenschlägen der Standuhr im Foyer aufgeschreckt worden. Viele wirre Albträume hatten mich heimgesucht – in fast allen hatte Dorville mich zum Schluss enttarnt. In der schlimmsten Version hatte er mich daraufhin Krokodilen zum Fraß vorgeworfen. Ich hätte schwören können, dass eines davon große Ähnlichkeit mit Clea gehabt hatte.

Tayla war erst spät von der Party zurückgekommen und schlief noch. Wie ich Profi ja jetzt wusste, bis mindestens 11:30 Uhr. Frühstück schien man hier nicht zu kennen, was schlecht war, denn nach der Pleite beim Abendessen knurrte mir schon wieder der Magen. Ich stand so leise wie möglich auf und gönnte mir – nachdem ich mit dem Tastenfeld der Dusche nicht klargekommen war – zuerst mal ein Bad in der frei stehenden Designerwanne, die wie eine überdimensionale Nussschale anmutete. Auch der Rest des Badezimmers war übertrieben prunkvoll, aber bewundernswert durchdacht. Das Beleuchtungskonzept war perfekt an die Einrichtung angepasst. Ich ertappte mich dabei, wie ich die Gestaltungsprinzipien analysierte. Dabei hatte ich das Thema Innenarchitektur doch aus meinem Leben gestrichen. Die Erwartungen meines Vaters zu erfüllen, stand einfach nicht mehr auf meinem Programm. Hier zu sein, war da der beste Beweis.

Mit den Anträgen für Gwynnia schlich ich mich wenig später nach unten. Ich hatte nicht damit gerechnet, dass sie schon auf war, aber als ich die Treppe runterkam, lächelte sie mir bereits vom Empfang entgegen. Der Schlafmangel konnte ihr offenbar nichts anhaben. Frisch und fröhlich begrüßte sie mich.

»Fantastisch, du hast alles?« Sie nahm mir die Blätter ab. »Dann steht deinem offiziellen Beitritt nichts mehr im Wege. Die Anspruchserklärung wird vor dem Vorstand abgegeben. Robin will die Versammlung noch vor dem Mittagessen einberufen.«

»Das heißt, er hat vor, vor dem Mittagessen aufzustehen?«

Sie lachte. »Ausnahmesituation. Mittag gibt's um halb eins. Wenn du vorher schon Hunger hast: Der Bäcker aus dem Ort liefert jeden Morgen eine kleine Auswahl an Brötchen und Gebäck für die wenigen Frühaufsteher.«

Bäcker klang gut. Am liebsten wäre ich sofort losgerannt.

»Warum bist du schon so früh auf?«, fragte ich stattdessen, weil ich mich ja schlecht einfach umdrehen und zu meinem Frühstück stürzen konnte.

»Hab nicht so lang gemacht wie die anderen«, meinte sie nur.

»Ich dachte, es wäre Pflicht, bis zum Ende zu bleiben.« Wenn es schon Pflicht war, an den Partys teilzunehmen, hätte mich das jedenfalls nicht gewundert.

»Nur bis zum Ende der Dreizehnten Stunde, danach ist es freiwillig. Das wirst du alles noch lernen, wenn du im Einführungskurs sitzt. Der ist aber erst heute Nachmittag. Jetzt geht es erst mal darum, dass ihr den Eid ablegt, Robin und du.«

»Was für einen Eid?« Verdammt, die wollten doch nicht, dass ich mein Leben dieser Luxussekte verschrieb? Was würde passieren, wenn ich mich nicht daran hielt?

»Keine Sorge, du musst nur nachsprechen. Es ist im Grunde nur noch mal deine mündliche Bestätigung der Anspruchserklärung.«

Ich schluckte trocken. *Alles nur Show*, erinnerte ich mich, *die Person, die dort unterschreibt und schwört, gibt es gar nicht.*

In diesem Moment gab mein Magen schon wieder ein energisches Knurren von sich.

Gwynnia lachte. »Dann will ich dich mal nicht länger aufhalten«, sagte sie. »Mach dir einen gemütlichen Vormittag. Du bekommst Bescheid, wenn es losgeht.«

Das ließ ich mir nicht zweimal sagen.

Im Speisesaal war ich tatsächlich ganz allein. So bemerkte auch niemand, wie viel ich futterte. Bestimmt war das bei den Harmonien nicht gern gesehen, und die sollten sich eigentlich von Salat und Smoothies ernähren.

Danach zog es mich nach draußen. Am Strand befreite ich mich von Schuhen und Socken, um den Sand unter meinen Füßen zu spüren, und genoss den Wind in meinen Haaren und das Rauschen der Wellen. Ich lief so weit, bis das Anwesen nur noch ein kleiner Fleck in der Ferne war, und mit jedem Schritt wurde mein Herz ein bisschen leichter.

Als ich mich auf den Rückweg machte, stand die Sonne hoch am Himmel. Schon von Weitem sah ich Tayla, die mir entgegenkam und winkte. »Sie suchen dich überall!«, rief sie mir entgegen. »Beeil dich besser!«

Ich behielt mein Tempo bei. Ich war diejenige, die schon seit heute Morgen auf den Beinen war. Jetzt konnten ruhig mal die anderen warten.

»Deine Ruhe hätte ich auch gern«, lachte Tayla, als sie mich erreichte.

Gemeinsam gingen wir aufs Haus zu.

»Bist du überhaupt nicht aufgeregt? Das ist ein enorm wichtiger Tag für dich!«

Ich versuchte, mir vorzustellen, wie ich mich fühlen würde, wenn das hier echt wäre. Wenn ich ein Mädchen namens Louelle wäre, das sehnsüchtig darauf wartete, sich an Dorville zu binden.

»Ich gehe immer raus, wenn ich nervös bin«, sagte ich.

Sie klopfte mir aufmunternd auf den Rücken. »Deine Stylistin wartet auf unserem Zimmer«, erklärte sie. »Sollst ja bei der Zeremonie ein bisschen was hermachen.«

Eid ablegen, Stylistin, was hermachen – das hörte sich alles gefährlich formell an. Ich hatte gehofft, meinen Scheinbeitritt etwas weniger pompös hinter mich bringen zu können.

Mit einem unguten Gefühl folgte ich Tayla zu unserem Zimmer.

Dort erwartete mich ein Mädchen in meinem Alter mit auberginefarben getönten, kinnlangen Haaren und dickem schwarzen Lidstrich.

»Da bist du ja, hey, ich bin Gina«, begrüßte sie mich, »ich mach hier im Haus bei Bedarf professionelles Styling und hab heute die Ehre, dich auf deinen großen Auftritt vorzubereiten. Heute Abend dann gleich noch mal. Falls du mit meiner Arbeit zufrieden bist, würde ich mich freuen, wenn du Robin bittest, mich als deine persönliche Stylistin zu engagieren. Jede Harmonie hat eine, aber ich bin noch keiner zugeteilt und hatte schon die Hoffnung aufgegeben. Von uns Mitgliedern trägt ja jeder etwas zum Gesellschaftsleben bei, und ich wäre sehr glücklich, wenn ich Stylistin bleiben dürfte. Ich hatte auch schon überlegt, mich fürs Delikatessenteam zu bewerben, aber ich glaube, so richtig mein Ding wäre das nicht. Du bist spät, wir haben nur noch zwanzig Minuten. Du meine Güte, was laber ich hier rum, wir müssen anfangen! Robin hat gestern noch die beiden Kleider und Schuhe bestellt, für gleich und für die Party, Expresslieferung. Ich denke, wir könnten deine Haare …«

Sie hörte gar nicht mehr auf. Noch nie war ich jemandem begegnet, der mir die Bedeutung von »ohne Punkt und Komma« dermaßen nahegebracht hatte.

Folgsam zog ich das Kleid an, das sie mir reichte. Widerspruch einzulegen, wäre schlichtweg nicht möglich gewesen.

Keine Ahnung, was ich davon halten sollte, dass Dorville sich Gedanken darüber gemacht hatte, was ich heute tragen sollte. Für die Schuhe hätte ich ihn allerdings gern umgebracht (auch wenn ich *den* Plan ja eigentlich schon gleich zu Beginn verworfen hatte). Wahrscheinlich freute er sich darauf, mich in den schwarzen Pumps mit mörderischen Stiletto-Absätzen leiden zu sehen.

Das Kleid war dunkelblau, knielang, dezent, aber elegant und hatte einen hohen Kragen. Ein Rankenmuster zierte die transparenten Dreiviertelärmel.

Ich ließ zu, dass Gina meine Haare glättete und schließlich einen schmalen silbernen Reif hineinsteckte. Dazu passend wählte sie silbern schimmernden Lidschatten, was nun wirklich etwas too much war.

Nach einer gefühlten Ewigkeit legte sie den Lippenstift weg, den sie für den letzten Schliff gebraucht hatte.

»Keine Sorge, der ist kussecht«, sagte sie mit einem Zwinkern.

Mich überlief es heiß und kalt, und ich hatte meine liebe Mühe, mein Entsetzen zu verbergen. Gina betrachtete mit zusammengekniffenen Augen ihr Werk, nestelte noch einmal an meinem Kragen herum und strahlte mich schließlich an. »Zeit, runterzugehen! Bereit?«

»Werden etwa alle zusehen?«, fragte ich Tayla. Sie hatte uns nach unten begleitet und würde offenbar an der Zeremonie teilnehmen. Wir standen vor der Doppelflügeltür des Saals, von drinnen war gedämpftes Gemurmel zu hören. Es klang nach vielen Leuten. Nach viel zu vielen.

Tayla grinste. »Lampenfieber? Ja, es kommen alle. Die Gesellschaft muss deinen Beitritt und die Anspruchserhebung bezeugen.«

Und ich hatte gedacht, wir könnten das Ganze genauso unauffällig gestalten wie mein Bewerbungsgespräch. Meine Luftröhre war plötzlich zu eng und mein Hals ganz kratzig. *Atmen, Vicky, atmen. Du kriegst das hin!*

Wir waren die Letzten, und alle Blicke richteten sich auf mich, als wir hereinkamen. Die Gespräche verstummten schlagartig. Nur vereinzelt steckten Mitglieder die Köpfe zusammen und flüsterten miteinander. Ich nahm eine aufrechte Haltung an und setzte einen ausdruckslosen Blick auf.

Hier war Gwynnia bei unserem Rundgang nicht mit mir gewesen. Der Raum glich einem Theatersaal, mit nach hinten ansteigenden Sitzreihen und einer großen Bühne. Dort wartete Dorville bereits und sah uns mit verschränkten Armen entgegen. Er trug ein weißes Hemd zu schwarzen Jeans und war damit etwas legerer gekleidet als die acht jungen Typen in Anzug und Krawatte am anderen Bühnenende.

»Der Vorstand«, murmelte Tayla und nickte in ihre Richtung.

Ich entdeckte Marcon unter ihnen. »Was *ist* das hier?«, fragte ich leise. »Ich dachte, ich erkläre mich mit allen Regeln einverstanden und bin dann drin.«

Gina und Tayla wechselten einen amüsierten Blick. Dann trat Tayla mit einem Fuß auf die erste Stufe zu den Sitzreihen. »Du bist in einer Glamourgesellschaft und willst Erstharmonie werden. *Das hier* ist quasi deine Verlobung, Süße.«

Gina gab mir einen leichten Stoß in Richtung Bühne, in Richtung Dorville. Jetzt war ich auf mich allein gestellt.

Ich setzte mich in Bewegung, aber am liebsten wäre ich wieder rausgerannt. Blanche hin oder her, das hier war zu viel verlangt!

Mit weichen Knien stöckelte ich das Treppchen zur Bühne hinauf, wo Dorville mich in Empfang nahm. »Und, hast du's dir anders überlegt?«

»Nein, warum sollte ich?«, fragte ich gespielt empört und zwang mich zu einem Lächeln.

»Siehst aber so aus«, urteilte er, bot mir den Arm und führte mich zu Marcon und den anderen Mitgliedern des Vorstands.

Ich wagte einen kurzen Blick ins Publikum. Tatsächlich war

der ganze Saal gefüllt. In der ersten Reihe saßen ausschließlich Mädchen – Dorvilles Harmonien, wie ich vermutete. Oder musste ich jetzt sagen seine *anderen* Harmonien? Tayla lächelte mir aufmunternd zu. Dann entdeckte ich Clea, die mich aus schmalen Augen fixierte.

Marcon trat vor, ein Mikro in der Hand.

»Sicher?«, fragte Dorville mich.

»Ja, ich bin sicher, Mann«, zischte ich. Nicht gut – wenn ich aggressiv wurde, bedeutete das, dass meine Nervosität auf die höchste Stufe zusteuerte.

Er ließ endlich meinen Arm los. »Wie du meinst.«

»Willkommen zusammen und entschuldigt, dass ihr heute so wenig Schlaf bekommen habt«, begann Marcon fröhlich. »Aber für ein Ereignis wie dieses können wir das sicher alle verschmerzen, oder? Wer hätte gedacht, dass unser hochgeschätzter Regent jemals noch eine Harmonie zulassen würde? Also ich nicht!«

Belustigtes Gemurmel erhob sich, und neugierige Augen bohrten Löcher in das Kleid, das *er* für mich ausgesucht hatte.

»Möchtest du uns erklären, was das zu bedeuten hat?«, fragte Marcon grinsend und reichte Dorville das Mikro.

»Das fragst du noch?« Er erwiderte das Grinsen und blickte sich dann zu mir um, um mich ausgiebig zu mustern. »Sieh sie dir doch an!«

Irgendein Idiot stieß einen Pfiff aus.

Dorville wandte sich an alle Versammelten. »Ich habe also heute die Ehre, euch nicht nur ein neues Mitglied, sondern zugleich eine weitere Kandidatin für die Harmonienwahl vorzustellen: Louelle Graf!«

»Willkommen, Louelle!«, schallte mir ein gewaltiger Sprechchor entgegen.

Verdammt noch mal, war das hier eine Art Selbsthilfegruppe, oder was? Ich lächelte vage in die Masse aus Mitgliedern.

»Ihr Beitritt wird heute Abend natürlich gebührend gefeiert!«, versprach er, woraufhin die Menge in Jubel ausbrach.

Dorville gab das Mikro zurück an Marcon.

»Dann wollen wir zu dem kommen, weswegen wir alle hier sind: der offiziellen Abgabe der Anspruchserklärung!«

Erneuter Jubel. Ich konnte mir allerdings nicht vorstellen, dass Dorvilles andere Kandidatinnen mit einstimmten. Wahrscheinlich verdarb ich es mir gerade nicht nur mit Clea endgültig.

Dorville bezog mir gegenüber Stellung, sodass wir seitlich zu den Zuschauern standen.

»Da du Einlass in unsere Gesellschaft erbeten und dich bei Robin beworben hast, bestätigst du zuerst deinen Teil der Erklärung«, sagte Marcon zu mir.

Ich nickte, obwohl ich keine Ahnung hatte, was auf mich zukam.

»Also sprich mir nach … Ich, Louelle Graf …«

Er hielt mir das Mikro unter die Nase.

»Ich, Louelle Graf …«, echote ich und zuckte leicht zusammen, als meine Stimme laut durch den Saal hallte. Ich war heilfroh, dass keiner hier meinen richtigen Namen kannte.

»… erlaube hiermit Robin Dorville, im Namen der Saya Nord Anspruch auf mich zu erheben.«

Ich wiederholte die Worte zähneknirschend. Hoffentlich würde mein fehlender Enthusiasmus als Aufregung gedeutet werden! Angespannt war ich auf jeden Fall wirklich, genug, um meine Beine zittern zu lassen und um Dorvilles bohrendem Blick auszuweichen.

»Ich weiß und erkläre mich damit einverstanden, dass seine Entscheidungen künftig meine Entscheidungen sein werden.«

Auch das sprach ich nach und fragte mich, wie jemand ernsthaft so etwas versprechen konnte. Aber es sollte noch schlimmer kommen.

»Ich gelobe feierlich, zu ihm zu stehen und dadurch zur Gesellschaft«, sprach ich Marcon den nächsten Satz nach. »Ich werde ihn nie betrügen, nie …«, ich stockte. Mein Blick huschte ins Publikum und dann versehentlich zu Dorville, der eine Augenbraue leicht anhob. Hilfe, wie war der Satz weitergegangen? Wessen Idee war das hier noch gleich gewesen? Ich spürte meinen Puls in meinen Schläfen pochen. Ein weiterer langer Moment. Worte, die widerwillig zurück in meine Gedanken tröpfelten. »… nie hintergehen und als Harmonie unabhängig vom Ausgang der Wahl bis zu meinem Lebensende an diesem Schwur festhalten.« Uff.

»Wir haben deinen Schwur gehört«, sagte Marcon.

»Wir haben deinen Schwur gehört«, wiederholten die Gesellschaftsmitglieder synchron.

»*Ich* habe deinen Schwur gehört«, sagte Dorville daraufhin. Es lag etwas Warnendes, Drohendes in seiner Stimme. Oder bildete ich mir das nur ein? Musste er mich so anstarren?

»So schließen wir den Bund durch die Anspruchserhebung unseres Anführers, Robin Dorville, dem Regenten der Saya Nord.«

Wieder ging das Mikro an Dorville.

»Und ich erhebe Anspruch auf dich, Louelle«, verkündete er laut und klar. Seinem Blick nun doch für einige Momente standzuhalten, kostete mich große Anstrengung. »Ich gelobe, von heute an Teil deines Lebens zu sein. Ich werde dir in Vertretung der Gesellschaft immer geben, was du brauchst, und ich werde dich mit meinem Leben schützen.«

Die ganze Situation war intensiv, verstörend und fühlte sich surreal an – als ob ich in einem fremden Leben feststecken würde. Tayla hatte recht gehabt – das hier war so gut wie eine Verlobung. Oh shit.

Marcon nahm Dorville das Mikro ab und drückte ihm stattdessen etwas anderes in die Hand.

»Streck den Arm aus«, sagte Dorville leise zu mir.

Ich gehorchte mechanisch. Das Blut rauschte in meinen Ohren. Was tat ich hier bloß?

Jetzt erkannte ich, dass er ein Armband in der Hand hielt. Es bestand aus silbrig transparenten Perlen, nur die in der Mitte war golden.

Er schloss das Armband um mein Handgelenk, seine Berührung brannte auf meiner Haut. Der Verschluss gab ein leises Klicken von sich. Im Saal herrschte vollkommene Stille.

»Durch dieses Band bist du mein«, sagte Dorville. Auch ohne Mikro füllte seine Stimme den Raum.

»Durch dieses Band bin ich dein«, soufflierte mir Marcon.

Ich zitterte, war völlig überfordert von dieser absurden Situation. *Blanche, ich hab's mir anders überlegt, hol mich sofort hier raus!*

»Durch dieses Band bin ich dein«, krächzte ich.

Dorville zog mich in eine Umarmung, und ich legte widerstrebend die Hände auf seinen Rücken. Die Meute applaudierte wie wild. Meine Fluchtinstinkte standen kurz vorm Durchdrehen.

»Küssen, küssen!«, hörte ich plötzlich aus dem Geklatsche heraus.

Nein, oder? Hitze schoss mir in die Wangen, und das ganz sicher nicht, weil mich die Vorstellung, von Dorville geküsst zu werden, so anmachte.

»Nur Show«, flüsterte er mir ins Ohr, und für die anderen sah es bestimmt so aus, als würde er mir etwas unglaublich Liebevolles zuraunen. »Wird nicht wehtun.«

Er gab mir nicht die Chance, mich innerlich zu wappnen. Mit der größten Selbstverständlichkeit drückte er seine Lippen auf meine. Er drehte mich mit dem Rücken zum Publikum, sodass sie unmöglich sehen konnten, wie unsere Münder vollkommen reglos verharrten. Das Johlen war ohrenbetäubend. Ich spürte, wie Dorville zu lächeln begann, doch sonst bekam ich keine Vorwarnung. Er öffnete die Lippen, umspielte damit meinen fest zusammengepressten Mund. Ließ seinen warmen Atem darauf treffen. Verstärkte den Griff um meine Taille. Zog mich näher. Streifte meine Unterlippe herausfordernd mit seinen Zähnen.

Gab mich frei. Ich stolperte zurück, stieß zischend die Luft aus, was in seinen Worten unterging, mit denen er die Versammlung auflöste: »Wir sehen uns heute Abend, wo ihr dann auch die Gelegenheit haben werdet, Lou persönlich kennenzulernen! Habt einen schönen Tag. Be glamorous!«

»Be glamorous!«, kam es einstimmig zurück.

Hass loderte in mir, Schock über seine Unverschämtheit, Wut auf mich selbst. Weil ich nichts unternommen hatte, um ihn aufzuhalten – und weil daneben noch eine andere Empfindung aufgewallt war. Eine, die ich so gar nicht vertreten konnte.

Die Ersten waren aufgestanden und bewegten sich zum Ausgang.

Marcon trat zu uns. »Glückwunsch«, sagte er und knuffte Dorville in die Seite.

»Der Vorstand bekommt noch jeweils eine Unterschrift von euch.«

Dorville nickte, und ich folgte ihm zu den anderen jungen Männern auf der Bühne, setzte ein weiteres Mal meinen falschen Namen auf ein wertloses Blatt Papier.

Hinter mir waren Gwynnia und Tayla auf die Bühne gekommen. Beide umarmten mich und gratulierten mir überschwänglich.

Fröhlich redeten sie auf mich ein und registrierten gar nicht, dass ich völlig neben mir stand.

Eine Hand auf meinem Rücken ließ mich zusammenfahren. Ich wirbelte zu Dorville herum. »Um halb fünf auf dem Steg«, raunte er mir ins Ohr. »Das mit dem Küssen müssen wir vor heute Abend noch mal üben.«

Ein paar Jungen, die sich gerade an der Bühne vorbei in Richtung Tür drückten und mitgehört hatten, grölten.

Dorville bedachte mich mit einem Seufzen und zog dann mit Vin ab, der mir den erhobenen Daumen zeigte. Mir war kotzübel.

Wenig später saß ich zwischen Tayla und Collie. Das ungute Gefühl in meinem Magen war immer noch da, und ich konnte nur hoffen, dass ich mein Essen bei mir behalten würde.

»Du bist ganz blass geworden da auf der Bühne«, meinte Collie und klaute ein Salatblatt aus meinem Schälchen. »Ich hatte schon Angst, du fällst in Ohnmacht.«

»Ja, ich war schrecklich aufgeregt«, sagte ich. Das Argument musste gerade für so ziemlich alles herhalten, was mein Verhalten während der Zeremonie betraf. Hoffentlich reichte es ihnen als Begründung.

»Verständlich«, tat Tayla mir auch gleich den Gefallen. »Das war schließlich ein ganz besonderes Erlebnis für dich.«

Oh ja, extrem *besonders*.

Collie mopste mir auch noch ein Stück Paprika. Dabei fiel mir das Armband an ihrem Handgelenk auf. Es sah genau aus wie meins; allerdings fehlte die goldene Perle. Ich warf einen prüfenden Blick zu Tayla: Auch sie trug eines.

»Was hat es damit auf sich?«, fragte ich und hielt meine Hand hoch.

»Durch dieses Band bist du sein«, zitierte Tayla und grinste von einem Ohr zum anderen.

»Es hat eine Ortungsfunktion«, erklärte Collie. »Damit Robin dich immer finden kann. Wenn er in der Nähe ist, leuchten die Perlen rosa und wenn er dich berührt violett. Blaues Blinken bedeutet, dass er dich zu sich ruft.«

Ich zerrte an dem Band, doch der Verschluss gab nicht nach.

»Du kannst es nicht ablegen«, eröffnete mir Tayla.

»Das Ding ist also so eine Art elektronische Fessel? Wie die für entlassene Gefängnisinsassen?«

Collie verschluckte sich an ihrer Limonade.

»Je nachdem, wie man es betrachtet!«, lachte Tayla. »Würdest du den Vergleich auch bei einem Ehering ziehen?«

»Ein Ring ist ein Symbol«, stellte ich fest. »Das hier ist Überwachung. Außerdem – warum habt ihr dann auch solche Armbänder, wenn ihr gar nicht kandidiert?«

»Nur als Erkennungszeichen«, meinte Tayla. »Unsere haben keinerlei Funktionen. Und die Vorstandsmitglieder tragen Siegelringe mit dem Emblem der Saya Nord.«

»Außerdem dachte ich, wer den Ring kriegt, entscheidet sich erst noch.«

»Stimmt«, bestätigte Collie. »Aber selbst wenn nicht du diejenige sein solltest – das Armband hast du für immer.«

Na, wenn das nicht mal rosige Aussichten waren!

8.

Vicky

Nach dem Essen brachte Tayla mich in den kleinen Raum, in dem mein Einführungskurs stattfinden sollte. Mit einem »Be a Glamour Girl«, das ein wenig wie ein »Kopf hoch« klang, verabschiedete sie sich von mir. Warum schaffte ich es einfach nicht, so euphorisch rüberzukommen, wie ich es als frischgebackene Harmonie sein müsste? Ich war echt eine verdammt schlechte Schauspielerin!

Der Raum war etwa so groß wie der, in dem mein Vorstellungsgespräch stattgefunden hatte. Vier Konferenztische mit je zwei Sitzplätzen waren zu einem Quadrat aufgestellt worden. Ein blondes Mädchen saß mit dem Rücken zum Fenster vor einem Laptop; ein Beamer war auf die Wand ihr gegenüber gerichtet. Ich nahm seitlich zu ihr Platz.

Sie machte die Zuprost-Geste, und ich erwiderte sie unbeholfen.

»Hi, ich bin Caterina. Es kommen noch zwei andere, die erst seit zwei Wochen hier sind. Wir warten noch kurz.«

Da sie sicher wusste, wer ich war beziehungsweise für wen sie mich halten sollte, verzichtete ich auf eine Vorstellung und nickte nur.

Wenige Momente später kam ein Pärchen Arm in Arm hereinspaziert. Sie setzten sich auf Caterinas andere Seite.

Die schlug dann doch noch eine schnelle Vorstellungsrunde vor. Also nannte ich wieder einmal meinen Decknamen und erzählte, wo ich herkam und dass ich unbedingt hatte kandidieren wollen.

Die anderen beiden waren vor einer Weile zusammen eingetreten, Juliette und Tim. Mein Gedächtnis hatte inzwischen seine Speicherkapazität für Namen ausgeschöpft, so viele waren in den letzten zwei Tagen hinzugekommen.

Caterina erklärte, dass sie vor uns dreien der letzte Neuzugang gewesen war und deshalb die Ehre hatte, wiederum uns Neuen eine Einführung zu geben.

»Ich habe eine kleine Präsentation vorbereitet«, sagte sie und machte ein paar Klicks auf ihrem Laptop.

Eine Folie mit einem Foto des Geländes von oben erschien an der Wand. *Willkommen in der Saya Nord!*, stand darüber.

»Vieles habt ihr schon erfahren oder werdet ihr hier im Alltagsleben ganz von allein mitbekommen, aber ich möchte euch auf jeden Fall einen kleinen Überblick über die Geschichte der Glamourgesellschaften und die wichtigsten Infos über unseren Standort geben.«

Sie klickte weiter, und ein Gemälde von einem großen Festbankett erschien.

»Wie ihr wahrscheinlich wisst, sind die Glamourgesellschaften erst drei Generationen alt. Ihr Begründer ist Caius Roberto Dorville, der mit seiner Gesellschaft vor Jahren in die USA ausgewandert ist. Die Gründungsparty fand damals in Rostock statt. Dorville war ein reicher Kaufmann mit großem Land- und Immobilienbesitz. Er schuf das Konzept der Gesellschaften und setzte es mit zunächst fünfundzwanzig Personen aus seinem Freundeskreis – allesamt Größen aus Politik, Wirtschaft und Forschung – um. Gemeinsam mit einem von ihm ausgewählten Vorstand und den ersten Harmonien legte er in nur einer Nacht alle Grundsätze und Regeln fest.

Bis heute sind die Glamourgesellschaften ein Gegenentwurf zur modernen Leistungsgesellschaft – obwohl die externen Mitglieder natürlich weiterhin hohe Posten in der Arbeitswelt innehaben. Viele von ihnen ermöglichen ihren Kindern auch eine interne Mitgliedschaft auf Zeit. Es gilt als einmalige Chance zur Selbstfindung und zum Netzwerken.«

Sie rief die nächste Folie auf, die uns einen Mann zeigte, den man zur Genüge aus Fernsehen und Presse kannte.

»In der Gründungsordnung wurde festgelegt, dass jedes Kind des amtierenden Regenten im Alter von sechzehn Jahren seine eigene Tochtergesellschaft gründet. Im Zuge der Abspaltung können gleichaltrige Mitglieder, die mit dem neuen Regenten aufgewachsen sind, entscheiden, ob sie mit umsiedeln wollen. Darüber hinaus wird eine feste Anzahl von Dauer- und Temporärmitgliedschaften an Zuläufer vergeben. In der Saya Nord sind wir insgesamt knapp zweihundert Leute.« Sie gönnte sich eine kurze Atempause. »Erst mit der Volljährigkeit erreicht der Regent die ›Gesellschaftsfähigkeit‹, das heißt, in den zwei Jahren bis er achtzehn ist, wird die Gesellschaft offiziell weiter von seinem Vater geführt. Hier seht ihr Robins Vater, Augusto Dorville, der die zweite Glamourgesellschaft gründete und Robin für die Saya Nord eingesetzt hat.«

Klick. Ein großes Anwesen, ähnlich dem, auf dem wir uns befanden, wurde auf die Wand projiziert.

»Das ist sein Gesellschaftssitz. Er liegt am Schweriner See und ist bekannt als Palazzo Mirasol. Die Tochtergesellschaften werden immer nach der Erstharmonie des Regentenvaters benannt. Da es in unserer Generation zwei Söhne und eine Tochter gab, führt Robins Bruder ebenfalls eine Gesellschaft –

die Saya Süd. Gwynnia Dorville hat sich dazu entschieden, Robin mit der Verwaltung der Saya Nord zu unterstützen, statt eine eigene Gesellschaft aufzubauen.«

»Warum so eine Chance wegwerfen?«, fragte ich. »Hat sie sich das nicht zugetraut?«

»Meine Vermutung ist, dass sie nicht in die Schusslinie geraten wollte«, meinte Caterina. »Zwischen den Tochtergesellschaften herrscht ein wirklich harter Konkurrenzkampf. Caius Dorville wird nur einem seiner Enkel die Vormachtstellung übertragen, die im Moment noch bei ihm liegt, und ihm die Verwaltung des Familienvermögens anvertrauen. Gerade die Harmonienwahl setzt Robin und Cyan da aktuell extrem unter Druck, sich bei der Entscheidung für ihre Ersthamonien möglichst gegenseitig auszustechen. Es ist enorm wichtig, eine Kandidatin zu wählen, die der Repräsentation der Gesellschaft gewachsen ist, großes Ansehen genießt und den Glamour verkörpert, für den wir stehen.«

Warum nur überraschte es mich nicht, dass die künftige Ersthamonie trotz all ihres Einflusses in den Augen der Dorvilles doch erst mal nicht mehr als ein weiteres Statussymbol war?

Caterina zeigte uns ein Gruppenbild von Augusto Dorville mit all seinen Harmonien.

»Der Regent darf maximal fünfundzwanzig Harmonien aufnehmen. Robins Vater hatte zweiundzwanzig und aktuell einundzwanzig. Ihr seht: Mit seinen nun zehn Harmonien liegt Robin weit unter dem Limit.«

Mit einem roten Laserpointer deutete Caterina auf die dunkelhaarige Frau, die auf dem Bild direkt neben Augusto Dorville stand.

»Das ist Prisca Dorville, seine erste Ersthamonie. Sie starb jung an Herzversagen; sicher erinnert ihr euch noch, wie das durch die Medien ging. Saya Dorville stieg zur nachfolgenden Ersthamonie auf.«

Ich kam nicht umhin, mich zu fragen, ob die erste Frau ihren frühen Tod möglicherweise dem zweifelhaften Lebensstil der Glamourgesellschaften zu verdanken hatte.

»Die Wahl der Ersthamonie werdet ihr ja hautnah bei uns miterleben – vor allem du.« Caterina grinste mich an.

Hautnah, yeah.

Sie erzählte uns noch etwas über die Finanzierung der Gesellschaften. Es floss jeweils ein Teil des Familienvermögens der Dorvilles hinein. Außerdem mussten die Mitglieder jeweils monatliche Mitgliedsgebühren zahlen; im Ausgleich dafür bekamen sie Zugang zum großen Kontaktnetzwerk der Dorvilles. Externen Mitgliedern waren Unterstützung im Krisenfall und Freitickets für Events sicher. Die einzige Möglichkeit einer kostenlosen Mitgliedschaft war, Harmonie oder Vorstandsmitglied zu werden.

Da hatte ich ja Glück im Unglück gehabt! Ich lachte in mich hinein, als ich mir das Gesicht meines Vaters vorstellte, wenn ich ihn um einen Zuschuss für meine Rettungsmission gebeten hätte.

»Über unsere rechtlichen Grundlagen seid ihr ja bei eurem Beitritt informiert worden. Dazu gehören die Gründungsordnung, von der ich eben gesprochen habe, die individuelle Gesellschaftsordnung, die von Robin, dem Vorstand und den zu diesem Zeitpunkt bereits beanspruchten Harmonien verfasst worden ist und in regelmäßigen Abständen überarbeitet wird, und die Hausordnung. Alle diese Dokumente könnt ihr jederzeit bei Gwynnia einsehen.« Caterina warf ein Lächeln in die Runde. »Mit der Anspruchserklärung habt ihr es ja alle schon zu tun bekommen und bewahrt eure Durchschriften hoffentlich gut auf. Und du, Louelle, hast dazu auch noch die Bestätigung deiner Kandidatur unterschrieben. Solltest du Erfolg haben, winkt dir dann bald der Vertrag, der dich zur Regentin der Saya Nord erklären würde.«

Dafür dass es den Gesellschaftsmitgliedern vordergründig um Spaß und Luxus ging, mussten sie sich mit ganz schön viel Papierkram herumschlagen.

»Wenn ihr noch Fragen habt, könnt ihr damit jederzeit gern zu mir kommen. Ich hab noch ein kleines Begrüßungsgeschenk für euch.« Caterina holte drei kleine Geschenke unter dem Tisch hervor und reichte jedem von uns eins.

Auf das Papier waren kleine bunte Partyhütchen gedruckt. Als ich auspackte, kam als Erstes ein kleiner Wecker zum Vorschein – silbernes Gehäuse, hellblaues Ziffernblatt mit der Dreizehn zwischen der Zwölf und der Eins. Der zweite Teil des Geschenks war eine eingerahmte Liste mit sechs Punkten.

»Darf ich vorstellen – unsere Party-Etikette.« Caterina klappte den Laptop zu und schaltete den Beamer ab, während wir lasen.

- Spaßhaben ist Pflicht! Be glamorous!
- Feiert euch! Feiert das Leben!
- Dreizehn Stunden hat die Nacht!
- Erwartet die Nachtschwärmer!
- Lasst die Gerüchteküche brodeln!
- Nur keine Paraskavedekatriaphobie!

»Was sich hinter den Aufforderungen verbirgt, ist zum Teil ja selbsterklärend – und den Rest werdet ihr schon bald herausfinden. Daher will ich gar nicht mehr sagen, sondern entlasse euch hiermit. Be glamorous.«

»Be a Glamour Girl«, verabschiedeten sich Tim und Juliette von ihr und verließen gut gelaunt den Raum.

»Alles okay?«, fragte Caterina mich, weil ich auf dem Weg zur Tür so sehr trödelte, dass sie mich überholte. »Bestens.« Sie konnte ja nicht ahnen, dass ich mir lieber stundenlang weitere Ausführungen zu all den hirnrissigen Regeln und Ritualen angehört hätte, als Dorville zu treffen.

Als ich auf den Steg trat, saß er schon da, in Badeshorts und Flipflops, und ließ die Beine über den Rand baumeln. Seinen nassen Haaren nach zu urteilen, war er schwimmen gewesen. Wie die anderen es mir vorhergesagt hatten, begannen die Perlen meines Armbandes rosa zu schimmern, als ich mich ihm näherte.

Ich setzte mich mit einem Abstand zu ihm hin, bei dem ich mich noch wohlfühlte, es aber nicht so rüberkam, als würde ich absichtlich viel Platz lassen, und strafte seinen leider hinreißenden Körper demonstrativ mit Nichtbeachtung.

Als er so gar keine Anstalten machte, irgendetwas zu tun oder zu sagen, fragte ich gespielt zaghaft und hoffnungsvoll: »Ich dachte, du hast mich zum Küssen herbestellt?« Nicht dass ich ihn daran erinnern wollte, aber ich sollte ihm zur Abwechslung wohl lieber mal meine angeblichen Gefühle zeigen. Im Ernstfall konnte ich mich immer noch zieren.

»Nein danke, kein Interesse. Das hab ich nur gesagt, weil die anderen es hören wollten. In Wahrheit bist du echt nicht mein Typ. Und nur falls du es noch nicht selbst bemerkt haben solltest: An die anderen Mädchen hier kommst du nicht ansatzweise ran.« Er warf mir einen forschenden Blick zu. »Übrigens hättest du meinen Kuss erwidern müssen, wenn du mir hättest beweisen wollen, dass du tatsächlich was von mir willst.«

Ja, das hätte ich. Aber ich hatte nicht eine Sekunde lang in Erwägung gezogen, mit Dorville rumzuknutschen, noch dazu vor der ganzen Gesellschaft.

»Ich hätte unseren ersten Kuss gern etwas romantischer«, schüttelte ich mir aus dem Ärmel. Es erstaunte mich selbst, wie glatt mir die Lüge über die Lippen kam. »Ohne Zuschauer und an einem anderen Ort.«

Das war ihm nur ein Schnauben wert.

»Warum hast du mich als Harmonie akzeptiert?«, fragte ich leise. »Du glaubst doch nicht, dass ich jetzt, wo ich hier bin, so leicht aufgeben werde?«

Er zuckte mit den Schultern. »Du hast einen gewissen Unterhaltungswert.« Zum zweiten Mal wandte er den Blick vom Wasser ab und ließ ihn über mich gleiten. Dieses Blitzen in seinen dunklen Augen sollte verboten werden. Bestimmt hatte er es sich extra antrainiert, um Herzen zum Schmelzen zu bringen. »Außerdem sammle ich ungewöhnliche Namen. Louelle passt da gut rein.«

Bei ihm war schwer zu sagen, was Ernst und was Sarkasmus war.

»Wie gefällt es dir bis jetzt?«, wollte er übergangslos von mir wissen. Als ob es um ein Buch ginge, das ich gerade begonnen hatte, oder um einen neuen Job.

»Okay, ich geb's zu: Du hattest recht, als du mir vorgeworfen hast, dass ich mich nicht gut vorbereitet habe. Und jetzt kann ich nicht aufhören, mich zu fragen, in was für einer Sekte ich hier gelandet bin.«

Er lehnte sich zurück und stützte die Hände auf. »Nur weil wir unser Leben dem Luxus verschrieben haben, willst du uns zu einer Sekte erklären?«

Ich hätte eine ganze Reihe Argumente für diesen Eindruck gehabt, aber er wartete gar nicht auf meine Reaktion. »Dann sag mir doch endlich, warum du wirklich hier bist.«

»Du bist der Grund«, beharrte ich. Stimmte ja auch.

»Ist klar.«

»Eure Lebensphilosophie fasziniert mich.«

»Eben hast du uns als Sekte bezeichnet.«

Am liebsten hätte ich ihm die Zunge rausgestreckt. »Vielleicht will ich nur einen Ort, an den ich gehöre, und einen Neuanfang. Mit dir. Es ist mir egal, was ich dafür tun muss, aber ich *will dich*.«

»Nehm ich dir schon eher ab, abgesehen vom letzten Teil. Aber das ist nicht alles. Ich werd's herausfinden, Lou.«

»Dann wirst du nur die Tiefe meiner Liebe zu dir erkennen«, sagte ich und drückte mir theatralisch die Hand aufs Herz. »Also freu ich mich drauf.«

»Aktiv oder Passiv?«, fragte Dorville.

»Was? Kann man sich auch passiv freuen?«

»Nein, es ist ein Spiel. Du musst wählen. Je nachdem, ob du Aktiv oder Passiv willst, stelle ich dich vor eine Herausforderung. Meine Version von Wahrheit oder Pflicht.«

»Aha«, sagte ich gedehnt. »Spielst du das mit allen Harmonien?« Wahrscheinlich sollte es mich gar nicht wundern. Für diese Verrückten war doch alles nur ein Spiel.

Er lachte. »Nur mit den mutigen.«

Ich hatte keine Ahnung, worauf das jetzt hinauslaufen sollte. »Was springt für mich heraus, wenn ich die Aufgabe erfülle?«

»Welchen Einsatz muss ich dir bieten, damit du mitmachst?«

Schon wieder so eine Fangfrage! Ich überlegte. Das war endlich eine Gelegenheit, um an nützliche Informationen über ihn zu kommen. Und ich musste etwas Persönliches von ihm verlangen, um meiner Behauptung treu zu bleiben, dass es mir bei der ganzen Sache darum ging, ihn für mich zu gewinnen. Zum Glück fiel mir etwas Gutes ein.

»Wenn ich es schaffe, verrätst du mir alles über die anderen Harmonien. Wie sie zu dir gekommen sind und was sie dir bedeuten.«

Er pfiff durch die Zähne. »Soso. Die Konkurrenz auschecken, was?« Dann zögerte er. »Einverstanden. Aber nicht über alle – machen wir es davon abhängig, wie gut du dich geschlagen hast. Wenn du scheiterst, erfährst du gar nichts. Und ich entscheide, in welcher Reihenfolge ich mit dir über sie rede.«

Ganz schön viele Bedingungen! Vielleicht behagte ihm meine Forderung genauso wenig wie mir mein ganzer Plan.

»Gebongt. Ich wähle Aktiv.«

»Hatte ich mir fast gedacht. Moment, ich denk mir was aus.«

»Warte. Was, wenn ich es nicht hinkriegen sollte?«

»Kein Risiko für dich«, versicherte er. »Dann spielen wir einfach die nächste Runde.«

Ich nickte und fragte mich, worauf ich mich hier gerade eigentlich einließ.

»Auf deiner Party heut Abend ... Tu irgendetwas Megapeinliches.«

Zwei Dinge schossen mir durch den Kopf. Erstens: Er hatte sich garantiert schon vorher überlegt, was er von mir verlangen würde. Zweitens: Er wollte, dass ich mich vor all den Leuten hier blamierte – und das, nachdem ich geglaubt hatte, nach der Zeremonie heute Morgen könnte es gar nicht mehr unangenehmer werden.

»Ich lass mir was einfallen«, versprach ich. Wenn es eine Lektion gab, die er schleunigst über mich lernen sollte, war es die: Dass ich nicht die Art von Mädchen war, die halbe Sachen machte, war die reine Wahrheit gewesen.

9.

Vicky

»In der Saya Nord hat jede Harmonie ihre eigene Farbe«, erklärte Gina. Auch nach dem Abendessen hatte ich wieder das Vergnügen mit ihr, und für meinen zweiten großen Auftritt des Tages zog sie erneut alle Register.

»Robin hat auch schon eine für dich gewählt, und sie wird dir *so* gut stehen! Natürlich bist du nicht für alle Partys auf deine Farbe beschränkt, aber du solltest zumindest immer irgendein entsprechendes Accessoire dabeihaben. Wenn du mich zu deiner Stylistin machst, bin ich dir gern bei der Auswahl behilflich.«

»Ähm, danke. Welche Farbe habe ich denn?« Gina konnte ja nichts für die affigen Regeln, und irgendwie mochte ich ihre quirlige Art und wie sehr sie sich für ihren Job hier begeistern konnte.

Gina strahlte übers ganze Gesicht. »Wirst du gleich sehen! Warte.« Sie verschwand im begehbaren Kleiderschrank, und ich hörte es rascheln, als sie die Folie über dem Kleid entfernte. Dann trug sie es ins Zimmer. »Ist es nicht ein Traum?«

Und ja, zu meiner Schande war es das wirklich. Die Sache war nur … »Es ist rot!«

»Karminrot, ja. Kann nicht jede tragen, aber du auf jeden Fall. Gefällt es dir nicht?«

»Doch«, murmelte ich. Ich betrachtete den fließenden Stoff und fragte mich, warum Dorville sich für diese Farbe entschieden hatte. Das Rot war ein bisschen gewagt, es leuchtete, fiel direkt ins Auge, ohne dabei aber zu aufdringlich zu sein. Es war eine starke Farbe, und ich hätte nur zu gern gewusst, ob er sie beliebig ausgewählt oder bewusst für mich ausgesucht hatte. Wobei ich nicht wusste, womit ich besser klargekommen wäre.

Über dem luftigen Rock saß eine Taillenpasse mit silbernem Zierstein, und über der Brust war der Stoff leicht gerafft.

Träger hatte das Kleid keine.

»Na los, zieh es an!«

Einige Minuten später betrachtete ich mich in dem Ganzkörperspiegel, den Gina hatte bringen lassen. Ich konnte nicht abstreiten, dass das Kleid mir schmeichelte. Es umspielte meinen Körper und wogte bei jedem Schritt anmutig um mich herum. Hinten hätte es fast bis zum Boden gereicht, wenn ich nicht die hohen, ebenfalls roten Stilettos mit schmalen Riemchen getragen hätte. Vorne dagegen endete der Saum knapp über meinen Knien.

Gina legte mir ein filigranes Collier um, hielt mir prüfend eine mit roten Steinchen verzierte Spange ans Haar und lächelte dann zufrieden. »Die hier ist perfekt dazu. Jetzt geht's ans Frisieren und Schminken.« Eifrig rieb sie sich die Hände.

Obwohl ich Gina bat, sich mit dem Make-up zurückzuhalten, verpasste sie mir wieder diesen schrecklichen silbernen Lidschatten, den ich erst wenige Stunden zuvor mühevoll entfernt hatte.

Während sie noch vor dem Wandspiegel an mir herumzupfte, hörte ich, wie jemand ins Zimmer kam.

»Kleinen Moment«, sagte Gina, und ich sah im Spiegel, wie sie sich kurz über die Lippen leckte. »Sie ist gleich fertig.«

Hinter ihr tauchte nun Dorville im Spiegel auf.

»Noch nicht gucken!«, warnte Gina.

»Was willst du?«, fragte ich, schon wieder viel zu patzig.

»Na was wohl«, gab er mir zur Antwort, während er sich wegdrehte, um Ginas Aufforderung zu folgen. »Nachschauen kommen, ob du herzeigbar bist.«

Ich musste sehr an mich halten, um das unkommentiert zu lassen.

»Ich glaube nicht, dass du dir darüber Sorgen machen musst«, sagte Gina. »Du kannst aufstehen, Louelle.«

Widerwillig erhob ich mich, und Gina schob mich auf Dorville zu.

Er nahm sich Zeit für sein Urteil. Aufreizend langsam tastete sein Blick über meinen Körper, und ich sah in seinen Augen, dass er genau wusste, wie aggressiv mich das machte.

»Ich möchte eine andere Farbe«, sagte ich, einfach nur aus Prinzip.

»Schon vergessen?«, fragte er und trat näher. »Meine Entscheidungen sind deine Entscheidungen. Außerdem glaube ich, sie gefällt dir.« Er sah an mir herunter und wagte es tatsächlich, am Ausschnitt des Kleids herumzufummeln. Meine Finger zuckten; am liebsten hätte ich ihm eine gescheuert.

»Kaschiert auf jeden Fall deine Problemzonen«, sagte er.

»Ich sorge gleich für eine neue Problemzone bei *dir*.«

Ich hörte, dass Gina ein Geräusch zwischen Schreckenslaut und Lachen zu unterdrücken versuchte.

»Also wirklich«, sagte Dorville. Er betrachtete mein Gesicht und runzelte die Stirn. »Gina, bitte mach das Make-up noch mal neu. Etwas dezenter, wenn's geht. Sonst ist alles okay so. Wir sehen uns dann gleich.« Schon war er an der Zimmertür.

Ja, verschwinde endlich, dachte ich. Aber dann konnte ich mir einen letzten Kommentar doch nicht verkneifen: »Ich werde mich ganz bestimmt nicht deinetwegen noch mal neu schminken lassen.«

Dorville lächelte. Wäre er ein Wolf gewesen, hätte ich jetzt seine Reißzähne gesehen. »Doch, das wirst du. Ich bin dein Regent, Lou, und alles, was dich angeht, liegt während der Wahl in meiner Verantwortung. Gewöhn dich besser schnell dran.«

Dorville legte den Arm um mich, und ich stieg steif neben ihm in den Keller hinunter. Die tiefen Bässe, die uns schon vom oberen Treppenabsatz entgegengedröhnt hatten, verstummten. Eine ruhige Hintergrundmelodie setzte ein und begleitete unsere Schritte. Ich wünschte, Tayla wäre nicht schon vorgegangen. Wieder befand ich mich allein mit Dorville auf dem Präsentierteller. Meine Nerven waren langsam überstrapaziert.

Vor uns öffnete sich der riesige Kellerraum, aber alles lag in Dunkelheit. Ein einsamer Scheinwerfer leuchtete direkt zu uns auf die Treppe. In seinem Licht fühlte ich mich plötzlich völlig schutzlos. Die Mitglieder, die in diesem Moment wahrscheinlich auf jede Gefühlsregung in meinem Gesicht lauerten, blieben vor meinen eigenen Blicken verborgen.

Am liebsten hätte ich Dorvilles Arm abgeschüttelt. Doch ich hatte in meinem Leben schon oft gute Miene zum bösen Spiel gemacht. Ich wusste, wie man sich ein perfektes Lächeln ins Gesicht zwang und nach außen ein Bild abgab, das die Menschen dazu brachte, einen zu beneiden.

Wir erreichten das Ende der Treppe. Die Masse aus schattenhaften Gestalten teilte sich, und der Scheinwerfer folgte

Dorville und mir hindurch, nach vorne zu einer kleinen Bühne. Als wir sie betraten, gingen über den ganzen Raum verteilt weitere Lichter an, Blau, Grün und Rot. Trotzdem standen wir immer noch am hellsten Fleck. Alle sahen zu uns auf.

Die Musik verstummte, und es wurde ganz still.

»Es ist so weit!«, grüßte Dorville seine Mitglieder. »Heute Morgen durfte ich euch unseren Neuzugang bereits vorstellen, doch der richtige Start steht ihr jetzt erst noch bevor. Ich freue mich, hier mit meiner bezaubernden, neuen Kandidatin zu stehen. Fühl dich ganz bei uns zu Hause, Lou!«

»Danke! Ich könnte nicht glücklicher sein.« Das war nicht laut genug gewesen, aber ein zweites Mal schaffte ich es nicht. Die von Neugier durchdrungene Stille nahm mir die Stimme.

Dorville dachte nicht daran, mir aus der Patsche zu helfen. Er hatte sich mir zugewandt und wartete einfach ab; das farbige Licht zeichnete seine markanten Züge weicher.

Nach außen musste es wirken, als wären wir vollkommen gebannt voneinander.

Der gefürchtete Sprechchor ließ nicht lange auf sich warten: »Noch ein Kuss! Noch ein Kuss!«

Dorville verzog ganz leicht den Mund, neigte den Kopf ein wenig zur Seite, eine winzige Geste, nur für mich bestimmt. Im Braun seiner Augen blitzte es wieder. Das gab mir den Rest.

Blanche hatte recht: Ich war mutig. Mutig genug, um meine Albträume zu leben.

Ich schloss die Augen und öffnete sie nur für wenige Sekunden wieder, um mein Ziel nicht zu verfehlen. Ein Schauer schoss meine Wirbelsäule hinunter, ein letztes *Bitte nicht* gellte durch mein Inneres.

Und Kuss.

Ein Kreischen in jedem einzelnen Nervenende meiner Lippen, ein Summen von überall und nirgends, Adrenalin, Hass, Selbstzerstörung, verführerisch ungebremst.

Mein Herz wimmerte einen Namen. Ich übertönte es mit all den geräuschlosen Dingen: mit meinen Händen in Dorvilles Haaren, der Körperwärme, die von mir zu ihm und von ihm zu mir strahlte, der Bestimmtheit in seinem Griff. Chaos in mir.

Küssen konnte er. Unter dem geballten Widerwillen spürte ich ein Ziehen, gegen das mein Verstand sofort in den Krieg zog.

Dorville schob sich mit mir hinter den Bühnenvorhang und ließ den Stoff hinter uns zurückfallen. Die Menge tobte. Er schubste mich abrupt von sich weg.

Die Musik setzte wieder ein, richtige Partymusik jetzt, verstärkte das Wummern in meinem Bauch. Absolut ungerührt zog Dorville ein Handy aus der Hosentasche und checkte die Uhrzeit.

»Wir bleiben zehn Minuten hier«, sagte er und ließ sich zu Boden sinken. »Genug Zeit, damit sie sich wer weiß was ausmalen, zu wenig, als dass die Gerüchte epische Ausmaße annehmen könnten.«

Fassungslos wischte ich mir über den Mund und starrte ihn an.

»Hast dich ja richtig ins Zeug gelegt diesmal. Hoffe, der kleine Ausblick auf das, was du verpassen wird, hat dir gefallen.«

Was hatte ich ihm eigentlich getan? Auch wenn er misstrauisch war, was meine Motive anging, gab es doch keinen Grund, mich derart zurückzuweisen! Es würde viel besser zu ihm passen, die Harmonienwahl schamlos auszunutzen. So unattraktiv war ich doch auch wieder nicht, oder?

Egal, damit machte er mir das alles wesentlich leichter.

Ich setzte mich ebenfalls hin und strafte ihn für die verbleibenden Minuten seiner »Lass sie glauben, dass wir sonst was tun«-Aktion mit eisigem Schweigen.

»Überstanden!«, kam es schließlich von ihm.

»Und jetzt?«

»Betreibe ich Schadensbegrenzung.«

Damit ließ er mich einfach zurück.

Als ich aufstand und durch den Vorhang wieder auf die kleine Bühne trat, hatte sich davor eine große Tanzfläche aufgetan, auf der Dutzende von jungen Leuten ihre Körper dem Rhythmus aus den Boxen folgen ließen. Abgesehen von Veronique, deren Miene mir ihre Eifersucht förmlich entgegenschrie, sah mich niemand direkt an. Ich hatte mich noch nie so fehl am Platz gefühlt.

10.

Clea

Ich war »aus Versehen« verspätet auf der Party erschienen und hatte mir von einer frustrierten Vero gleich anhören dürfen, dass Robin hinter dem Vorhang mit der Neuen rummachte, nach der Einlage auf der Bühne während der Anspruchserhebung der zweite Tiefschlag meines Tages.

Daraufhin hatte ich mich erst mal zur Bar durchgekämpft, einen der hohen Hocker in Beschlag genommen und meinen ersten Drink für diesen Abend geordert. Ich hatte gerade einen großen Schluck genommen, als sich von hinten zwei Arme locker um mich legten.

»Schön, dass du da bist.«

Langsam rutschte ich auf dem Sitzpolster zu Robin herum. Er begutachtete mein Outfit und musste lachen. Aus Protest trug ich ein beiges Shirt in Übergröße, das ich normalerweise nur zum Schlafen anhatte, und eine schwarze Leggins mit Schlitzen auf der Vorderseite. Dazu gewöhnliche Sportschuhe. Eigentlich hatte ich überhaupt nicht hier auftauchen wollen und war – als Jessi mich doch dazu verdammt hatte – nicht mehr in mein Zimmer zurückgekehrt, um mir etwas anderes herauszusuchen. Wozu auch? Um einen guten Eindruck bei der Neuen zu machen?

»Jessi wollte mich nicht krankschreiben«, sagte ich anklagend. »Dabei ist mir echt sooo schlecht.«

Robin grinste. »Tja, rat mal, wer zuerst bei ihr war. Durchaus möglich, dass ich ihr mitgeteilt habe, dass du deine Verfassung heute völlig fehleinschätzt.«

»Ich hasse dich.«

Er nahm mir das Glas aus der Hand und stellte es auf dem Tresen ab. »Würdest du trotzdem mit mir tanzen?«

Fast blieb mir das Herz stehen bei der Frage. Er forderte mich so gut wie nie zum Tanzen auf. Normalerweise trafen wir nur wie zufällig aufeinander und trennten uns meist schon nach einem Song wieder. Es sollte ja keiner glauben, er würde mich bevorzugen – wo ich doch nicht mal kandidierte.

Ich tat so, als müsste ich nachdenken.

»Bitte, Clea.« Er zog mich von dem Barhocker herunter in seine Arme. Ich ließ es zu.

»Kann ich was machen, damit du dich besser fühlst?« Er wartete meinen Vorschlag gar nicht erst ab. Ich wäre vor Überraschung fast rückwärts gegen den Hocker getaumelt, als er mich küsste. Mein Verstand versuchte verzweifelt, eine Erklärung für diesen Überfall zu finden, während der Rest von mir rettungslos dahinschmolz. Entgegen meiner Erwartung vertiefte Robin den Kuss noch. Mein ganzer Körper stand unter Strom, ich öffnete meine Lippen für ihn.

Als er sich kurz von mir löste, sah ich über seine Schulter. Mein Blick begegnete Apryls. Ich zuckte zusammen. Sie stand neben der Neuen, und beide starrten zu uns herüber.

Robin drehte den Kopf. »Heute nicht«, sagte er bestimmt und berührte dabei mein Ohr mit seinem Mund.

Wie war es möglich, dass ich nach so langer Zeit immer noch die berühmten Schmetterlinge im Bauch hatte? Unvorstellbar, wie glücklich mich diese zwei Worte machten!

»Vielleicht können wir die Party auch ausnahmsweise schon ein bisschen früher verlassen, was meinst du?«

Ich gab einen zustimmenden Seufzer von mir und erlaubte es mir, ihn wieder näher zu ziehen. Manchmal war das Glück im wahrsten Sinne des Wortes zum Greifen nah.

11.

Vicky

»Das ist mal eine klare Message, was?«

Nicht dass ich dieses blonde Püppchen gebeten hätte, mir Gesellschaft zu leisten. Sie war urplötzlich neben mir aufgetaucht.

»An mich?«, fragte ich und widmete meine Aufmerksamkeit wieder der kleinen Knutscherei an der Bar.

»An uns beide«, stellte sie fest. Ihr Blick folgte meinem. Sie sah ziemlich angepisst aus. Ich verwettete mein tolles, neues Armband darauf, dass sie kandidierte.

»Apryl«, sagte sie, als sie sich wieder mir zuwandte, und machte dieses Handbecherding.

Ich tat es ihr gleich. Mich vorzustellen, war wohl überflüssig. Allerdings weckte dieses Mädchen in mir den Wunsch, ganz schnell Abstand zu gewinnen. Sie hatte etwas von einer Raubkatze. Mal ganz abgesehen davon, dass ich mir die Einblicke, die Apryls Ausschnitt bot, lieber erspart hätte.

»Jetzt bildet sie sich sonst was ein«, sagte sie abfällig und meinte zweifellos Clea. »Dabei wird sie nicht mal im Rennen sein!«

Fast sah es so aus, als ob die beiden sich gleich gegenseitig die Kleider vom Leib reißen würden. Doch dann führte Dorville seine Eroberung des Abends auf die Tanzfläche.

In der Mitte der Fläche angekommen, begannen die beiden zu tanzen, natürlich mit sehr viel Körperkontakt. Dorville gab dem DJ einen Wink, und der stellte auf den passenden Schmusesong um. Clea schmiegte sich in Dorvilles Arme und sah aus, als hätte sie vergessen, dass noch andere im Raum waren.

Ich fand, das war ein guter Zeitpunkt für meine Aktiv-Aktion. »Entschuldige mich, ich hab noch was zu erledigen.«

Apryl sagte noch irgendetwas, aber ich war schon unterwegs zum DJ. Als er mich kommen sah, nahm er freundlicherweise kurz die Kopfhörer ab.

»Kann man sich hier was wünschen?«, fragte ich.

»Was hättest du gern?«

Ich nannte ihm *Addiction* von Medina und zog dann zur Bar weiter. Dort bestellte ich einen halben Liter Bier, was ich direkt in einer Liste eintragen musste. Ah, deswegen hatte Dorville Veronique bei unserer ersten Begegnung so angefahren; schien ganz so, als ob sogar der Alkoholkonsum der führenden Mitglieder überwacht wurde.

Schließlich wurde mir ein riesiges, schäumendes Glas gereicht. Ich nippte daran, während ich darauf wartete, dass der Song endete und meiner begann. Kurz bevor der DJ die letzten Töne in die ersten neuen übergehen ließ, zog ich meine Schuhe aus. Dann erfüllten wieder bebende Beats den Keller. Über einen der Barhocker kletterte ich auf die Theke.

»Hey!«, empörte sich der Barkeeper sofort, traute sich aber nicht, mich aufzuhalten. Hätte nicht gedacht, dass mein Harmonienstatus sich auch mal als nützlich erweisen würde.

Wenn Dorville darauf setzte, dass ich feige war, hatte er sich geschnitten. Ich hatte nichts zu verlieren. Wäre es anders gewesen, hätte mein Weg mich gar nicht erst auf diese Party geführt.

Barfuß begann ich, auf der Theke zu tanzen, bewegte mich mit wiegenden Hüften, drehte mich, ließ meinen Rock flattern. Schon nach wenigen Augenblicken hatte ich alle Umstehenden auf mich aufmerksam gemacht, und schnell drängten weitere heran. Hier ließ sich garantiert niemand ein Spektakel entgehen.

Ich wich den Gläsern auf der Theke aus, huschte leichtfüßig hin und her, blieb dann auf einer Stelle und klatschte in die Hände. Durch meine erhöhte Position erhaschte dabei mit Sicherheit der eine oder andere einen Blick auf meine Unterwäsche. Aber wenn schon peinlich, dann richtig!

Als ich mir sicher war, dass jetzt auch Dorville hersah, fing ich an, lauthals mitzusingen. Während einige wenige mich entgeistert anstarrten, stimmte zu meiner Überraschung ein Großteil der Leute mit ein; selbst die, die den Text gar nicht kannten, sangen irgendwas. Über die Köpfe hinweg sah ich, wie Dorville Clea etwas zuflüsterte und sich zwischen den anderen hindurchschob. Er kam in meine Richtung, und irgendetwas an seinem Gesichtsausdruck sagte mir, dass er meine kleine Show gleich abwürgen würde. Dabei kam der beste Teil doch erst noch! Schnell bückte ich mich und hob mein Bierglas hoch, das ich vorhin auf der Theke abgestellt hatte.

»Be glamorous!«, schrie ich, hielt es mit beiden Händen über meinen Kopf wie einen Pokal, schloss die Augen und senkte es dann. Eiskaltes Bier lief mir in die Haare und über die Stirn ins Gesicht. Ich hörte sowohl angewidertes Mädchenkreischen als auch Anfeuerungsrufe. Als ich die letzten Tropfen herausgeschüttelt hatte, öffnete ich die Augen wieder – wobei mir prompt was von dem Zeug hineinlief und ich heftig blinzeln musste – und schleuderte das Glas in die Richtung hinter der Bar, wo gerade niemand stand. Es zersplitterte klirrend.

»Runter da!«, hörte ich Dorville fauchen. Er war immer noch nicht bis zu mir durchgekommen.

Ich grinste ihn an und zuckte mit den Schultern. Dann nahm ich meinen Tanz wieder auf. Zumindest wollte ich das. Dummerweise hatte sich von meiner kleinen Bierdusche eine Lache auf der glatten Oberfläche unter meinen Füßen gebildet – eine *rutschige* Lache. Ich glitt aus und hatte noch Zeit für den Gedanken, dass ich nirgends Halt finden würde, da rammte ich schon in einem Fast-Spagat die Bar und fiel mit dem Gesicht voran nach unten.

Ich spürte den Aufprall in meinem ganzen Körper, als mein Kopf hart auf dem Boden aufschlug. Sternchen und dunkle Flecken in meinem Sichtfeld. Erschrockenes Wispern, das sich in die Musik mischte. Ich schloss die Augen, in der Hoffnung, dass der entsetzliche Schmerz schwächer werden würde.

Jemand fluchte. »Lou? Lou, hörst du mich?« Vorsichtig tastete eine Hand meinen Körper ab. Ich wollte schreien, aber … mein Kopf! Mein Kopf!

»Es gibt nichts mehr zu sehen, macht Platz!« Nun waren es zwei Hände, die sich entschlossen unter mich schoben. Ich wurde hochgehoben und versuchte sofort, mich freizustrampeln, doch der Griff war fest und unnachgiebig. Benommen blinzelte ich, erkannte Dorville und wehrte mich daraufhin umso heftiger, aber er zischte nur, ich solle stillhalten, und trug mich zwischen den gaffenden Leuten hindurch, die Treppe hoch. Ich ergab mich in mein Schicksal.

»Frag sie, ob sie eine Schmerztablette möchte, wenn sie wieder bei sich ist.«

Die Worte klangen ganz klar, als wäre ich nie weg gewesen, aber ich hätte nicht beschwören können, dass ich nicht das Bewusstsein verloren hatte. Jedenfalls fehlte mir die Erinnerung an die letzten Minuten.

Ich war mir sicher, mein Kopf würde gleich platzen. Zum Glück hielt mir jemand etwas angenehm Kühles an die Stelle, wo ich ihn mir angeschlagen hatte.

»Tablette wär nicht schlecht«, murmelte ich und schlug die Augen auf. Jessi tauchte in meinem Blickfeld auf. Das Licht im Zimmer war gedimmt; neben mir auf dem Bett saß Dorville. Als ich mich aufrichten wollte, drückte er mich auf die Matratze zurück.

»Ich hätte nicht gedacht, dass du so schnell hier landen würdest!« Jessi lächelte, aber in ihrer Stimme lag ein Hauch von Besorgnis. Sie ging in den Nebenraum, wahrscheinlich, um die gewünschte Tablette zu holen.

»War dir das peinlich genug?«, fragte ich bissig. Auch wenn Dorville keine direkte Schuld traf, hatte er mich doch dazu angestiftet, etwas derart Idiotisches zu tun.

»Du hast das Wort peinlich heute Abend neu definiert«, sagte er. Dann wurde sein Gesicht ernst. »Beim nächsten Mal werde ich präziser sein. Ich wollte nicht, dass du dich verletzt.«

Als ob ihn das kümmern würde!

»Falls ich mich überhaupt noch traue, mit dir zu spielen«, fügte er hinzu.

Er nahm das kühlende Ding von meinem Kopf, und ich erkannte, dass es sich um einen Waschlappen mit Kühlakku darin handelte. Er wendete ihn und drückte dann die andere Seite wieder gegen meine Beule.

»Ich denke, es ist keine Gehirnerschütterung«, urteilte Jessi, als sie zurückkam. »Und auch abgesehen davon hast du Glück gehabt. Da ist nur noch ein böser Bluterguss an der Rückseite deines Oberschenkels.«

»An deiner Stelle würde ich mich in den nächsten Tagen nicht zu häufig setzen«, spottete Dorville.

Blödmann.

»Wo ich dann jetzt offiziell außer Lebensgefahr bin«, sagte ich, »kannst du auch gern wieder gehen. Sah aus, als hättest du noch eine Menge vor heute Nacht.«

Er zögerte, setzte zum Sprechen an, drückte dann aber die Fingerknöchel gegen den Mund, als wollte er seine eigenen Worte zurückhalten. Unvermittelt stand er auf und legte mir den Waschlappen in die Hand. »Stimmt. Jessi, behalt sie über Nacht zur Beobachtung hier. Und pass auf, dass sie nicht noch mehr Dummheiten macht.«

»Was ist mit meinem Gutenachtkuss?«, fragte ich. Hoffentlich hatte das jetzt nach meinem allergrößten Wunsch geklungen!

Dorville starrte mich einen Moment lang unentschlossen an. Dann kam er zurück. Er würde doch jetzt nicht echt …?

Er beugte sich über mich, pustete leicht auf die Stelle, an der ich aufgeschlagen war, und drückte mir einen sanften Kuss auf die Stirn. »Eins noch, Lou«, raunte er mir zu. »Wenn du das nächste Mal vorhast zu fallen, sieh zu, dass ich in der Nähe bin. Denn ab heute bin ich der Einzige, der dich auffangen wird.« Dann verließ er den Raum.

Und ich ärgerte mich über die Gänsehaut, die meine Arme hochgewandert war.

12.

Vicky

Ich hatte den Tagesrhythmus noch immer nicht verinnerlicht. Trotz der kurzen Nacht wurde ich gegen neun wach. Mein Kopf fühlte sich wieder einigermaßen schmerzfrei an. Als ich mich hinsetzte, machte sich dafür der Bluterguss umso heftiger bemerkbar. Stöhnend verlagerte ich das Gewicht auf mein anderes Bein.

Ein paar Minuten saß ich da und dachte darüber nach, warum ich so dämlich gewesen war, Dorvilles Herausforderung anzunehmen. Die Aktion hatte mir doch rein gar nichts gebracht! Er dagegen hatte sich bestimmt köstlich amüsiert. Andererseits hatte ich ihn natürlich gezwungen, von der Seite seiner hübschen Königin zu weichen, was ihm nicht gefallen haben dürfte. Außerdem würde er mir jetzt etwas über die anderen erzählen müssen. Ob ich etwas mit den Infos anfangen konnte, war die andere Frage. Um ihn dazu zu bringen, Blanche in Frieden zu lassen, würde es etwas wirklich Pikantes brauchen.

Ich stand auf und schlich durch das Krankenzimmer und die angrenzende Praxis. Durch den Spalt der angelehnten Tür zum nächsten Zimmer erspähte ich blonde Haare auf einem Kopfkissen – Jessi schlief noch. Ich weckte sie nicht, sondern machte mich auf den Weg zu Taylas und meinem Zimmer. Dort entledigte ich mich endlich meines Kleides und versuchte noch einmal mein Glück mit der Dusche, die ich jetzt wirklich dringend brauchte. Nach einigem Herumprobieren schaffte ich es, ein passendes Programm einzustellen.

Erfrischt schnappte ich mir nach dem Föhnen einen der Bestellzettel für Bekleidung, die ich mit meinen Beitrittsunterlagen bekommen hatte, und ging damit zur Rezeption. Wie am Vortag auch war Gwynnia schon dort. Sie erkundigte sich sofort, ob ich okay sei. Ich winkte nur ab und fragte sie nach dem Ablauf der Bestellung.

Sie holte einen ganzen Stapel Kataloge unter dem Tisch hervor. »Wir haben die Werbung von den beliebtesten Marken abonniert, und ich habe Portfolios von Designern gesammelt. Ansonsten darfst du natürlich auch Sachen, die du online findest, eintragen. Robin sieht alles durch, da die Kleidung für Vorstandsmitglieder und Harmonien aus der Gesellschaftskasse finanziert wird.«

Gwynnia bot mir an, bei ihr am Tisch zu sitzen, während ich Klamotten aussuchte. Ich füllte den Kopf meines Bestellzettels aus. Bestellwunsch von: Louelle. Daneben kam das heutige Datum. Unschlüssig blätterte ich Seite um Seite um. »Aber dein Bruder sieht sich die Sachen nicht ernsthaft alle an, oder?«

»Na ja, das gehört zu seinen Aufgaben. Natürlich überfliegt er sie im Normalfall nur. Und bei Clea unterzeichnet er nie – es ist eins ihrer Privilegien, dass sie solche Entscheidungen selbst treffen darf.«

»Womit hat sie sich das denn schon wieder verdient?«

Gwynnia lächelte nur. »Übrigens seid ihr Harmonien neben dem Vorstand die Einzigen, denen eine eigene Abendgarderobe zusteht – auch für die Partys kannst du dir gern was aussuchen oder anfertigen lassen. Wir arbeiten mit einer Menge Hersteller und Modeschöpfer zusammen, die die restlichen Mitglieder mit Leihwaren beliefern. Es kommt ihrem

Ruf sehr zugute, wenn ihre Sachen auf *PartyTime* oder in den Zeitschriften zu sehen sind.«

Das war zugegebenermaßen ein interessantes Konzept. Ich hätte gedacht, dass die Mitglieder Schränke voller einmal getragener Klamotten vor sich hin rotten ließen, einfach weil sie es konnten.

»Du darfst aber ruhig großzügig bestellen«, sagte Gwynnia. »Wir haben zweimal im Jahr eine große Auktionsveranstaltung für einen guten Zweck, bei der abgelegte Sachen der Harmonien versteigert werden.«

»Nicht schlecht!«

»Danke, das war meine Idee. Das Event liegt mir sehr am Herzen.«

»Du hättest sicher eine gute Regentin abgegeben«, sagte ich. Aus meinem Mund war das nicht wirklich ein Kompliment, aber sie wirkte trotzdem gerührt.

»Irgendjemand muss ja auf Robin aufpassen«, sagte sie, als ob das ihre Entscheidung gegen die Gesellschaftsgründung erklären würde.

»Ihr steht euch wohl sehr nah?«

»Ich hab absolut keinen Einfluss darauf, wen er wählen wird – wenn es das ist, was du wissen möchtest.«

»Ich krieg ihn auch so rum!«, sagte ich scherzhaft.

Sie lachte, doch dann huschte ein Schatten über ihr Gesicht. »Ich will nicht lügen, er kann manchmal schwierig sein. Aber ich hoffe so sehr, dass eine von euch zu ihm durchdringt.«

Schwierig? Meinte sie damit, dass er Drohbriefe an unschuldige beste Freundinnen von leicht reizbaren Fake-Harmonien verschickte? Ich hätte zu gern nachgehakt, doch da die Frage wohl das Gegenteil von unauffällig war, reagierte ich nur mit einem unverbindlichen Lächeln und blätterte weiter in den Katalogen.

Letztendlich suchte ich mir eine Grundausstattung an Klamotten mittlerer Preisklasse heraus, alles wirklich schön und nicht zu auffällig. Bei der Unterwäsche zögerte ich, weil mich die Vorstellung wahnsinnig machte, dass Dorville sogar darüber Bescheid wissen würde, was ich druntertrug. Da ich aber ohne schlecht auskommen würde, listete ich schließlich doch ein bisschen was auf. Als ob er sich echt so genau damit beschäftigen würde!

Nachdem mein Zettel ausgefüllt war, fragte ich Gwynnia, ob es ein Archiv, eine Gesellschaftsbibliothek oder etwas in der Art gab. Mein Vorwand war mein Aufholbedarf in allem, was die Familiengeschichte der Dorvilles und die Glamourgesellschaften im Allgemeinen anging. Ich behauptete, mich intensiver in das Thema einlesen zu wollen.

Leider wurde ich enttäuscht: Das entsprechende Archiv befand sich zum Teil in den USA, zum Teil im Palazzo Mirasol. »Ich kann dir gerne alles erzählen, was du wissen möchtest«, bot Gwynnia mir an.

Schade, dass ich sie nicht nach den Schwachstellen ihres Bruders fragen konnte, wäre spannend gewesen, was sie dazu zu sagen hatte. Ich wand mich heraus, indem ich behauptete, ich hätte nichts Bestimmtes im Sinn gehabt und würde ein anderes Mal gern darauf zurückkommen.

Die schäumenden Wellen rollten auf mich zu und fächerten sich zu flachen Wasserzungen auf, die meine Füße zu erreichen versuchten. Ich grub die Finger tief in den feuchten Sand.

Nach einem kurzen Frühstück war ich ans Meer geflüchtet. Ich wollte für eine Weile keine Mitglieder sehen und weit weg sein von dem Gerede über mich, dem ich mit meiner Aktion auf der Party nur noch mehr Zündstoff geliefert hatte.

Die einzige Person, die ich jetzt gebraucht hätte, war Blanche. Der ganze Schlamassel schrie geradezu nach einer unserer Krisensitzungen.

In unserem System von Alarmstufen wäre Dorville auf der Skala eine noch nie da gewesene, glatte Zehn. Bei allen Problemen bis Stufe fünf konnten noch Taschentücher, heiße Waffeln mit Kirschen und Eis oder eine ausgedehnte Shoppingtour helfen, hier dagegen wären definitiv härtere Maßnahmen gefordert. Zur Einstimmung würden wir uns erst mal stundenlang über den Feind aufregen. Blanche würde ein Foto von ihm ausdrucken, und auf diese unnachahmliche Art vor sich hin glucksen, während wir es ausgiebig mit Kulis und Buntstiften verunstalteten. *So ein Schwachzwergflamingo*, würde sie murmeln, und ich würde für ein schlimmeres Schimpfwort plädieren, weil Dorville ihre beim Fußballturnier in der Fünften erfundene Lieblingsbeleidigung nicht verdiente.

Obwohl – wusste ich *wirklich*, was sie über ihn sagen würde? Sie hatte es ja nicht mal für nötig befunden, mir mitzuteilen, dass sie ihn kannte.

Ich konnte nicht mehr still sitzen und sprang auf. Vom Palazzo her näherten sich ein paar Leute mit Strandtüchern. Ein guter Zeitpunkt, um die Fliege zu machen.

Ohne lange zu überlegen, suchte ich Zuflucht in der nächstbesten Halle – der Eislaufhalle. Im Eingangsbereich standen Schlittschuhe in allen Größen bereit. Zu meiner Überraschung war tatsächlich jemand da. Ich konnte das Schleifen von Kufen auf dem Eis hören.

Die Treppe beim Eingang führte mich in eine Zuschauerloge, die man von unten nicht einsehen konnte. Hier war ich den Scheinwerfern an der Hallendecke ganz nah, die sicher schon Zeugen vieler Eispartys geworden waren. Ein Blick über das Geländer verriet mir, wer da unten schon so früh seine Runden drehte: niemand Geringeres als Clea. Dabei hätte ich darauf gewettet, dass sie um die Zeit noch dicht an Dorville gekuschelt ihren Schönheitsschlaf genoss. Sie hatte offensichtlich nicht bemerkt, dass jemand in die Halle gekommen war.

Grazie, Anmut, formvollendete Schönheit – diese Frau war die Verkörperung all dessen, wie sie dort über die glatte Eisfläche glitt. Meine Augen folgten staunend den Kreisen, die sie zog. Gerade drehte sie sich in einer perfekten Pirouette, als sich hinter mir jemand bemerkbar machte. »Sie ist gut, was?«

Ich fuhr herum und sah mich Dorville gegenüber. »Gut genug, um an Wettkämpfen teilzunehmen«, sagte ich. Obwohl ich keine Ahnung von Eiskunstlauf hatte, erkannte ich doch, dass Clea sich glatt einen Weg zu den Profis erarbeiten könnte.

»Will sie nicht«, sagte Dorville. Es klang nicht so, als würde *er* es wollen. »Wie geht es deinem Kopf?«

»Hat keine Lust auf eine Wiederholung.«

Er grinste.

»Was ist mit meiner Belohnung?«, fragte ich halbherzig. Warum hatte ich bloß nichts Besseres aus diesem Spiel herausgeholt?

»Zwei Geschichten ist es mir wert«, sagte er. »Du kennst ja noch nicht mal alle Harmonien, aber heute Nachmittag haben wir ein Treffen, bei dem sie alle dabei sein werden. Vier von ihnen kandidieren.«

Mit mir also fünf von zehn, keine schlechte Quote.

»Erinnerst du dich an die Dunkelhaarige, die in unsere erste Begegnung geplatzt ist?«

»Veronique?« Wie könnte ich die vergessen?

»Genau. Im Gegensatz zu Clea, Tayla und Collie ist sie eine Zuläuferin wie du, also nicht Teil des inneren Kreises der geborenen Mitglieder. Sie ist die Tochter eines französischen TV-Sternchens und kam als Kind nach Deutschland, nachdem ihre Eltern sich hatten scheiden lassen. Ihre Mutter trat in die Gesellschaft meines Vaters ein. Als ich die Saya Nord gegründet habe, ist Vero selbst dann bei mir eingetreten. Wie du hat sie darauf bestanden, dass ich sie als Harmonie annehme. Sie wollte von Anfang an Erstharmonie werden.«

»Kommt sie für dich infrage?«

Er setzte sich in einen der Zuschauersessel. »Jede der vier anderen Kandidatinnen hat gute Chancen.« Es klang wie auswendig gelernt.

Ich zog die Brauen hoch. »Wir hatten eine Abmachung! Komm schon, ich habe mich freiwillig mit Bier geduscht.«

Ein Lächeln zupfte an seinen Lippen, doch er ließ es nicht gewinnen. »Vielleicht wird es Vero, vielleicht nicht. Das wirst du ja sehen.«

Da die Gute mir alles andere als sympathisch war, hoffte ich, dass sie keinen Sieg für sich verbuchen würde. Obwohl es mir eigentlich egal sein könnte, wer sich mit Dorville ins Unglück stürzte.

»Vielleicht hast du Poème schon gesehen, eine große Blonde, meist mit langem Pferdeschwanz. Sie ist Veros Cousine und ein paar Monate nach ihr gekommen. Die beiden sind in ständigem Konkurrenzkampf. Sie kandidiert auch.«

Bestimmt seltsam, sich mit jemandem aus der eigenen Familie um denselben Typen zu prügeln.

»Und?«, fragte ich, als Dorville eine ganze Weile lang nichts mehr gesagt hatte. »War das alles? Ich habe mich gestern richtig blamiert. Da will ich wenigstens ein paar brisante Details.«

Seine Blicke folgten Clea, die keine Ahnung hatte, dass wir ihr von hier oben zusahen.

»Über sie zum Beispiel«, sagte ich. »Konntet ihr nach meiner Party noch schön in ihrem Schlafzimmer weiterfeiern?«

Er warf mir einen frostigen Blick zu.

»Was?«, fragte ich. »Wenn dir deine Privatsphäre so wichtig ist, bist du bei mir an der falschen Adresse, Süßer.«

Das brachte ihn nun doch zu einem richtigen Lächeln, auch wenn er es ebenfalls schnell wieder von seinem Gesicht verscheuchte. »Für Cleas Geschichte ist es noch zu früh«, sagte er nur und stand auf. Meine Audienz war scheinbar beendet.

Er war schon ein Stück die Treppe runter, als ihm noch etwas einfiel. »Übrigens«, sagte er und kam extra noch einmal zwei Stufen zurück, »deine Bestellung hab ich eben unterschrieben; die Sachen sollten morgen da sein.« Er grinste auf diese Weise, die mich wissen ließ, dass er etwas gefunden hatte, mit dem er mich ärgern konnte.

»Ich muss schon sagen: süße Unterwäsche!«

13.

Clea

Nach dem Eislaufen fühlte ich mich immer viel leichter als sonst – als würde ich über den Boden schweben. Genau so ging es mir auch nach ein paar Stunden allein mit Robin. Heute war mir beides vergönnt gewesen, und die Leichtigkeit in mir war nicht mehr wirklich steigerbar. Gut gelaunt kehrte ich ins Hauptgebäude zurück.

»Clea, ich hab was für dich!«, rief Gwynnia mir zu, als ich an der Rezeption vorbeikam. Ich hielt an und wartete, während sie etwas aus den Papierbergen auf ihrem Tisch heraussuchte. Es handelte sich um einen kleinen Umschlag, der an mich adressiert war.

»Von wem ist das?«, fragte ich verwundert. Post von außerhalb der Gesellschaft bekam ich eigentlich nie. Meine Eltern meldeten sich so gut wie gar nicht – das letzte Mal hatte ich von meiner Mutter gehört, als sie wegen meiner Entscheidung gegen die Kandidatur ausgeflippt war –, und Geschwister hatte ich keine.

»Von Melina«, erklärte sie.

Melina? Was sollte sie von mir wollen? Ich hatte nichts mehr von ihr gehört, seit die Saya Nord sich von der Mirasol abgespalten hatte. Sie hatte sich gegen eine Zukunft in der Glamourgesellschaft entschieden. Neugierig drehte ich den Umschlag um. Auf der Rückseite klebte tatsächlich ein Aufkleber mit ihrem Namen. Vielleicht wollte sie wieder Kontakt aufnehmen. Es wäre schön, meine Freundin nach all der Zeit einmal wiederzusehen!

Ich nahm den Brief mit auf mein Zimmer, vor dem Essen wollte ich mich noch umziehen. Ich erkannte die Handschrift sofort. Das hier war mitnichten eine Nachricht von Melina! Meine Augen flogen über die Worte, mein Magen krampfte.

Bald sehe ich dich endlich wieder. Ich werde nicht aufgeben. Clea, ich liebe dich.

Ich setzte mich auf meine pastellgrüne Ledercouch und vergrub das Gesicht in den Händen. Da hatte er also wieder einen Weg gefunden, um mir eine seiner Botschaften zukommen zu lassen, trotz Robins gründlicher Kontrollen und Sicherheitsvorkehrungen. Wenn er den Brief in die Finger bekäme, würde er kochen vor Wut. Der Gedanke brachte mich dazu, den Zettel in winzig kleine Stückchen zu reißen. Dann stand ich auf, öffnete das Fenster und ließ die Schnipsel vom Wind davontragen.

14.

Vicky

Heute sollte die heiße Phase der Harmonienwahl beginnen, und wie angekündigt trafen sich alle Beteiligten zu einer Art Kick-off-Meeting. Dorville hatte den Besprechungsraum dafür gewählt, in dem Caterina am Tag zuvor ihre Präsentation gehalten hatte. Zu den acht vorhandenen Plätzen an den Tischen waren noch vier Stühle dazugeholt worden.

Ich hielt mich weiter an Tayla und Collie. Auch jetzt, wo ich alle neun Mädchen auf einem Haufen sah, waren mir die beiden immer noch am sympathischsten. Vero war da, und ich machte auch schnell die Blonde aus, die mir im Speisesaal so höhnisch zugeprostet hatte und ihre Cousine Poème sein musste. Von ihnen abgesehen kannte ich nur Apryl, die mit kampflustig funkelnden Augen und auf den Tisch aufgestützten Ellbogen auf den Beginn der Schlacht wartete, und Clea, die ein Gesicht wie sieben Tage Regenwetter aufgesetzt hatte.

Zum Glück half Tayla mir mit den übrigen drei auf die Sprünge. Neben Apryl saß Geeska, eine weitere Kandidatin. Sie schrieb gerade emsig etwas auf ein Blatt Papier, obwohl es noch gar nicht losgegangen war. Die zwei Dunkelhaarigen neben Clea hießen Dunja und Manica und würden beide nicht an der Wahl teilnehmen.

Marcon eröffnete die Besprechung, bevor ich noch etwas zu den Mädchen fragen konnte. »Große Ereignisse werfen ihre Schatten voraus: Die Harmonienwahl beginnt. Dazu möchten wir euch allen, auch den Nicht-Kandidatinnen, noch einmal die Regeln einschärfen. Außerdem werden wir auch Fragen zum Ablauf klären. Und Louelle weiß ja noch gar nicht, was sie erwartet.«

Damit hatte er die Aufmerksamkeit aller auf mich gelenkt. Neugierige, abschätzende, aber auch verärgerte bis mörderische Blicke trafen mich. Letztere kamen ganz besonders von Clea, Apryl und Vero. Poème verdrehte nur die Augen, als sei ich ein lästiges Übel, jedoch keine ernsthafte Konkurrenz. Geeskas Ausdruck konnte ich nicht einschätzen, Begeisterung sah allerdings anders aus.

Marcon beendete den unangenehmen Moment mit seinen Ausführungen zum geplanten Vorgehen: Es waren sieben Wochen für die Wahl angesetzt, und an jedem Freitag sollte eine von uns Kandidatinnen eine eigene Party auf die Beine stellen, um ihren Sinn für Organisation, Stil und Repräsentation zu beweisen. Die letzte Woche war für die große Entscheidung vorgesehen.

»Gleich nächste Woche Freitag haben wir eine Ausnahme, weil es ein Dreizehnter ist«, meinte Dorville. »Da findet unser traditionelles Exklusivevent statt. Die zweite Harmonienparty verschieben wir daher auf den Mittwoch drauf. Eine faire Verschnaufpause, finde ich.«

Vero lachte gekünstelt, während Apryl ein leises Murren verlauten ließ. Mir kam diese Ankündigung gerade recht. Mehr Zeit konnte ich auf jeden Fall brauchen, um diesen Witz von einem Regenten ausgiebig auszuspionieren.

Dorville schaute auf eine Tabelle, die vor ihm auf dem Tisch lag. »Die erste Party steht schon übermorgen an, Geeska weiß Bescheid. Sie wird den Start machen und hat mir verraten, dass es nach Frankfurt geht.«

Geeska hing an seinen Lippen und errötete leicht, als hätte er ihr ein Kompliment gemacht. Sie nickte ein paar Mal zu oft und spielte dabei mit ihrem Stift.

»Die weitere Reihenfolge ist dann: Vero, Apryl, Poème und zum Schluss Lou. Ich sag's gleich vorweg – für mich sind die Partys nicht wirklich ein wichtiges Kriterium, aber es gehört nun mal dazu, und wer weiß – vielleicht schafft ihr es ja, mich zu überraschen.«

Poème murmelte etwas, warf auf seinen fragenden Blick hin aber nur kokett die Haare zurück und zog einen Lipgloss hervor, um in einer gewollt verführerischen Geste ihren Mund mit einem Hauch Schimmer zu überziehen.

Marcon teilte eine Checkliste mit den Dingen aus, die wir bei der Partyplanung zu beachten hatten. Die Gesellschaftsmitglieder würden die Möglichkeit haben, unsere Partys anonym zu bewerten und an Umfragen über ihre Favoritinnen teilzunehmen. Ich freute mich schon richtig drauf, von allen zerlegt zu werden. Mit Sympathiepunkten hatte ich sicher nicht zu rechnen, wenn sich herauskristallisierte, dass ich das Ganze nicht halb so ernst nahm wie der Rest.

Eine Party für die ganze Gesellschaft zu planen, war für mich trotz allem ein etwas einschüchternder Gedanke. Glücklicherweise konnte in sechs Wochen viel passieren. Ich hoffte doch sehr, dass ich bis dahin keinen Anlass mehr haben würde, das Spiel mitzumachen.

»Dass ihr an der Wahl teilnehmt, war eure Entscheidung und nicht meine. Daher ist ein Rücktritt aus dem Wettbewerb ausgeschlossen.« Dorville lehnte sich im Stuhl zurück.

Keinen Einfluss darauf zu haben, welche Harmonien antreten wollten, musste ihn frustrieren. Hatte er wohl gehofft, dass auch die anderen fünf kandidieren würden? Ob er auf Clea gewartet hatte? Oder waren seine Gedanken bei dem Ganzen immer nur um Blanche gekreist? Dass ihre Eltern in die Sache verwickelt waren, erschien mir nach wie vor logisch, aber was könnte Dorville so wichtig sein, dass er dafür meine beste Freundin als Harmonie brauchte?

»Die Medien werden natürlich versuchen, alles so genau wie möglich zu verfolgen. Es wäre schön, wenn nicht jedes Detail nach außen dringen würde.«

Den Wunsch konnte ich nur teilen. Das Interesse der Medien könnte mir und meiner Tarnung sehr schnell gefährlich werden. Dass ich neu und unbekannt war, machte meine Person schon spannend genug, und dass ich mich bedeckt halten musste, würde die Neugier sicher nur noch mehr anheizen.

»Die Nicht-Kandidatinnen verhalten sich bitte unparteiisch. An den Rest: Wenn ich mitbekomme, dass eine von euch versucht, ihre Konkurrentinnen zu sabotieren, wird das Konsequenzen haben«, schärfte Dorville uns ein und sah dabei Apryl an.

Wenigstens, was das anging, musste er sich bei mir keine Sorgen machen. Ich würde sicher keiner der anderen ihr Liebesglück mit ihm ruinieren. Solange er sich mit einer von denen beschäftigte, hatte er keine Zeit, um Blanche Probleme zu machen.

»Robin wird mit euch übrigens ein Gruppen- und zwei Teilgruppendates machen«, erklärte Marcon.

»Ach, süß, gehen wir in den Zoo?« Manchmal fiel es mir einfach viel zu schwer, den Mund zu halten.

»Wie schön, dass du dich freiwillig meldest«, sagte Dorville. »Für das Gruppendate fehlte uns nämlich noch die zündende Idee. Das übernimmst also du.«

Mein Wunsch, ihn loszuwerden, wurde immer dringender.

»Eine weitere Tradition, die wir aufgreifen werden, ist der goldene Brief«, sagte Marcon. »Robin vergibt ihn, wenn er Zeit mit einer von euch allein verbringen will. Entweder er übergibt ihn persönlich oder die jeweilige Empfängerin bekommt ihn von den Nachtschwärmern.«

»Nachtschwärmer?«, flüsterte ich in Taylas Richtung. Waren die nicht auch in der Party-Etikette vorgekommen?

»Unsere Briefträger. Sie ...«

»Tayla, Lou – Klappe!«, fuhr Dorville dazwischen.

»Oh, *Entschuldigung*. Ich hatte nur eine Frage.«

»Dann stell sie gefälligst mir.«

»Okay, Herr Lehrer.« Ich richtete mich auf und faltete die Hände im Schoß. Ein bisschen Show musste jetzt einfach sein. »Was muss ich also tun, um einen ...« Ich machte eine Kunstpause und posaunte die Worte dann heraus, als würde ich einen Hauptgewinn verkünden: »... *goldenen Brief* zu bekommen?«

Die Blicke der anderen sprangen zwischen ihm und mir hin und her.

Beinahe hätte er gelächelt, aber eben nur beinahe. »Schön lieb und brav sein und deine Glücksfee anflehen. Du wirst sie brauchen.«

Die anderen Harmonien kicherten. Ach, für wie unglaublich witzig er sich doch hielt. Kein Wunder, wenn ihn immer alle darin bestätigten.

Dorville beendete unser Wortgefecht, indem er sich wieder

an die ganze Runde wandte. »Am Ende wird jedenfalls eine Bindungsfeier stattfinden«, sagte er, wobei er eher mäßig begeistert klang. »Danach geht's in die Glitterwochen, wohin, bestimmt die Erstharmonie. Also legt euch ins Zeug! Be glamorous.«

Ich gab mein Bestes, um nicht loszuprusten.

Als wir den Raum verließen und Dorville mich überholte, konnte ich es mir nicht nehmen lassen: »Glitterwochen? Wirklich? Wir werden nicht flittern, sondern … glitzern?«

Er blieb stehen, während die anderen sich von uns entfernten. »*Wir* werden gar nichts, wenn du dich nicht bald in die Liebe meines Lebens verwandelst.«

Na klaro, genau das hatte ich vor.

»Aber schön, dass ich nicht der Einzige bin, der das alles total bekloppt findet.«

»Wer's glaubt.« Doch wenn ich ganz ehrlich mit mir war, hatte mich seine Reaktion erstaunt.

15.

Vicky

Tayla hatte mich eingeladen, mit ihr zum Volleyball zu gehen, um zu schauen, ob ich den Kurs auch wählen wollte, aber ich hatte ihr abgesagt. Ich würde mir später mal in Ruhe ansehen, was es alles an Angeboten gab. Solange ich nirgends angemeldet war, würde mich auch niemand vermissen, und ich hatte mehr Spielraum, um nach Dorvilles Geheimnissen zu forschen.

Als ich ihn mit Vin abziehen sah, dachte ich mir gleich, dass die beiden für den Abend ihre eigenen Pläne hatten. Also schlich ich ein weiteres Mal hinter ihnen her. Sie verließen das Haus, und ich drückte mich einige Minuten im Eingangsbereich herum, unsicher, ob ich hinterhersollte. Als draußen Motoren aufjaulten, riss ich dann doch die Tür auf und ging die Eingangstreppe halb hinunter. Die beiden Jungs hatten sich Motorräder aus der Garage geholt und fuhren damit gerade quer über den Parkplatz. Dorville entdeckte mich und lenkte in meine Richtung. Er bremste und klappte das Visier seines Helmes hoch. »Ich würde ja fragen, ob du mitwillst, aber unsere Rennen sind nichts für Mädchen.«

Plötzlich verdunkelte sich sein Blick – und ich zuckte zusammen, weil mir jemand ohne Vorwarnung die Hand auf die Schulter legte.

»Dann halten Lou und ich halt hier die Stellung!«

Ich trat zwei weitere Stufen nach unten, um von Apryl wegzukommen.

Dorville hob die Hand zu einem Abschiedsgruß und düste davon, gefolgt von Vin.

Als ich mich zu ihr umdrehte, hatte Apryl sich hingesetzt und klopfte neben sich auf die Treppe.

Ich hätte sie gern ignoriert, aber vielleicht könnte ich ja etwas Interessantes aus ihr herausbekommen. Irgendetwas, das mir weiterhelfen würde, immerhin gehörte sie hier zu den absoluten Insiderinnen.

»Was haben die beiden vor?«, fragte ich und setzte mich neben sie.

»Robin muss ab und zu raus hier. Dann gönnt er sich gern mal ein Rennen mit ein paar Jungs aus dem nächsten Dorf oder denkt sich irgendwas Verrücktes aus.«

Unter die Kategorie »verrückt« fiel dann wohl auch sein Klippensprung.

»Er braucht das. Und wenn er zurückkommt, braucht er mich.«

»Dann hast du das ernst gemeint? Du bleibst jetzt hier sitzen und wartest?«

Sie lächelte und entblößte dabei ihre perfekt gebleichten Zähne. »Ich werde ihn auf jeden Fall abpassen. Wir wollen ja nicht, dass er sich zu Clea verirrt.«

Ich trug ein Kichern zu dem Gespräch bei, von dem ich selbst nicht wusste, worauf es bezogen sein sollte.

»Es trifft sich gut, dass du auch gerade hier bist«, sagte Apryl. »Ich wollte nämlich sowieso mit dir reden.«

»Und die Schwachpunkte der Neuen unter die Lupe nehmen?«

»Falsch. Um dich als Verbündete zu gewinnen.«

Jetzt machte sie mich aber doch neugierig. Welche Art der Unterstützung erhoffte sich jemand wie Apryl von jemandem wie mir?

»Zusammen könnten wir die Königin stürzen. Du traust dich was, und du weißt, was du willst – genau wie ich.«

Mit dem letzten Teil hatte sie das Kompliment ruiniert.

»Außerdem wette ich, du kannst eine richtige Zicke sein.«

In dem Punkt hatte sie mir mit Sicherheit einiges voraus.

»Warum ist Clea so eine Bedrohung für dich, wenn sie nicht mal kandidiert?« Ich hatte immer noch nicht wirklich verstanden, warum Clea so eine besondere Position haben sollte.

»Oh, aus vielen Gründen.« Apryl drehte eine Haarsträhne zwischen ihren Fingern und untersuchte sie anscheinend nach Spliss. »Die Mitglieder lieben sie. Sie kann alles, sie kriegt alles. Und das Schlimmste ist: Robin ist heiß auf sie.«

»Was meine Frage nicht beantwortet. Warum kandidiert sie nicht? Kein Mensch hier kann mir das erklären!«

Sie zuckte mit den Schultern. »Wenn die Regeln es zulassen würden, hätte er sie bestimmt gezwungen. Aber das ist nun mal das Gute: Die Kandidatur ist vollkommen frei. Robin darf kein Wort mitreden.«

»Und warum sollte Clea sich nicht aufstellen? Sie vergöttert ihn.« Um das zu übersehen, müsste man blind sein.

Apryl streckte ihre gebräunten Beine aus und strich ihren Minirock glatt. »Vielleicht ist es ein Trick, um noch mehr Aufmerksamkeit von ihm zu bekommen. Was weiß denn ich, was in ihrem Kopf vorgeht?«

»Und du willst jetzt *was* genau von mir?«

»Dir anbieten, dass ich mich dir gegenüber fair verhalte, wenn du dich zurückhältst, was Robin angeht, und mir stattdessen hilfst, Miss Perfect auszustechen.«

Ähm … und wo war da jetzt das Angebot?

»Natürlich werde ich mich *nicht* zurückhalten.« Dorville war *mein* Opfer, wenn auch in ganz anderem Sinne, als er es für sie war.

Apryl begann, schallend zu lachen. Sie hatte so ein nerviges, klischeehaftes Tussenlachen. Nichts daran klang echt. Mit den Händen klatschte sie sich auf die Oberschenkel, und ich war schon in Sorge, dass sie sich mit ihren Kunstnägeln verletzen würde. »Du bist doch bloß ein Witz für ihn! Er hat dich gleich nach der Nummer hinterm Vorhang stehen lassen.«

Ich wollte lieber nicht so genau wissen, was für eine Nummer das ihrer Meinung nach gewesen war.

»Ich bitte dich, wie willst du ihn dazu bringen, sich für dich zu interessieren, geschweige denn ihn ins Bett kriegen?«

Meine Güte, wie beschränkt konnte man sein? Ich schwieg und tat, als hätte sie mich beleidigt, weil ich ihr ja schlecht sagen konnte, dass ich vielmehr vorhatte, ihn *ins Grab* zu kriegen, zumindest metaphorisch gesehen.

Als sie nichts mehr sagte, stand ich auf. »Lass mich raten: Wenn ich nicht nach deiner Pfeife tanze, machst du mich fertig? Sorry, Apryl, aber ich bin nicht an einer Zusammenarbeit interessiert.«

»Überleg's dir noch mal«, sagte sie mit Nachdruck. Meine Hand lag schon am Türknauf. »Es ist nicht besonders witzig, mich zur Gegnerin zu haben.«

Ich warf ihr über die Schulter ein falsches Lächeln zu und ging wieder ins Haus.

Im Internetraum war es angenehm still. Ich würde zwar wahrscheinlich nichts finden, was ich gegen Dorville verwenden könnte, dennoch lohnte es sich vielleicht, die Suchergebnisse zu ihm und seiner Familie noch einmal genauer durchzusehen. Dass ein Neuzugang dazu recherchierte, war ja hoffentlich nicht allzu verdächtig.

Mein erster Eindruck deckte sich mit dem, was ich im Vorfeld schon herausgefunden hatte: Anders als beim Rest seiner Familie baute Robin Dorvilles Image in der Öffentlichkeit fast nur auf dem auf, was so vermutet und dann noch dazuerfunden wurde. Auch in seiner Kindheit war er fast gänzlich von *PartyTime* und Co. ferngehalten worden.

Ich stieß nur auf ein kurzes Video, in dem seine Eltern ihn erstmals der Öffentlichkeit vorgestellt hatten. Beim Anschauen stellte ich fest, dass Saya Dorville gar nicht seine Mutter war, wie ich gedacht hatte. Es war Prisca Dorville gewesen – also war er Halbwaise. In dem Video war sie nicht viel älter als ich und noch sehr lebendig. Sie hielt ihr Baby auf dem Schoß, dessen kleine Händchen die dunkle Haarsträhne zu erreichen versuchten, die sich aus ihrem Zopf gelöst hatte, und strahlte ununterbrochen.

Ich suchte in Verbindung mit ihrem Tod weiter, doch die Aussagen über Dorville widersprachen sich hier genauso wie bei meinen bisherigen Funden. An einer Stelle hieß es, er hätte sich nach diesem Schicksalsschlag eine lange Auszeit in Finnland genommen, an anderer, Augusto Dorville habe ihn zu seinem Großvater geschickt, damit er sich ins Familiengeschäft einlernen ließ und so auf andere Gedanken kam. Manche Quellen sagten, er habe sich von einem professionellen Trauerberater unterstützen lassen, böse Stimmen hielten dagegen, er habe sich mit Feiern und Flirten abgelenkt und seine Gefühle in Alkohol ertränkt.

Ich fand ein weiteres Video: das letzte Interview, das je mit Prisca Dorville geführt worden war. Ich startete es irgendwo in der Mitte.

»… zurzeit, dass Robin gerade voll in der Pubertät steckt«, plapperte der Interviewer. »Wie anstrengend ist das für eine Ersthharmonie? Denken Sie manchmal, dass es in Ihrer Position schwerer ist, Mutter zu sein?«

»Meinen Sie das ernst?« Eine erstaunlich kraftvolle Stimme für eine so zierliche Person. »Ich sag Ihnen was: Robin ist das Beste, was den Dorvilles je passieren konnte.«

»Das sagen die Leute gern über *Sie*. Es heißt, Sie sind eine echte Visionärin.«

»Was wäre eine Visionärin ohne einen Rebellen, der an ihre Visionen glaubt?«

Wie musste es sich anfühlen, jemanden zu haben, der einen so bedingungslos liebte? Und wie erst, diese Person zu verlieren?

Das Video lief weiter, an mir vorbei. Ich saß da und dachte an meine eigene Mutter, die wahrscheinlich längst verdrängt hatte, je eine Tochter gehabt zu haben, und an meinen Vater, dessen Ansprüchen ich nie genügen würde.

Vor den Fenstern wurde es langsam dunkel, und irgendwann hörte ich das Knattern von Motoren. Sie waren zurück.

Kurz entschlossen schaltete ich den Rechner aus und ging wieder nach draußen. Apryl hatte den Wunsch in mir geweckt, mich mit ihr anzulegen. Jemandem wie ihr musste man einfach ab und an zeigen, wo der Hammer hing.

Sie hatte dann doch nicht die ganze Zeit auf der Treppe gewartet, ich war die Erste, die den Jungs entgegenkam. Mit von den Helmen noch völlig zerdrückten Haaren trotteten Dorville und Vin über den Parkplatz. Sie lösten einen Bewegungsmelder aus, der die Lampen am Eingang einschaltete und den ich beim Rauskommen wohl nicht erwischt hatte.

Erst im Lichtschein entdeckte Dorville mich. »Lou?« Er klang überraschend überrascht. Vier Stufen unter mir machte er halt.

Vin grinste in meine Richtung. »Ich geh dann schon mal. Brauch dringend eine Dusche.«

»Bis dann.« Dorvilles Blick verweilte auf mir.

»Und, hast du das Rennen gewonnen?«, fragte ich. Die Tür fiel hinter Vin zu.

»Die andern sind es gewohnt, dass ich sie abhänge.«

Da war ja jemand ganz schön von sich selbst überzeugt.

»Wo ist der Spaß, wenn du die anderen immer schlägst?«

Er zuckte mit den Schultern. »Eigentlich geht es mir gar nicht um die anderen. Das Einzige, was an der ganzen Sache noch spannend ist, sind die Momente, wenn du schräg in der Kurve liegst und weißt, dass du möglicherweise sterben könntest, sobald du loslässt.«

Ich bemühte mich um ein besorgtes Gesicht. »Hast du schon mal mit einem Fachmann über deine Todessehnsucht gesprochen?«

Als er die letzten Stufen auf mich zukam, wäre ich am liebsten zurückgewichen. Trotzdem zwang ich mich, stehen zu bleiben. Plötzlich stand er so nah vor mir, dass ich seinen Atem im Gesicht spürte. »Ich sehne mich nicht nach dem Tod. Sondern nach dem *Leben.*«

»Deshalb auch der Klippensprung?«, rutschte es mir heraus.

Er brachte wieder eine Stufe Abstand zwischen uns. »Super, ich habe mir schon immer eine kleine Stalkerin gewünscht!« Doch er musterte mich mit einer Neugier, die vorher noch nicht da gewesen war. »Wärst du auch gesprungen?«

Diese Frage hatte ich mir selbst nicht gestellt, als ich Vin und ihn in die Tiefe hatte stürzen sehen. Deshalb brauchte ich einen Moment, um in mich hineinzuhorchen. Hätte ich mich getraut? »Ich denk schon. Ich bin immer offen für Mutproben.«

»Vielleicht nehm ich dich mal mit. Es gibt Dinge, für die Vin sich zu schade ist.«

»Du bist zurück!«, flötete es hinter mir, und Apryl huschte heran, die Arme nach Dorville ausgestreckt wie ein gieriger Tintenfisch.

»Sorry, Apryl«, sagte ich. »Heute Abend gehört er *mir*.«

»Das denkst aber auch nur du«, sagte Dorville. »Falls das ein Angebot war: Ich verzichte.«

Ungläubig sah ich zu, wie er nun seinerseits die Arme ausbreitete und Apryl sich hineinwarf. Er schwankte nicht mal, als er sie auffing und hochhob. Sie schlang die Beine um seinen Körper und lächelte diabolisch über seine Schulter hinweg, während er sie ins Haus trug.

Meine Erleichterung und die Verblüffung über die Abfuhr hielten sich ungefähr die Waage. War ich etwa noch schwerer zu ertragen als *die*?

16.

Clea

Als ich wach wurde, war Robin schon weg. Dabei war er erst in den frühen Morgenstunden zu mir gekommen. Wieder einmal verfluchte ich mich für meinen tiefen Schlaf. Es gelang Robin fast immer, sich wegzuschleichen, ohne dass ich es bemerkte. Der Gedanke an den Tag, der vor mir lag, verursachte mir Bauchschmerzen. Zu gern hätte ich mich Robin anvertraut, ihm gesagt, wie sehr es mir vor dem Besuch am Abend graute. Aber nach dem Aufstehen war nicht er es, den ich aufsuchte.

Marcon saß gerade in seinem Büro am Laptop, den er aber sofort zur Seite schob, als er mich sah.

»Clea! Guten Morgen!«

»Morgen. Ich brauche deinen Rat. Hast du Zeit?«

Marcon war nicht nur Vorstandsvorsitzender unserer Gesellschaft, sondern auch mit eindeutiger Mehrheit zur Vertrauensperson gewählt worden. Bis heute hatte ich ihn allerdings noch nie in dieser Funktion aufgesucht.

»Das ist egal. Du kannst immer zu mir kommen, wenn irgendwas ist. Immer, Clea.« Er deutete auf den Stuhl, der ihm gegenüber am Tisch stand, und ich setzte mich.

»Ehrlich gesagt bin ich sehr froh, dass du auftauchst«, sagte er. »Ich hoffe, du erzählst mir, was hier läuft.«

»Wie meinst du das?«

Er zögerte. »Du weißt, ich darf nicht parteiisch sein, also muss das unter uns bleiben, aber … Ich habe sehr auf dich gehofft. Nicht nur ich. Es gab die Theorie, dass du Robin nur auf die Folter spannst, aber bis zum letzten Moment hast du deine Kandidatur nicht bekannt gegeben.«

Ich war hier, um ihn ins Vertrauen zu ziehen, um mir den Beistand einer meiner besten Freunde zu holen, und jetzt zwang er mich zum Lügen. »Ja, ich bin bei meiner Entscheidung geblieben.« Die Worte schmeckten wie Galle.

Obwohl er mich anlächelte, sah ich das Unverständnis in seinem Blick. Er wirkte fast verärgert.

»Ich dachte, du liebst ihn. Also sag mir bitte, dass irgendein guter Plan dahintersteckt!«

Ja, hätte ich am liebsten gesagt, ich liebe ihn, und deshalb setze ich alles auf sein Versprechen. Auch wenn ich ein schlechtes Gewissen deswegen hatte. Marcon wäre entsetzt, wenn er wüsste, was wir vorhatten. Ich konnte es selbst kaum glauben. Aber sosehr ich die Gesellschaft liebte – Robin liebte ich mehr. Für ihn würde ich jedes Opfer bringen.

»Ich habe mich in letzter Zeit oft gefragt, ob ihr euch wegen irgendetwas gestritten habt. Aber dafür seht ihr euch ziemlich viel.«

Ich lachte, es war kein fröhliches Lachen. Viel? Den Eindruck hatte ich noch nie gehabt. Nur konnte ich auch darüber nicht mit Marcon sprechen. »Das könnte ich doch gar nicht – mit ihm streiten.«

»Vielleicht liegt genau da das Problem.« Er seufzte. »Willst du etwa Apryl das Feld überlassen? Vero? Wem?«

Keiner von ihnen, niemals, nur über meine Leiche.

»Oder vielleicht der Neuen? Kannst du mir wenigstens sagen, was es mit *ihr* auf sich hat?«

Ich war nicht hergekommen, um mir von ihm meine eigenen

Fragen stellen zu lassen. Aber je mehr wir uns auf diese Themen zubewegten, desto klarer wurde mir, dass es nicht der richtige Zeitpunkt war, um ihm meine Sorgen wegen heute Abend anzuvertrauen. Oder irgendwelche anderen Sorgen aus meinem gigantischen Fundus.

»Diese Frau verbirgt etwas«, sinnierte Marcon. »Jedes Wort aus ihrem Mund steht im krassen Widerspruch zu dem, wie sie sich verhält.«

Ich zuckte mit den Schultern, als könnte ich das so einfach abtun. »Du kennst doch Robin. Je größer die Herausforderung, desto besser.«

Marcon trommelte mit den Fingern auf den Tisch. »Mir gefällt das nicht. Ein Teil von ihm ist immer noch viel zu sehr Leander.«

Der Name war zwischen uns schon lange nicht mehr gefallen, aber jetzt, wo Marcon ihn gesagt hatte, wagte auch ich es, ihn auszusprechen: »Machst du Witze? *Alles* an ihm ist und wird für immer auch Leander sein.«

17.

Vicky

Glieder dich besser ein und verhalt dich unauffällig – diese beiden Punkte musste ich auf meiner inneren How-to-survive-die-Glamourhölle-Liste unbedingt weiter nach oben setzen. Vielleicht war es an der Zeit, langsam mal Initiative zu zeigen und mich mit dem Nachmittagsprogramm zu beschäftigen. Je mehr ich dazugehörte, desto wahrscheinlicher war es, dass man mir Dinge erzählte und es nicht weiter auffiel, wenn ich mich auch noch in der letzten Ecke der Saya Nord herumtrieb.

Zum Glück hatte ich Tayla, die mich nicht einfach meinem Schicksal überließ. Bei Gwynnia besorgte sie eine Liste mit allen Angeboten der Gesellschaft. Sie schlug vor, damit in den Salon zu gehen, wo wir sie in Ruhe durchschauen konnten.

So stiegen wir die Leiter hinauf, die in das pavillonartige Gebäude neben dem Haupthaus führte. Drinnen beschloss ich sofort, dass dies der schönste Ort war, den ich auf dem ganzen Gesellschaftsanwesen bisher gesehen hatte. Der große, holzverkleidete Raum war sechseckig. Hübsche Cafétische mit gemütlichen, antik anmutenden Polsterstühlen standen überall verteilt. Auf silbernen Servierwagen warteten Teller mit verschiedenen Kuchenstücken.

Wir wählten beide den Obstboden und holten uns Kaffee an einem Automaten. Nur wenige Tische waren besetzt, sodass es recht ruhig war. Auf den vier Fernsehern lief *PartyTime*, der Sender, der seine Existenz allein den Glamourgesellschaften zu verdanken hatte, weil die ihm mehr oder weniger freiwillig alle Inhalte lieferten. Gerade brachten sie einen Bericht über die Harmonien von Dorvilles Bruder.

Wir setzten uns mit Blick zum Meer, und Tayla zeigte mir die Liste. »Wir haben eine Menge Sportgruppen, die sich ein- bis zweimal die Woche treffen; allerdings sind nicht alle für Harmonien zugelassen. Außerdem gibt es natürlich Tanzunterricht in jeder erdenklichen Richtung. Collie macht oft was Kreatives, da könntest du dich anschließen. Ach ja, und wenn du dich weiterbilden willst, gibt es auch verschiedene Kurse – Biologie, Musik, Fremdsprachen …«

»Hey, darf ich mich zu euch setzen?« Geeska trat an unseren Tisch und becherte uns schüchtern ihre Hand entgegen.

Tayla und ich erwiderten die Geste und machten Platz für ihren Teller.

»Bist du auch so aufgeregt wegen der Wahl?«, fragte Geeska mich, kaum dass sie saß. »Ich kann an nichts anderes mehr denken!«

»Ja, ich kann gar nicht fassen, dass das alles wirklich passiert.« Was absolut den Tatsachen entsprach.

»Tayla, kannst du uns nicht ein paar Tipps geben? Du kennst Robin doch schon so lange!« Geeska rührte etwas Zucker in ihren Kaffee, und das Bettelarmband mit den vielen silbernen Herzchenanhängern, das sie neben dem Harmonienarmband trug, bimmelte leise.

»Ah, daher weht der Wind.« Tayla pikste eine Erdbeere aus dem Tortenguss. Witzigerweise aß sie die Früchte zuerst runter und hob sich den Teig bis zum Schluss auf. »Frag ihn nie, ob er mit dir Schach spielt. Ich hab mal versucht, es ihm beizubringen, aber er hat es gehasst.«

Geeska kicherte. »Hatte ich nicht vor. Hat er mal mit dir über die Wahl geredet?«

»Nicht wirklich, ehrlich gesagt. Wenn wir reden, dann meist über die Konferenzen. Ich lege ja mit ihm die Tagesordnungen fest.«

»Jetzt lass mich nicht hängen, ich brauche Details! Worauf steht er?«

Ich sammelte mit dem Kuchengäbelchen einen Krümel wieder auf, der über den Tellerrand gefallen war, und bemühte mich um eine ernste Miene. Irgendwie süß, ihr Übereifer!

»Lass mich nachdenken … auf Direktheit! Auf Risikobereitschaft. Und wenn's ihm eine nicht leicht macht, steigen ihre Chancen enorm.«

Warum sah sie mich jetzt so an?

Geeska wirkte plötzlich abgelenkt. Sie schaute aus dem Fenster, reckte den Hals und stieß dann auch noch einen hohen, verärgerten Laut aus.

Ich entdeckte den Grund für ihre Aufregung schnell: Dorville und Poème, Hand in Hand auf einem idyllischen Strandspaziergang. Da hatte wohl jemand einen ersten goldenen Brief bekommen.

»Ich hab das Gefühl, er findet die anderen viel spannender als mich«, sagte Geeska geknickt. »Dabei bin ich wirklich verliebt in ihn – und nicht nur in sein Vermögen.«

»Dann sei es weniger offensichtlich«, riet ich ihr. »Mach ihn neugierig auf dich, indem du dich nicht so aufdrängst wie die anderen.«

Sie wirkte überrascht, dass ich als ihre Konkurrentin überhaupt etwas dazu sagte.

Tayla schmunzelte. Hatte sie mir meine Abneigung Dorville gegenüber doch angemerkt? Was dachte sie darüber?

»Würdest du auch am liebsten drei Dates am Tag mit ihm haben?« Geeskas Frage klang rhetorisch, also lächelte ich nur unbestimmt. »Er ist so wahnsinnig …« Sie fand wohl kein Wort, das ihre Meinung angemessen ausgedrückt hätte, und gab stattdessen ein etwas verstörendes Quietschen von sich. »Liebst du seine Augen auch so sehr?« Sie lächelte versonnen und schaute auffordernd zu mir, als sollte ich mit einstimmen. »Wie geschmolzene Schokolade!«

Für dieses Gespräch hätte ich etwas anderes gebraucht als Obstboden, irgendetwas mit Alkohol. Herrentorte oder so.

»Oh jaa«, nuschelte ich und zog die Liste von Gwynnia zu mir heran. »Ich glaub, ich werd nachher mal zum Badminton gehen.« Einfach, weil mir das als Erstes ins Auge gefallen war.

»Und ich glaub, wir müssen langsam mal los zur Vollversammlung« sagte Tayla amüsiert. »Robin samt Schokoladenaugen auf der Bühne – na, wer ist dabei?«

Der Versammlungssaal weckte in mir ungute Erinnerungen an meine Anspruchszeremonie. Wieder waren die vielen Stuhlreihen voll besetzt mit Gesellschaftsmitgliedern. Tayla führte mich zu den Plätzen der Harmonien.

Kurz nachdem wir uns gesetzt hatten, wurde es still, und Dorville erschien auf der Bühne. Er war ganz allein, und als ich mich umsah, stellte ich fest, dass der Vorstand diesmal im Publikum saß.

»Herzlich willkommen zu unserer wöchentlichen Vollversammlung«, tönte Dorvilles Stimme durch den Raum. »Da für heute niemand ein Anliegen angemeldet hat, gehe ich davon aus, dass es von eurer Seite nichts anzukündigen gibt …« Er wartete einen Moment, ob sich jemand melden würde. Als das nicht passierte, sagte er: »Dann können wir es heute kurz halten. Noch mal zur Erinnerung: Heute Abend werde ich Besuch von meiner Familie bekommen. Sie kommen zum gemeinsamen Abendessen, um den Beginn der Wahl zu feiern.« Er machte eine Pause und sah nun zu unserer Reihe. »Clea und Louelle werden bei dem Essen stellvertretend für alle Harmonien dabei sein.«

»*Was?*«, kam es gleichzeitig von Apryl und mir, aber falls Dorville das vorne gehört hatte, ignorierte er es.

Warum hatte mir keiner was davon gesagt? War Apryl davon ausgegangen, dass sie an meiner Stelle dabei sein würde?

Dorville fuhr im Programm fort. »Kommen wir zum offiziellen Teil und rufen uns in Erinnerung, wer wir sind und was uns ausmacht.« Dann hob er die Stimme, und sie schien von den Wänden widerzuhallen, als er rief: »Was führt euch her?«

»Das Streben nach Glück!«, antwortete der Sprechchor.

Ich fühlte mich wie jemand, der als Einziger seinen Text nicht gelernt hat. Nur dass mir auch niemand einen zum Lernen gegeben hatte.

»Was wollen wir suchen?«

»Den Spaß in allen Dingen! Genuss in jeder Form! Das Leben auf der Sonnenseite!«

»Was hält euch zusammen?«

»Die Gesellschaft! Und unser Regent!« Selbst Tayla rief aus vollem Halse mit.

»Was liegt euch im Blut?«

»Die Lichter! Die Bässe! Der Rhythmus des Glücks!« Die Menge klang bereits etwas atemlos, ob vor Heiserkeit oder Euphorie hätte ich nicht sagen können.

»Lasst uns feiern!«, brüllten sie, jetzt vereint mit ihrem Vorsprecher. »Be glamorous!«

Es folgte ein gigantischer Applaus. Dann begann die Versammlung, sich unter fröhlichem Gelächter und Reden aufzulösen. Wahrscheinlich hatte es länger gedauert, bis alle einen Platz gefunden hatten, als der ganze Müll an sich.

Noch etwas schockiert von der verrückten Show, der ich gerade beigewohnt hatte, lief ich schließlich hinter den anderen her Richtung Ausgang. Dabei kam ich an Dorville vorbei, der von der Bühne heruntergestiegen und jetzt in ein Gespräch mit Marcon vertieft war.

Als ich auf ihrer Höhe war, sah Dorville zu mir. Für einen Moment verstummte das Gespräch der beiden, und ich nutzte die Pause, um etwas klarzustellen: »Und ihr seid doch eine Sekte!«

Die spontane Idee mit dem Badminton war gar nicht schlecht gewesen. In der Turnhalle den Schläger zu schwingen und meine ganze Gedankenwelt auf das Treffen eines Federballs zusammenschrumpfen zu lassen, war die perfekte Ablenkung für mich. Es waren keine anderen Harmonien aufgetaucht, und so hatte ich es mit ganz »normalen« Gesellschaftsmitgliedern zu tun. Sie behandelten mich verhältnismäßig unvoreingenommen und nahmen mich gleich ins Team auf. Die meisten von ihnen spielten besser als ich. Offenbar nahmen sie ihr Training fast so ernst wie die Partys an den Abenden.

Ich war ins Spiel versunken, bemerkte nicht mehr, wie die Zeit verging, und ehe ich mich versah, waren die anderthalb Stunden auch schon vorbei – und eine der anderen Spielerinnen machte mich darauf aufmerksam, dass mein Armband rosa leuchtete.

Sie deutete über meine Schulter, und als ich mich umdrehte, sah ich Dorville lässig am geschlossenen Tor zur Gerätekammer lehnen.

Am liebsten hätte ich ihn da stehen lassen, aber das Problem war, dass ich ja *immer noch* einen auf verknallt machen musste. Also schlenderte ich mit schwingendem Schläger zu ihm rüber. »Langsam glaube ich fast, dass das mit dem Stalking auf Gegenseitigkeit beruht.«

Er lachte, und für einen Moment war ich sehr abgelenkt von den kleinen Grübchen, die dabei in seinen Wangen zum Vorschein kamen. Ich hatte das Gefühl, dass es mir nicht so leicht fallen sollte, ihn zum Lachen zu bringen. Das fühlte sich zu nah an. Und Nähe war nicht gut.

»Wenn ich dich frage, ob du eine Minute für mich hast, ist es kein Stalking mehr, oder?«

Ich verdrehte die Augen. Wir gingen nach draußen, der milde Wind war angenehm kühl auf meiner erhitzten Haut. Taylas leider etwas zu enge Sportklamotten klebten an meinem Körper. Ich würde wohl schleunigst eine weitere Bestellung aufgeben müssen. Vielleicht war meine erste ja inzwischen schon eingetroffen.

»Ich setze heut Abend auf dich. Also: Aktiv oder Passiv?«

Der angekündigte Besuch schien ihn ja ganz schön zu beschäftigen.

»Was soll das? Das hat doch nichts mit mir zu tun, wenn deine liebe Family Zeit mit dir verbringen will.«

»Meine *liebe Family* kommt nur, um sicherzugehen, dass ich keine Dummheiten mache.« Er seufzte. »Und natürlich sind sie neugierig auf dich.«

Ich zögerte. Sollte ich mich wirklich noch mal auf dieses dämliche Spiel einlassen? »Ich will einen höheren Einsatz. Das meiste, was du mir über Vero und Poème erzählt hast, hätte ich von jedem anderen Mitglied umsonst erfahren können.«

Er setzte sich auf den Rasen neben der Halle, aber ich blieb stehen und sah auf ihn hinunter.

»Okay, was fändest du fair?«

»Ich will wissen, warum Apryl sich so gute Chancen bei dir ausrechnet. Und warum Clea nicht kandidiert.«

Diese beiden Fragen interessierten garantiert nicht nur mich. Ich wusste, dass es ihm widerstreben würde, sie mir zu beantworten, und aus diesem Grund stellte ich sie.

Sein Blick wurde stahlhart und unnachgiebig. »Keine Fragen über Apryl oder Clea.«

»Schade. Dann auch kein Spiel.«

Er schaute zu mir hoch. »Ich kann mir nicht vorstellen, dass es nichts anderes gibt, was dich interessiert.«

Ich ließ ihn ein paar Augenblicke zappeln. Es machte mich neugierig, wozu er mich brauchte. Also würde ich nachgeben. Es war eine weitere Chance für mich, seine Schwächen auszuloten.

»Deal: Wenn ich die Aufgabe diesmal erledige, wirst du mir eine beliebige andere Frage beantworten. Wahrheitsgemäß, versteht sich. Etwas Persönliches.«

Er musterte mich eindringlich, wahrscheinlich versuchte er, in meinem Gesicht abzulesen, an welche Frage ich dachte. Doch er würde es nicht herausfinden. Weil ich sie mir nämlich selbst noch nicht überlegt hatte.

Unschlüssig rieb er sich das Kinn. Meine Forderung passte ihm natürlich nicht, aber ihm musste klar sein, wie feige es wäre, abzulehnen.

»In Ordnung. Aktiv oder Passiv?«

»Aktiv. Noch mal.«

Er nickte. »Darauf hatte ich gehofft.«

Nun setzte ich mich doch, wagte es, mich auf seine Augenhöhe zu begeben.

»Ich gehe davon aus, dass sie zu fünft kommen. Mein Vater. Mein Bruder mit zwei seiner Harmonien. Und dein Opfer – Saya.« Er lächelte diese Art von teuflischem Lächeln, das ich von Blanche kannte. Das hatte sie schon mit zwölf perfekt draufgehabt, wenn sie beim Uno nur noch eine Karte auf der Hand hatte und die eine Wunschkarte war.

»Ich will, dass du sie fertigmachst. Zwing sie dazu, ihre Höflichkeit zu vergessen. Sorg dafür, dass sie *ausrastet*. Ich denke, du bist schlagfertig genug. Es sollte dir nicht weiter schwerfallen.« Echter Hass stand ihm ins Gesicht geschrieben, und für eine Sekunde fürchtete ich mich vor ihm. Ich überspielte es gut: »Höre ich da etwa familiäre Spannungen heraus?«

Jetzt verzog sich sein Mund zu einem ironischen Lächeln. »So kann man es natürlich auch nennen.«

»Wenigstens interessiert sich deine Familie für dich.« Wieder einer dieser dummen, dummen, unüberlegten Sätze. Ich hätte mich selbst ohrfeigen können. Doch zum Glück bemerkte Dorville gar nicht, dass ich damit einen Bezug zu meiner eigenen Mutter hergestellt hatte. Er dachte ja, sie würde fröhlich Tanzkurse in Lübeck geben. Wenn er wüsste!

»Also ein Rachefeldzug gegen die böse Stiefmutter, alles klar.« Ich erhob mich wieder. »Ich freue mich auf meine Frage.«

»Du musst dich schon anstrengen«, sagte er. »Die Belohnung gibt's nur, wenn du sie richtig zur Schnecke machst.«

Ich erwiderte seinen Blick. »Das werde ich.«

18.

Vicky

Das Abendessen mit Dorvilles Familie befreite mich immerhin von einem Teil der Party. Bis jetzt hatte ich es ja dank des kleinen Zwischenfalls auf meiner Willkommensparty noch nicht bis zur berühmten Dreizehnten Stunde geschafft. Aber so lange würde das Dinner hoffentlich auch wieder nicht dauern.

Ohne Widerrede zog ich das Kleid an, das mir gebracht wurde – cremefarben, wenig spektakulär, aber elegant und in Kombination mit den Schuhen, der Kette und dem Haarreif in meiner Harmonienfarbe doch ein Hingucker.

Ich ließ mich geduldig von Gina zurechtmachen. Dass Dorville sie zu mir geschickt hatte, sagte mir, dass das Essen durchaus formell sein würde. Ich hatte ihr ihren Wunsch erfüllt und sie als persönliche Stylistin angenommen, jedoch mit der Einschränkung, dass sie mir nur zu besonderen Anlässen behilflich sein sollte.

Ich nutzte die Zeit der Vorbereitungen dafür, mir eine Strategie zurechtzulegen. Ich würde eine Frau zur Weißglut bringen müssen, die ich nicht mal kannte.

Saya Dorville.

Immerhin hatte ich schon einiges von ihr gehört und wusste genug über ihre Position. Auch wenn sie Augustos Ersthamonie war, gab es da immer noch die ganzen anderen Frauen, die miteinander um diesen Platz gewetteifert hatten. Bestimmt hatte sie zu manchen von ihnen ein zwiespältiges Verhältnis. Viel Potenzial für wunde Punkte. Noch dazu war sie nicht Augustos erste Erstharmonie – definitiv etwas zum Nachbohren. Dass sein erster Sohn nicht ihr Sohn war, dürfte ebenfalls ein Aspekt sein, den ich verfolgen konnte. Diese Angriffsziele zu sammeln, half mir dabei, mein Gewissen zu ignorieren. Das blöde Ding wollte mir vorhalten, dass es ganz schön mies war, auf eine völlig fremde Frau loszugehen. Aber sie war eine Dorville, und das machte es in meinen Augen entschuldbar.

Ich wünschte, ich wäre früher gekommen. Wie bestellt stand ich um halb sieben vor dem Raum in Dorvilles Flügel, in dem das Essen stattfinden sollte, und zögerte. Den Stimmen nach zu urteilen, war der Besuch schon vor mir eingetroffen. Wurde erwartet, dass ich anklopfte? Wie sollte ich sie begrüßen? Musste ich mich vorstellen? Würden sie mich beim Reinkommen beobachten und darauf warten, dass ich zuerst das Wort ergriff?

Ein letztes tiefes Luftholen, dann überwand ich mich dazu, die Tür zu öffnen, und trat entschlossen ein.

Noch standen alle. Gwynnia lächelte mir entgegen; ich hatte gar nicht daran gedacht, dass sie natürlich auch mit von der Partie sein würde.

Dorville kam auf mich zu und bot mir galant den Arm, um mich zu den anderen zu führen. War ich in irgendeinem alten Film gelandet? Dafür war der Tisch mit den geschwungenen Beinen und der Schwarzglasplatte allerdings deutlich zu modern, genau wie die Deckenlampe, die mit ihren schneeballgroßen Kristallen an goldenen Armen den Raum dominierte. Sie wirkte wie eine überirdische Blütendolde.

Der blonde Typ musste Dorvilles Bruder – oder Halbbruder oder whatever – sein. Gemäß dem Familiengesetz war er ausgesprochen gut aussehend, jedoch auf eine weichere Art als sein Bruder.

Er und die beiden jungen Frauen bei ihm musterten mich mit unverhohlener Neugier, schon fast unverschämt, als wäre ich ein neuer Sportwagen in Dorvilles Garage.

»Du bist also Louelle«, sagte schließlich sein Vater. Bis zu diesem Moment hatte ich nicht gewusst, dass auch einfache Feststellungen gebieterisch klingen konnten. Augusto Dorville war im Anzug gekommen, mit Satinrevers und Manschettenknöpfen, in die etwas eingraviert war, das ich aus der Entfernung nicht erkennen konnte, wahrscheinlich seine Initialen. Für sein Alter war er ein immer noch sehr attraktiver Mann, erste graue Haare hin oder her.

»Die geheimnisumwobene Neue.« Er nickte mir zu, kühl, desinteressiert, überlegen.

Ich rückte noch etwas näher an Dorville heran, ganz die verschüchterte, verliebte Harmonie.

»Das ist Saya«, stellte er mir in beiläufigem Ton seine Stiefmutter vor und antwortete auf meinen gespielten Annäherungsversuch, indem er sanft mein Handgelenk umfasste.

»Guten Abend« sagte ich, ein erstes höfliches Heranpirschen.

Blondierte Haare, Lippen, die nicht mehr natürlich aussahen, und Augen voller Herablassung. Sie betrachtete mich kritisch von oben bis unten und zog eine Augenbraue hoch, bevor sie sich einfach wegdrehte, um sich bei Augusto unterzuhaken.

Noch vor der Empörung kam die Erleichterung darüber,

dass Dorville mich nicht auf jemanden angesetzt hatte, der das nicht verdiente.

Dorvilles Bruder blickte zur Tür. Ach, wie hieß der denn noch mal? Irgendwas Komisches. »Wo ist Clea?«, fragte er.

Dorvilles Griff um mein Handgelenk wurde kurz fester. Sehr fest. »Sie kommt nach.«

»Und Apryl?«, fragte sein Vater.

»Wird nicht dabei sein. Sie ist krank. Clea ist gerade noch bei ihr. Und da dachte ich mir, dass ihr Lou ja bestimmt kennenlernen wollt.«

Ich fragte mich, was die kerngesunde Apryl zu der Lüge gesagt hätte. Oder die noch nicht anwesende Clea.

»Vielleicht möchtest du ihr noch deine Begleiterinnen vorstellen, Cyan?«, fragte Dorville seinen Bruder in affektiert höflichem Ton.

Genau, *Cyan*. Eselsbrücke: Wasserfarbe. Wer nannte sein Kind bitte so?

Cyan zuckte mit den Schultern. Er deutete auf die Tussi zu seiner Rechten, die in ihrem Gesicht definitiv mit Bräunungscreme gearbeitet hatte. Eine beeindruckende goldblonde Lockenpracht floss ihren Rücken hinab. »Nereida.« Dann legte er einen Arm um die andere, eine große Braunhaarige im figurbetonten Spitzenkleid. »Und Yvaine.«

Beide hatten sich jeweils eine Strähne gefärbt, in Cyanblau. Oh Mann, da hätten sie sich ja genauso gut als sein Eigentum brandmarken lassen können! Dieser Harmonienkram war echt grenzwertig.

Sie lächelten, aber wohl eher für ihn als für mich.

»Du sammelst wohl auch exotische Namen?«, fragte ich.

Endlich ließ Dorville mich los, allerdings nur, damit er mich zwicken konnte.

Cyan schien meinen Kommentar nicht ganz einordnen zu können. »Es gibt auch eine Lucy und eine Emma – wenn es dich beruhigt«, sagte er schließlich mit einem Grinsen.

»Ja, sogar sehr.« Ich hielt den Blickkontakt und versuchte zu entscheiden, ob er eher Gegner oder potenzieller Verbündeter sein könnte.

»Setzen wir uns doch schon mal. Clea wird sicher gleich da sein«, meinte Gwynnia und gab die Tischordnung in einer Weise bekannt, die mich an *Dinner for One* denken ließ, auch wenn sie bei den Vornamen blieb.

Augusto saß am Kopf des Tisches, zu seinen beiden Seiten Saya und Gwynnia selbst. Dorville und Cyan sollten einander gegenüber Platz nehmen, jeweils ihre beiden Harmonien neben sich.

Dorville zog den mit schwarzem Samt bezogenen Stuhl für mich zurück. Als er ebenfalls saß, beugte ich mich zu ihm und flüsterte: »Das Gentleman-Gehabe steht dir.«

Seine Familie sollte ruhig glauben, ich wäre ganz verrückt nach ihm.

Er wandte mir das Gesicht zu und streifte meine Wange mit seinen Fingern. Ich musste mich an den Stuhlkanten festhalten.

»Danke schön.«

Vielleicht doch lieber keine falschen Zuneigungsbekundungen mehr.

Ich konzentrierte mich. Gwynnia hatte ich zu meiner Linken und somit Saya fast genau vor mir. Die perfekte Ausgangslage für mein Gefecht. Allerdings schien Dorville selbst noch eines geplant zu haben.

»Cyan«, begann er. »Erzähl doch mal von deiner Zeit in Amerika. Hab gehört, du warst mehrere Wochen da?« Man hätte seine Frage für freundlich interessiert halten können, aber irgendetwas an seinem Gesichtsausdruck sagte mir, dass dem nicht so war.

»Stimmt, ich habe Opa Caius besucht. Ich soll dir ausrichten, wie schade er es findet, dass du nie was von dir hören lässt.«

Zwei Mädchen aus dem Küchenteam kamen herein, schenkten uns Wein ein und stellten zwei Körbchen mit Baguettescheiben auf den Tisch.

»Ich stelle es mir seltsam vor, in einer Gesellschaft zu sein, in der sich fast nur noch Senioren rumtreiben«, sagte Dorville. »Aber zum Ausgleich warst du ja noch beim Springbreak in Florida. Viele Frauen aufgerissen?« Sein Blick zuckte kurz zur Tür, und nur deswegen entdeckte ich Clea, die gerade leise eintrat. Cyan hatte sie noch nicht gesehen.

»Mehr als du je haben wirst«, prahlte er. »Glaub mir, es hat sich gelohnt!«

Clea räusperte sich, und ich sah, wie Cyan sich auf die Lippe biss.

»Augusto. Saya.« Sie machte die Becherbewegung, und beide erwiderten sie. Wahrscheinlich war es schon mein erster Fauxpas gewesen, die bei der Begrüßung zu vergessen. »Entschuldigt die Verspätung.« Dann steuerte sie auf ihren Platz zu. Auch mit Nereida und Yvaine tauschte sie die Geste aus. Cyan würdigte sie keines Blickes.

»Du warst noch bei Apryl?«, fragte Augusto. »Was fehlt ihr denn?« Seine eisblauen Augen verengten sich leicht.

Cleas Stirn legte sich in Falten, glättete sich aber sofort wieder, als sie verstand. »Ach ja, die Arme«, plapperte sie ungewohnt redselig los. »Hat eine schlimme Magenverstimmung von dem Thunfischsalat gestern Abend. Nicht mal Zwieback behält sie bei sich.«

»Richtet ihr unbedingt meine Genesungswünsche aus«, sagte Augusto, und Saya schloss sich sofort an.

Dorville und Clea nickten eifrig.

»Lou, hast du gewusst, dass Cyan in der Jury einer Castingshow sitzt?«, fragte Dorville mich dann. Aus irgendeinem Grund schien er seinen Bruder heute Abend gründlich in die Mangel nehmen zu wollen.

»Nein, woher auch?«

Aber meine Antwort war ihm sowieso egal. Er fixierte schon wieder Cyan. »Seit ich das Interview mit dieser disqualifizierten Tänzerin gesehen habe, frage ich mich: Bist du wirklich der Vater ihres Kindes?«

Cyan warf einen alarmierten Blick zu Clea, die gerade einen Schluck trank und ihn über den Rand ihres Glases hinweg unverkennbar angewidert erwiderte.

»Das war nur Teil der Show!«, beeilte er sich zu erklären. »Für das Drama haben wir 'ne Menge Kohle gekriegt.«

»Weil du ja so aufs Geld angewiesen bist.« Das kam von Clea.

»Darum geht es doch gar nicht«, nahm Augusto seinen Sohn in Schutz, verriet uns aber nicht, worum es seiner Meinung nach stattdessen ging. Irgendetwas in seiner tiefen Stimme ließ trotzdem alle augenblicklich verstummen.

Die Vorspeise wurde serviert, eine cremige Suppe mit Gemüseeinlage.

Ich wartete darauf, dass Saya mich zufällig ansprechen oder ich die Gelegenheit haben würde, sie dazu herauszufordern, aber Dorville hatte immer noch nicht vor, seinen Bruder in Ruhe zu lassen. Allerdings änderte er nun seine Taktik.

»Nereida, Yvaine: Ich muss euch gratulieren, man hört, dass ihr als die zwei Topkandidatinnen gehandelt werdet. Wie viele Konkurrentinnen habt ihr noch gleich?«

»Noch neunzehn«, sagte Yvaine und strich sich das Haar hinter die Ohren, sodass ihre riesigen goldenen Kreolen besser zur Geltung kamen. »Eine ist rausgeflogen, weil sie mit einem anderen erwischt wurde, habt ihr sicher bei *PartyTime* gehört.«

Einundzwanzig Kandidatinnen? Plus diejenigen, die sich nicht zur Wahl gestellt hatten? Oha.

Cyan sah in diesem Moment nicht unbedingt so aus, als sei er besonders stolz darauf. Es war unübersehbar, dass er nur für eine einzige Frau Augen hatte. Und das war Clea. Autsch, was für eine Tragödie. Oder vielleicht waren einfach alle Söhne der Familie gestört und suchten sich Frauen aus, die sie nicht haben konnten?

»Cyan hat die besten Voraussetzungen, um eine Erstharmonie zu finden, die dieses Titels würdig ist!« Saya straffte die Schultern und sah Dorville direkt an. Es war klar, was sie damit sagen wollte: *Im Gegensatz zu dir.*

»Robin, ich war schon überrascht, dass du überhaupt noch eine weitere Bewerberin zugelassen hast«, mischte sich nun wieder Augusto ein. »Aber schön, dass du zumindest die zehn vollgemacht hast.«

Ich war mir nicht sicher, ob er die Spannung entschärfen oder den Druck gegen seinen Sohn eher noch erhöhen wollte.

»Und während sich bei Cyan immerhin Tendenzen erkennen lassen, kann niemand auch nur ansatzweise *deine* Entscheidung vorausahnen«, ergänzte Saya ihren Liebsten.

»Das heißt, im Grunde waren sich alle darüber einig, bis … Was hat dich zurückgehalten, Clea?« Augustos forschender Blick richtete sich auf sie.

Ich hatte mir Mafiabosse immer vorgestellt wie diesen Mann – entspannt im Zentrum der Runde, umgeben von einer Aura von Macht und in jedem Wort einen unterschwelligen Vorwurf gegen seine Untergebenen. Clea rutschte unruhig auf ihrem Stuhl herum.

»Stimmt es, dass deine Mutter nicht mehr mit dir redet, seit die Frist abgelaufen ist?«, fragte Cyan sie. Er klang besorgt, aber vor allem erleichtert.

»Nein, sie hat sich schon wieder eingekriegt«, murmelte Clea. »Und der Grund dafür, dass ich nicht mitmache, ist … ist … Ich wollte einfach nicht, okay?« Sie wirkte in die Enge getrieben.

»So eine Verschwendung«, sagte Cyan leise. Dann lauter, zu seinem Bruder: »Jeder weiß, dass Clea die einzig richtige Wahl wäre. Sie ist besser als du und ich zusammen.«

Saya ließ ein Schnauben verlauten.

Dorville lächelte – obwohl es mehr wie ein Zähnefletschen aussah. »Da bin ich ganz deiner Meinung.« Das Lächeln wurde noch gefährlicher. »Auch wenn sie nicht kandidiert, ist sie ja glücklicherweise immer noch *meine* Harmonie.« Damit wandte er sich Clea zu und gab ihr einen kurzen, aber sehr besitzergreifenden Kuss. Sie schien das auch noch gut zu finden.

Cyan sah mit ausdruckslosem Gesicht zu, aber ich konnte genau erkennen, wie seine Finger sich um das Besteck krampften. Wenn nicht bald mal jemand eine neue Wendung herbeiführte, würde das hier noch in einem Kannibalen-Festmahl enden.

Als hätte sie denselben Gedanken gehabt, tat Saya mir endlich den Gefallen und lieferte mir die erhoffte Steilvorlage. »Louelle, für dich muss es doch eine wirklich schwierige Situation sein. Ganz neu in der Gesellschaft und gleich im Wettkampf.« Es hätten mitfühlende Worte sein können, aber ihr Unterton ließ sie eher zu einer Stichelei werden.

»Auch nicht schwieriger als für jede andere«, meinte ich leichthin. »Im Gegenteil, vielleicht ist es ein Vorteil, dass ich noch kein eingefleischtes *Glamour Girl* bin. An meinem Körper ist sogar alles noch im Originalzustand.«

Irgendjemand schnappte nach Luft. Bei ihr kam der Hieb jedoch kaum an. »Das würde ich nun wirklich nicht als Vorteil werten«, gab sie sofort zurück. Konzentriert begutachtete sie die Teile meines Körpers, die sie von ihrem Platz aus sehen konnte. »Dein Gesicht ist ja noch ganz in Ordnung, nur ein wenig … hm … nichtssagend. Aber die Oberweite wäre noch ausbaufähig, wohingegen an anderen Stellen ruhig noch ein paar Kilo runterkönnten.«

Wütend schaute ich zu Dorville, weil mir gerade der Verdacht kam, dass er ihr vielleicht auch aufgetragen haben könnte, mich zu beleidigen. Aus seinem fast entschuldigenden Blick schloss ich jedoch, dass das wohl ganz von ihr allein kam.

Na, die konnte sich auf was gefasst machen!

»Danke, aber ich denke, ich komme auch ohne die Ratschläge einer falschen Barbie aus.«

Das leise Klirren der Löffel in den Suppentellern hatte ausgesetzt. Cyan und seine Harmonien beobachteten uns gespannt, Clea und Gwynnia fassungslos, Augusto lauernd. Dorville schenkte sich seelenruhig noch ein bisschen Wein ins Glas.

Noch trug Saya ihre emotionslose Maske, doch die würde nicht ewig standhalten. »Und wie genau stellst du es dir vor, Regentin zu werden, wenn du nicht mal deine Zunge im Zaum halten kannst?«

Sehr gut, Schlange, schön rein ins Netz!

»Wie haben *Sie's* gemacht? War sicher auch nicht leicht, nachdem Sie über Jahre die zweite Geige gespielt hatten.«

»Ich denke nicht, dass wir über …«, setzte Augusto an, aber Saya würgte ihn ab. Sie kam jetzt richtig in Fahrt. Dieses kalte Funkeln in ihren Augen hätte mir glatt Angst machen können. Zum Glück würde sie schlecht über den Tisch springen können, um mich zu erwürgen. Oder?

»Es wird dir nichts nutzen, wenn ich es dir sage. Du hast keine Chance, Kleine. Du bringst einfach nicht die Qualitäten dafür mit.«

»Das entscheiden ja nicht Sie«, sagte ich. »Ich kriege Dorville schon so weit, dass er nur noch mich will.« Mist, so hätte ich ihn nicht vor seinen Eltern nennen dürfen.

Bevor Saya sich auf meinen Fehler stürzen konnte, legte ich nach: »Sie verstehen schon – *nur noch mich*. Ich würde ihn nie mit den anderen teilen.«

Auf dem Tisch schmiegte Clea ihre Hand in Dorvilles, ein stiller Widerstand gegen meine Ansage.

Sayas kurzer Seitenblick zu Augusto verriet sie. Ob sie jetzt seine Regentin war oder nicht – offensichtlich spielten auch die anderen Harmonien noch eine Rolle. Abartig, aber für mich gerade ein gefundenes Fressen.

»Den Plan wirst du schnell verwerfen müssen«, sagte sie mit einem Lächeln in Cleas Richtung.

Es war schwer genug, Dorville amouröse Absichten vorzugaukeln, aber gleich seiner ganzen Familie? So hart!

»Wieso?«, fragte ich. »Ich komme aus einer Welt, in der sich die Monogamie bestens bewährt hat. Nehmen wir zum Beispiel meine Eltern: Sie sind schon so lange verheiratet, aber immer noch zwei richtige Turteltäubchen.« Haha. Schlechtestes Beispiel, das ich mir hätte ausdenken können. Wenigstens erzielte es die gewünschte Wirkung. Ganz kurz blitzte Wehmut in Sayas sonst so harten Augen auf. Bestimmt gingen ihr gerade all die Momente durch den Kopf, in denen sie wegen anderen stehen gelassen worden war.

»Wenn ich bis an mein Lebensende zu *Robin* gehören werde, will ich auch, dass er voll und ganz nur für mich da ist.«

»Oh Bruderherz«, sagte Cyan. »Nimm dich in Acht! Louelle möchte dir zeigen, wie wahre Liebe geht.«

Neben mir verschluckte Dorville sich an seinem Wein und hustete verhalten. Ich kämpfte gegen den angeekelten Ausdruck an, der auf mein Gesicht geglitten war. Wahrscheinlich sah ich aus, als hätte ich etwas Bitteres in meiner Suppe gehabt.

Dabei war ich noch kaum dazu gekommen, die überhaupt anzurühren. Schnell lenkte ich das Thema wieder in – wenigstens für mich – sicherere Bahnen.

Mein Körper zitterte vor innerer Anspannung, doch immerhin versagte mir nicht die Stimme: »Es war bestimmt nicht leicht für Sie, als Prisca noch am Leben war«, mutmaßte ich. »Dann auch noch mit zwei Kindern eines vergebenen Mannes, die eigentlich gar nicht existieren dürften … Dafür sind Sie sicher von vielen gehasst worden.«

»Louelle!«, rief Gwynnia, doch ich sah nicht mal zu ihr hin.

»Trotzdem muss ihr Tod sehr gemischte Gefühle in Ihnen ausgelöst haben. Ist es nicht übel, wenn jemand, dem man manchmal den Tod gewünscht hat, dann tatsächlich stirbt?«

Unter dem Tisch lag plötzlich Dorvilles Hand auf meinem Bein. Als ich mich empört zu ihm umdrehte, schüttelte er leicht den Kopf. Offensichtlich hatte ich das Spiel zu weit getrieben.

Saya war rot angelaufen. »Wie *kannst* du es wagen? Ich bedauere ihren Verlust genauso sehr wie jeder, der sie gekannt hat. Willst du mir unterstellen, es wäre anders?«

Sie klang, als hätte ich angedeutet, sie hätte das Ableben ihrer Rivalin geplant. Selbst wenn mein erster Eindruck von Saya alles andere als positiv war – *das* würde ich ihr nicht zutrauen. Ich hatte einfach nur in ein Wespennest stechen wollen, und das schien mir gelungen zu sein. Trotzdem fühlte ich mich schlecht. Egal, ob ich diese Menschen hier mochte oder nicht – über den Tod einer Fremden zu spotten, war ganz schön geschmacklos.

»Das haben *Sie* jetzt gesagt«, wehrte ich ihren Vorwurf ab. »Ich dachte nur, die Sache mit Prisca …«

In diesem Moment donnerte Augustos Faust auf den Tisch. »Es reicht!« Er sah ziemlich furchterregend aus, wenn er wütend war. In seinem Gesicht stritt der Zorn mit etwas, das vielleicht Trauer war. »Robin, ich will, dass sie auf der Stelle den Raum verlässt.«

Dorvilles Hand verschwand von meinem Bein und packte mich grob am Arm, um mich hochzuzerren. Wieder einmal starrten mich alle an: Augusto völlig außer sich, Saya mit allem Hass der Welt in den Augen, Cyan, Nereida und Yvaine zwischen Entsetzen und Belustigung, Clea voller Verachtung und Gwynnia sichtlich erschrocken über meine Grobheit.

Unsanft drängte Dorville mich aus dem Zimmer hinaus auf den Flur. Die Tischgesellschaft erwartete bestimmt, dass er mir eine Standpauke hielt, und dementsprechend kam er mit raus und schloss die Tür hinter uns. Dann schob er mich noch ein Stückchen weiter von dem Raum weg und drückte mich gegen die Wand.

Ich konnte seine Stimmung nicht richtig deuten. Genauso wütend wie Augusto oder nicht?

»Ich glaub, ich hab mich bei meinen zukünftigen Schwiegereltern nicht besonders beliebt gemacht, was?«, fragte ich vorsichtig.

Sein Gesicht hellte sich auf. »Gut gemacht«, sagte er.

»Wegen dir verpass ich jetzt den Hauptgang.« Er sollte nicht merken, wie sehr mich das Ganze aufgewühlt hatte.

»Ich sorg dafür, dass dir was aufs Zimmer gebracht wird«, sagte er. »Hast du dir mehr als verdient.«

Immerhin etwas. Dabei war mir der Appetit mittlerweile gründlich vergangen.

»Kannst du mir einen kleinen Gefallen tun?« Im Kontrast zu Augustos Augen wirkten seine so viel wärmer. *Wie geschmolzene Schokolade,* hörte ich Geeska schwärmen.

»Was denn noch?«

»Vergiss alles, was sie gesagt hat.« Er drückte meine Schulter, als wollte er mich trösten.

»An so etwas Nettes erinnert man sich doch gern.«

Er trat zurück, und ich wandte mich zum Gehen.

»Du bist unglaublich, Lou.«

Na, das sagte ja der Richtige.

»Nettes Zusammensein noch«, wünschte ich ihm und machte mich davon.

19.

Vicky

Es dauerte nicht lang, bis ein Typ vom Küchenpersonal mir die versprochene Mahlzeit aufs Zimmer brachte. Ich beeilte mich, alles möglichst schnell hinunterzuschlingen, denn mir war eine Idee gekommen: Dorville und auch Gwynnia und Clea waren bei dem Essen, und der Rest der Gesellschaft feierte im Keller – die perfekte Gelegenheit zum Schnüffeln!

Also huschte ich wie eine Diebin durch die stillen Flure. Wieder in Dorvilles Flügel, schlich ich von Tür zu Tür und setzte meine ganze Hoffnung darauf, dass möglichst viele Gänge serviert wurden und niemand zwischendurch herauskam. Leider war Dorvilles Büro abgeschlossen. Vielleicht würde ich bei seinem Schlafzimmer mehr Glück haben? Dort standen die Chancen, auf etwas zu stoßen, das ihn belasten könnte, sogar noch besser.

Es dauerte, bis ich es fand, es lag ganz am Ende des Flügels. Vor der Tür horchte ich kurz, aber wie erwartet war kein Laut zu vernehmen. Hier war tatsächlich offen, ich hatte freie Bahn.

Der Raum war ungefähr so groß wie das Zimmer, das ich gemeinsam mit Tayla bewohnte. Links neben der Tür zum aufs Meer ausgerichteten Balkon stand das Bett. Die rechte Zimmerhälfte wurde von einem hohen Regal geteilt, in dem sich verschiedene Ordner, Bücher und Aufbewahrungsboxen befanden. Ob hier irgendwo das versteckt war, wovor Blanche solche Angst hatte?

Ich schaltete die Deckenlampe wieder aus und dafür die Nachttischlampe ein und begann, systematisch zu suchen. Wo bewahrte man Dinge auf, die niemand finden sollte? Unter dem Bett war es abgesehen von ein paar wenigen Staubflusen erstaunlich sauber, und bis auf einen Karton mit Schuhen gab es nichts zu entdecken. Mein zweiter Anlaufpunkt war der große Wandschrank – im Gegensatz zu den Harmonien schien Dorville der Platz darin für seine Klamotten vollkommen zu genügen. Es kostete mich Überwindung, die Sachen zu durchsuchen und die Fächer abzutasten. Auch hier tauchte nichts Interessantes auf.

Mein Blick fiel auf den Laptop, der aufgeklappt auf dem kleinen Schreibtisch stand. Das war definitiv eine vielversprechende Quelle! Meine Freude währte nicht lang – Passwortschutz. Dafür kannte ich Dorville wirklich nicht gut genug. *Clea* schlug fehl. Mit zitternden Fingern tippte ich *Blanche* ein. Zum Glück war es das auch nicht!

Mit dem Ellbogen stieß ich versehentlich einen Stiftebecher vom Tisch, und das ganze Ding landete im fast randvoll gefüllten Papierkorb. Seufzend ging ich in die Hocke und begann, die Kulis und Bleistifte wieder einzusammeln. Zwischen einem Lieferschein eines Jackenkaufs und einem Einladungsschreiben zu irgendeiner Benefizgala geriet mir ein Schnipsel mit spanischsprachigen Zeilen zwischen die Finger.

Ich stutzte. Vielleicht hatte es nichts zu bedeuten, aber warum war es zerrissen? Nachdem ich den Stiftebecher wieder dahin gestellt hatte, wo er gewesen war, machte ich mich auf die Suche nach weiteren Stücken. Ich fand eine größere Ecke mit Bildern vom Inneren eines Apartments wie bei einer Wohnungsmiet- oder Kaufanzeige. Dann entdeckte ich das Adressatenfeld: Das Schreiben hatte sich an einen gewissen Leander

Holm gerichtet. Vorsichtshalber merkte ich mir den Namen, später könnte ich ja … Da näherten sich auf einmal Schritte auf dem Flur. Oh nein. Mit einer Hand klappte ich den Laptop zu und stürzte vom Tisch weg. War das etwa Dorville? Dann war ich geliefert!

Was jetzt? In Ermangelung eines guten Verstecks entschied ich mich für die Flucht nach vorn und platzierte mich auf dem Bett.

Die Klinke wurde nach unten gedrückt, und die Tür schwang auf.

»Louelle?«

Es war Apryl.

Binnen Sekunden fasste ich meinen Rettungsplan. »Sag mir jetzt bitte nicht, dass *er* dich herbestellt hat«, sagte ich. »Ich hab nämlich vor, ihn zu überraschen und so richtig zu verwöhnen, wenn er nachher von dem Essen kommt. Aber zu dritt? Nee, dafür bin ich nicht zu haben.«

Sie sah nicht so aus, als würde sie wittern, was ich wirklich hier zu suchen hatte.

»Ganz schlechter Plan«, zischte sie. »Erstens rate ich dir, deine Finger von ihm zu lassen, wenn du sie behalten möchtest. Zweitens: Ganz bestimmt nicht in diesem Bett. Da lässt er keine rein, nicht mal Clea. Nicht mal *mich.*«

Ich erhob mich schnell von besagtem Bett, denn allzu wohl fühlte ich mich darauf ohnehin nicht.

»Drittens«, fügte sie süffisant hinzu, »vermute ich, dass ich lieber über deinen kleinen Besuch schweigen soll?«

Sie konnte doch nichts gemerkt haben? Ahnte sie doch etwas und stellte mich auf die Probe?

»Ich habe nichts Falsches gemacht.«

»Du bist unerlaubt hier, das reicht schon. Außerdem – wem wird er eher glauben? Vielleicht habe ich dich ja gesehen, wie du an seinen Sachen warst? Das hat er nicht besonders gern, denke ich.«

Hatte sie zufällig die Wahrheit erraten? Sie war nicht leicht einzuschätzen.

»Du solltest genauso wenig hier sein, oder nicht?«, versuchte ich einen Gegenschlag.

»Du kannst es gern drauf ankommen lassen und dich verraten, wenn du Robin danach fragst. Ich schlage vor, wir gehen jetzt zusammen runter zur Party, und wenn du mir in nächster Zeit nicht in die Quere kommst, behalte ich die Sache für mich.«

Großartig! Apryl gegenüber erpressbar zu sein, hatte mir gerade noch gefehlt.

Ich gab mich geschlagen, knipste das Licht aus und folgte ihr aus dem Zimmer und hinunter in den Keller.

Obwohl es noch nicht einmal zehn Uhr war, war ich schon müde, hatte leichte Kopfschmerzen und nicht die geringste Lust zu feiern. Wie konnte man das bloß sechs Nächte die Woche aushalten?

Gleich nach dem Reinkommen trennten sich Apryls und meine Wege. Meiner führte mich erst mal am bunten Treiben auf der Tanzfläche vorbei zur Bar. Die Erinnerung daran, wie ich hier mein Debüt gegeben hatte, besserte meine Laune nicht unbedingt. Es war auch noch derselbe Barkeeper im Dienst. Gerade war er dabei, zwei große Piña Colada für Juliette und Tim aus dem Einführungskurs zu mixen. Ich wartete, bis sie damit abzogen, und trat dann an die Theke.

Der Essensbote hatte leider nicht daran gedacht, mir auch etwas Trinkbares mitzubringen, und so war ich ziemlich durstig. Mittags im Speisesaal hatte Collie mich auf den Geschmack von *partyvation* gebracht – einer Art Energydrink, der eigens für die Glamourgesellschaften hergestellt wurde. Dämlicher Name, aber das Zeug hatte es in sich. Es war knallorange, süß, aber nicht zu süß, fruchtig, mit einem Hauch Sprudel und im Unterschied zu Alkohol auch für Harmonien unbegrenzt zu haben. Das Beste aber war, dass es einem das Gefühl gab, wunderbar ausgeschlafen, hochmotiviert und unbesiegbar zu sein. Nach der Begegnung mit Dorvilles Stiefmonster genau das, was ich brauchte – und das, obwohl ich über den Tag verteilt bestimmt schon über einen Liter davon getrunken hatte. Ich ließ mir gleich zwei Flaschen geben und leerte die erste innerhalb weniger Minuten.

Ein paar Leute lieferten sich gerade ein kleines Tanzbattle. Ich sah zu, und auch immer mehr andere kamen näher heran, die Gesichter im Wechsel lila, blau und grün beleuchtet.

Ich hatte gerade meine zweite Flasche geöffnet, als Dorville mit seinem Bruder und dessen Anhang die Treppe hinunterkam, die ich von meinem Standort aus perfekt im Blick hatte. Augusto und Saya tauchten glücklicherweise nicht hinter ihnen auf.

Wie es der Zufall wollte, war die erste Person, die in Cyans Blickfeld geriet, Apryl. Apryl, die laut Dorville ja so furchtbar krank war, dass sie nicht zum Abendessen hatte kommen können. Ich konnte genau beobachten, wie Cyan innehielt. Dann ließ er seinen Bruder links liegen und steuerte zielstrebig auf sie zu. Seine beiden Harmonien folgten ihm auf dem Fuß, mit leuchtenden Armbändern, und ließen jedes Mitglied zurückweichen, das ihnen in die Bahn geriet.

Kurzerhand schlenderte ich ebenfalls wieder in Richtung Apryl. Das hier könnte interessant werden.

Dorville selbst hatte die Gunst der Stunde genutzt, um sich zu verdrücken. Ob Cyan erfuhr, dass er gelogen hatte, schien ihm herzlich egal zu sein. Hätte ich raten sollen, hätte ich ihn irgendwo in einer schummrigen Ecke vermutet, wo er seine Clea daran erinnerte, dass sie, nun ja, eben *seine* Clea war.

Apryl hatte sich an den Rand des Geschehens zurückgezogen, zweifellos, um Dorville aufzulauern. Stattdessen näherten sich nun Cyan, Nereida und Yvaine von der einen und ich mich von der anderen Seite. Apryl bemerkte uns und blickte stirnrunzelnd von mir zu ihnen und wieder zurück, als könnten wir einen gemeinsamen Überfall auf sie vorhaben. Nach kurzem Zögern konzentrierte sie sich auf Cyan. Ich blieb neben ihr stehen. Sollte sie mich ruhig ignorieren; umso besser konnte ich mithören.

»Dein Interesse schmeichelt mir natürlich ohne Ende«, begrüßte sie Cyan in dem herablassendsten Tonfall, den ich bisher von ihr gehört hatte – ich hätte nicht gedacht, dass da noch eine Steigerung möglich wäre. »Aber nur, weil du Clea nicht haben kannst, brauchst du es jetzt nicht bei mir zu versuchen.« Mit einem knappen Lächeln wandte sie sich nun doch an mich. »Hat er sich benommen, Louelle? Oder musstet ihr ihn an seinen Stuhl fesseln, damit er nicht über die Königin herfällt?«

»Du hast dich ja schnell erholt«, sagte Cyan, ohne sich um mich oder Apryls Kommentar zu kümmern. »Oder wäre es möglich, dass du in Robins Rangliste einfach einen Platz nach unten gerutscht bist?«

»Falls er eine Rangliste hat, spielt das keine Rolle. Er wird mich wählen.«

»Nicht, wenn man eurem Gerüchteboard Glauben schenkt.«

Was für einem Ding? Wäre das nicht mal einen Blick wert? Gerade wollte ich mich davonstehlen, als Apryl mir ihre Hand auf die Schulter haute. »Tja, das Board hat unsere liebe Louelle sofort für sich erobert. Aber Robin gehört mir.«

Cyan zuckte mit den Schultern. »Verdienen würdet ihr euch. Eine Kombi des Schreckens.«

Apryl zeigte ihm den Mittelfinger. Cyan grinste nur und zog mit seinen beiden Harmonien ab, die das Ganze eher gelangweilt mitverfolgt hatten.

»Also ich hab das starke Gefühl, Robin will viel lieber mir gehören«, sagte ich zu Apryl und nahm lässig einen großen Schluck aus meiner Flasche. Sie sollte nicht glauben, dass ich mir Sorgen machte, sie würde mich verpetzen.

Sie rümpfte die Nase. »Ich glaub, *pv* bekommt dir nicht.«

Ich brauchte eine Sekunde, bis ich checkte, dass das eine Abkürzung von *partyvation* sein sollte. Mit einem Lächeln hob ich erneut die Flasche und leerte sie auf ex.

»Beeindruckend«, meinte Apryl. »Wetten, in wenigen Tagen kannst du das Gebräu nicht mehr riechen? Und jetzt mal im Ernst: Für Robin bist du eine Art drolliges Haustierchen.«

»Wie kommt es dann, dass er mich ständig bei sich haben will?«, fragte ich mit einem Unterton, der etwas andeutete, was der Wahrheit nicht ferner hätte liegen können. Aber es konnte nicht schaden, ein wenig zu bluffen.

Vielleicht kaufte sie mir die Ausrede für meinen Abstecher in Dorvilles Zimmer dann eher ab. »Komm drüber weg, Apryl, du bist so gut wie abserviert.«

Ich spürte ihren brennenden Blick im Rücken, als ich davonging.

In der Masse entdeckte ich Gwynnia und drängte mich zu ihr durch. Ich wollte sie nach diesem ominösen Gerüchteboard fragen, aber sie schnitt mir das Wort ab: »Unterhalt dich doch lieber mit jemandem, der auch das Recht hat, auf der Welt zu sein! Bestimmt willst du nichts mit einem der großen Fehler meiner Mutter zu tun haben.«

»So hab ich das doch nicht gemeint!«, rief ich, aber sie war schon auf und davon.

Ich brauchte dringend *partyvation*-Nachschub, meine Kopfschmerzen wurden immer stärker statt besser. Gegen die Gewissensbisse würde es wohl leider auch nicht helfen.

Poème will sich die Nase richten lassen.

Darunter: *Yasmin hat Marcon geküsst, kann sich aber nicht erinnern, weil sie zu betrunken war.*

Unter normalen Umständen hätte ich gelacht, aber irgendwie fühlte ich mich gar nicht gut. In der Stille machte sich das schmerzhafte Pochen hinter meiner Stirn noch viel heftiger bemerkbar, und obwohl mir nicht kalt war, nahm ich ein seltsames Zittern in meinen Muskeln wahr. Konnte das von der Müdigkeit kommen?

Geeska hatte sich erbarmt, mir das Board zu zeigen. Sie hatte das Licht im Foyer angeschaltet, und wir waren um die Treppe herum in eine Ecke gegangen, wo die große Tafel mit den elektronischen Ziffern und Buchstaben an der Wand hing. Daneben befand sich eine Art Terminal mit Tasteneingabefeld.

Laut Geeska wurden jede Woche fünf Gerüchte aus der Vorschlagsliste freigeschaltet, in die jeder etwas eintragen konnte. Mit verschiedenfarbigen Knöpfen an dem Terminal durfte dann jeder abstimmen.

»Das Gerücht der Woche wird sonntags zur Dreizehnten Stunde verkündet, und die Beteiligten dürfen sich dazu äußern«, sagte sie jetzt. »Du Glückliche. Sieht ganz so aus, als ob du …«

Ich hörte ihr nur mit halbem Ohr zu. In meinem Augenwinkel war gerade ein kleiner Blitz vorbeigezuckt. Fühlte es sich so an, wenn einen der Schlag traf? Bei dem Gerücht, dass aktuell ganz oben stand, wäre das nicht verwunderlich gewesen: *Louelle verheimlicht eine dunkle Vergangenheit, aber für Robin macht sie das nur noch unwiderstehlicher.*

Mir war schlecht, und zwar nicht metaphorisch, sondern wirklich. Mein Magen rebellierte, und ich schwankte ein bisschen. Ich ließ mich zu Boden sinken und hörte meine Atemzüge, die viel zu laut und viel zu schnell kamen. Panik erfüllte mich, unergründlich und tief. Was passierte hier mit mir?

Geeska fuhr erschrocken zu mir herum. »Louelle? Was …?«

»Ich glaube …«, röchelte ich, presste die Hand auf die Höhe meines wie verrückt rasenden Herzens und war mir in diesem Moment ganz sicher. »Ich glaube, ich wurde vergiftet.«

»Kann ich zu ihr?«

Nein. Bitte nicht.

»Natürlich. Ihr fehlt nichts. Sie soll bloß endlich Wasser

trinken, und zwar viel davon, dann sieht die Welt morgen schon wieder besser aus.« Jessi klang unerträglich fröhlich. Ihre Stimme tat mir in den Ohren weh, selbst aus dem Nebenraum.

Als ich hörte, wie sich die Tür öffnete, zog ich mir die Decke übers Gesicht. Darunter wurde mir viel zu heiß, aber um nichts auf der Welt wollte ich *ihn* jetzt sehen.

»Also echt, Lou. Aus dir wird nie ein richtiges Mitglied, wenn du jedes Mal vor der Dreizehnten Stunde schlappmachst.«

»Ich will in ein Krankenhaus«, murmelte ich in den weichen Deckenstoff. »Oder einen richtigen Arzt sprechen.« Jessi war doch auch eine von ihnen; vielleicht behauptete sie absichtlich, mit mir sei alles in Ordnung, obwohl es nicht stimmte.

»Du wurdest nicht vergiftet«, raunzte er mich an. Eben hatte er sich doch noch über mich lustig gemacht, und jetzt das.

Ich riss die Decke herunter. »Ach ja? Wäre doch eine spannende Story. Würde euch viel Medienrummel einbringen.«

»Und genau darauf bin ich ja so unglaublich scharf.«

Er fuhr sich mit der Hand durch die Haare und zerzauste sie dabei völlig.

Ich griff nach der Wasserflasche, die Jessi mir hingestellt hatte, und deutete auf das Waschbecken am anderen Ende des Zimmers. »Ausschütten, ausspülen, neu füllen.«

Dorville verdrehte die Augen, stand aber auf und führte meine Anweisungen aus. Ich beobachtete ihn genau. Als er mir das neue Wasser brachte, wagte ich es endlich, etwas zu trinken.

»Das hast du dir selbst zu verdanken, Lou, nicht mir oder Jessi oder sonst wem.«

Ich knallte die Flasche so hart auf den Nachttisch, dass es ein Wunder war, dass ihr Boden nicht zerbarst. »Sag mir nicht …!«

»Du hast eine verdammte Überdosis Koffein gehabt! Wie blöd kann man eigentlich sein?«

»Er hat recht, *pv* ist quasi pures Koffein«, sagte Jessi von der Tür. »Du hast dir viel zu viel davon reingekippt.«

Dorville stand ruckartig auf und tigerte aufgebracht durch den Raum. »Jetzt trink das Wasser aus und geh auf dein Zimmer! Bevor du hier weiter mit irgendwelchen scheißdreisten Anschuldigungen um dich schmeißt!« Seine letzten Worte waren richtig laut gewesen, und bevor ich noch etwas erwidern konnte, stapfte er aus dem Zimmer und knallte die Tür hinter sich zu.

Ich war diejenige, die schon wieder auf der Krankenstation gelandet war, aber er spielte den Beleidigten? Diesen Dorville sollte mal einer verstehen.

20.

Clea

Das Abendessen war überstanden. Vom vielen falschen Lächeln tat mir jetzt noch das Gesicht weh. Wenigstens war niemand mehr auf meine unerwartete Nicht-Kandidatur zurückgekommen. Eigentlich hatte sich nach dem Verschwinden der Neuen sowieso alles nur noch um sie gedreht. Es war aber auch unfassbar, was sie sich da geleistet hatte! Ich war alles andere als eine Freundin von Saya, aber sie so aus dem Blauen heraus anzufeinden, hätte ich niemals gewagt, und dann auch noch vor Augusto! Warum hatte sie nicht versucht, die beiden für sich einzunehmen?

Zumindest *eine* gute Nachricht gab es: Für Sonntag hatte Cyan, wenn auch nur auf Drängen Augustos, Robin samt seiner Kandidatinnen zu sich eingeladen. Mir würde das erspart bleiben – ein kleiner Trost bei allem, mit dem ich mich gerade herumschlagen musste.

Ich war nach dem Essen noch eine ganze Weile am Strand umhergestreift, um frische Luft zu schnappen und mich von der angespannten Atmosphäre zu erholen. Robin hatte mich von der Party befreit, weil er wusste, wie schwer es mir fiel, in Cyans Nähe zu sein. Dafür musste er nicht mal von den heimlichen Nachrichten wissen.

Nun war ich auf dem Weg in mein Zimmer. Heute würde Robin wohl nicht zu mir kommen. Nachdem er Apryl derart ausgeschlossen hatte, würde er sie besänftigen müssen. Mir wurde ganz schlecht.

Doch kurz bevor ich mein Zimmer erreichte, hörte ich

überraschenderweise seine Stimme. Er brüllte fast, deswegen konnte ich jedes Wort verstehen.

»Was hast du gedacht? Dass du ihr hier auflauern kannst?«

»Ich wollte nur mit ihr reden.«

Ich erstarrte.

Cyan. Vor meinem Zimmer.

»Ist klar«, knurrte Robin. »So wie damals, als du sie über*reden* wolltest, in deine Gesellschaft zu kommen. Nachdem du Saya zu ihrem großen Sieg verholfen hattest.«

Bitte nicht diese Erinnerung, bitte, bitte nicht!

»Verdammt, Robin! Musst du immer wieder davon anfangen?«

»Offensichtlich. Weil du zu vergessen scheinst, wozu es geführt hat. Ich kann dir nur sagen, was ich dir schon damals gesagt habe: Du wirst ihr nie wieder zu nahe kommen.«

Er betonte jedes einzelne Wort des letzten Satzes.

Ich wurde ruhiger. Robin war da, Cyan hatte mich nicht allein angetroffen. Bald würde er endlich nach Hause fahren. Es war lächerlich. Obwohl so viel Zeit vergangen war, machte Cyan mir immer noch Angst. Weil er niemals aufgab, bis er hatte, was er wollte.

»Sie hätte sich für mich entscheiden sollen.«

»Ich glaube nicht, dass du ihr auch nur einen einzigen Grund dafür gegeben hast.«

Keiner der beiden bemerkte mich, dazu waren sie viel zu sehr aufeinander fixiert.

»Du bist nicht gut für sie«, fuhr Cyan unbeirrt fort. »Du wirst ihr nie geben können, was sie braucht.«

»Ach ja? Was braucht sie denn, Cyan?«, brauste Robin auf.

»Eine gefärbte Strähne, über zwanzig Mädchen, die sie hassen, und einen eingebildeten Idioten, dem sie hilflos ausgeliefert ist?«

»Zumindest Letzteres hat sie ja schon.«

»Verschwinde. Sofort. Oder ich rufe meinen Sicherheitsdienst.«

»Ganz ruhig. Ist ja nicht so, als ob ich mich noch länger mit dir unterhalten möchte. Wir sehen uns Sonntag. Wie ich mich auf dich freue!«

Ich hörte Cyans Schritte in meine Richtung kommen. Am liebsten wäre ich davongelaufen. Stattdessen setzte ich mich in Bewegung und ging ihm entgegen.

Erst jetzt sah er mich. Es war, als würde er binnen einer Sekunde an Ort und Stelle festfrieren.

»Cle«, sagte er. Es hörte sich an wie eine Bitte, aber wenn es eine war, würde ich ihr niemals nachkommen. Dachte er, dass ich ihm jemals wieder vertrauen könnte? Es brauchte mehr als heimliche Nachrichten und einen alten Kosenamen, um mich vergessen zu lassen, was er getan hatte. Sosehr er meine Anschuldigung von sich weisen wollte – ich wusste, was ich in jener Nacht gesehen hatte. Er, neben Prisca, den Drink in der Hand.

»Lass mich durch.« Ich begegnete dem Flehen und dem Verlangen und der seltsamen Hilflosigkeit in seinem Blick mit Kälte.

Er machte mir Platz, ließ mich aber nicht aus den Augen.

»Robin hat recht«, sagte ich im Vorbeigehen. »Ich hätte mich nie für dich entschieden.«

21.

Vicky

Stimmen und Schritte auf dem Flur rissen mich am späten Vormittag aus dem Schlaf. Ich hatte mich lange nicht mehr so hundemüde gefühlt. Als ich die Decke zurückschlug und mich unter Aufwand all meiner verfügbaren Willenskraft aufsetzte, regte auch Tayla sich in ihrem Bett. Mir ging es bis auf die elende Müdigkeit deutlich besser, aber etwas verkatert war ich trotzdem. Von einem Energydrink – wie traurig. Aufs Klo musste ich auch schon wieder, war ja nicht so, als wäre ich da in der Nacht nicht schon hundertmal gewesen.

»Was ist denn da draußen los?«, grummelte ich.

Tayla rieb sich die Augen. »Heute geht es doch nach Frankfurt«, murmelte sie schlaftrunken. »Geeskas Party, du weißt schon. Der Bus zum Flughafen fährt in …«, sie linste auf ihren Wecker, »einer Stunde.«

Ich sprang auf. »Was? Ich habe doch noch nicht mal gefrühstückt!« Ich plumpste zurück aufs Bett; mein Kreislauf war mit der schnellen Bewegung nicht ganz einverstanden.

Tayla lachte. »Du denkst auch immer nur ans Essen!« Sie schwang die Beine über die Bettkante und angelte mit den Füßen nach ihren Hausschlappen. »Keine Sorge – Robin, der Vorstand und wir Harmonien müssen erst etwas später los. Wir fliegen zwar auch von Bremen aus, aber erst gegen fünfzehn Uhr, mit dem Privatjet.«

»Okaaaay. Fliegen. Was, wenn ich Flugangst habe?«

»Dann beichtest du das Robin, und er lenkt dich auf der Bordtoilette davon ab.«

»Tayla! Geht's noch, ich übergeb mich gleich! Und zwar nicht wegen meiner nicht existenten Phobie, okay?«

Obwohl sie aussah, als würde sie gleich einen Lachflash bekommen, sagte sie ganz ernst: »Es ist schwer, dir das abzunehmen. Ich mein, du hast dein altes Leben aufgegeben, um herzukommen und um sein Herz zu kämpfen.«

»Es gibt nicht viel aufzugeben, wenn du fast alles verloren hast, was dir wichtig war, und nicht mal deine Eltern für dich da sind, weil du deinem Vater nicht gut genug bist und deine Mutter mit einem …« Ich stoppte abrupt.

Fast wäre sie aus mir herausgebrochen, die ganze traurige Wahrheit: Meine Mutter hatte das Leben in Augusto Dorvilles Glamourgesellschaft an der Seite eines Mitglieds ihrem Mann und ihrer kleinen Tochter vorgezogen.

»Es lief nicht gut für mich, bevor ich hergekommen bin«, setzte ich etwas ruhiger nach.

Zu einem großen Teil stimmte das. So ziemlich alles lag in Scherben, angefangen bei meinen Berufsplänen bis hin zu meiner Beziehung. Während mein Vater glaubte, dass ich in Campusnähe eine Wohnung gemietet hatte, war ich in Wahrheit bei Jasper eingezogen – und bei ihm war ich nicht länger willkommen.

Das einzig Gute, das einzig Wahre und Wichtige, die einzige Konstante in dem Leben, das ich verlassen hatte, war Blanche. Und ihretwegen würde ich diese Sache hier durchstehen und zurückkehren.

Sicher würde ich übergangsweise auch bei ihr unterkommen. Wenn ich ihr sagte, dass ich nicht wusste, wie es weitergehen sollte, würde sie mir Dutzende Wege zeigen, und irgendeinen davon würde ich ausprobieren.

»Tut mir leid, Lou. Ich wollte keine schlechten Erinnerungen wachrufen. Du kannst immer zu mir kommen, wenn du in irgendeiner Weise Beistand brauchst, in Ordnung?«

Taylas Angebot wirkte so besorgt und ehrlich, dass mir für einen Moment ganz warm ums Herz wurde. Hier eine Freundin zu finden, hatte ich nicht erwartet.

Als wir wenig später auf dem Weg in den Speisesaal am Empfang vorbeikamen, traf mich fast der Schlag. Vor Gwynnias Schreibtisch stand jemand, den ich kannte. Jemand, der nicht hier sein sollte.

»Mir ist bewusst, dass Sie schon eine große Auswahl an Anbietern haben, Frau Dorville«, sagte sie.

Jetzt gab es keinen Zweifel mehr. Das war Lila, den Klang ihrer melodischen Stimme hätte ich überall erkannt. War sie verrückt geworden, einfach hier aufzutauchen? Nach dem Abi hatten wir kaum noch Kontakt gehabt, und jetzt sahen wir uns *hier* wieder?

»Aber die Artikel von *Jump Beauty* sind etwas Besonderes. Darf ich Ihnen ein paar Proben dalassen, um ...?«

»Jump Beauty???«

Als sie mich hörte, fuhr Lila herum. Ihre Augen weiteten sich, sie öffnete den Mund, klappte ihn aber gleich wieder zu. Mein Herz geriet ins Stolpern. *Verrat mich bloß nicht!*

Ihre Züge glätteten sich. In ruhigem Ton sagte sie: »Ja, eine ganz neue Kosmetikmarke. Ich bin eine Vertreterin von ...«

»Ich *weiß*! Unglaublich, ich habe schon so viel Gutes von den Sachen gehört!« Ich strahlte Gwynnia an und hoffte, dass ich überzeugend rüberkam und nicht so, als wäre gerade eine

Mitverschwörerin auf den Plan getreten. »Meinst du, ich kann mir die Produkte kurz zeigen lassen?«

Gwynnia zuckte mit den Schultern. »Klar, mach ruhig eine Bestellung bei ihr. Aber in die Lieferantendatei kann ich sie nicht aufnehmen.«

So weit, so gut. Jetzt musste ich nur noch dafür sorgen, dass … »Tayla, geh ruhig schon vor, ich beeil mich.«

Einen Moment lang befürchtete ich, sie würde sich auch die Produkte vorführen lassen wollen, aber dann nickte sie. »Klar.«

Gwynnia schlug einen der kleinen Besprechungsräume für meinen Austausch mit der vermeintlichen Kosmetikvertreterin vor, was absolut perfekt war. So hatten Lila und ich die Möglichkeit, unter vier Augen zu sprechen.

»Wird man hier abgehört?«, wollte sie wissen, kaum dass ich die Tür hinter uns geschlossen hatte.

»Ich hoffe nicht.« Die Hände hatte ich tief in den Hosentaschen vergraben. So konnte sie mein Armband nicht sehen. Von meiner Kandidatur sollte Blanche lieber nicht erfahren, schon gar nicht durch jemand anderen als mich. Wenn sie nicht längst von der unbekannten neuen Harmonie gehört und eins und eins zusammengezählt hatte.

Lila legte den kleinen flachen Koffer, den sie dabeihatte, auf dem Tisch ab und ließ den Deckel aufschnappen.

Im Inneren fanden sich tatsächlich eine ganze Menge Kosmetikartikel – Lippenstifte, Nagellacke, Eyeliner, Lidschatten, Pflegeprodukte. Wie es aussah, nahm Lila ihre Rolle sehr ernst und hatte sogar ein Logo für ihre Fake-Marke erfunden und alles damit beklebt.

»Was?«, fragte sie, als sie meinen Blick bemerkte. »Vielleicht werde ich ja wirklich mal Vertreterin.«

»Eigentlich eine geniale Tarnung.« Ein Glück, dass ich sie gesehen hatte, bevor Gwynnia sie wegschicken konnte.

»War Blanches Idee, natürlich. Sie ist außer sich vor Sorge.«

Das konnte ich mir nur zu gut vorstellen. »Dazu gibt es keinen Grund. Ich habe alles unter Kontrolle. Schickt sie dich, um mir endlich zu sagen, wonach ich Ausschau halten muss?«

»Sie schickt mich, um dir zu sagen, dass du vollkommen übergeschnappt bist. Du bist so krass drauf, Vicky!«

»Nicht so laut! Hat sie dir gesagt, was los ist, oder nicht? Ich könnte wirklich einen Hinweis gebrauchen, weil ich nämlich langsam genug habe von diesem ganzen Zirkus.«

»Sie holt dich raus. Heute.«

»Was soll das heißen?«

»Sie kommt nach Frankfurt. *PartyTime* hat berichtet, dass die ganze Gesellschaft zur ersten Harmonienparty hinfahren will, stimmt doch, oder? Du musst dich nur wegschleichen, den Rest plant sie.«

Blanche kannte mich eigentlich gut genug, um zu wissen, dass ich nicht einfach so das Feld räumen würde. Ich konnte natürlich verstehen, dass sie Angst um mich hatte. Andererseits zeigte sie mir damit nur, wie richtig es war zu bleiben und die Sache mit Dorville für sie zu regeln.

»Okay«, sagte ich. »Das ist gut. Wie finde ich sie?« Ich hatte nicht vor, sie zu finden, aber das brauchte Lila nicht zu wissen.

»Sie wird in einem Taxi vorm Eingang warten.«

»Alles klar. Bitte sag ihr, dass ich sie unglaublich lieb hab. Es wird alles gut ausgehen, ich versprech's.«

Ich fühlte mich schlecht, weil Blanche eine weite Fahrt auf sich nehmen und vergeblich warten würde. Aber wenn ich so tat, als würde ich klein beigeben und mir dann eine Notlüge einfallen ließ, warum es mir nicht möglich gewesen war, die Party zu verlassen, würde mir das Zeit verschaffen. Denn das war es, was ich brauchte: mehr Zeit.

»Was Geeska für die Party wohl alles geplant hat? Ich kann sie echt nicht einschätzen. Sie wirkt voll wie das nette Mädchen von nebenan.« Poème klang angespannt.

»Nett ist die kleine Schwester von …«

»Na, sicher nicht von dir, Apryl!«, schnappte Vero.

»Eigentlich fies, dass sie anfangen darf – da muss sie keine Angst haben, dass ihr jemand von uns Ideen vor der Nase wegschnappt.«

»Sie hätte sicher gern mit dir getauscht«, sagte Collie. »So aufgeregt, wie die Ärmste war.«

Ich saß etwas abseits in einem der beigen Kunstledersessel mit auf Knopfdruck verstellbarer Rückenlehne und hielt mich aus dem Geschnatter raus. Wolkenschleier glitten vor dem Fenster vorbei. Auf dem runden Teakholztischchen vor mir stand ein Etagere voll farbenfroher Macarons. Blanche und ich hatten zu ihrem letzten Geburtstag mal welche zu backen versucht, aber diese hier waren um Welten besser und, ganz im Gegensatz zu unseren rissigen und schiefen Kreationen, perfekt geformt. Ich stellte mir vor, wie Blanche genau wie wir auf dem Weg nach Frankfurt war. Dass ich Lila hundertmal eingeschärft hatte, sie zu beruhigen, würde kaum etwas ändern. Ich wünschte, ich könnte sie wenigstens kurz treffen. Wie viel hätte ich für eine Umarmung von ihr gegeben! Nein, ausgeschlossen. Sie würde mich nicht wieder gehen lassen. Oder, was noch schlimmer wäre: Dorville würde sie erwischen.

Er saß mit den Vorstandsmitgliedern am anderen Ende der Flugkabine. Immer wieder hatte ich das Gefühl, dass er mich beobachtete, aber wenn ich zu ihm schaute, starrte er aus dem Fenster. Vermutlich war ich leicht paranoid.

Nach unserer Landung in Frankfurt sammelten wir uns in der großen Eingangshalle des Flughafens.

»Die Taxis sind bestellt, das heißt, wir werden jetzt Kolonne zu dem Hotel fahren, das Geeska als Location gewählt hat«, erklärte Dorville. »Sie hat zwei komplette Stockwerke gemietet, eines mit Zimmern und die Club-Etage darüber. Wir werden einchecken und treffen uns um 22 Uhr im Club wieder. Die Zimmerverteilung entspricht der zu Hause.«

Gesagt, getan.

Nachdem die ersten Reaktionen auf die Nachricht, dass Geeska ein Hotel als Location ausgesucht hatte, eher verhalten gewesen waren, änderte sich die Stimmung schlagartig, sobald wir da waren. Selbst ich war beeindruckt – und ich hatte in meinem Leben schon wirklich viele Hotels zu Gesicht bekommen.

Dieser Ort schrie nach Luxus; alles war nobel und teuer und exquisit.

Den Aufenthalt auf unserem Zimmer zwischen Ankunft und Party versüßten Tayla und ich uns mit ein paar Naschereien aus der Minibar. Als Collie zu uns stieß und wir uns fürs Feiern fertig machten, fühlte es sich beinahe so an wie früher mit meinen Freundinnen. Dass diesmal nicht Dorville mein Outfit bestimmte, machte die Sache noch besser. In dem luftigen weißen Oversize-Oberteil, auf das silberne Federn aufgedruckt waren, dem schwarzen Minirock, schwarzen Strumpfhosen und silbernen Ballerinas sah ich gar nicht mal so schlecht aus. Collie bot an, mir die Haare zu machen, und zauberte eine wunderschöne Flechtfrisur auf meinen Kopf, in die sie eine Kunstrose in meiner Harmonienfarbe steckte.

Als uns der Fahrstuhl um kurz nach zehn auf der obersten Etage ausspuckte, sahen wir alle drei aus wie einem Hochglanzmagazin entsprungen. Der Club war schon gut gefüllt. Wir streiften erst mal von einem Ende zum anderen, um einen ersten Überblick zu gewinnen. Direkt zur Linken des Eingangs befand sich die Bar, um die ich einen großen Bogen machte, bevor mich jemand dazu einladen konnte, doch wieder auf der Theke zu tanzen. Es gab einen Bereich mit Stehtischen; dann ging es durch einen Vorhang in einen weiteren Raum. Dort waren die Tanzfläche und ein DJ-Pult. Dahinter führte ein Durchgang in ein kleineres Zimmer mit Sofas und Sitzsäcken – offenbar die Chill-Zone. Das Beste aber war die Dachterrasse. Hier luden Rattanmöbel mit weißen Kissen zum Abschalten ein, und der Blick über das nächtliche Lichtermeer der Stadt war atemberaubend. Am liebsten wäre ich eine Weile an der Brüstung stehen geblieben und hätte einfach die Aussicht genossen. Doch weil ich nicht allein sein wollte, folgte ich Tayla und Collie wieder nach drinnen.

Als alle eingetrudelt waren und die Stimmung immer weiter stieg, wurde die Musik heruntergedreht, und Geeska begrüßte uns von einem Podest am Rande der Tanzfläche. Dorville stand neben ihr, eine Hand auf ihrem unteren Rücken.

»Ich habe die Ehre, als erste Kandidatin meine Party zu geben! Ich hoffe, es gefällt euch. Viel habe ich euch gar nicht zu sagen, außer: Habt Spaß! Be glamorous!« Sie hatte selbstbewusst gesprochen, aber ihre Finger, die unablässig an der Stola ihres maigrünen Chiffonkleides herumspielten, verrieten sie.

Dorville dankte ihr in seinem und dem Namen der Gesellschaft für das Planen und gab ihr einen kurzen Kuss. Ich sah zu Boden.

Da schnappte Geeska sich noch einmal das Mikro. »Das Podest hier oben ist für euch, liebe Kolleginnen Schrägstrich Konkurrentinnen! Also – tanzt ihr mit mir?«

Begleitet von wildem Beifall und schrillen Pfiffen strömten die Harmonien zu ihr auf die erhöhte Fläche. Tayla zog mich mit sich.

Die Musik wurde wieder laut, der Raum dunkler, und wir verschmolzen zu einer tanzenden Masse. Und als wir alle unsere Arme nach oben streckten, leuchteten fünf der zehn Armbänder neonrosa in der Luft.

Später, als die Party in vollem Gang war, die Ersten schon unverkennbar angetrunken waren und Pärchen die Sofaecke erobert hatten, um zu knutschen, stattete ich der Damentoilette einen Besuch ab. Drinnen war es verhältnismäßig still, die Musik und die vielen Stimmen drangen nur gedämpft durch die Tür.

Ich verharrte einige Momente vor dem Spiegel. Obwohl ich das Gefühl nicht loswurde, dass ich aussah wie eine Verräterin, blickte mir mein Spiegelbild vollkommen arglos entgegen. Ich konnte glatt als eine von ihnen durchgehen – bloß ein Mädchen, dessen Leben aus Partys bestand und dem Traum, eines Tages an Dorvilles Seite Regentin der Gesellschaft zu werden.

Die Tür, die vom Vorraum mit den Waschbecken zu den Toilettenkabinen führte, wurde aufgestoßen und flog gegen die Wand. Der Knall ließ mich zusammenzucken. Im Spiegel sah ich zwei hemmungslos knutschende Gestalten hereintorkeln. Da hatte es wohl doch nicht alle in die Sofaecke gezo… Moment mal! Waren das nicht …?

»Robin«, seufzte Geeska da wie zur Bestätigung und drückte sich noch dichter an ihn.

Na dann.

Auf Zehenspitzen bewegte ich mich auf die Tür zu. Wenn ich sie ganz vorsichtig aufzog, würden die beiden vielleicht nichts mitkriegen.

»Lou.«

Schade. Sehr aufmerksam, der Typ.

Betont langsam drehte ich mich um. Geeska starrte mich an wie einen Marsmenschen, die geröteten Lippen leicht offen, die vorhin noch so kunstvolle Hochsteckfrisur völlig derangiert.

»Gehst du schon mal vor?«, fragte Dorville sie etwas atemlos.

Wie einen Marsmenschen, dem man gern den Kopf abreißen würde, um genau zu sein.

Ohne ein Wort schritt Geeska an mir vorbei und verließ den Vorraum. Von mir aus hätte sie Dorville gern mitschleifen dürfen.

»Wow, das hat Klasse«, legte ich los. »Die Klos sind doch immer eine perfekte Location für ein romantisches Rendezvous. Geeska ist sicher überglücklich, immerhin mag sie dich wirklich, und es gibt keinen besseren Beweis deiner Zuneigung als billiges Rumgemache in aller Heimlichkeit. Als Regent muss man ja Prinzipien haben und so.«

Dorville war näher gekommen und stand nun direkt vor mir. Er kreuzte die Arme vor der Brust. »Bist du fertig?«

»Fürs Erste.« Ich wollte mich einfach an ihm vorbeischieben, aber er trat mir in den Weg, einen harten Zug um den Mund. »Ich muss hier raus«, sagte er ohne Umschweife. »Kommst du mit?«

Ich geriet in Panik, versuchte jedoch, mir das nicht anmerken zu lassen. Draußen war Blanche. Was würde sie denken, wenn ich ausgerechnet in *seiner* Begleitung aus dem Gebäude kam? Vielleicht sollte ich ihn absichtlich zu ihr führen, damit wir ihn k.o. schlagen und entführen konnten?

Dorville wählte den unauffälligsten Weg zum Ausgang und schickte mich vor. Im Flur holte er mich ein.

»Glaubst du ernsthaft, die anderen werden das nicht merken?«, fragte ich in einem letzten Versuch, ihn von seinem Vorhaben abzubringen. »Und ist es nicht ein bisschen dreist, die Gastgeberin einfach sitzen zu lassen?«

Er warf mir einen undurchdringlichen Blick zu und antwortete nicht.

»Außerdem dachte ich, du musst mir einen goldenen Brief …«

»Ich muss gar nichts.«

Wir betraten den Aufzug, und die Türen schlossen sich. Auf einmal wusste ich nicht, wohin ich gucken sollte, der Aufzug erschien mir plötzlich winzig klein.

Dorville lachte, als er mein Gesicht sah. »Entspann dich mal, ich steh wirklich nicht auf dich!« Er drückte auf den Knopf zum Erdgeschoss, wobei er sich an mir vorbeibeugen musste, und der Aufzug setzte sich in Bewegung.

Wir schwiegen, bis sich die Türen wieder öffneten.

Dorville warf einen vorsichtigen Blick in den Eingangsbereich des Hotels. »Sieht fast so aus, als würden wir von der Presse verschont bleiben. Haben die Hoffnung wohl schon aufgegeben, dass sie heute was Interessantes vor die Linse bekommen. Sehr gut.«

Wir verließen das Hotel und überquerten das Rondell mit dem großen beleuchteten Springbrunnen in der Mitte. An der Straße winkte Dorville ein Taxi heran.

Oh nein. Bitte, lass Blanche nicht da drinsitzen, bitte, lass Blanche nicht da drinsitzen, bitte …

»Nach dir.« Er öffnete die hintere Tür des Wagens und ließ mich durchrutschen, bevor er selbst ebenfalls hinten einstieg. Keine Spur von meiner besten Freundin. Ich atmete auf. Ob sie unser Taxi gerade beobachtete?

Erwartungsvoll drehte der Fahrer den Kopf zu uns.

Dorville suchte irgendetwas in seiner Hosentasche. »Fahren Sie durch die Stadt«, sagte er. »In … sagen wir, einer Stunde können Sie uns wieder hier absetzen.«

Der Mann runzelte die Stirn. »Ich soll euch ziellos rumfahren?«

»Exakt. Fahren Sie Ihre Lieblingsstrecken.« Dann zog Dorville seine Hand wieder aus der Tasche und hielt dem Fahrer Ohropax hin. »Und machen Sie die rein.«

Jetzt wären die Augenbrauen des Mannes unter seinen Haaren verschwunden – wenn er keine Glatze gehabt hätte. »Wollt ihr etwa dahinten …?«

»Nein!«, quietschte ich entgeistert.

»Fahren Sie einfach«, sagte Dorville im selben Moment, »ich zahl Ihnen fünfzig Prozent Trinkgeld auf den Fahrpreis.«

Das wirkte Wunder. Der Mann stopfte sich sofort die Stöpsel in die Ohren, schaltete das Radio ab, das er nun sowieso nicht mehr hören konnte, und fuhr los.

Ich sah durch die Heckscheibe, aber kein Auto nahm unsere Verfolgung auf. Wenigstens das.

»Ist das nicht gegen die Regeln, dass du dich einfach so verkrümelst?«, fragte ich Dorville.

Kurz lehnte er den Kopf nach hinten und schloss die Augen. »An der Stelle würde jetzt der Macho-Blick und ein ›Ich mache die Regeln, Baby‹ kommen. Denk dir das einfach, bin gerad nicht in der Stimmung dafür.«

»Dafür, dass du der König des Spaßhabens bist, scheinst du wirklich ziemlich wenig Spaß an dem Ganzen zu finden.«

Er öffnete die Augen wieder. »Sag so was nicht.«

Das Taxi hielt an einer Ampel, und der Fahrer nutzte die Chance, um uns im Rückspiegel zu beobachten. Vermutlich rechnete er immer noch damit, dass wir irgendetwas furchtbar Unanständiges vorhatten. Ich war versucht, ihm eine Grimasse zu schneiden, wollte aber nicht riskieren, rausgeschmissen zu werden.

»Habe ich meine letzte Aktiv-Herausforderung bewältigt?«, fragte ich.

»Ja«, sagte Dorville. »Das mit Saya hast du echt gut gemacht.«

»Ich hatte das Gefühl, zu weit gegangen zu sein. Und es tut mir leid, dass ich von deiner Mutter angefangen habe.« Manchmal brachen überraschend Dinge aus mir raus, über die ich gar nicht bewusst nachgedacht hatte. Dieses Geständnis gehörte definitiv dazu.

»Schon in Ordnung. Im Kampf gegen Saya ist mir jedes Mittel recht.«

Etwas drängte mich, ihn zu fragen, was zwischen ihr und ihm vorgefallen war. Eine Frage hatte ich ja nun bei ihm frei. Doch ich hatte mir schon etwas anderes überlegt. Mit etwas Glück lieferte es mir einen guten Anhaltspunkt, was Blanche anging. Außerdem würde es ihm mit Sicherheit unangenehm sein, mit mir darüber zu reden. »Dein Bruder hat mich zu der Frage inspiriert, die ich an dich habe.«

Er seufzte. »Klingt gar nicht gut.«

Wir bogen in eine weniger belebte Straße ein; vielleicht nutzte der Taxifahrer die Gelegenheit, Wege zu fahren, die nicht zu den typischen Zielen seiner sonstigen Kunden führten.

»Seit du diese Gesellschaft anführst, hast du all diese jungen Frauen um dich.« Frauen wie Geeska. Mochte er sie überhaupt, oder war das eben für ihn nur ein kleines Intermezzo gewesen, ein Teil des Spiels? »Ein paar kennst du schon dein ganzes Leben. Aber was mich wirklich brennend interessiert, ist: Warst du jemals verliebt?«

Er hielt meinem Blick stand. *Ausgerechnet* das *willst du wissen?*, schien er sagen zu wollen. Stattdessen kam eine andere Gegenfrage: »Was meinst du damit?« Er holte Luft. »Ob ich mal für jemanden geschwärmt habe? Ob jemand in meinen Augen heißer war als alle anderen?«

Ich schüttelte den Kopf. »Nein, ich meine *richtig* verliebt«, präzisierte ich. »Wie in ›erste große Liebe‹.«

»Ach so«, sagte er. »Also ob es eine gab, an die ich Tag und Nacht denken musste, die mich in den Wahnsinn getrieben und mich trotzdem unfassbar glücklich gemacht hat?«

Ich hätte nicht sagen können, ob er sich über mich lustig machen wollte oder mir indirekt meine Antwort gab.

Er sah lange aus dem Fenster. »Gab es«, sagte er schließlich. »Liebe auf den ersten Blick und all das Trara. Nur noch sie und ich auf der Welt, die perfekten Dates, der Bilderbuchbeginn einer Beziehung, erster Kuss, erstes Mal, erster Streit, erste Versöhnung und Tage, die sich für immer ins Gedächtnis eingebrannt haben – das volle Programm eben.«

Immer noch schaute er mich nicht an.

»Ich vermute, es ging nicht gut aus?«, spottete ich, weil ich keine Ahnung hatte, wie ich sonst mit der Geschichte umgehen sollte. Er klang so gar nicht mehr wie derjenige, der den Brief an Blanche geschrieben hatte.

Vor dem Autofenster zogen Bushaltestellen, Ladenzeilen und Wohnblöcke mit nur vereinzelt erleuchteten Fenstern vorbei.

»Natürlich nicht«, sagte er, als ich schon dachte, er würde meine letzte Frage ignorieren.

Ich kämpfte mit meinem kleinen Rest Taktgefühl, das mir verbieten wollte, ihn noch weiter auszuquetschen. Wie immer gewann ich. »Was ist passiert?«

Er lachte, ein dunkles, nahezu trauriges Lachen. »Clea ist passiert. Clea und Marcon und die verfluchte Gesellschaft, die ich übernehmen musste. Chloes und meine Beziehung passte da nicht rein.«

»Chloe«, murmelte ich. »Deshalb bist du so zusammengezuckt, als ich meine Freundin erwähnt habe. Weil deine Ex so heißt.«

Er wandte mir wieder sein Gesicht zu. »Das ist dir aufgefallen?«, fragte er.

Ich verstand das besser, als mir lieb war. Jaspers Namen musste ich nur denken, und mir war sofort zum Heulen zumute. Nur dass ich nicht erwartet hätte, dass jemand wie Dorville ein ähnliches Problem haben könnte. Fast tat er mir leid.

Ich seufzte theatralisch. »Jetzt weiß ich immerhin, warum du so ein Arsch bist.«

Von einem Moment auf den anderen wechselte er in den Belustigt-Modus. »Lou, echt, es fasziniert mich jedes Mal aufs Neue, wie du mir zeigst, dass du mich gernhast.«

»Na ja, du scheinst nie wieder so eine Liebe zu wollen wie die, auf die ich hoffe. Und ich habe mich für immer an dich gebunden.«

»Schlagfertig bist du ja. Aber wenn du mir wirklich weismachen willst, dass dein Beitritt keine große Lüge ist, wirst du dir mehr Mühe geben müssen.«

Der Satz verunsicherte mich. Er konnte doch nicht ahnen, warum ich wirklich hier war, oder? Woher hätte er das wissen sollen? Ausgeschlossen. Wenn er es wüsste, hätte er sicher ganz anderes vor, als mit mir durch die Stadt zu fahren.

Jetzt hieß es bluffen, was das Zeug hielt. »Ich habe dir nie Anlass dazu gegeben, mich für eine Lügnerin zu halten.«

Er grinste. »Abgesehen davon, dass du mich ständig so ansiehst, als wäre ich der abstoßendste Mensch auf der Welt?«

Mist. »Dass ich um dich kämpfe, heißt ja nicht, dass du nicht auch um mich kämpfen musst«, murmelte ich.

Zu meiner Erleichterung entgegnete er nichts mehr. Die restliche Fahrt über herrschte Schweigen. Durch die Fensterscheibe hindurch folgte mein Blick einer Straßenlaterne zur nächsten. Da legte sich plötzlich Dorvilles Hand auf meine. Ich zuckte zusammen. Fast hätte ich sie weggeschubst, konnte den Impuls jedoch gerade noch unterdrücken. Er lächelte mich an, aber es war kein warmes Lächeln. Keine Frage, er führte gerade einen Härtetest durch. Ich war zu sehr damit beschäftigt, meinen Widerwillen zu verstecken, um irgendetwas sagen zu können. Dann fing er auch noch an, mit dem Daumen meinen Handrücken zu streicheln, zog kleine Kreise, die warme Spuren auf meiner Haut hinterließen. Die Sanftheit seiner Berührung war absurd, wo sie doch in Wahrheit eher ein Angriff war.

Ein Angriff erforderte stets einen Gegenangriff. Ich drehte meine Hand und verschränkte meine Finger mit seinen. Ansehen konnte ich ihn nicht. Also schaute ich wieder nach draußen und versuchte, den Gedanken an unsere ineinanderliegenden Hände zu verdrängen.

Nie hatte ich mich mehr gefreut, irgendwo anzukommen, als in dem Moment, in dem wir wieder in die Straße des Hotels einbogen. Ich wollte meine Hand endlich wegziehen, aber Dorville drückte sie fester und beugte sich näher zu mir. »Ich würde fast darauf tippen, dass dir jemand sehr viel dafür geboten hat beizutreten.«

Ich schluckte. »Niemand hätte mich dazu bringen können, wenn ich es nicht von mir aus gewollt hätte.«

»Ich werde es herausfinden«, versprach er mir zum zweiten Mal. Ich würde alles tun, um zu verhindern, dass er das wahr machte.

Der Wagen kam zum Stehen. Kaum war ich draußen, stürzte ein chaotischer Chor aus Rufen auf mich ein: »Louelle, wo sind Sie beide gewesen?«

»Warum haben Sie die Party verlassen?«

»Was haben Sie gemacht, bevor Sie Harmonie wurden?«

»Verraten Sie uns etwas, das Robin zu Ihnen gesagt hat?«

Sie rückten schnell heran, mindestens zehn von ihnen. Grelle Blitzlichter. Ich warf die Hände vors Gesicht. Dann war Dorville hinter mir, drängte mich weg von dem Knäuel aus Gesichtern, Fragen und Kameras. Sie versuchten, uns den Weg zum Eingang abzuschneiden, aber jetzt kamen uns die Wachposten des Hotels zu Hilfe. Wir schafften es ins Gebäude, und als die Tür zuglitt, umfing uns eine wohltuende Stille.

»Die haben auf uns gewartet«, sagte Dorville wütend. »Jemand muss denen gesteckt haben, dass wir weggefahren sind.«

Ich musste mich an der Wand abstützen. Mein Puls raste. *Verzeih mir, Blanche.*

Hatte sie alles mit angesehen?

»Du kannst direkt hoch in dein Zimmer«, entschied Dorville gnädigerweise. »Vergiss die Dreizehnte Stunde noch dieses eine Mal. Nach deinem kleinen Koffeinrausch schadet dir das sicher nicht. Ich habe noch eine Party zu Ende zu feiern.«

Schuldgefühle begleiteten mich zu meinem Zimmer. Meine Entscheidung würde Blanche sehr zusetzen. Doch aus meiner Sicht hatte ich keine Wahl. Was auch kommen mochte: Bevor ich nicht dafür gesorgt hatte, dass die Geschichte mit dem

Drohbrief vom Tisch war, würde ich nirgendwo hingehen, und wenn ich dafür noch hundert weitere schräge Taxifahrten mit Dorville auf mich nehmen musste.

Noch als die Zimmertür sich hinter mir schloss, spürte ich die Wärme seiner Hand auf meiner. Als hätte sie sich dort festgehaftet.

Rausch

1.

Vicky

Bei der viel zu frühen Abfahrt am Morgen war ich immer noch so müde, als hätte ich seit Tagen nicht geschlafen. Und ich war nicht mal auf die Party zurückgekehrt. Unfassbar, dass die Nachwirkungen meiner *pv*-Überdosis so lange anhielten. Ich schlief im Taxi zum Flughafen, ich schlief während des Flugs, und kaum waren wir zurück im Palazzo, fiel ich in mein Bett und schlief weiter.

Stunden später schreckte Gwynnia mich auf, indem sie ins Zimmer platzte. Ich hätte nicht sagen können, wie spät es war.

»Oh«, sagte sie, als sie mich im Bett entdeckte. »Hast du etwa einen Jetlag?«

»Sehr witzig.« Wenn sie so unwissend war, wie sie tat, hatte ich vielleicht Glück und die Geschichte mit meiner Koffeinvergiftung hatte gar nicht die Runde gemacht. Wäre ja schön, wenn ich es nicht auch noch damit auf dieses gestörte Gerüchteboard schaffen würde, mit einer Meldung à la *»Louelle kriegt es sogar mit Softdrinks hin, sich auszuknocken«*.

»Tut mir leid, dass ich dich geweckt habe, aber ich habe deine Mutter in der Leitung. Sie hat es schon dreimal versucht und lässt mich einfach nicht in Ruhe. Eigentlich müsste ich Robin ans Handy holen, habe ihn allerdings nicht erreicht. Sie wirkt ziemlich aufgelöst, ich denke, du solltest mit ihr reden.«

Meine Mutter? Das war eine der letzten Personen, die wissen konnte, wo ich steckte. Oder? Könnte es sein, dass sie …?

Nein. Selbst wenn, würde es sie nicht interessieren. Außer … vielleicht war es gar nicht meine Mutter! Sofort eilte ich Gwynnia hinterher.

Das Handy lag auf ihrem Schreibtisch hinter der Empfangstheke. »Sie weiß aber schon, dass du beigetreten bist, oder?«, fragte Gwynnia mit gerunzelter Stirn, bevor sie es mir reichte.

»Sonst würde sie wahrscheinlich nicht hier anrufen«, meinte ich leichthin. Gwynnia dabeizuhaben, gefiel mir gar nicht, aber es ging wohl nicht anders.

»Hallo?«, fragte ich.

»Bist du's?« Blanches Stimme.

Freude, Erleichterung und schlechtes Gewissen, alles auf einmal. »Ja, Mum. Von wo aus rufst du an?«

Sie wäre doch nicht so dumm, von einer Nummer anzurufen, die man zurückverfolgen könnte, oder?

»Aus einer Telefonzelle. Und es hat verdammt lange gedauert, eine zu finden.«

»Das wäre doch nicht nötig gewesen«, sagte ich und versuchte, ihr mit meinem Unterton zu signalisieren, dass ich nicht offen sprechen konnte. Hoffentlich wurde das Gespräch nicht aufgezeichnet!

»Hast du gestern überhaupt versucht, zu mir zu kommen?« Obwohl sie leise sprach, war jedes ihrer Worte messerscharf. »Warum war *er* bei dir? Kann es sein, dass du mir etwas sagen möchtest? Diese neue Harmonie, von der überall ge…«

»Mir geht es gut«, unterbrach ich sie. »Wenn ich Dorville überzeugt habe, sich für mich zu entscheiden, kannst du uns bestimmt mal besuchen.«

Stille. Ich hätte es lieber leugnen sollen.

»Sag mir, dass du das nicht getan hast.«

»Ähm …«

»Du hast aber nichts unterschrieben, oder? Bitte nicht!« Ich sah genau vor mir, wie sie, den Hörer zwischen Ohr und Schulter geklemmt, wild an einer Haarsträhne zwirbelte, wie immer, wenn sie wegen irgendetwas aufgebracht war.

»Ich bin erwachsen genug, um meine eigenen Entscheidungen zu treffen«, sagte ich gespielt genervt, während mir das Herz bis zum Hals schlug. »Du wusstest, dass ich kandidieren will.«

»Oh Scheiße. Scheiße, Scheiße, Scheiße. Ich komme sofort zu dir!«

»Nein!«, rief ich entsetzt. »Bloß nicht!«

Gwynnia warf mir einen neugierigen Blick zu.

»Du hast keine Ahnung, in was du da hineingeraten bist«, sagte Blanche und klang fast genauso verzweifelt wie in dem Moment, als sie mich mit dem Brief erwischt hatte. »Er ist *gefährlich*, Vicky.«

Ich hustete, damit Gwynnia nicht etwa meinen Namen aufschnappte.

Hinter mir ahmte jemand dieses Husten nach. Ich wusste auch sofort, wer. »Wie gesagt, bei mir ist alles klar. Bis bald!« Schnell legte ich auf und betete, dass Blanche nicht herkommen würde. Sie hatte mich gerade nur darin bestätigt, dass sie den Ernst der Lage mir gegenüber heruntergespielt hatte.

Als ich mich zu Dorville umdrehte, stand er mit verschränkten Armen an der Wand. »Du weißt schon, dass du nur mit meiner Genehmigung telefonieren darfst?«

»Sorry, meine Schuld«, sprang Gwynnia für mich in die

Bresche. »Du bist nicht an dein Handy gegangen. Ihre Mutter hat einfach nicht lockergelassen, und ich dachte …«

»Deine Mutter?«, fragte Dorville mich, ohne ihr weiter zuzuhören. »Sieh an. Mami fragt sich, warum ihr Spätzchen auf die schiefe Bahn geraten ist?«

»Nein, sie beglückwünscht mich, dass ich mir einen Millionär geangelt habe, findet aber, er könnte besser aussehen.«

»Ich weiß, die Verbindung ist manchmal schlecht. Da versteht man schnell mal was falsch. Ich glaube, sie sagte: ›Besser könnte er nicht aussehen‹ und nicht ›Könnte er nicht besser aussehen?‹. Und woher will sie eigentlich wissen, dass es nur Millionen sind?«

Ich lachte – weil es mich überraschte, wie gut er meine Bemerkungen parierte – und hoffte, er würde es für ein abfälliges Lachen halten.

»Beim nächsten Mal fragst du mich bitte um meine Erlaubnis«, sagte er noch einmal. »Wie wär's, wenn du dich lieber mal um den Zoobesuch kümmerst, statt mit deiner Verwandtschaft zu plaudern? Meine Schwester steht dir sicher mit Rat und Tat zur Seite.«

Er ließ uns allein. Gwynnia sah ihm nach, dann schaute sie zu mir und spielte nachdenklich mit einem losen Faden am Ärmel ihres fliederfarbenen Cardigans. Wahrscheinlich fragte sie sich, was da zwischen uns abging. Als ich nur mit den Schultern zuckte, winkte sie mich zu sich an ihren PC.

Sie suchte den nächsten größeren Zoo heraus und druckte mir die Preise und Öffnungszeiten aus. Dann trug sie mir auf, mir bei dem Typen, der in der Gesellschaft die ehrenvolle Aufgabe hatte, die Finanzen zu überwachen, das Geld für den

Eintritt auszahlen zu lassen. Außerdem sollte ich klären, wer uns fahren würde.

Der Rest meines Vormittages ging also dafür drauf, die richtigen Leute ausfindig zu machen, um den Zoobesuch zu organisieren. Es fiel mir nicht leicht, darüber hinwegzusehen, wie spöttisch sie mich alle behandelten. Keine Frage – sie dachten, die Idee wäre tatsächlich auf meinem Mist gewachsen. Was ja nur die halbe Wahrheit war. Mir Dorville und uns Harmonien zwischen jungen Familien und Schulklassen im Zoo vorzustellen, hatte etwas Absurdes. Vielleicht gefiel Dorville mein Scherzvorschlag gerade deswegen so gut.

Als alles so weit geplant war, gab es auch schon wieder Essen.

Ich war gerade bei meiner zweiten Portion Nachtisch, da sprach mich ein Mädchen mit schwarzem Bob und extrem aufrechter Haltung an. »Ich freue mich, dass du dich zum Polo angemeldet hast. Ich bin die Verantwortliche dafür. Wir sehen uns dann nachher zum Training.« Sie hatte das Lächeln einer Geschäftsfrau.

Mir blieb keine Gelegenheit, das Missverständnis aufzuklären.

»Polo?«, fragte Collie. »Darauf wäre ich jetzt nicht gekommen.«

»Ich kann nicht mal reiten. Ich hab mich für gar nichts angemeldet«, stellte ich klar.

»Das ist Robin auch aufgefallen«, erklang Gwynnias Stimme hinter mir. Ich hatte gar nicht bemerkt, dass sie zu unserem Tisch gekommen war. »Deshalb hat er dir persönlich einen Stundenplan zusammengestellt. Er gilt ab heute. Änderungswünsche musst du mit ihm besprechen.« Sie zog einen zusammengefalteten Zettel aus ihrer Hosentasche und reichte ihn mir.

Wochentag für Wochentag ging ich die eingetragenen Aktivitäten durch. Meine Augen wurden immer größer. Gwynnia verdrückte sich schnell. Ihr schwante bestimmt schon, wie meine Reaktion ausfallen würde.

»Dieser verfluchte …«, setzte ich an, zügelte mich aber, als ich Collies und Taylas Blicke bemerkte. Dorville hatte mich nicht nur für Polo eingetragen, nein, das war noch nicht einmal das Schlimmste. Direkt nach dem Mittagessen sollte ich einen Kurs in Naildesign besuchen. *Naildesign.* Auch an den anderen Tagen reihte sich ein grausiger Kurs an den anderen. Wenn es Dorvilles Ziel gewesen war, genau die Dinge zu finden, die ich als Allerletztes gewählt hätte – und das dem so war, stand eigentlich außer Frage –, hatte er definitiv Erfolg gehabt. Ausdruckstanz. Oboenunterricht. Bodenturnen. Fechten. Der hatte sie doch nicht mehr alle!

»Ich hatte gehofft, du würdest bei meiner Kreativgruppe vorbeischauen«, sagte Collie. »Aber da hast du Cheerleading. Oh Mann, ich wusste nicht mal, dass das angeboten wird.«

Obwohl es mich einiges an Überwindung kostete, fand ich mich nach dem Essen an dem angegebenen Raum für Naildesign ein. Dorville rechnete garantiert damit, dass ich sofort bei ihm auf der Matte stehen würde, um ihn anzuflehen, mich meinen Stundenplan neu zusammenbasteln zu lassen. Die Genugtuung wollte ich ihm nicht gönnen. Ich würde versuchen, mich vorerst da durchzukämpfen.

Meine Entschlossenheit geriet allerdings schnell ins Wanken, als ich in dem Kurs hockte.

Um mich herum saßen nur übertrieben geschminkte Mädchen, und zu allem Übel eröffnete mir die Kursleiterin gleich zu Beginn, dass Neulinge beim ersten Mal immer als Versuchskaninchen herhalten mussten.

So kam es, dass ich ganz still dasitzen musste, während Aimée, eine der Teilnehmerinnen, meine Fingernägel verunzierte. Die Kursleiterin erklärte den anderen derweil etwas über die Technik des Nail Art Stampings. Ich versuchte, nicht auf meine Hände zu sehen, denn selbst wenn einige hier unverkennbar Talent für das hatten, was sie machten, hatte die Farbauswahl meiner Peinigerin schon gereicht, um mich in Panik zu versetzen: Pink, Pink und noch mehr Pink. Hoffentlich bekam man das einigermaßen leicht wieder ab.

»Sitzen bleiben«, sagte meine junge Naildesignerin, als ich schließlich dachte, ich hätte es hinter mir. »Es fehlt noch das i-Tüpfelchen.«

Ich wagte einen vorsichtigen Blick auf das bisherige Ergebnis und konnte meinen Entsetzensschrei gerade noch so unterdrücken. Auf weißem Hintergrund rankten sich merkwürdige Schnörkel in drei verschiedenen Pinktönen, die mit einem billig wirkenden Silberglitzer verstärkt waren.

»Hiermit wird das Ganze perfekt.«

Ungläubig sah ich dabei zu, wie Aimée kleine Glitzersteinchen – ebenfalls in Pink – in einem Bogen auf die letzte Ecke Weiß klebte. Beim kleinen Finger schaffte ich es noch, keine Miene zu verziehen. Beim Ringfinger musste ich mir bereits fest auf die Lippe beißen. Sie war erst beim zweiten Steinchen für den Mittelfinger, als ich mich nicht mehr zusammenreißen konnte.

»Entschuldige, mir ist eingefallen, ich muss etwas *ganz* Dringendes erledigen. Großes Sorry. Muss sofort weg.« Ich entriss der verdutzten Aimée meine Hand und stürzte aus dem Raum.

Von einem Securitymitarbeiter erfuhr ich, dass sich Dorville gerade in einem Treffen mit dem Innenarchitekten befand, der nach der Wahl die Gestaltung des neuen Gebäudeflügels für die Harmonien übernehmen sollte. Auch wo sie sich berieten, erfuhr ich von ihm, wenn auch mit dem Hinweis, lieber nicht unangemeldet zu stören.

Ich kümmerte mich nicht darum und fegte wutschäumend in den Raum, als ich endlich die richtige Tür gefunden hatte.

Dorville und sein Gast standen an einem Tisch, auf dem verschiedene Kataloge, Fotos und Skizzen ausgebreitet waren. Mittendrauf knallte ich meinen Horrorstundenplan.

Der Besucher fuhr heftig zusammen, Dorville dagegen zuckte nicht mal mit der Wimper.

»Wenn du darüber verhandeln willst, Mäuschen, wirst du brav und still warten, bis wir hier fertig sind.« Er nahm den Stundenplan und drückte ihn mir gegen die Brust.

Mit zusammengekniffenen Augen nahm ich das Blatt zurück und entfernte mich rückwärts ein paar Schritte vom Tisch.

»Entschuldigen Sie bitte, das ist meine neuste Harmonie. Sie hat wohl noch einen Benimmkurs nötig.« Er sprach, als wäre ich nicht im Raum.

Der Architekt warf mir einen unverhohlen neugierigen Blick zu, doch Dorville sicherte sich schnell wieder seine Aufmerksamkeit.

Da ich wohl oder übel warten musste, verfolgte ich das Gespräch der beiden.

Ich erkannte schnell, dass der gute Mann es darauf abgesehen hatte, Dorville abzuzocken. Auch wenn der nachfragte, ob es noch vergleichbare, etwas preisgünstigere Alternativen gebe, ließ er sich nicht von der Geldscheffeltaktik abbringen. Dabei waren seine Vorschläge nicht mal besonders innovativ. Ja, ich hatte mein Studium aufgegeben, bevor es richtig angefangen hatte, aber sicher nicht, weil ich zu wenig Ahnung davon hatte.

Ich hatte gar nicht vorgehabt, einzugreifen. Doch je mehr der Typ faselte, desto schwerer fiel mir das. Schließlich beschloss ich, dass meine Einmischung sich ja auch positiv auswirken könnte. Vielleicht wäre Dorville mir wenigstens ein bisschen dankbar und würde mir eher mit dem Stundenplan entgegenkommen.

»Wenn ich meine Meinung sagen darf«, begann ich und sprach schnell weiter, bevor Dorville mir den Mund verbieten konnte, »ist das alles völliger Quatsch. Ich würde das für den halben Preis doppelt so stilvoll hinbekommen.«

Der Mann stieß ein verächtliches Lachen aus. Er fühlte sich von mir nicht bedroht. Noch nicht.

»An deiner Stelle würde ich jemand anderen anfragen«, sagte ich zu Dorville. »Die Gestaltung der Erker ist total vom Konzept von Debra Mayer abgekupfert, die für dieses neu eröffnete High-Society-Hotel in Potsdam beauftragt worden ist. Aber das ist nur ein Detail. Die gleichförmige Einrichtung der Zimmer gefällt mir generell gar nicht – wir sind hier doch nicht in einem Wohnheim. Die Harmonien sollten individuelle Räume haben, angefangen schon bei der Aufteilung. Was die Bezugsstoffe angeht, gibt es in ähnlicher Qualität wesentlich preiswertere von *Wogan & Trebble*; außerdem bieten sie dort eine breitere Farbpalette an. Aber bevor es an die Stoffe geht, müsste man sich erst mal fragen, ob das Farbkonzept insgesamt nicht noch mal überdacht werden sollte. Das wirkt alles irgendwie sehr klinisch und unpersönlich.«

Ich gönnte mir eine kurze Atempause, in der ich feststellte, dass beide mich ansahen, als hätte ich Chinesisch gesprochen. Dann schluckte Dorville, und etwas in seinem Blick veränderte sich. »Ich denke, Sie können gehen.«

»Wie bitte?«

»Ich werde wirklich jemand anderen beauftragen.«

»Herr Dorville, Sie glauben doch nicht …?«

»Machen Sie sich keine Sorgen, das Projekt wird in guten Händen sein.«

Der Architekt brauchte ein paar Momente, um zu verstehen, dass er den Auftrag soeben verloren hatte. Wem er das zu verdanken hatte, ging ihm aber sofort auf. Sein kalter Blick kratzte mich allerdings herzlich wenig.

Mit zusammengepressten Lippen suchte der Mann sein Zeug zusammen. Auf dem Weg nach draußen stieß er mit der Faust gegen meinen Arm, um mich beiseitezuschubsen.

»Was war das denn, spinnen Sie?«, fauchte Dorville dem Architekten hinterher. Der beeilte sich nur noch mehr, von uns wegzukommen.

Dorvilles Hand fuhr über die leicht gerötete Stelle an meinem

Arm, und ich zuckte zusammen, nicht vor Schmerz, sondern wegen der Berührung. Er ließ mich los und wartete, bis ich ihn ansah. Dann tat er so, als ob gerade überhaupt nichts passiert wäre. »Du bist also unzufrieden mit deinem Programm? Was stimmt nicht damit?«

Ich hielt ihm meine ruinierten Fingernägel hin. »Genügt das als Antwort?«

»Süß.«

»Es wird sich mit meiner Harmonienfarbe beißen«, sagte ich und versuchte zu klingen, als wäre ich Apryl und sehr pikiert.

Er versteckte ein kleines Lachen in einem Schnauben. »Wo du doch so unbedingt Erstharmonie werden willst, solltest du vielleicht doch mal über die Qualitäten nachdenken, die ich von meiner Auserwählten erwarte.«

»Wir wissen alle, dass die einzigen Qualitäten, die du von deiner Erstharmonie erwartest, rein physischer Natur sind.«

»Du kannst die Krallen einfahren, Lou. Wenn du willst, dass ich die Folter beende, hab ich ’nen Deal für dich.«

»Du gibst also zu, dass du mich absichtlich zu allem angemeldet hast, von dem du wusstest, ich würde es hassen.«

»War mir ein Vergnügen. Also Folgendes: Du übernimmst die Projektleitung und bist fürs Erste von deinem Kursprogramm befreit. Halt dich an deine Worte: halb so teuer, doppelt so stilvoll. Lieferst du mir ein gutes Ergebnis, bekommst du einen neuen Stundenplan, wenn nicht, bleibt’s dabei. Du hast eine Woche.«

Das konnte er nicht ernst meinen. Als ob er *mir* die Verantwortung für den Flügel übertragen würde.

»Häng dich besser rein, sonst darfst du dich für immer an deinen Nägeln austoben.«

Traute er mir das wirklich zu, oder wollte er mich demütigen? Ich hätte normalerweise sofort auf Letzteres gesetzt, aber ich war verunsichert. Immerhin hatte er sich auf meinen Rat verlassen und einfach so, mir nichts, dir nichts seinen Innenarchitekten weggeschickt.

»Wenn ich's vermassle, haben wir also demnächst Platznot in der Saya Nord?« Es war ein blöder Kommentar, aber wenigstens verbarg er die freudige Aufregung, die langsam von mir Besitz ergriff. Hoffte ich jedenfalls.

»Irgendetwas sagt mir, dass du es nicht vermasseln wirst.«

So etwas hatte noch nie jemand zu mir gesagt. Für einen winzig kleinen Moment konnte ich sogar darüber hinwegsehen, dass es ausgerechnet von Dorville kam.

2.

Vicky

»Lass mich raten – das Motto ist *Sterntaler*?« Mein Sarkasmus täuschte mehr schlecht als recht darüber hinweg, dass ich mich auf den ersten Blick in das Kleid für den anstehenden Abend verliebt hatte. Obwohl Dorville es für mich hatte bringen lassen.

Gab es irgendeinen besonderen Anlass? Ich kannte inzwischen die Tafel beim Versammlungssaal, auf der laut Tayla ab und an ein Thema für die jeweilige Party vorgegeben wurde, aber heute hatte ich nicht darauf geachtet.

Das Kleid war schwarz, schulterfrei und wenigstens nicht allzu kurz. Oben eng anliegend, fiel der Rock ab der Taille luftig nach unten und schwang mit, als ich mich vor dem Spiegel drehte. Er war mit großen runden Pailletten besetzt, die am Oberteil transparent waren und schimmerten, wenn Licht auf sie fiel. Zum Saum hin wurden sie goldfarben. Sterntaler eben.

Meine Harmonienfarbe fand sich heute in Form einer Schleife unterhalb des Dutts wieder, zu dem Gina meine Haare hochgebunden hatte.

»Oh nein, heute gibt es kein Motto!« Gina wollte noch etwas hinzufügen, aber da zog der Fernseher, den wir im Hintergrund hatten laufen lassen und aus dem plötzlich mein neuer Name erklang, unsere Aufmerksamkeit auf sich.

» … Louelle Graf? Wer ist dieses Mädchen, das so kurz vor Beginn der Wahl zum Kreis der Harmonien gestoßen ist und den anderen schon jetzt die Show stiehlt?«

Mir blieb fast das Herz stehen, als ich das Bild sah, das eingeblendet wurde: Ich, auf dem Weg zurück ins Hotel in Frankfurt. Man sah mich nur von hinten, und Dorville verdeckte halb die Sicht auf mich, aber … was, wenn mich trotzdem jemand erkannte, der mich verpfeifen konnte? Oder wenn es noch weitere Aufnahmen gab?

Die Sprecherin von *PartyTime* setzte zu einem neuen Redeschwall in ihrem hohen Singsang an: »Arme Geeska – so richtig überzeugend scheint ihre Harmonienparty nicht gewesen zu sein, dabei haben wir aus Insiderkreisen erfahren, dass die Nacht für sie sehr gut angefangen hatte! Tja, das war für sie wohl ein Satz mit X. Nach Angaben des Taxifahrers nutzten Robin und Louelle auf der Fahrt durch die Stadt die Rückbank des Wagens, um, Zitat, ›sehr intim zu zweit weiterzufeiern‹. Unsere anonyme Quelle teilte zudem mit, dass Robin später allein auf die Party zurückgekehrt ist. Dazu äußerte er sich überraschend selbst in einem Kommentar zu unserem Post.«

Hinter ihr erschien jetzt ein Screenshot, und sie las vor: »Dass Lou mal wieder die Dreizehnte Stunde verpasst hat, war meine Schuld. Die Süße war völlig geschafft, war halt eine wilde Fahrt.« Schleimiges Lächeln. »Wow, sag ich da nur! Diese Kandidatin sollten wir im Auge behalten, denke ich!«

Ich hörte nicht weiter zu. Schon war ich in die goldenen Peeptoes geschlüpft und so gut wie zur Tür raus.

»Danke, Gina, ich muss dann runter!« Ich konnte sie nicht mal ansehen dabei. Sicher war ich knallrot, und mein Abgang trug nicht unbedingt dazu bei, mich unschuldig wirken zu lassen. Aber dafür war es wohl eh schon zu spät.

Dieses Mal war der Speisesaal für die Party hergerichtet worden. Es herrschte eine ganz andere Stimmung als sonst. Das

Licht war gedimmt, aber es gab keine bunte Beleuchtung und keine Strahler. Im Hintergrund lief dezente Instrumentalmusik, und überall waren Stehtische mit Pralinentellern und Weingläsern aufgestellt worden. Am ungewöhnlichsten aber war der Dresscode: Ausnahmslos alle anwesenden Männer trugen Anzug und Krawatte, alle Frauen geschäftsmäßige Etuikleider oder Bluse mit Blazer.

Kurz fragte ich mich, ob Gina mich angelogen und Dorville in Wahrheit gewollt hatte, dass ich das Motto verfehlte. Doch dann fielen mir einige der anderen Harmonien in der Menge auf, die ebenfalls etwas auffälliger gekleidet waren. Apryls Kleid war leuchtend grün, und Poème, die gerade mit einer fülligen Mittvierzigerin sprach, hatte sogar einen weißen Hut mit Federn auf dem Kopf. Geeska, in einem Traum aus Tüll, kniff bei meinem Anblick die Lippen zusammen. Toll – dank Dorville hasste sie mich nun auch noch. Ich wünschte, er wäre an dem Abend bei ihr geblieben, aber wer würde mir das schon abkaufen?

Als ich mich weiter umsah, ging mir auf, dass nur ein Bruchteil der Anwesenden Mitglieder der Saya Nord waren. Sämtliche Größen der Geschäftswelt schienen sich heute Abend hier eingefunden zu haben.

»Keine Sorge. Du kannst einfach ein wenig umherschlendern und einen möglichst guten Eindruck machen.« Collie war neben mich getreten. Ihre Haare steckten in einem hohen Pferdeschwanz und bildeten einen scharfen Kontrast zu ihrem graumelierten Kleid mit Bleistiftrock.

»Wissen *alle* von dem Quatsch, den sie über die Frankfurt-Sache senden?«, platzte ich heraus.

Collie schmunzelte. »Dachtest du, du könntest es geheim halten, wenn Robin dir verfällt?«

»Es ist nichts passiert.«

»Das sagen sie alle. Hey, du musst dich nicht schämen!«

»Was er macht, nennt sich Rufmord!«

Jetzt hatte ich ihn ausgemacht: Er stand bei einem der Tische nahe der Fensterseite. Er bemerkte mich auch und quittierte meinen Versuch, ihn mit meinem Blick zu erdolchen, frech mit der Anstoßgeste. Ich drehte mich demonstrativ weg.

»Ich versteh, dass es nicht leicht ist, während der Wahl so in der Öffentlichkeit zu stehen. Trotzdem würde ich es als Kompliment werten«, sagte Collie. »Robin hält sich den Medien gegenüber immer sehr bedeckt, ich glaube, es ist das erste Mal, dass er überhaupt zu einer Behauptung von *PartyTime* direkt Stellung genommen hat. Noch dazu, um zuzugeben, dass er dir nicht widerstehen kann.«

Klar. Ich sollte mich glücklich schätzen.

»Was ist das hier?«, fragte ich.

Sie lächelte vielsagend, ließ sich aber auf den Themenwechsel ein. »Eine Businessparty. Wir laden alle paar Monate wichtige Partner und potenzielle Investoren ein. Neben Robin, dem Vorstand und uns Harmonien sind nur ein paar Verwaltungsmitglieder dabei.« Sie scannte den Saal und schien nach jemandem Ausschau zu halten, warf einen Blick auf ihre silberne Armbanduhr und entspannte sich dann sichtlich. »Geeska und Vero sind fast durchgedreht vor Aufregung. Unser Zimmer war in den letzten Stunden die Hochburg der strategischen Kriegsführung. Sie wollen die Party unbedingt nutzen, um Robin von ihrem Geschäftssinn zu überzeugen.

Aber mach dir keinen Kopf. Ich glaub nicht, dass er das von dir auch schon erwartet.«

Na, falls doch, setzte er definitiv aufs falsche Pferd.

»Was haben diese Leute davon, hierherzukommen?«, fragte ich.

»Du meinst, abgesehen von dem stilvollen Ambiente?« Collie zuckte mit den Schultern. »Einige kommen einfach aus Neugier. Außerdem sind die Gesellschaften neutraler Boden. Was hier verhandelt wird, bleibt bis auf Weiteres in diesen vier Wänden.«

Die Glamourgesellschaften schienen noch viel verzweigter und einflussreicher zu sein, als ich gedacht hatte. Nur fiel es mir irgendwie ziemlich schwer, mir vorzustellen, wie Dorville einen auf Geschäftsmann machte. Der reiche, nervige Macho lag ihm mehr.

»Ah, dahinten kommt mein Termin!«, sagte Collie. »Ich bin für die Kontakte mit den Deko-Firmen zuständig und hab da einen neuen Anbieter im Auge. Mach du einfach ein bisschen Small Talk, wenn du angesprochen werden solltest.«

Small Talk worüber? So nach dem Motto »Sehr erfreut, Sie sehen aus, als hätten Sie viel Geld – wären Sie vielleicht bereit, mich freizukaufen, wenn ich meinen Job hier erledigt habe?«

Ich sah Collie hinterher – und entdeckte plötzlich ein bekanntes Gesicht in der Menge: Herr Salzing, Chef eines Zustellgroßhandels für Gastronomie und Hotellerie, mit dem mein Vater schon seit Jahren zusammenarbeitete. Ich zuckte zusammen, als sich unsere Blicke begegneten. Hatte er mich erkannt?

Hastig bemühte ich mich, aus seinem Sichtfeld zu verschwinden. Wir hatten uns vor Ewigkeiten zum letzten Mal gesehen, und da ich für meinen Vater in Gegenwart seiner Partner – wie eigentlich auch sonst immer – nur Beiwerk war, war es gut möglich, dass er sich nicht an mich erinnern konnte. Heute war ich ausnahmsweise mal dankbar für Ginas Schminkkünste, durch die mein Gesicht ganz anders wirkte.

So schnell wie möglich, ohne dass es wie eine Flucht aussah, durchquerte ich den Raum. Ich warf einen Blick über die Schulter zurück. Oh nein, Herr Salzing folgte mir! Was nun? Wenn ich ihn ignorierte, würde ich nur noch mehr auffallen.

Also atmete ich tief durch und ging ihm entgegen, gerade so, als hätte ich ihn erst jetzt gesehen. An einem freien Tisch hielt ich an und füllte schnell, ganz die höfliche Gastgeberin, zwei Gläser. Das Handgelenk mit dem Perlenarmband verbarg ich seitlich in den Falten meines Kleides. Schon war der ältere Herr bei mir angelangt.

»Herr Salzing«, begrüßte ich ihn mit einem Strahlen. »Wie schön, Sie zu sehen! Ich wusste gar nicht, dass Sie hier sein würden.«

Er nickte mir freundlich zu und nahm das Glas entgegen. Wenn er verwundert war, merkte man es ihm nicht an. »Frau van Wächt – haben mich meine Augen also doch nicht getäuscht!«

In meinem Inneren läuteten sämtliche Alarmglocken, aber ich hielt mein Lächeln aufrecht und unterdrückte das Bedürfnis, mich hektisch umzusehen, ob uns jemand zuhörte. Mit gesenkter Stimme sagte ich: »Nicht so laut! Ich bin sozusagen undercover für meinen Vater hier, wissen Sie?«

Wenn dieser Mann mich verriet, war ich so was von geliefert.

Er trank einen Schluck, den Blick weiter auf mich gerichtet.

Fieberhaft suchte ich nach einem ungefährlichen Gesprächsstoff. »Machen Sie schon lange Geschäfte mit den Dorvilles?«

Auch wenn das für meinen Vater sicher ein Ärgernis wäre, interessierte mich selbst das in Wahrheit wenig. Ich musste bloß irgendeinen Weg finden, diese Begegnung hinter mich zu bringen, ohne dass meine Deckung aufflog.

»Nicht ständig, aber zu vereinzelten Anlässen. Gerade bei ihren externen Partys nehmen sie mir ordentliche Mengen ab.«

Es klang ein bisschen rechtfertigend. Vielleicht war ihm bewusst, dass mein Vater das durchaus als Grund sehen könnte, sich einen anderen Vollsortimenter zu suchen. War das meine Chance, ungeschoren aus dieser Sache herauszukommen?

Noch ehe ich den Gedanken weiterverfolgen konnte, hakte sich jemand bei mir unter.

»Guten Abend, Herr Salzing. Wie ich sehe, haben Sie bereits unseren Neuzugang kennengelernt.«

Ich fühlte mich so ertappt, dass ich nicht rechtzeitig reagierte, um Poème meinen Arm zu entwinden, den sie mit einem leichten Ruck von meinem Körper wegzog. Das Armband leuchtete Herrn Salzing verräterisch entgegen. Das lief hier gerade alles extrem schief.

»Sie ist eine wirklich reizende junge Dame!«, sagte Herr Salzing.

Puh. Vielleicht dachte er, dass ich das kleine Detail unterschlagen hatte, weil es mir peinlich war, meinem Vater zuliebe Harmonie geworden zu sein.

»Ganz Ihrer Meinung!«

Ich warf Poème einen Blick von der Seite zu. Hatte sie es

auf einmal auf mich abgesehen? Etwa auch wegen Dorvilles Lügen über die Nacht in Frankfurt? Oder hatte sie am Ende Verdacht geschöpft und ahnte, dass ich nicht die war, für die ich mich ausgab? Es war ja fast, als würden sich alle ein Wettrennen um meinen Untergang liefern. *PartyTime*, Salzing, Poème, Dorville natürlich – wer würde zuerst die Wahrheit über mich herausfinden?

»Entschuldigst du uns, Lou? Wir haben noch geschäftliche Dinge zu besprechen.«

»Natürlich.« Ich drückte ihre Schulter, als wären wir alte Freundinnen, und sie lächelte selbstzufrieden, in dem Glauben, mir die Tour vermasselt zu haben. Dabei hätte ich ihr nicht dankbarer sein können.

Sie beugte sich vor und flüsterte mir ins Ohr: »Was ich noch sagen wollte – der Überfall vor dem Hotel, der *PartyTime*-Post? Keine Ursache, hab ich beides gern für dich in die Wege geleitet!«

Also doch nur das übliche Rivalinnengehabe? Ich musste vorsichtiger sein; vielleicht hatte sie beobachtet, wie ich Herrn Salzing hatte ausweichen wollen.

Ohne etwas zurückzugeben, ging ich davon.

»Hätte nicht gedacht, dass er so weit gehen würde«, hörte ich Herrn Salzing noch murmeln.

»Was meinen Sie?«, fragte Poème ihn, und ich hielt die Luft an.

»Nicht wichtig, ich war nur gerade in Gedanken.«

Ich atmete aus und stürzte den Rest meines Drinks hinunter, wobei mindestens die Hälfte meines Lippenstifts am Rand des Glases kleben blieb.

Eins stand fest: Ich war absolut kein Fan von Businesspartys.

Um halb zwei fiel ich endlich in die Kissen, schon fast zu müde zum Einschlafen.

»Und, hast du vor zu bleiben?«

Seine Stimme ließ meinen Körper für einen Moment erstarren. Dann sprang ich auf und sah ihn. Er saß auf dem Sims des offenen Fensters, durch das er eingestiegen sein musste.

»Jasper?!« Ich ging auf ihn zu, näherte mich ihm ganz vorsichtig, als könnte er sich jeden Augenblick vor meinen Augen in Luft auflösen. Ich schaute zu Taylas Bett, aber das war nicht mehr da und Tayla selbst auch nicht. Wir waren allein im Zimmer.

»Es war ein Fehler«, sagte er. »Du fehlst mir.«

Ich hatte es gewusst. Es hatte gar nicht anders enden können, enden dürfen. Jetzt würden wir doch noch unseren Italienurlaub machen können!

»Lass uns einfach vergessen, was passiert ist«, sagte ich sanft. »Und noch mal von vorn anfangen.«

Ich trat näher zu ihm und wollte ihn umarmen, aber da verschmolz er mit den Schatten und verschwand, einfach so.

Wie in einem tragischen Film ließ ich mich auf die Knie fallen und schrie seinen Namen. Immer und immer wieder.

Ich schlug die Augen auf, sie waren tränennass. Zitternd holte ich Luft. Die Erkenntnis, dass ich geträumt hatte, bahnte sich einen Weg in meinen Verstand. Gleichzeitig stürmten Erinnerungen auf mich ein – reale Erinnerungen.

Ich hatte in den letzten Tagen genug andere Sorgen gehabt,

um das Ende unserer Beziehung zu verdrängen. Doch nun, mitten in der Nacht, holte mich alles ein, überfiel mich heimtückisch aus der Dunkelheit.

Wir hatten knapp zwei perfekte Jahre zusammen gehabt. Eine Zeit lang hatte ich ein beneidenswertes Leben geführt, und das Allerbeste daran war Jasper gewesen. Wir hatten Zukunftspläne. Wir waren das absolute Traumpaar, alle sagten das. Nur er selbst hatte aufgehört, es zu glauben.

Du wirfst dein Leben weg, Vicky. Wenn du deinem Vater eins auswischen willst, bitte. Aber ich kann und will nicht mehr dabei zusehen.

Ich wollte nicht mehr weinen. Trotzdem spürte ich, wie die unterdrückten Schluchzer meinen ganzen Körper schüttelten. Ich presste das Gesicht ins Kissen, um sie zu ersticken. Auf keinen Fall wollte ich Tayla wecken.

Es fühlte sich an, als würde etwas in mir zerreißen. Ich rollte mich zusammen, fest in meine Decke gewickelt, und versuchte verzweifelt, was mir scheinbar nie gelingen würde: endlich über Jasper Veyland hinwegzukommen.

3.

Vicky

»Meine Güte, Robin, geht's noch? Was willst du?« Tayla hatte sich in ihrem Bett aufgerichtet.

Dorville stand in der Zimmertür. Uneingeladen.

Ich sah auf meinen Begrüßungsgeschenk-Wecker – oha, schon nach dreizehn Uhr!

Meine Augen waren immer noch ganz verklebt, und ich wollte am liebsten überhaupt nie wieder aufstehen. Doch Dorville machte mir einen Strich durch die Rechnung.

Er antwortete Tayla nicht, sondern sah mich an. »Lou, alles in Ordnung?«

»Was soll nicht in Ordnung sein?«, fauchte ich. Hoffentlich sah ich bloß müde und zerknautscht und nicht verheult aus.

Er studierte noch einen Augenblick länger mein Gesicht. »Wir warten schon seit einer ganzen Weile auf dem Parkplatz auf dich«, sagte er dann. »Ich gebe dir noch zehn Minuten.«

»Stimmt ja«, sagte Tayla. »Ihr fahrt heute zu Cyan.«

»Was, wenn ich nicht mit…?«

»Zehn Minuten!«

Er ging wieder hinaus, und ich schlug mit einem tiefen Seufzen die Bettdecke zurück.

Und so fand ich mich nicht viel später in einem Kleinbus wieder, Dorville auf dem Beifahrersitz, wir Mädels in zwei Reihen hinter ihm. Ich saß hinten neben Poème, die ich nach dem Zwischenfall am Vorabend eigentlich gern nicht in meiner Nähe gehabt hätte, und hatte Apryl vor mir. Vero klebte fast an der Tür, weil sie so weit von Geeska abgerückt war.

Niemand sprach, nicht mal das Radio lief – richtige Wohlfühlstimmung! Hoffentlich war es nicht so weit. Wir fuhren Richtung Süden, aber das wusste ich auch nur, weil Cyans Gesellschaft ja »Saya Süd« hieß.

Die digitale Zeitanzeige vorne im Wagen sprang viel zu selten um. Ich sah aus dem Fenster und zählte Autos.

Als wir schließlich am Ziel waren, hatte ich nicht mal eine ungefähre Ahnung, in welchem Ort wir uns eigentlich befanden oder was die nächstgrößere Stadt war.

Das Grundstück lag genauso abgelegen wie das der Saya Nord auch, hatte aber keinen Privatstrand, geschweige denn das Meer hinterm Haus zu bieten. Dafür war es von einem Tannenwäldchen umgeben. Das hatte einen märchenhaften Touch, führte aber dazu, dass die modernen Gebäude etwas fehl am Platz wirkten. Der Eingangsbereich war komplett verglast und voller Topfpalmen und anderem Grünzeug. Schillernde Fische wuselten durch ein gigantisches Aquarium.

Neben dem Übergang zum Haupthaus kamen wir zu einer kleinen Rezeption ähnlich der in der Saya Nord. Dort meldete Dorville unseren Besuch an. Unser Fahrer war auch mit uns reingekommen. Na, der würde ja wohl hoffentlich nichts trinken! Es war geplant, dass wir noch in der Nacht zurückfahren würden.

Das Mädchen am Empfang klingelte Cyan auf seinem Handy an, und kurz darauf holte er uns ab. Er wechselte nur mit dem Fahrer die Begrüßungsgeste und gestand Dorville ein knappes Nicken zu. Uns Harmonien schien er gar nicht richtig wahrzunehmen. Wahrscheinlich waren wir in seinen Augen nur überflüssige Anhängsel. Vor allem, wenn Clea nicht dabei war.

»Kommt mit!«, sagte Cyan und übernahm die Führung.

Gleich hinter der nächsten Tür gingen zu beiden Seiten Flure ab, über die man bestimmt zu den Wohnräumen gelangte. Vor uns führte eine breite Treppe in einen riesigen Raum mit kuppelförmiger Decke hinab. Hier wimmelte es nur so von Gesellschaftsmitgliedern.

Runde Tische mit blauen Decken und Tabletts mit Fingerfood waren zu beiden Seiten eines Laufstegs aufgestellt. Der Steg selbst war an eine große Bühne angebaut worden. Wie es aussah, war das hier der Versammlungsraum von Cyans Gesellschaft, der je nach Anlass umgeräumt werden konnte.

Cyan steuerte auf den Tisch mit dem besten Blick auf Laufsteg und Bühne zu, wo schon Nereida und Yvaine saßen.

»Zwei deiner reizenden Harmonien können mit an den Tisch, der Rest darf direkt nebenan sitzen«, sagte Cyan.

Dorville ging zu seinem Platz und zog die beiden Stühle rechts und links davon zurück. »Apryl. Lou.«

Apryl hatte damit gerechnet und war schon zur Stelle; für Vero, Poème und Geeska, die missmutige Gesichter zogen, hatte sie nur ein wenig mitleidiges Lächeln übrig.

Ich hingegen wusste nicht, was ich nun wieder von dieser Einladung halten sollte. Auf der einen Seite hatte Dorville mir mehrfach deutlich gemacht, dass ich für ihn nur eine Witzfigur war, auf der anderen Seite bekam ich diese Sonderbehandlung. Erst haute er mit mir von Geeskas Party ab, und jetzt sollte ich auch noch da sitzen, wo zweifellos sonst Cleas Platz gewesen wäre?

Dorville registrierte mein Zögern. »Siehst du hier noch jemanden, der Lou heißt?«, fragte er.

»Keine Ahnung, wie die Leute hier alle heißen«, brummte ich. »Und ich glaub kaum, dass du neben *mir* sitzen willst.«

Er lächelte. »Setz dich jetzt, oder dein Platz ist weg, und du musst auf meinem Schoß sitzen.«

Ich zweifelte nicht daran, dass er die Drohung wahr machen würde, also beeilte ich mich zu gehorchen. Wenn auch nur zähneknirschend.

Kaum saß ich, drückte Dorville mir einen Kuss auf die Wange. »Geht doch«, sagte er.

Ich hasse dich, antwortete ich im Stillen.

»Ein bisschen Cola?«, fragte er, immer noch lächelnd und schenkte mir ein, bevor ich Ja oder Nein sagen konnte.

Musik setzte ein.

»Gleich geht's los«, sagte Nereida.

Sie und Yvaine standen auf und verschwanden Richtung Bühne.

»Die Mädels haben eine kleine Modenschau vorbereitet«, erklärte Cyan. »Wenn deine Begleiterinnen Lust haben, können sie sich bestimmt noch anschließen.«

»Garantiert nicht«, sagte Dorville. »Ich betrachte sie nicht als Privatmodels.«

Cyan zuckte mit den Schultern. »Es war nicht meine Idee, aber Tess hat ihre erste eigene Kollektion herausgebracht. Wie könnte ich ihr da die Bitte abschlagen, sie auch vorführen zu dürfen? Es ist mir wichtig, meine Harmonien in ihren Talenten zu unterstützen.«

»Fast so wichtig, wie sie zu benutzen und gegeneinander auszuspielen«, sagte Dorville trocken.

Ich hätte darauf getippt, dass Cyan ausrasten würde, aber

der hatte sich in seinem Leben wohl schon mehr als das von seinem Bruder gefallen lassen müssen. Er wandte sich lediglich wortlos zur Bühne, auf die gerade die Designerin getreten war, um etwas zu sagen. Sie war groß und blond, bis auf die eine cyanfarbene Strähne.

»Hallo, zusammen. Für diejenigen, die mich nicht kennen: Ich bin Tess. Ich bin wahnsinnig stolz, euch heute meine erste Kollektion zeigen zu dürfen, die ab nächster Woche erhältlich sein wird.« Sie dankte den Mädchen, die die Show mit ihr auf die Beine gestellt hatten, und warf Cyan eine Kusshand zu, bevor sie wieder hinter dem Vorhang verschwand und das erste Model herausstolzierte, um eines der Outfits vorzuführen.

Ob es modedesigntechnisch wertvoll war, konnte ich nicht sagen, aber es waren durchaus Klamotten, die bei mir mit in die Umkleide kommen würden.

Also sah ich mir einigermaßen interessiert die Sachen an, während ich die anderen drei an meinem Tisch so gut es ging auszublenden versuchte. Ab und zu nahm ich mir eines der leckeren Häppchen vom Tablett.

Nach der ersten Hälfte der Kollektion gab es eine kurze Pause.

»Ich müsste mal zur Toilette«, ließ Apryl im Nörgelton verlauten.

»Da wir ja nicht zum ersten Mal hier sind, findest du sicher den Weg«, sagte Dorville leicht gereizt.

»Kommst du mit?« Sie stand auf und griff nach seinem Arm. Ich hätte nicht gedacht, dass Dorville nachgeben würde, vor allem nicht so schnell, aber er erhob sich tatsächlich.

Nur … hatte ich mir das eingebildet, oder hatte er gerade die Augen verdreht? Dabei sollte die Vorstellung, sich mit ihr in irgendeine ungestörte Ecke zu verziehen, seine Laune doch eigentlich heben.

»Apryl weiß wirklich, was sie will«, meinte Cyan kopfschüttelnd, als wir beide zusahen, wie sie sich im Weggehen bei Dorville unterhakte. »Und ich wette, du auch«, fügte er, an mich gewandt, hinzu. »Das Abendessen am Donnerstag war das Spannendste, was ich seit Langem erlebt habe.«

»Jep, hab die Liste der Menschen, die mich hassen, erfolgreich verlängert.«

Er grinste. »Mein Name steht nicht drauf.«

Nicht? »Gwynnia war nicht ganz so begeistert darüber, wie ich eure Mutter angegangen habe.«

»Wie du gemerkt hast, weiß sie sich durchaus zu wehren. Es war bloß nicht besonders cool von dir, es so darzustellen, als dürfte es Gwynnia und mich gar nicht geben, aber ich will mal nicht nachtragend sein. Wir wissen doch alle, in welchem Team du spielst, und – nur um dich zu warnen – es ist ein Spiel mit dem Feuer.«

Wir applaudierten, als Nereida in einem trägerlosen Kleid aus blau-violett changierendem Taft über den Steg schritt.

»Du glaubst, dein Bruder hat mich dazu animiert?«

»Natürlich hat er das.«

Hoffentlich würde Apryl Dorville noch eine Weile beschäftigen. Unser Gespräch versprach eine sehr interessante Wendung zu nehmen. »Ist es das normale Stiefmutter-Stiefsohn-Ding, oder warum hassen die beiden sich so?«

»Das fragst du Robin lieber selbst. Ich halt mich da raus.«

Hätte ich ihn besser gekannt, hätte ich vielleicht entschlüsseln können, was da alles mitschwang. Dass er abblockte, zeigte mir zumindest, dass es irgendetwas Krasses sein musste. Damit könnte man vielleicht arbeiten.

»Der Familienfrieden hing schon immer ziemlich schief, und nachdem Gwynnia unserer Mutter praktisch das Messer in den Rücken gestoßen hat, weil sie lieber bei Robin bleiben wollte, als selbst Regentin zu werden, ist es nur noch anstrengender geworden.«

Überraschend! Gwynnia wurde auf meinem geistigen Merkzettel möglicher Schwachpunkte notiert.

»Also ist sie auch im Team deines Bruders? Was ist mit dir?«

Cyan zuckte mit den Schultern. »Robin und ich sind früher eigentlich ganz gut klargekommen. Es hat sich viel verändert.«

Eine dieser Veränderungen glaubte ich auf jeden Fall zu kennen. »Wie lange bist du schon in Clea verknallt?«, fragte ich, unerwartet genug, dass ihn die Frage leicht zusammenzucken ließ.

Kurz glaubte ich, er würde es abstreiten. »Lange Geschichte«, sagte er dann jedoch ausweichend. Er knetete die Serviette, die vor ihm lag, zwischen den Fingern. »Sie hatte die Wahl. Sie hat sich für ihn entschieden. Nichts zu machen.«

Dass er das so meinte und akzeptierte, nahm ich ihm keine Sekunde lang ab, aber wer war ich, Cyan Dorville zu hinterfragen?

»Taylana hat mal erwähnt, du hättest Clea das Eislaufen beigebracht«, mischte Vero sich vom Nebentisch ein. »Ihr sollt damals ein wunderhübsches Dreamteam abgegeben haben. Zu schade, dass nicht mehr daraus geworden ist.«

»Ich denke nicht, dass wir das Thema vertiefen sollten!«, sagte Cyan scharf, und sie zog den Kopf ein.

Ich beschloss, ihn lieber nicht weiter zu bedrängen, behielt allerdings einen weiteren Punkt im Hinterkopf: Cleas Vorgeschichte mit Cyan.

Die zweite Hälfte der Modenschau begann, und irgendwann kehrte auch Dorville mit Apryl zurück. Vero, Poème und Geeska bedachten sie ein weiteres Mal mit extrem eifersüchtigen Blicken. Apryl lächelte vor sich hin. Hauptsache, eine von uns hatte einen schönen Abend.

Die Modenschau ging nahtlos in die Party der Gesellschaft über, zu der wir ebenfalls blieben. Die Tische wurden fortgeräumt, im hinteren Teil des Saales öffnete die Bar, und der Laufsteg wurde einfach in die Tanzfläche integriert. Die Lampen wurden abgeschaltet und durch bunte Discostrahler ersetzt. Etwas verloren stand ich da und schaute durch die gläserne Kuppel des Daches in den Sternenhimmel hinauf. Trotz des Ortes, an dem ich lieber nicht gewesen wäre, und den Leuten, die ich lieber nicht um mich gehabt hätte, war der Anblick wunderschön.

»Tanzen wir?«

Vor Schreck machte ich fast einen Satz in die Luft. Keine Ahnung, wie er Apryl abgewimmelt hatte, aber Dorville stand allein hier, direkt neben mir. Verdammt, musste der Kerl sich so anschleichen?

»Kann ich Nein sagen?«

»Kannst du, wird dir aber nichts nützen.«

Jetzt entdeckte ich die anderen Harmonien, inklusive Apryl, die eine unbezahlbare Schnute zog. Sie standen in einem Grüppchen am Rand des Geschehens und lauerten wahrscheinlich darauf, dass Dorville mich endlich stehen ließ und mit einer von ihnen tanzte.

Ich zögerte, gab mich dann aber der Musik und ihrem Rhythmus hin, der es einem sowieso fast unmöglich machte, sich *nicht* dazu zu bewegen. Solange ich hier war, konnte ich genauso gut ein bisschen Spaß haben.

Ich war eine passable Tänzerin, und ich hatte auch keine Scheu, das unter Beweis zu stellen. Ich stellte schnell fest, dass für Dorville das Gleiche galt. Ehrlich gesagt hatte ich in meinem ganzen Leben nie einen Typen so tanzen sehen. Nicht mal … nein! Nicht jetzt!

Er tanzte neben mir, dann vor mir. Ich sorgte dafür, dass er mir dabei nicht allzu nah kam.

»Gut, dass wir heute nicht in der Saya Nord sind!«, rief er mir zu. »Sonst müssten wir uns nämlich zum Gerücht der Woche äußern, und ich wüsste wirklich nicht, was ich dazu sagen sollte.«

»Ich noch weniger«, murmelte ich.

Als die wummernden Bässe in ein ruhiges Stück übergingen, streckte er die Arme aus. »Ich muss dich nicht zwingen, oder?«

»Würde mich interessieren, wie du das anstellen willst vor all den Leuten!« Dennoch näherte ich mich ihm jetzt von selbst. Ich schaltete meinen Verstand ab. Und dann begab ich mich in die Arme des Feindes.

Es machte nicht klick, als er mich berührte. Mein Bauch wurde nicht auf einmal von Schmetterlingen attackiert. Mir kam nicht plötzlich die Erkenntnis, dass unsere Körper wie füreinander geschaffen waren oder etwas in der Art, was Hauptdarstellern von billigen Schnulzen in solchen Momenten immer auffiel. Aber es war auch nicht so schlimm, wie ich es mir vorgestellt hatte. Wir tanzten eng, doch er ließ mir noch Freiraum. Ich versank in der Musik, immer tiefer, bis ich nur noch Bewegung war. Kein Gedanke. Kein Gefühl. Nur noch ein Körper im Takt. Schwerelosigkeit. Dann tat ich, was ich mir nicht mal selbst zugetraut hätte: Ich legte meine Arme um diesen unmöglichen Typen und meinen Kopf an seine Schulter. Er verkrampfte sich vor Überraschung. »Lou?«

Ich antwortete nicht. Solange ich in dieser zweiten Wirklichkeit aus Beats bleiben konnte, war etwas in mir im Gleichgewicht, das in meinem Leben schon lange aus der Bahn geraten war. Ich schloss die Augen. So konnte ich vergessen, dass es Dorville war, der mich hielt. Die Musik, das Aufblitzen der bunten Scheinwerferlichter hinter meinen geschlossenen Lidern und ein warmer Körper an meinem – mehr brauchte ich für den Moment nicht.

Sanft legten sich seine Hände auf meine Hüften.

Genauso gut hätte er mir einen elektrischen Schlag verpassen können. Von einer Sekunde auf die andere wurde mir alles zu viel. Die Musik, die Situation, mein Täuschungsversuch, die vielen Fremden, *er*. Es war falsch, so falsch. Es gab nur einen Menschen, den ich jetzt in meiner Nähe haben wollte, und das war ausgerechnet der Einzige, der nichts mehr von mir wissen wollte.

Ich riss mich von Dorville los und rannte. Raus hier!

Auf meinem Weg zur Treppe wichen die Feiernden mir aus. Folgte mir jemand? Bevor ich durch die Tür war, warf ich noch einen kurzen Blick zurück. Doch kein Mensch schenkte meinem Ausbruch auch nur das geringste Interesse. Nicht mal Dorville. Der hatte mich einfach gegen Poème ausgetauscht, die sich an ihn drückte wie ein Kühlschrankmagnet. Sollte sie doch! Ich würde draußen auf unsere Abfahrt warten.

4.

Vicky

Die folgenden Tage waren die angenehmsten seit meinem Beitritt.

Wir waren am Montag in der Morgendämmerung in die Saya Nord zurückgekehrt. Apryl und ich waren aus- und Marcon und Vin dafür zugestiegen. Die kleine Gruppe war weitergefahren, weil Dorville einen Kurztrip mit Poème, Vero und Geeska unternehmen wollte. Wohin auch immer.

Apryl hatte einen Riesenaufstand gemacht und sich an ihn geklammert, als würde er sie für immer verlassen.

»Wir sehen uns Mittwoch«, hatte er zu mir gesagt, nachdem er sich schließlich von ihr losgeeist hatte. »Du wirst mir am meisten fehlen.«

Und er mir erst!

Den kompletten Montag und Dienstag hatte ich also Ruhe vor Dorville. Selbst die Partys waren in seiner Abwesenheit freiwillig, sodass ich mich davor drücken konnte.

Ich stürzte mich in die Arbeit und begann, ein Konzept für den neuen Flügel auszutüfteln. Wenn ich nicht gerade im Internetraum recherchierte oder an meinen Skizzen saß, verbrachte ich Zeit mit Tayla und Collie.

Als ich mit meinen Planungen gerade nicht weiterkam, legte ich eine Pause ein und folgte endlich Collies Einladung zu ihrer Kreativgruppe. Zwar hatte ich kein besonderes künstlerisches Talent, aber so war ich beschäftigt und fiel nicht dadurch auf, dass ich mich vom Gemeinschaftsleben fernhielt.

Zusammen mit fünf weiteren Mädchen gestalteten wir Blumentöpfe mit Serviettentechnik. Die sollten dann später die Fensterbänke im Speisesaal schmücken.

Während des Bastelns und Werkelns redete ich zum ersten Mal mit Manica. Da sie ja nicht kandidierte, stand ich zum Glück nicht auf ihrer Abschussliste.

»Meine Tante ist vor einigen Jahren bei Robins Vater beigetreten«, erzählte sie mir bereitwillig, als ich sie danach fragte, wie lange sie schon dabei war. »Sie hat immer von der Gesellschaft geschwärmt, deshalb wollte ich unbedingt auch Mitglied werden. Ich hatte aber nicht die Mittel, die Beiträge zu zahlen, und so blieb mir nur die Option, eine Harmonie zu werden.«

»Das ist doch verrückt«, stellte ich fest.

»Vor allem ist es eine große Ehre«, berichtigte sie mich und berührte die Perlen meines Armbands. »Das solltest du dir klarmachen, schließlich bist auch du jetzt Teil des innersten Kreises.«

»Ja, aber ich … ich will Robin«, redete ich mich heraus. »Sonst wäre ich niemals hergekommen. Auch wenn er … einen manchmal in den Wahnsinn treiben kann.«

Sie lachte, wobei die kleine Lücke zwischen ihren Schneidezähnen sichtbar wurde. »Robin hat viele Seiten.«

Es erstaunte mich, mit wie viel Bewunderung sie von ihm sprach.

»Er kann etwas eigen sein«, räumte Manica ein. Hoffentlich hatte ich nicht skeptisch geguckt! »Aber er ist anders als sein Vater, großherziger.«

»*Großherziger*«, wiederholte ich belustigt.

»Nehmen wir zum Beispiel die Geschichte mit Dunja«, sagte sie.

Ich wusste gerade nicht mehr, welches Gesicht zu diesem Namen gehörte, konnte mich aber immerhin erinnern, dass sie auch eine Harmonie war.

»Robin hat sie kennengelernt, als sie zum Entzug in einer Klinik war, für die er im Namen der Saya Nord gespendet hatte.«

Ach, als Wohltäter spielte er sich also auch gern auf?

»Dunja kommt aus einem ziemlich kaputten Elternhaus und hatte eine schreckliche Kindheit. Robin kam mit ihr ins Gespräch, und sie sagte, dass sie keinen Sinn mehr in ihrer Zukunft sehe. Er hat sie förmlich dazu gedrängt, beizutreten.«

»Wow, er hat ihr einen neuen Sinn geschenkt? Feiern bis zum Umfallen als Allheilmittel? Nach allem, was sie durchgemacht hat?«

Sie wirkte verwirrt über meine schnippische Bemerkung. *Du bist in Dorville verliebt,* erinnerte ich mich selbst. *Hör auf, allen zu zeigen, wie sehr du ihn hasst.*

»In uns hat sie die Familie gefunden, die sie nie hatte«, fuhr Manica fort. »Neulich hat sie noch zu mir gesagt, wie sehr der Beitritt ihr Leben verändert hat.«

Ich wollte es den Glamourgesellschaften ungern zugestehen, aber dass sie für Dunja eine so gute Wendung herbeigeführt hatten, erleichterte mich. Vielleicht endete tatsächlich nicht jeder Beitritt in einer Katastrophe.

Am Mittwochabend kamen die Ausflügler dann zurück. Auf dem Board hatten sich schon die Gerüchte gesammelt – dass

Dorville Poème eine unglaublich teure Kette geschenkt, dafür aber mit Vero nach einer Einladung per goldenem Brief im Mondschein am Strand ein prickelndes Date gehabt hätte. Überall wurde darüber getuschelt, wer nach der Reise wohl im Rennen vorn liegen mochte.

Ich hatte mich einem Filmabend angeschlossen. Natürlich gab es für solche Zwecke im Keller ein Heimkino. Dort fand Dorville mich. Mein Armband leuchtete rosa, dann tauchte er einfach am Rand der Sitzreihe auf, in der ich saß, und warf mir einen goldenen Umschlag in den Schoß. Da sich sofort mehrere Köpfe zu mir herumdrehten und mir der Film sowieso viel zu kitschig war, folgte ich Dorville nach draußen. Als wir aus der Dunkelheit des Kinosaals hinaustraten, bemerkte ich, wie müde und schlecht gelaunt er wirkte.

»Alles in Ordnung?«, fragte ich halbherzig.

»Mach ihn auf.«

Ich riss den Umschlag ziemlich unvorsichtig auf, ließ ihn zu Boden segeln und faltete die Nachricht auf, die darin gesteckt hatte: *Bereit für das heißeste Date deines Lebens?*

»Jetzt? Muss das sein?«

»Hol dir einen Bikini«, sagte er. »Wir treffen uns auf dem Parkplatz.«

»Hol dir einen Bikini«, machte ich ihn nach, als ich unterwegs zu meinem Zimmer war. Aber ich war auch neugierig. Was zum Teufel hatte er vor?

Er wartete hinter dem Steuer eines schnittigen schwarzen Wagens auf mich. Ich stieg ein und kickte meine Tasche in den Fußraum, während er mit quietschenden Reifen anfuhr.

Schon rasten wir den Zufahrtsweg entlang.

»Wohin …?«

»Ist nicht weit.«

»Stimmt es, dass ihr nach Teneriffa geflogen seid?« Sicher war es kein ungeschickter Schachzug, mal ein bisschen mehr Interesse für den Verlauf der Wahl zu zeigen.

»Stimmt«, sagte er kurz angebunden. »War eine blöde Idee.«

»Was soll das heißen? Hattest du etwa keinen Spaß mit deinen hübschen Harmonien?«

»Nicht im Geringsten. Dabei hatte ich gehofft, Apryl nicht dabeizuhaben, würde den Zickenkrieg einigermaßen in Grenzen halten.«

»Hat es aber nicht«, vermutete ich.

Er lächelte gequält. »Nein. Ehrlich gesagt kann ich gerade keine der Kandidatinnen mehr sehen.«

»Was ist mit mir?«

»Du bist was anderes.«

Was anderes? Aha.

Dorville hielt irgendwo im Nirgendwo am Straßenrand. Draußen war es bereits dunkel. Zum ersten Mal, seit er mich aus dem Kinosaal geholt hatte, fragte ich mich, ob es schlau gewesen war, einfach mitzukommen. Allein mit ihm. In der Nacht. Ohne dass irgendjemand wusste, wo wir waren.

»Wir laufen das letzte Stück«, sagte Dorville und ging einfach los.

Sah nicht so aus, als würde er mich angreifen wollen. Ich beschloss abzuwarten, wohin er mich führen würde, und dann zu entscheiden, ob ich besser die Flucht antreten sollte.

Nach einigen Minuten, in denen ich ihm hinterhergelaufen war, kam die dunkle Silhouette einer Villa in Sicht, die in einsamer Lage an der Straße stand und von einem großen Grundstück umgeben war.

»Wir steigen hinten ein«, sagte Dorville beiläufig.

»Wir machen *was*?«

»Macht es die Sache für dich langweilig, wenn ich dir sage, dass ich einen Schlüssel habe?«

»Es macht die Sache für mich jedenfalls nicht verständlicher. Was wollen wir hier?«

»Allein sein«, antwortete er.

Ich blieb auf der Stelle stehen. Erst jetzt schien ihm klar zu werden, wie das für mich geklungen hatte.

»So meinte ich das nicht.« Er ging weiter.

»Willst du nicht lieber irgendwas Verrücktes mit Vin unternehmen?«, rief ich ihm hinterher.

»Nein, ich will einfach nur einen ruhigen Abend. Hast du etwa Angst?«

Da ich das natürlich nicht auf mir sitzen lassen konnte, rannte ich ein Stück, um ihn wieder einzuholen.

»Gehört die dir?«, fragte ich mit Blick auf die Villa, weil ich nicht genau wusste, wie ich die Info zu dem Schlüssel einordnen sollte.

»Nö. Hab das Zimmermädchen bestochen. Die Besitzer sind aber nicht da.«

»Sehr beruhigend. Ist ja nicht so, als ob du nicht genug eigene Quadratmeter hättest.«

»Hör auf zu meckern, oder du kannst im Auto warten.«

Eigentlich verlockend …

Wir schlugen einen weiten Bogen um das Gelände und näherten uns dann wieder von der Meerseite.

»Wir gehen am Geräteschuppen vorbei zur Kellertür«, sagte Dorville. »Der Weg ist nicht kameraüberwacht, genauso wenig wie die Veranda.«

»Was, wenn wir erwischt werden?«

Er verdrehte die Augen. »Dann landen wir zu zweit in einer winzig kleinen Gefängniszelle und müssen uns für immer gegenseitig ertragen.«

Ich deutete auf mein leuchtendes Armband. »Was leider auch jetzt schon zutrifft.«

Das hörte er schon gar nicht mehr, weil er sich bereits am Geräteschuppen vorbeidrückte. Seufzend machte ich, dass ich hinterherkam.

Drei Stufen führten zu der versteckten Kellertür hinunter. Dorville drehte den Schlüssel, stieß sie auf und ließ mich vorgehen. Er folgte mir und schaltete das Licht an.

Etwas unbehaglich sah ich mich um. Dieser Raum war keine Waschküche oder irgendein Abstellraum, sondern ein richtiger Luxuskeller, gemütlich eingerichtet, mit Sofas, einem Billardtisch und kristallenen Whiskeygläsern in Mahagonischränken.

Für einen Normalsterblichen konnte das hier ganz schön beeindruckend sein. Allerdings verstand ich nicht, was jemanden wie Dorville daran reizte.

»Kannst dich schon mal umziehen«, sagte er. »Wir treffen uns draußen am Pool, einfach dem kleinen Weg weiter nach. Ich schau mal, ob sie irgendwo Kerzen haben.«

Pool? Kerzen???

Dorville verschwand durch eine Tür am Ende des Raumes, die mit einem dumpfen Laut hinter ihm zufiel.

Ich bewegte mich nicht vom Fleck. Wenn er zurückkam, würde ich ihm sagen, dass ich sofort wieder hier wegwollte.

Die Minuten vergingen.

Ein lautes Klopfen an der Außentür ließ mir den Schreck in die Glieder fahren. Natürlich würden sie nur mich finden. Könnte ich mich noch hinter das Sofa … nein, zu spät!

»Na, dachtest du, ich wär von der Polizei?« Dorville steckte den Kopf herein. »Alarmsicherung abgestellt und Laternen mit Kerzen gefunden. Worauf wartest du?«

Ich holte Luft, aber da war er schon wieder weg. Dieser Spinner!

Ich öffnete meine Tasche und zögerte. Sollte ich mich jetzt wirklich umziehen? *Du bist gerade in eine Villa eingebrochen,* sagte ich mir. *Macht jetzt auch keinen Unterschied mehr, ob du den Pool benutzt.* Mist, ich musste verrückt geworden sein.

Ich zog den Bikini heraus und schlüpfte hinein, nachdem ich T-Shirt und Jeans abgestreift und in die Tasche gestopft hatte. Auf nackten Sohlen tapste ich wieder hinaus und folgte dem schmalen Steinpfad, der nach wenigen Metern um die Ecke führte. Ich hörte ein Auto und erstarrte, doch es schien sich wieder zu entfernen, und ich erklomm die kleine Treppe zur Veranda.

Der achteckige Whirlpool war in den Boden eingelassen und bläulich beleuchtet. Dorville hatte vier Laternen darum herum verteilt, die der Szenerie den Anschein verliehen, als würde hier gleich tatsächlich ein Date stattfinden.

»Du weißt schon, dass du auch einen eigenen Pool hast?«, fragte ich, um den Bann der Stimmung zu brechen.

Dorville hatte sich bereits hineingesetzt, mit dem Rücken

zu einer der Massagedüsen. Natürlich erwiderte er nichts auf meine Bemerkung.

Zögernd stieg ich die drei Stufen hinab in das angenehm warme Wasser. Er ließ mich nicht einen Moment aus den Augen.

Zum Glück waren die Sprudel nicht zu nah beieinander, sodass ich genügend Platz für mich hatte, als ich mich ebenfalls gegen einen sinken ließ. Der entspannende Effekt blieb leider aus. Dafür war ich in der falschen Begleitung hier.

Daran konnten auch die Grillen nichts ändern, die sich im Garten die Seele aus ihren kleinen Leibern zirpten.

»Apryl hätte sich bestimmt gefreut, wenn du sie mitgenommen hättest.«

»Kein Wort über sie! Das hier ist eine Apryl-freie Zone.«

»Du hättest sie ja nicht annehmen müssen. Außerdem ... wer zwingt dich, mit ihr zu schlafen?«

Er biss die Zähne aufeinander und sah aus, als würde er mich am liebsten im Pool ertränken. »Du verstehst das nicht.«

»Nein, hast recht. Ich *möchte* das auch gar nicht verstehen.« Ich schnaubte. »Muss schwer sein mit so vielen Harmonien. Ich bin sicher, ich könnte mich auch nicht entscheiden.«

»Schluss damit! Morgen muss ich mit der ganzen Meute in den Zoo, nächste Woche ist Veros Party, und ein Kurztrip mit dir und Apryl steht auch noch aus. Ich will mal eine Stunde lang nichts davon wissen, ist das zu viel verlangt?«

Warum hatte er mich mitgenommen, wenn er seine Ruhe haben wollte? Er hätte wissen müssen, dass er da mit mir ganz schlecht beraten war.

»Ich glaube, ich habe dein großes Geheimnis geknackt«, kam es unvermittelt. »Jetzt ist mir auch klar, warum du so immun bist gegen meine sonst so betörende Anziehungskraft. Worüber ich übrigens untröstlich bin.«

»Das tut mir fürchterlich leid«, sagte ich.

»Und mir«, schoss er zurück, »tut der Ex leid, den du mir verschwiegen hast und den du offensichtlich eifersüchtig machen willst.«

Ich wusste, ich sollte abstreiten, dass es da wirklich jemanden gab, aber dazu war ich zu aufgebracht. »Ach, ja? Warum? Weil er es so lange mit mir aushalten musste? Du …«

»Nein«, unterbrach er mich, plötzlich ganz sanft. »Weil er so dumm war, dich gehen zu lassen.«

Ich konnte Dorville nur anstarren. Er hatte sich gerade versprochen, oder?

»Sicher, du kannst anstrengend sein. Aber alles in allem … ich an seiner Stelle hätte mir das zweimal überlegt.«

»Du an seiner Stelle?«, brachte ich ungläubig heraus. »Schon vergessen? Du lässt ständig raushängen, dass du mich nur zum Spaß angenommen hast.«

»Schön, wie glaubwürdig ich bin, aber nein. Auch wenn das alle glauben – ich mache selten etwas *zum Spaß*.« Er rutschte von der Düse weg in meine Richtung.

Was sollte das hier? Versuchte er gerade, mich anzubaggern?

»Du bist anders als die anderen. Du lässt dich nicht verbiegen, durch nichts und niemanden. Du sagst, was du denkst. Vielleicht habe ich in dem Moment, in dem du vor mir standst, gedacht, du bist meine Rettung.«

Jep, tatsächlich – er baggerte mich an. Und auch noch ziemlich gekonnt.

Er stand jetzt vor mir, sodass ich gezwungen war, seine Muskeln zur Kenntnis zu nehmen. Wasserperlen liefen über seine Schultern. Mit unergründlichem Blick sah er mich an. Etwas in mir drängte mich, etwas Dummes zu tun. Mir kam ein äußerst verstörender Gedanke: Was, wenn ich einfach alles hinter mir ließ, wenn ich alles vergaß und mein Leben als Lou akzeptierte? Ich könnte versuchen, die Wahl zu gewinnen und Blanche zu schützen, indem ich Ersthamonie wurde. Warum nicht Dorville verführen, wenn ich sowieso an ihn gebunden war? Sich diesen Körper entgehen zu lassen, wäre ziemlich schade. Ein hysterisches Lachen verließ meinen Mund.

Himmel, Vicky!, schalt ich mich selbst. *Jetzt dreh mal nicht durch.*

Aber leider war ich eine Meisterin im Durchdrehen, und meine Hände lagen schon auf der Höhe seines Herzens auf seiner nassen Haut. Die Berührung ließ mein Armband die Farbe zu einem warmen Violett wechseln.

Wegstoßen!, forderte meine innere Stimme, doch irgendein bescheuerter Teil von mir wollte lieber abwarten, wie Dorville reagieren würde.

Er stützte seine Hände links und rechts neben meine Beine auf die Sitzfläche unter Wasser. Sein Gesicht näherte sich meinem. Ich hielt die Luft an und fragte mich verzweifelt, warum ich zuließ, dass das hier passierte. Gleichzeitig spürte ich etwas, was ich absolut nicht erwartet hatte: Sehnsucht.

Als er sprach, war es, als würden seine Worte direkt gegen meine Lippen stoßen: »Wohl doch nicht ganz immun, was? Sorry, war nur ein Test. *Natürlich* habe ich dich nur zum Spaß angenommen.«

Kurz spielte ich mit dem Gedanken, ihn ebenfalls zu testen – mal sehen, ob er immer noch so überheblich wäre, wenn ich mich von meinem Bikinioberteil trennte und meinen Körper an seinen drückte. Zum Glück entschied ich mich aber gerade noch rechtzeitig für die vernünftigere Alternative: Ich nahm meine Hände von ihm, tauchte sie unter und schaufelte ihm eine ordentliche Ladung Wasser ins Gesicht. So endete seine kleine Schau-mich-an-ich-bin-so-überlegen-Show in einem Hustenanfall.

Bevor er sich rächen konnte, entschlüpfte ich ihm und stieg aus dem Whirlpool. »Ich würde sagen, es ist an der Zeit, wieder zurückzufahren.«

5.

Clea

Mir war kalt, trotzdem blieb ich auf der Treppe sitzen. Robin hier aufzulauern, wie Apryl es immer tat, war eigentlich nicht meine Art, aber heute konnte ich nicht anders.

Er war mit der Neuen weg. Von Anfang an hatte er mich außen vor gelassen, was sie betraf. Natürlich verlangte die Harmonienwahl von ihm, Zeit allein mit den Kandidatinnen zu verbringen. Trotzdem – sich direkt nach seiner Rückkehr von dem Teneriffatrip jetzt auch noch so spät ausgerechnet mit *ihr* wegzuschleichen …! Das Gerüchteboard kam bei den beiden ja gar nicht mehr hinterher. Was hatte er in Bezug auf sie bloß vor? Wenn er es mir doch einfach sagen würde!

Ich sprang auf, als das Auto auf den Parkplatz fuhr. Robin und die Neue stiegen aus. Auf dem Weg zum Haus sprachen sie nicht miteinander und ließen einen riesigen Abstand zwischen sich. Das war ein gutes Zeichen.

Robin bemerkte mich zuerst. »Scheiße!«, entfuhr es ihm.

Im selben Moment ging ein triumphierendes Lächeln über das Gesicht der Neuen. Sie legte den Arm um ihn.

Der Anblick versetzte mir einen Stich. Meine Nase begann zu kribbeln.

Im Ernst?, wollte ich ihn fragen. *Hast du etwa gedacht, ich würde nicht auf dich warten, wenn du von der Reise zurück bist? Hast du gedacht, mir würde nicht auffallen, mit wem du dich davonstiehlst?* Allerdings bekam ich kein Wort heraus. Ich hätte längst daran gewöhnt sein müssen, aber ich war immer noch so empfindlich wie eh und je, wenn eine andere ihn anfasste.

»Wenn du willst, komm doch nachher noch zu mir«, säuselte die Neue und zwinkerte Robin zu. Dann ließ sie ihn los und hüpfte die Stufen hoch. »Vorsicht, Clea«, raunte sie mir zu. »Er kann heute seine Hände echt nicht bei sich behalten.«

Robin sah ihr nach, schüttelte den Kopf und grinste. Was gab es da bitte zu grinsen? Verletzt drehte ich mich um und ging rein.

»Clea, warte!«

Ich lief weiter. Er holte auf und hielt mit mir Schritt, bis wir vor meiner Zimmertür ankamen.

»Du bleibst draußen«, ließ ich ihn wissen.

»Es ist nichts passiert!«, verteidigte er sich. »Sie wollte mich nur in Schwierigkeiten bringen.«

Ich ging ins Zimmer und ließ doch zu, dass er mir folgte. Erstens würde ich nicht für alle Ohren hörbar auf dem Flur mit ihm diskutieren, und zweitens wollte ich ihn natürlich trotz allem bei mir haben.

»Letzte Chance«, sagte ich und versuchte, hart und unnachgiebig zu klingen. »Sag mir, was es mit dieser Louelle auf sich hat.«

Er überlegte etwas zu lange. Also würde das, was er mir gleich sagte, auf jeden Fall nicht die ganze Wahrheit sein.

»An unserem Plan hat sich nichts geändert. Aber ich … Saya darf nicht einfach so davonkommen. Sie muss bezahlen.«

Ich hatte es längst geahnt: Er konnte diese Sache nicht hinter sich lassen. Es passte mir selbst nicht, dass diese Frau immer noch auf freiem Fuß war, nach allem, was sie getan hatte. Sie war schuldig, das stand für mich genauso außer Frage wie für Robin. Und Cyan hatte ihr geholfen.

»Sie verdient eine Strafe«, sagte ich. »Aber sie ist es nicht wert, dich ihretwegen in Gefahr zu bringen.« War es unsinnig, das zu jemandem zu sagen, der sich von Gefahr angezogen fühlte?

»Ich werde nicht *mich* in Gefahr bringen. Den heiklen Part übernimmt Lou. Sie weiß es bloß noch nicht.«

Er wollte eine fast Fremde einweihen und auf seine Stiefmutter hetzen? Sie mochte Saya bei dem gemeinsamen Abendessen Paroli geboten haben, aber das bedeutete noch lange nicht, dass sie ihr gewachsen war.

Ich ließ mich auf die Couch sinken. »Warum musstest du sie dafür gleich als Kandidatin annehmen?«

Er seufzte. »Denkst du vielleicht, sie wird ohne Weiteres ihr Leben für mich aufs Spiel setzen?«

Nein, das würde sie nicht. Aber was wäre er bereit zu tun, um sie dazu zu bringen? Würde er ihr den Kopf verdrehen und ihr versprechen, sie zu seiner Regentin zu machen?

»Du hättest einfach Apryl beauftragen können.« Ich biss mir auf die Lippe. Musste ich ihm denn ständig zeigen, wie hoffnungslos eifersüchtig ich war?

Robin setzte sich neben mich und nahm meine Hände. »Auf Apryl habe ich keinen Einfluss, das weißt du.«

»Und ich habe keinen Einfluss darauf, was ich tun werde, wenn ich noch länger mit ansehen muss, was sie mit dir abzieht.«

Er sah mir in die Augen. »Keine Streitereien zwischen den Harmonien. Nicht, solange ich Regent bin. Glaub mir, für mich ist das mit ihr nicht leichter als für dich.«

Die Frage lag mir schon wieder auf der Zunge. Auch wenn ich sie mir selbst und ihm schon Dutzende Male gestellt hatte,

hatte ich immer noch keine Antwort darauf: Warum konnte ich nicht einfach Erstharmonie werden und mit ihm gemeinsam das Beste aus dieser Gesellschaft herausholen?

Ich schluckte die Frage hinunter, zu all den anderen, die Robin mir nicht beantwortete. *Irgendwann,* sagte ich mir, *wird sich alles zum Guten wenden.*

»Ich liebe dich«, sagte ich. Dann küsste ich ihn, um der Stille zu entgehen, die unvermeidlich folgen würde.

6.

Vicky

Zweifellos fragten sich die anderen Harmonien genau wie ich, ob Dorville allen Ernstes mit uns in den Zoo gehen wollte. Bis zum letzten Moment hatte ich geglaubt, er würde das Gruppendate absagen. Doch er verzog keine Miene, als er uns am nächsten Morgen zusammentrommelte. Gwynnia, Vin und Marcon begleiteten uns.

Apryl schien irgendetwas aufholen zu wollen – sie hatte wohl davon Wind bekommen, dass Dorville mit mir allein weggefahren war. Selbst im Auto, wo diesmal Marcon den Luxus des Beifahrersitzes genoss und Vin am Steuer saß, klebte sie an ihm und saugte sich ungeniert an seinem Hals fest. Wenn er nicht aufpasste, würde das einen bösen Knutschfleck geben. Auch wenn er sie nicht zurückwies, wirkte er auf mich nicht besonders glücklich. Vielleicht bildete ich mir das aber auch nur ein, weil er am vergangenen Abend so genervt auf das Thema Apryl reagiert hatte.

Ich hatte mir einen Fensterplatz erkämpft und war ziemlich erleichtert, statt einer der anderen Harmonien Gwynnia neben mir zu haben.

Das Radio lief, und Geeska und Poème bedrängten Vero mit Fragen zu ihrer anstehenden Party, aber die verriet nichts.

Zum Glück war der Weg nicht weit.

»Lou und ich kaufen die Tickets«, sagte Dorville, kaum dass wir ausgestiegen waren, und trat auffällig schnell von Apryl weg.

Schon hatte er nach meinem Arm gegriffen und zog mich zum Eingang des Zoos.

»Ich kann die Karten auch allein holen«, sagte ich.

»Sicher, aber dann würde sich niemand fragen, was da zwischen uns läuft.«

»Da läuft gar nichts!«, fuhr ich ihn an.

Er legte eine Hand auf meinen Rücken, schob mich hinter eine Familie an der Kasse und zog mich dichter an sich. »Das wissen die andern aber nicht. Manchmal ist es noch viel effektiver, sie so was nur glauben zu lassen.«

»Du willst einfach, dass sie mich hassen, oder?«

Er lachte leise. Diese verfluchten Grübchen! »Ich glaube nicht, dass ich da groß nachhelfen müsste.«

Ich versetzte ihm einen Stoß und trat an die Kasse, weil wir als Nächste dran waren. Ich bezahlte die Tickets, und wir gingen zurück zu den anderen.

Dorville setzte sich mit Vin und Marcon an die Spitze unserer Gruppe, und wir begannen den Rundweg an den Gehegen entlang. Seinen Harmonien schenkte er keine weitere Beachtung. Apryl versuchte zwar, sich zu den Jungs zu gesellen, wurde aber ignoriert. Geeska, Poème und Vero liefen zu dritt, obwohl sie ihre Freundschaft seit Teneriffa nicht gerade vertieft hatten.

Gwynnia und ich bildeten das Schlusslicht. Ein bisschen kam es mir so vor, als ob dieser Ausflug für sie eine willkommene Abwechslung zum Gesellschaftsalltag wäre. Sie machte fast pausenlos Fotos und las mir irgendwelche Dinge über die Tiere von den Infoschildern vor.

Das Gelände war weitläufig. Wir hatten schon viele Tiere gesehen, als es Zeit fürs Mittagessen wurde, aber erst knapp die Hälfte der Runde hinter uns.

An einem runden Tisch aßen wir die typisch überteuerten Pommes mit Bratwurst. Es dauerte nicht lange, bis Geeska und Poème darüber zu streiten begannen, ob das Ranking für die Frankfurt-Party zu Recht so gut ausgefallen war. Dorville musste dazwischengehen. Daraufhin beschränkte sich die Kommunikation am Tisch auf Veros Schwärmerei von irgendeiner tollen Haarkur.

Schon nach wenigen Minuten wurde mir das zu blöd. Ich ließ mein Essen stehen und behauptete, ich müsste zur Toilette. Dann verließ ich den Imbiss und entfernte mich mit schnellen Schritten. Ich kam am Elefantenhaus vorbei, an den Eisbären und steuerte das Pinguin-Becken an. Dort stieg ich in die kleine Grotte hinunter, von der aus man den Pinguinen durch Panoramascheiben beim Schwimmen unter Wasser zusehen konnte. Ich setzte mich auf die steinerne Sitzbank davor und hoffte, dass ich nicht so schnell gefunden werden würde. Ich beobachtete, wie die Meeresvögel ihre Bahnen zogen und mit den Flügelchen ruderten. Es dauerte nicht lang, bis mein Armband blau zu blinken begann. Ein kleiner Junge sah es und hüpfte aufgeregt zu mir. »Ist das magisch?«

»Ich glaub weniger«, sagte ich.

Mit großen Augen schaute er auf die leuchtenden Perlen. »Darf ich das anfassen?«

»Klar.«

Mit dem Zeigefinger tippte er zögerlich eine Perle an.

»Fühlt sich nicht magisch an, was?«

Er schüttelte den Kopf. Dann drehte er sich um und rief nach seiner Mama. »Ich will auch so eins! Kann ich so eins haben?«

Ich musste unwillkürlich grinsen. Hätte ich das blöde Ding abnehmen können, hätte ich es ihm glatt geschenkt.

»Lou!«, donnerte Dorvilles Stimme vom Eingang der Grotte. »Ich bin hier, Schatz.«

Er stürmte herein. Der kleine Junge bekam offenbar Angst, vergaß das Armband und rannte weg.

Dorville schaute ihm hinterher.

»Lass mich raten«, sagte ich spöttisch. »Du hattest gerade schreckliche Panik, er könnte mich dir ausspannen?«

Obwohl er wirklich wütend aussah, entlockte ihm das ein Lächeln. »Ja, immerhin wirkte er, als könnte er mir ernsthafte Konkurrenz machen.«

Anscheinend war er mir allein nachgekommen.

»Du kannst dich nicht einfach so abseilen.«

Sah er doch, wie ich das konnte!

»Ich darf mir das schließlich auch nicht erlauben«, fügte er etwas ruhiger hinzu.

»Dachtest du, ich würde abhauen?«

Er legte zwei Finger an mein Kinn und drückte es hoch, sodass ich ihm in die Augen sehen musste. »Ich hätte es dir nicht verübeln können.«

Ich konnte nichts dagegen tun, dass sich ein warmes Gefühl in meinem Bauch ausbreitete. Ich schubste seine Hand weg.

»Es ist wirklich nicht so, wie du es dir vorgestellt hast, oder?«, fragte er. »Bei uns.«

»Abgesehen von dem ganzen Druck wegen der Wahl ist es sogar besser.« Was zu meiner unendlichen Schande tatsächlich stimmte. Ich war immer noch nicht einverstanden mit den Prinzipien der Glamourgesellschaften, aber die Gemeinschaft der Mitglieder in der Saya Nord war überraschend beeindruckend.

»Was ist mit dem Hörschaden, den du vermutlich irgendwann bekommen wirst? Was ist damit, dass du bis an dein Lebensende feiern musst, auch wenn dir nicht danach ist? Oder damit, dass du nie wieder eine normale Beziehung führen kannst?« Er klang verbittert.

»Jetzt mache ich mir Sorgen. Willst du etwa austreten?«, witzelte ich.

Schweigend sah er mich an. Sah ganz so aus, als hätte ich die falsche Frage gestellt.

»Und ich …«, sagte er schließlich und überging, was ich gesagt hatte, »ich bin auch anders, als du dachtest, stimmt's?«

»Ja«, hörte ich mich sagen. »Gleichzeitig besser und noch viel schlimmer.« Ich spürte, wie ich rot wurde. Das konnte doch jetzt nicht wahr sein!

Von außerhalb der Grotte brüllte Apryl seinen Namen.

Dorville seufzte und bewegte sich zum Ausgang. Ich stand auf und folgte ihm. Bevor wir wieder hinaus zu den anderen traten, wandte er sich mir noch einmal zu. »Danke, gleichfalls. Geht mir mit dir ganz genauso.«

7.

Vicky

Am Abend gab es natürlich die übliche Party. Sie fand diesmal wieder im hauseigenen Keller statt. Bedauerlicherweise würde ich wohl endlich einmal bis zur legendären Dreizehnten Stunde bleiben müssen.

Ich hielt mich im Hintergrund, trank einen Cocktail und quatschte mit Tayla – so gut quatschen bei der Lautstärke eben möglich war. Dann fing die Sache mit den Blicken an. Wie in der Grundschule: Immer wenn ich in Dorvilles Richtung sah, waren seine Augen auch auf mich gerichtet. Sobald unsere Blicke sich kreuzten, wandten wir beide sie schnell ab.

Er wurde die ganze Zeit von den anderen Kandidatinnen belagert. Gerade lieferten sich Apryl und Poème ein Gefecht um seine Aufmerksamkeit, indem sie von zwei Seiten auf ihn einquasselten. Ein paar Schritte entfernt lungerten Vero und Geeska und schienen nur auf eine Gelegenheit zu warten, ihn sich zu schnappen. Apryl entschied die Sache fürs Erste für sich. Sie machte einfach kurzen Prozess und küsste ihn.

»Apryl wird es nicht«, meinte Tayla voller Überzeugung. »Das will doch niemand.«

»Und wer wäre das kleinere Übel?«, fragte ich lachend.

»Na ja, ich glaub *deine* Chancen stehen gar nicht mal so schlecht. Du bist die mysteriöse Neue, die irgendwie einen Knall hat. Das mögen die anderen. Du machst sie neugierig, während Apryl alle nur anätzt.«

Was für ein Titel – die Neue mit dem Knall. Gab Schlimmeres.

»Warum verschwendet er dann überhaupt so viel Zeit mit ihr?« Eifersucht vorzutäuschen, fiel mir nicht schwer genug.

Tayla zuckte mit den Schultern. »Nobody knows. Vielleicht kannst du das ja ändern.«

Ich ignorierte die Herausforderung in ihren Worten. Auch wenn es eine gute Gelegenheit gewesen wäre, meine Rolle als kampfgewillte Harmonie zu festigen, brauchte ich erst mal etwas Abstand von diesem Typen.

Nachdem Dorville mich von den Pinguinen weggeholt hatte, hatte er so getan, als wäre ich gar nicht da, hatte kein Wort mehr an mich verloren und näherte sich mir auch jetzt nicht auf zehn Meter. Trotzdem hatte ich das ungute Gefühl, dass etwas zwischen uns sich verschoben hatte. Sah ich mich etwa gerade *schon wieder* nach ihm um?

Als es auf Mitternacht zuging, fragte ich Tayla, ob es noch etwas Wichtiges für die nahende Stunde zu wissen gab, zumal die mysteriöse Party-Etikette mich nicht wirklich darauf vorbereitet hatte. »Irgendein No-Go, das ich mir leisten könnte, um mal wieder für Stimmung zu sorgen?«

»Das Schlimmste, was du tun könntest, wär, etwas von dem Tee zu verschütten«, meinte sie, führte das aber nicht weiter aus.

Eine Minute vor Mitternacht ging es dann los: Die Musik verstummte von einem Moment auf den anderen, und die Mitglieder begannen, gemeinsam von sechzig runterzuzählen. Bei null erlosch das Licht. Zeitgleich setzte ein monotoner Beat ein, der wie das Schlagen eines Herzens klang. Gar nicht unheimlich oder so.

Ich schrak zusammen, als Tayla meine Schulter berührte.

Jedenfalls hoffte ich, dass es Tayla war, denn ich konnte rein gar nichts sehen.

»Das dunkle Viertel«, sagte sie. »Die ersten fünfzehn Minuten der Dreizehnten Stunde. Dahinten kommen unsere Nachtschwärmer.«

Kleine orangegelbe Lichtkegel tasteten durch das Dunkel, und nachdem ich ein paarmal angestrengt geblinzelt hatte, erkannte ich Schemen mit dunklen Umhängen, die suchend umherliefen und mit Taschenlampen die Anwesenden anleuchteten.

»Ich will ja nichts sagen, aber das ist schräg.«

»Heute ist es besonders spannend! Die Einladungen für morgen gehen raus. Du weißt schon: nur keine Paraskavedekatriaphobie.«

»Weiß ich das?«

»Das bezieht sich auf die Angst vor Freitag dem Dreizehnten. Da gibt es nämlich immer eine superexklusive Party, zu der den Regenten nur zwölf Mitglieder begleiten dürfen. Ich war selbst leider noch nie dabei, weil der Vorstand und die Harmonien keinen Zugang haben, aber es soll immer sehr besonders sein. Und der arme Robin muss dort allen Rede und Antwort stehen.«

Das war ja mal wirklich interessant. »Harmonien werden nie eingeladen, meinst du?« Dorville privat im kleinen Kreis? Das klang nach einer perfekten Chance, um ihn und seine dunkelsten Geheimnisse noch einmal ganz genau unter die Lupe zu nehmen.

»Nein, aber später wird die Ersthamonie dabei sein und dafür nur noch elf andere Mitglieder – also wer weiß, vielleicht weißt du irgendwann, was dort abgeht.«

So lange hatte ich sicher nicht vor zu warten.

Ich quietschte erschrocken auf, als eine der dunklen Gestalten ihre Lampe auf mich richtete und dann zielstrebig auf mich zusteuerte. Die Person, deren Gesicht im Schatten lag, hielt mir einen goldenen Briefumschlag hin wie ein Friedensangebot.

»Nimm schon«, sagte Tayla. »Das sieht mir ganz nach Post von deinem Liebsten aus.«

Nur noch ein Grund mehr, nicht zuzugreifen. Gerade nachdem seine letzte Nachricht mit uns beiden im Pool fremder Leute geendet hatte.

Tayla seufzte übertrieben und nahm den Umschlag an sich, um damit vor meiner Nase herumzuwedeln. Da der Nachtschwärmer wieder von dannen zog und die kleine Lichtquelle mitnahm, traf sie mich damit versehentlich im Gesicht.

Lachend schnappte ich mir den Brief. »Vielleicht bin ich ja doch eingeladen, weil unser wundervoller Regent einfach nicht mehr ohne mich sein kann?« Ich zog eine Karte aus dem Umschlag und hielt mein leuchtendes Armband darüber, um die Botschaft lesen zu können.

Lou,

zu deiner Info – du hast die zweifelhafte Ehre, mich und Apryl nach Veros Party von Freitag bis Montag auf einen Kurztrip nach Malta zu begleiten. Das wird bestimmt eine unvergessliche Zeit.

Robin

PS: *Der Tanz nach dem Tee gehört dir.*

»Mein Beileid zur Begleitung, ansonsten: Wow. Malta!«

»Schon mal was vom Briefgeheimnis gehört?«, neckte ich

Tayla. »Aber wo du den Inhalt dieser extrem liebevollen Nachricht jetzt eh schon kennst: Was für einen verf…?«

In diesem Moment stoppte der Beat, und ich verstummte. Plötzlich war es ganz still.

Ein Scheinwerfer begann, durch den Raum zu kreisen, und verharrte schließlich auf Dorville.

»Tea Time!«, verkündete der.

Wer war er – der verrückte Hutmacher?

»Komm mit«, sagte Tayla leise und zog mich zur anderen Seite des Raumes, wohin der Scheinwerfer Dorville inzwischen gefolgt war. Erneut wurde es dunkel, bevor warmes, gedimmtes Licht den Keller erfüllte.

Der Vorstand und die Harmonien bildeten ein Oval um einen niedrigen Tisch herum. Ich stand zwischen Tayla und Geeska und versuchte, nicht zu verwirrt auszusehen. Die anderen Mitglieder blieben überall im Raum verteilt und hatten ihre Blicke auf das Geschehen gerichtet.

Zwei Mädchen traten in die Mitte unseres Kreises, beide trugen Tabletts mit Trinkschalen, die handbemalt und sehr teuer schienen.

Wir sahen zu, wie die Mädchen an dem Tischchen den Tee ausschenkten.

»Das ist Yin Zhen«, erklärte mir Tayla leise. »Weißhaar-Silbernadel-Tee aus China – eine der wertvollsten Sorten der Welt. Für die Herstellung werden nur die Blattsprossen verwendet.«

Die Mädchen verteilten nun die Trinkschalen. Ich nahm meine entgegen und betrachtete neugierig die hellgelbe Flüssigkeit, auf deren Oberfläche winzige weiße Härchen schimmerten. Der Tee roch frisch und würzig und erinnerte mich an den Duft eines Heubodens.

Als alle eine Schale erhalten hatten, bedeutete Dorville uns zu trinken. »Auf das Wohl unserer Gesellschaft!«

Es schmeckte zart und süßlich, nach einem Frühlingsmorgen im Garten.

Nachdem wir ausgetrunken hatten, sammelten die Mädchen die Trinkschalen wieder ein und trugen die Tabletts fort.

Dorville löste die Runde auf und kam zu mir. »Wenn ich bitten darf«, sagte er und fügte, so leise, dass nur ich es hören konnte, hinzu: »Am besten denkst du diesmal nicht an dein gebrochenes Herz.«

Er nahm meine Hand und führte mich auf die Tanzfläche. Die anderen folgten uns und bildeten erneut einen Ring, diesmal um uns, während die ersten Töne eines Instrumentalstücks erklangen. Die anderen Mitglieder kamen nun auch herbei und bildeten weitere Kreise, deren Mittelpunkt wir beide waren.

»Das Stück wurde für die Saya Nord komponiert«, sagte Dorville, vermutlich um mich davon abzulenken, dass er wie bei unserem letzten Tanz die Hände auf meine Hüften legte und mich näher zog. »Im Prinzip eine Hymne, nur ohne Text.«

»Ich kenne die Schritte nicht.«

»Es gibt keine Schritte.«

Also tanzten wir, langsam, wiegend, viel zu nah. Von außen betrachtet mussten wir wirken wie ein eingespieltes Paar, doch zumindest dem innersten Kreis um uns herum entgingen sicher nicht die Pfeilspitzen aus Blicken, die wir dabei aufeinander abschossen. Ich wollte, dass das hier so schnell wie möglich endete. *Oder?* Wollte ich doch?

Als der letzte Akkord verklungen war und Dorville mich losließ, blieb ich stehen, unfähig, mich zu bewegen oder auch nur einen klaren Gedanken zu fassen. Er verschwand in der Menge, die den Kreis um uns aufgelöst hatte.

Tayla erlöste mich mit einem Schulterklopfen aus meiner gebannten Starre. »Tapfer! Jetzt bist du erst in neun Nächten wieder dran.«

Ich atmete aus.

»Und nach der Wahl jedes Mal, solltest du sie gewinnen«, fügte sie mit einem Augenzwinkern hinzu.

Ich seufzte. Danke, dieser eine Tanz hatte mir schon völlig gereicht. Ich entfernte mich aus der Raummitte, und Tayla kam mir nach. Inzwischen lief irgendein Gute-Laune-Popsong.

»Die Musik in den nächsten fünfzehn Minuten ist absolut exklusiv. Wir dürfen Songs von internationalen Stars spielen, bevor sie veröffentlicht werden. Cool, oder?«

An sich ja, aber mir stand gerade einfach nur noch der Sinn danach, von hier abzuhauen.

»Lou, alles okay? Deine erste Dreizehnte Stunde scheint dich ja ganz schön umzuhauen.«

Das konnte man so sagen.

8.

Vicky

Mich auf die geheimnisumwobene Party zum Freitag dem Dreizehnten einzuschleichen, war viel leichter, als es hätte sein dürfen. Anscheinend hatte tatsächlich noch nie eine Harmonie oder ein anderes Mitglied versucht, dort uneingeladen aufzukreuzen.

Da für diese besondere Party jedes Mal ein Schiff gechartert wurde, hatte ich die Neugierige gespielt und Gwynnia ein bisschen darüber ausgefragt. Natürlich hatte ich mir nicht anmerken lassen, was ich plante. Ich hatte sie weder direkt nach dem Ort fragen können, von dem das Schiff ablegen würde, noch nach den genauen Abläufen an Bord.

Doch *eine* hilfreiche Information hatte ich bekommen: den Namen des Partyservices, der vor der Ankunft der Mitglieder alles vorbereiten würde. Im Internetraum hatte ich mich schlaugemacht und dessen Standort herausgefunden. Ich hatte Glück: Er befand sich im nächsten Ort. Über das Kontaktformular hatte ich eine Nachricht geschickt und gehofft, dass der Verantwortliche meine Geschichte schlucken würde. Wäre eine Rückfrage an Dorville gegangen, hätte ich einpacken können.

Am Freitagnachmittag setzte ich mich dann klammheimlich ab – trotz des Verbots, ohne vorherigen Antrag das Gelände zu verlassen. Ebenfalls ein Kinderspiel. Tayla, die einzige Eingeweihte, hatte mir deutlich zu verstehen gegeben, dass sie mich für verrückt hielt und Dorville mir das niemals durchgehen lassen würde. Dennoch deckte sie mich und half mir sogar, indem sie loszog, um den Typen im Kontrollhäuschen abzulenken.

Ich mopste ein Fahrrad aus der großen Garage und radelte ins Dorf. Dank der schwarzen Jeans und dem dunkelblauen Kapuzenpulli von Tayla, dessen Ärmel lang genug waren, um mein Armband zu verbergen, schöpfte niemand Verdacht. Die Chefin des Unternehmens war zwar verärgert, dass Dorville ihr nach all der Zeit, in der sie schon mit der Saya Nord zusammenarbeitete, plötzlich eine Aufpasserin auf den Hals hetzte, die die Vorbereitungen überwachen sollte, aber sie hinterfragte es nicht weiter. Sie nahmen mich mit auf das Schiff. Mit fachmännischer Miene sah ich zu, wie das Büfett hergerichtet und die Technik getestet wurde.

Zum Schluss wurde noch die Deko in dem Raum, in dem die Party stattfinden sollte, perfektioniert. Er war erstaunlich klein. Für dreizehn Mitglieder brauchte man natürlich nicht allzu viel Platz, aber die Wohnzimmeratmosphäre überraschte mich doch. Anstelle von Discobeleuchtung war alles in heimeligen Lampenschein getaucht, und statt aufwendig gedeckter Tische gab es einen Stapel dicker Sitzkissen.

Durch die großen Bullaugen konnte man auf den Ankerplatz hinaussehen. Draußen hatte ein unermüdlicher Nieselregen eingesetzt. Es hätte sehr behaglich sein können, wenn ich nicht so angespannt gewesen wäre.

Als jemand in den Raum rief, dass die Wagen der Saya Nord vorgefahren seien, fragte mich einer der Techniker, ob ich das Schaukeln des Schiffes nicht vertrüge, ich sähe so blass aus. Ich versicherte ihm, dass es schon ginge, und sah mich hastig nach einem guten Versteck um.

Ich hatte nicht vernünftig geplant. Irgendwie hatte mich der Gedanke gereizt, Dorville und die zwölf glücklichen Eingeladenen so richtig zu schocken, indem ich ihnen entgegentrat und sie willkommen hieß. Doch jetzt, wo sie in wenigen Minuten hereinkommen würden, fiel mir auf, dass es dabei ein Problem gab. Dorville würde mich einfach hochkant rausschmeißen. Ich durfte mich nicht zeigen, bevor wir abgelegt hatten. Um keinen Preis wollte ich etwas verpassen, deswegen musste ich irgendwo hier im Raum …

»Frau Mühler, ich hoffe, hier ist alles zu Ihrer Zufriedenheit? Haben Sie gehört? Die anderen Gäste sind soeben eingetroffen.« Die Chefin des Teams, der ich im Kontaktformular einen weiteren falschen Namen angegeben hatte – bald würde ich noch den Lügenidentitäten-Rekord brechen –, sah mich ungeduldig an.

»Alles bestens«, sagte ich schnell. »Wo sind denn die Toiletten?«

Sie wies mir den Weg, und ich schloss mich schnell in der kleinen Kabine ein. Leider hatte ich keine Uhr bei mir, aber ich würde einfach eine Weile hier drinbleiben. So lange, bis wir weit genug auf dem Meer waren.

Ich hörte das Lachen der Mitglieder, die an der Tür vorbei in Richtung des Partyraumes strebten. Kurz darauf erwachte der Schiffsmotor dröhnend zum Leben. Es konnten erst wenige Minuten vergangen sein, als jemand die Tür zu öffnen versuchte und dann fest dagegen hämmerte. Ich hielt den Atem an und wartete ab, in der Hoffnung, dass die Person da draußen weiterziehen würde. Aber das Klopfen hörte nicht auf.

»Ich weiß, dass du da drin bist.«

Oh verdammt.

Ich schloss auf, und schon hatte Dorville die Tür aufgerissen. Ich versuchte es mit meinem unschuldigsten Lächeln.

»Ich glaub, es hackt.«

»Wie hast du mich so schnell gefunden? Ich wollte dich doch überraschen.« Ich machte einen Schmollmund.

»Tja, wie du vielleicht auch schon mitgekriegt hast, war die liebe Frau Kleiß ein wenig verärgert, dass ich ihr nicht mehr zutraue, ihre Arbeit ohne Aufsicht zu machen.«

»Da kann sie ja froh sein, dass ich den Job an den Nagel hängen werde.«

Dorville spießte mich mit seinem Blick fast auf. »Ich werde dich gleich im Nackenfell packen und über die Reling werfen, Kätzchen«, sagte er langsam. »Brauchst du den Rettungsring, oder schaffst du es so an Land?«

»Hey, Robin!«, ertönte es hinter ihm. »Und, ist sie es wirklich?«

Dorville fluchte leise. »Ja, aber sie ist schon so gut wie weg«, antwortete er.

Ich hoffte auf Unterstützung und schob mich schnell an Dorville vorbei.

»Das gibt's ja nicht!« Ein Typ mit schwarzen Locken kam auf uns zu. »Was hast du vor?«, fragte er, als Dorville auf seinem Handy herumzutippen begann.

»Ich sage einem der Fahrer Bescheid, dass er umkehren und sie abholen soll.«

»Wir haben schon abgelegt.«

»Sie kann schwimmen. Sind ja keine Haie hier im Wasser oder so.«

Langsam fing ich an, mir ernsthafte Sorgen zu machen. Dorville klang ziemlich unnachgiebig – ich hatte nicht geglaubt, dass er dermaßen gnadenlos sein würde. Auch wenn er mich natürlich nicht hier haben wollte.

»Komm schon, lass gut sein. Warum kann sie nicht einfach bleiben?«

Dorville fluchte erneut, ließ das Handy aber sinken.

»Schön«, knurrte er. »Dann sperren wir sie in eine der Schlafkabinen.«

Der Typ schüttelte den Kopf. »Jetzt sei doch nicht so. Ist doch süß, wie sie dir nachläuft.«

Dorville sah ihn an, als hätte er einen an der Waffel.

»Hi, ich bin Alessio«, stellte der Typ sich mir vor. »Vielleicht hast du schon gehört, dass es an jedem Freitag dem Dreizehnten unter den dreizehn Mitgliedern immer einen Ehrengast gibt? Das bin heute ich.«

»Geh zu den anderen«, sagte Dorville. »Ich regel das hier.«

Jetzt behandelte er mich schon wieder wie irgendein nerviges *Ding*.

»Du hast Glück«, fuhr Alessio, an mich gewandt, fort. »Denn der Regent darf seinem Ehrengast während der Party keinen Wunsch ausschlagen.«

Langsam dämmerte mir, dass er ein Rettungsseil für mich ausgeworfen hatte.

»Wow, dann wäre ich auch gern mal Ehrengast«, sagte ich und zwinkerte ihm zu.

»Harmonien sind an Bord verboten«, sagte Dorville. Die Wut stand ihm ins Gesicht geschrieben. »Auch als Ehrengast kannst du dir nichts wünschen, das gegen die Regeln verstößt.«

Alessio knuffte ihn in die Rippen. »Jetzt mach dich mal locker, Mann. Niemand erfährt, dass sie hier war. Wir haben die Gelegenheit, Louelle endlich näher kennenzulernen, und du musst später nicht allein ins Bett.«

Die Sympathie, die ich eben noch für den Kerl aufgebracht hatte, löste sich mit einem Schlag in Luft auf. Gleichzeitig schien Dorvilles Wut zu verrauchen. »Gut«, sagte er und weidete sich kurz an meinem Gesichtsausdruck. »Hast mich überzeugt.« Er drückte mir eine Hand ins Kreuz und schob mich vorwärts.

»Das wird eine aufregende Nacht«, prophezeite Alessio.

Plötzlich wäre ich am liebsten nach Hause geflüchtet. Wo auch immer das sein mochte.

Mein Auftauchen wurde von den übrigen elf Mitgliedern begeistert aufgenommen. Sechs Mädchen und fünf Jungs hatten sich bereits mit Snacks eingedeckt und in einem Sitzkissenkreis auf dem Boden Platz genommen. Sie begrüßten mich sehr herzlich in ihrer Runde und schienen so aufrichtig neugierig auf mich zu sein, dass mich fast das schlechte Gewissen packte.

»Du bist hier nur Zuschauerin«, sagte Dorville zu mir. »Also spar dir deine üblichen blöden Kommentare. Wenn du irgendjemandem hiervon erzählst, setz ich dich später doch noch mit dem Rettungsring aus. Von der Saya Nord ist's ja auch nicht weit zum Wasser.«

»Warum so nervös?«, fragte ich und klopfte ihm auf die Schulter. Meine Anwesenheit schien ihn noch mehr zu stören, als ich gedacht hatte. Gut so.

Dorville ließ mich stehen und setzte sich zu den anderen. Bevor ich den letzten freien Platz im Kreis erreichen konnte, waren alle aufgerückt, damit ich neben ihm sitzen konnte. Innerlich seufzend fügte ich mich in mein Schicksal.

»Schön, mit euch hier zu sein«, sagte Dorville. »Wie ihr wisst, hätte Lou nicht herkommen dürfen, aber sie ist nun mal eine wirklich ungezogene Harmonie. Sorry dafür.«

Alle lachten und warfen mir Blicke zu, die aber nicht unfreundlich waren.

»Wie immer gilt: Was auf dem Schiff geschieht, bleibt auf dem Schiff.«

»Was auf dem Schiff geschieht, bleibt auf dem Schiff«, wiederholten die anderen im Chor.

»Du auch, Lou«, sagte Dorville, ohne mich anzusehen.

»Was auf dem Schiff geschieht, bleibt auf dem Schiff«, murmelte ich und konnte nicht verhindern, dass es ein kleines bisschen so klang, als würde ich ihn nachäffen.

»Als Ehrengast darf ich heute die Privataudienz mit unserem Regenten eröffnen«, sagte Alessio feierlich. »Ihr dürft alles fragen, alles vorschlagen, alles kritisieren. Also nutzt die Chance.«

Dorville sah in die Runde, mich ignorierte er. »Meine Mutter hat immer gesagt, die Partygesellschaft macht uns nicht zu dem, was wir sind. Aber wir machen die Gesellschaft zu dem, was sie ist.« Er machte eine Pause, in der alle still waren. Einige schlossen sogar die Augen. Es war ein Gedenkmoment, erkannte ich. »In diesem Sinne … legt los.«

Fast zwei Stunden lang dauerte die Privataudienz an. Die Mitglieder hatten sich darauf vorbereitet; manche hatten ganze Listen mit Fragen und Anregungen dabei. Dorville begegnete ihnen mit einer Offenheit, die ich bei ihm bisher noch nie erlebt hatte. Er schrieb Dinge mit, gab Erklärungen ab und stellte Rückfragen. Sie sprachen hauptsächlich über interne Regeln, über die Unzufriedenheit herrschte – zum Beispiel die Umständlichkeit der Anträge für Ausflüge –, über Konflikte und über Ideen für neue Partykonzepte. Ein Mädchen beschwerte sich sogar über Apryl, von der sie wohl bei irgendeiner Gelegenheit angegiftet worden war, und bat Dorville, sie etwas mehr im Zaum zu halten. Er nahm es mit Humor und versprach, strenger mit ihr zu sein.

In diesem kleinen Kreis auf dem sanft schaukelnden Schiff war Dorville jemand anderes. Jemand, von dem er nicht gewollt hatte, dass ich ihn kennenlernte. Was vielleicht wirklich besser gewesen wäre. Mein Hass gegen ihn hätte dringend mal wieder neues Futter gebraucht.

Nach diesem wenig partymäßigen Teil des Abends wurden die Kissen beiseitegeräumt und die Boxen eingeschaltet. Fast jedes der anwesenden Mädchen nutzte die Gunst der Stunde, um Dorville um einen Tanz zu bitten. Falls ihm das nicht passte, verbarg er es gut. Er war eine Art in Nettigkeit getauchte Version seiner selbst und schenkte jedem der Gäste seine volle Aufmerksamkeit. Jedem außer mir.

Wie es aussah, würde ich auf dieser Party gar nichts herausfinden. Da hatte ich mir falsche Hoffnungen gemacht.

Fast alle kamen im Laufe der voranschreitenden Nacht auf einen Plausch zu mir, obwohl ich mich möglichst am Rand des Geschehens aufzuhalten bemühte. Viele von ihnen wünschten mir Glück für die Harmonienwahl. Ich musste immer mehr Lügen über mich und mein Leben vor der Gesellschaft erzählen und immer besser aufpassen, dass ich mir dabei nicht selbst widersprach. Ich trank zu viel, was ich irgendwann daran merkte, dass das Schiff viel heftiger schwankte, als es sollte.

»Stunde der Wahrheit!«, rief Alessio, ebenfalls hörbar angeheitert, um Mitternacht.

»Am Dreizehnten gehen wir die Dreizehnte Stunde ein bisschen anders an«, sagte das Mädchen, das gerade bei mir stand und dessen Namen in dem Glas in meiner Hand ertrunken war.

Taumelnd verteilte Alessio erneut die Kissen auf dem Boden.

»Lou spielt nicht mit«, sagte Dorville, der auf einmal auf meiner anderen Seite stand.

Da jemand in diesem Moment die Musik abgewürgt hatte, hörte ihn jeder im Raum.

»Wenn sie Ersthamonie wird, darf sie später immer dabei sein«, argumentierte Alessio leicht schleppend. »Da Clea ja nicht kandidiert, bin ich … bin ich für sie.«

»Freut mich, danke für den Rat«, sagte Dorville ironisch.

»Es wird viel spannender, wenn sie mitmacht!«, rief irgendjemand.

Es rauschte seltsam in meinen Ohren, sodass ich nicht genau sagen konnte, aus welcher Richtung die Stimme gekommen war.

Was die Person gemeint hatte, fand ich schnell heraus.

Schon saßen wir wieder im Kreis, ein großes Tablett mit Schnapsgläsern in der Mitte. Ein Trinkspiel, was sonst? Hätte ich doch bloß nicht … was noch mal?

»Ich darf anfangen«, sagte Alessio. Seine schwere Zunge stolperte fast über jedes Wort. Ich hatte ein wenig Angst, dass es meiner ebenso ergehen würde. Andererseits fand ich die Vorstellung wirklich amüsant. Ich kicherte leise, und Dorville runzelte die Stirn. Das ließ ihn witzig aussehen. Ich kicherte noch mehr. Hatte er denn gar keinen Spaß?

»Also – Robin Leander Dorville: Warum ausgerechnet Louelle?«

Dorville stöhnte leise auf.

»Was is' mit mir?«, fragte ich. Irgendwas klopfte bei meinem Verstand an. *Leander?* Wieso Leander?

»Das Spiel besteht darin, dass man jemanden aus der Runde etwas fragen darf oder ihm etwas sagt, das man ihm schon immer mal sagen wollte«, erklärte das Mädchen von vorhin mir. »Die Person muss ehrlich antworten oder – wenn es keine Frage ist – eine wahre Aussage zurückgeben. Wenn jemand im Kreis glaubt, dass geflunkert wird, muss der oder die Beschuldigte trinken.«

Sie hatte echt lange geredet, ich hatte die Infos gar nicht in meinen Kopf reingekriegt. Der war so wattig auf einmal.

»Ich fand es lustig, dass sie dachte, sie hätte ernsthaft eine Chance bei mir.«

»Glaub ich nicht, so bist du nicht drauf«, lallte irgendwer.

Dorville nahm seufzend einen Shot entgegen, und ich beeilte mich, auch einen zu bekommen. Ich stürzte den Inhalt hinunter. Das Spiel war echt cool.

Dorville dagegen trank widerwillig. »Was wollt ihr hören?«, fragte er. Er erntete nur erwartungsvolles Schweigen. Selbst ich kicherte nicht mehr. »Etwas an ihr hat mich fasziniert, okay? Die Kombi aus ihrer großen Klappe, ihrer Wut und der Art, wie sie mich angesehen hat.«

War das jetzt etwas Fieses gewesen? Ich hatte Mühe, seine Worte in einen Zusammenhang zu bringen.

»Und, Lou?«, sagte er und sah mich zum ersten Mal in dieser Nacht richtig an. »Du bist dran. Gibt es irgendetwas, das du mir schon immer sagen wolltest?«

Eigentlich kam er mir gar nicht so böse vor. Er sollte doch böse sein? Vielleicht hatte ich da was verwechselt.

»Du bist gar nicht böse«, sagte ich, weil er mich so ungeduldig ansah. »Aber echt *so* heiß.«

»Ich denke, wir sind uns einig, dass sie darauf nicht trinken muss«, lachte irgendein Mädchen.

Ich rutschte näher zu Dorville, legte die Arme um ihn und kuschelte mein Gesicht an seinen Hals. Warum hatte ich das nicht schon vorher gemacht? Dann leuchtete mein Armband doch so schön! Außerdem fühlte sich das gut an. Richtig gut.

Dorville verkrampfte sich. »Hätte mir nicht jemand sagen können, dass sie so wird, wenn sie betrunken ist? Da passt man einmal nicht auf, und dann passiert gleich so was.«

Allgemeines Gelächter. Es verschwamm in meinem Kopf zu einem lustigen Lied, zu dem ich mitsummen konnte. Es lief rund und rund, und ab und zu drangen ein paar Worte hinein, die ich nicht verstehen konnte. Vielleicht schlief ich und träumte.

Das Nächste, was ich mitbekam, war, wie eine Decke über mir ausgebreitet wurde. Ich lag irgendwo auf einer Wolke.

»Ich wünsch dir für morgen richtig üble Kopfschmerzen«, sagte jemand zu mir. *Robin,* dachte ich.

»Hab dich auch lieb«, nuschelte ich und vergrub das Gesicht in dem flauschigen Kopfkissen.

9.

Vicky

Ich hatte es total verpatzt. Die üblen Schmerzen, die Dorville mir gegönnt hätte, blieben aus, dennoch strafte mich mein Kopf zumindest mit einem dunklen Hintergrundbrummen.

Ich hätte es besser wissen müssen. Nicht nur, dass ich mich lächerlich gemacht hatte – ich hatte mich auch noch unnötig in Gefahr begeben. Nur vier Worte hätte es gebraucht, nur einen anderen Satz im Spiel: Ich bin nicht Lou. Dann wäre ich Game over gewesen. Ich hatte mich nicht mehr unter Kontrolle gehabt, und es wäre ein Leichtes gewesen, mich zum Reden zu bringen. Hätte Dorville wie in Frankfurt nach dem wahren Grund meines Beitritts gefragt, hätte das ein schlimmes Ende nehmen können. Und wenn ich ihn nach dem Passwort seines Laptops gefragt hätte, wäre das bestimmt auch nicht so wahnsinnig gut angekommen.

Ich erinnerte mich nicht mehr richtig an den Verlauf dieses blöden Trinkspiels. Wie war das noch gleich gewesen? Die Person, zu der man etwas gesagt hatte, musste eine wahre Aussage zurückgeben? Was hatte Dorville auf meine mehr als blamable Erkenntnis erwidert? Der Moment war aus meinem Gedächtnis gelöscht. Ich wusste nur noch, dass ich mich … oh. Ich hatte mich an ihn gekuschelt wie ein liebeswütiges Kätzchen.

Falls die anwesenden Mitglieder mich wirklich gemocht hatten, hielten sie nach der Show sicher nicht mehr viel von mir. Gut, dass ich gar nicht Ersthamonie werden wollte.

Es dauerte, aber auf dem Weg zurück zum Palazzo fiel mir ein kleines, scheinbar unbedeutendes Detail aus der Stunde der Wahrheit wieder ein: Robin Leander Dorville. Konnte der Zweitname ein Zufall sein? Ich hatte inzwischen im Internet und auch im Online-Telefonbuch nach dem Leander Holm gesucht, an den das zerrissene Schreiben in Dorvilles Zimmer gerichtet gewesen war. Es war keine passende Person dazu zu finden.

Vielleicht war es abwegig, aber konnte es sein, dass ich nicht die Einzige war, die sich gerne mal für jemand anderen ausgab? Kein sehr beruhigender Gedanke.

Ich nutzte den Samstag, um mich wieder an mein Konzept für den Harmonienflügel zu setzen. Die Frist von einer Woche endete heute, aber mir war danach, das Ganze hinzuschmeißen und alles, was ich erarbeitet hatte, zu vernichten. Ich hatte nicht grundlos meine Studienpläne über den Haufen geworfen und aufgehört, mich mit Innenarchitektur zu beschäftigen, und Dorville zu zeigen, was ich draufhatte, war es eigentlich nicht wert. Andererseits war ich schon so weit gekommen und sehnte mich nicht gerade zurück in den Naildesign-Kurs.

Dorville nahm mir die Entscheidung ab, indem er zu mir in den Internetraum kam und ohne meine Erlaubnis anfing, sich die Entwürfe anzusehen.

Ich hielt ihn nicht auf, machte jedoch auch keine Anstalten, etwas dazu zu sagen, und tat so, als wäre ich total in meine Arbeit vertieft.

»Du bist ziemlich gut«, sagte er irgendwann.

Ich wartete darauf, dass er das mit irgendeiner ironischen Aussage wieder relativierte, aber nichts dergleichen geschah.

»Glückwunsch, damit wäre die Stundenplanfrage geklärt.«

»Wirklich?« Jetzt sah ich doch auf.

»Ja. Könntest du deine Ideen in der nächsten Führungssitzung vorstellen?«

»Ich … klar.«

Er lächelte mich an. Warum lächelte er? Damit konnte ich nicht umgehen. »Danke, dass du das machst.«

Ich sollte mal was trinken, mein Mund war irgendwie staubtrocken. »Gern«, krächzte ich.

Mach keinen Fehler!, beschwor ich mich selbst, als ich am Mittwoch einen schlichten schwarzen Bikini und ein Badehandtuch einpackte. Vero hatte verkündet, dass sie ihre Party in einem großen Abenteuerbad geben würde.

Vor nicht allzu langer Zeit hatte ich mir Gedanken darüber gemacht, wie ich Dorville am komplikationslosesten unschädlich machen konnte, und jetzt fragte ich mich, ob ich ihn rumkriegen könnte? Also bitte! War das der Reiz des Verbotenen, oder was? Vielleicht hätte ich an dem Tag im Zoo wirklich lieber abhauen sollen, statt mich seelenruhig zu den Pinguinen zu setzen. Mit Taylas Hilfe hätte ich auch jederzeit unbemerkt aus dem Palazzo entwischen können, so wie am Freitag. Ja, ich hätte längst über alle Berge sein sollen. Nur: Wohin hätte ich gehen können? Und was war mit Blanche? Es hatte seine Gründe gehabt, warum ich hergekommen war, und die würden sich nicht einfach von selbst auflösen.

Auf der Fahrt war ich noch überzeugt davon, dass das Ganze ein bisschen was von einem Kindergeburtstag hatte, aber ich wurde schnell eines Besseren belehrt.

Auch wenn ich natürlich schon ähnliche Bäder besucht hatte, war das hier noch einige Nummern größer. Außerdem war ich noch nie nachts in einem gewesen.

Als wir aus den Umkleiden kamen, mussten wir uns erst mal orientieren.

Collie, ich und Manica, die sich zu uns gesellte, sahen uns gemeinsam um. Vero setzte offenbar auf eine entspannte Atmosphäre und hatte sich für Lounge-Musik entschieden, die träge aus den Boxen waberte.

Es gab ein riesiges, knietiefes Becken mit mehreren Wasserschirmen, das von künstlichen Steinen eingefasst war. Palmen standen drum herum, und bunte Scheinwerfer malten Kreise auf die Wasseroberfläche. Wir kamen an vier kleinen runden Whirlpools vorbei. Sofort musste ich an den Pool der Villa denken und ging schnell weiter.

Es gab drei Wasserrutschen. Die, in der mit aufblasbaren Ringen gerutscht wurde, mussten wir sofort ausprobieren. Wir hatten ziemlich viel Spaß dabei, kreischten um die Wette, und ich wünschte, ich wäre unter anderen Umständen hier und Blanche könnte dabei sein. Ohne sie zu lachen, war einfach nicht dasselbe.

Über die eine Hälfte des Beckens, in dem wir landeten, war ein langes Brett gelegt worden, auf dem Mitglieder mit Schwimmnudeln kämpften und versuchten, einander ins Wasser zu stoßen. Also doch ein bisschen Kindergeburtstag.

Die Musik war heruntergedreht worden, und nun drangen von irgendwoher verzerrte Worte durch ein Mikrofon. Wir verpassten wohl gerade Veros Begrüßungsrede, was ich aber nur sehr bedingt schade fand. Auch die anderen beiden machten sich nichts daraus, und wir rutschten ein zweites, ein drittes und ein viertes Mal, bevor wir unsere Erkundungstour fortsetzten.

Wir kundschafteten das Wellenbad mit Kletterwand aus, das beheizte Außenbecken und anschließend den Wellnessbereich, in dem sich auch die Bar befand. Wir ließen uns in einer gemütlichen Tischnische nieder. Die leckeren Snacks entschädigten uns für das entfallene Abendessen. Collie und Manica diskutierten gerade über Massagen, als sich von hinten zwei Hände auf meine Schultern legten.

»Be glamorous, Ladys.«

»Be glamorous«, erwiderten Collie und Manica, während ich den Kopf in den Nacken legte.

»Was willst du, Dorville?«

Er grinste zu mir herunter. »Springen, was sonst? Kommst du mit? Der Zehner ist immerhin das einzig einigermaßen Spannende hier.«

»Frag Vin.«

»Hat schon zu viel getrunken.«

»Was ist mit Clea?«

»Die hat Höhenangst. Du wirst mir doch jetzt keinen Korb geben?«

Sag Nein!, beschwor ich mich selbst. *Du musst aufhören, dich auf solche Sachen einzulassen!*

»Wie könnte ich da Nein sagen?« So viel dazu. »Aber dann wiederholst du, was du am Freitag in der Stunde der Wahrheit zu mir gesagt hast.« Daraus ging jetzt nicht hervor, dass ich mich nicht erinnern konnte, oder?

»Hat dich das so berührt?«

»Sonst würde ich dich nicht bitten.«

Blieb nur zu hoffen, dass es nichts allzu Gemeines gewesen war.

Ich stand auf und folgte ihm, Collie und Manica kichernd im Schlepptau. Die Schwimmnudelkämpfer lieferten sich immer noch wilde Gefechte, das Becken mit dem Sprungturm war jedoch vollkommen verwaist. Allerdings standen einige Leute mit Gläsern am Rand und unterhielten sich. Wir zogen alle Aufmerksamkeit auf uns, als wir den Turm hinaufstiegen.

Er hatte vier Sprungplattformen in unterschiedlichen Höhen, und ich konnte fühlen, wie sich immer mehr Blicke auf mich hefteten, je höher ich kam. Die Gespräche wurden leiser. Ich hatte Dorville vorgehen lassen. So konnte er beim Aufstieg wenigstens nicht meinen Hintern begutachten. Er wartete oben auf mich. »Und, Angst?«, fragte er.

»Sicher nicht«, erwiderte ich und schob mich an ihm vorbei auf das Absprungplateau. »Ich habe sogar mal Bungeejumping gemacht.« Toll, hatte ich das jetzt erwähnen müssen?

»Allein?«, fragte er auch prompt.

Bilder aus einem glücklichen Sommer zogen an meinem inneren Auge vorbei, einem scheinbar ewig vergangenem Sommer.

Ich kann nicht fassen, dass du mich wirklich überredet hast.

– *Es wird dir gefallen, glaub mir.*

– Du *gefällst mir mehr.*

Ich schluckte. »Nein. Tandem.«

»Verstehe«, sagte Dorville leise.

Unsere Blicke trafen sich. Ich sah zuerst weg.

»Zusammen?«, fragte er und blickte zur Kante des Plateaus.

»Vergiss es.« Ich holte Luft und rannte los.

Er reagierte schnell und hatte mich sofort eingeholt. Zeitgleich sprangen wir ab.

Keiner von uns gab einen Laut von sich. Der Moment dehnte sich. Ich spürte mein Herz pochen, meinen Magen einen Mehrfachsalto schlagen, sog den Fall mit jeder Faser in mich auf. Schon durchbrachen wir die Wasseroberfläche und kamen Sekunden später prustend wieder hoch.

Ein paar Leute applaudierten, aber weder er noch ich beachteten sie. Ich blinzelte mir das Wasser aus den Augen und schwamm auf der Stelle.

»Ich glaub, du könntest mir gefährlich werden.«

Bitte was? *Das* war es gewesen, was er zu mir gesagt hatte?

Was sollte das überhaupt heißen? Dass ich ihn nervte oder dass er … dass er …?

»Aktiv oder Passiv?«, fragte Dorville und paddelte in meine Richtung.

Ich kämpfte meine Verwirrung so weit wie möglich nieder. »Ähm … Passiv, zur Abwechslung. Was immer das bedeutet.«

»Na ja, dass du etwas *nicht* tust.« Er senkte die Stimme. »Oder etwas geschehen lässt.«

Für einen kurzen, irrealen Moment war ich der festen Überzeugung, er würde fordern, mich von ihm küssen zu lassen. Meine Fantasie eilte meinem Verstand voraus und war schon dabei, mir auszumalen, wie ich meine Finger in seinen nassen Haaren vergraben würde. Würde der Kuss nach Chlor schmecken, würde …? *Halt, Vicky, was soll der Mist?*

»Manchmal erinnerst du mich an Chloe«, sagte er.

Okay, das war jetzt kein Kompliment, oder?

»Hier deine Aufgabe: Frag nicht bei den anderen nach ihr. Sie ist für einige ein heikles Thema.«

Ein idealer Angriffspunkt auf dem Silbertablett.

»Was bekomm ich dafür?«

Er strich eine nasse Haarsträhne aus meinem Gesicht, seine Finger streiften meine Wange. Ich biss mir auf die Lippe.

»Nicht weniger als meine tiefste Dankbarkeit.«

Darauf würde ich glücklicherweise gut verzichten können, sobald es nötig wurde.

10.

Vicky

Die Aussicht, mit Dorville und Apryl nach Malta zu reisen, war nicht gerade verlockend – da konnte ich mir echt bessere Gesellschaft vorstellen. Apryl hatte mir schon im Voraus über die Nachtschwärmer eine nette Notiz zukommen lassen, dass ich ihr freie Bahn lassen sollte. Sonst wollte sie ihren Trumpf ausspielen und Dorville erzählen, wie sie mich in seinem Zimmer angetroffen hatte. Sollte sie ihn mir doch ruhig vom Hals halten!

Als wir uns am Freitag beim Auto trafen, stellte sich heraus, dass Vin auch wieder mitkommen würde, außerdem Gwynnia anstelle von Marcon. Möglicherweise hatte Dorville ja genauso wenig Lust auf Apryl, sich und mich als dysfunktionales Dreiergespann.

Clea kam extra noch aus dem Haus, um ihrem Geliebten einen Abschiedskuss zu geben.

Ich saß längst im Wagen. Auf der Fahrt zum Flughafen und in der Maschine selbst konnte ich wieder mal ein bisschen Schlaf nachholen.

Wir landeten am späten Nachmittag. Schon im Anflug auf den Malta International Airport bot sich uns ein perfektes Panorama über die zerklüfteten Küstenlinien und den flachen Flickenteppich aus Grün- und Brauntönen, durchsetzt von Ansammlungen der typisch sandfarbenen Ziegelhäuser. Über allem spannte sich ein strahlend blauer Himmel.

Vom Flughafen aus war es noch eine halbstündige Autofahrt.

Das Hotel blickte über den gut besuchten Strand der Golden Bay. Zu meiner grenzenlosen Erleichterung würde ich nicht im selben Raum wie Apryl schlafen müssen. Dorville hatte sich für drei Einzel- und ein Doppelzimmer entschieden. Letzteres bezogen er und Vin, und ich fragte mich, ob er damit womöglich die Absicht verfolgte, sich Apryl zumindest in der Nacht vom Leib zu halten. Mittlerweile wusste ich wirklich nicht mehr, wie er zu ihr stand. Dafür, dass er sie nicht besonders zu mögen schien, hing er doch auffällig oft mit ihr zusammen.

Dorville war offensichtlich wenig motiviert, sich gleich mit Apryl und mir zu beschäftigen. Erst zum Abendessen kamen wir alle wieder zusammen.

Ich hatte in der Zwischenzeit auf dem Balkon meines Zimmers gesessen, mehrere Briefanfänge geschrieben und wieder verworfen. So mit Blanche in Kontakt zu treten, erschien mir am sichersten. Niemand würde etwas mitbekommen. Das Problem war allerdings, dass ich keinen Schimmer hatte, wie ich ihr beibringen sollte, was bei mir los war.

Hey Blanche, ich weiß, du willst, dass ich so schnell wie möglich aus der Gesellschaft verschwinde, aber ich bleibe noch. Macht dir doch nichts aus, oder? Das Spiel, das ich hier spiele, ist irgendwie immer noch besser als das Leben, in das ich zurückkehren würde … Ich frag mich übrigens wirklich langsam, ob das alles nicht ein großes Missverständnis ist, weil Dorville … Dorville ist …

Am Ende hatte ich die Blätter fein säuberlich zerrissen und im Badezimmermülleimer entsorgt.

Auch jetzt, den mit Timpana gefüllten Teller vor mir, drehten sich meine Gedanken weiter um mögliche Rechtfertigungsversuche. Ohne es richtig zu merken, hatte ich mit der Gabel bereits mehr als die Hälfte meiner Makkaroni aus dem Blätterteig gerupft, um darin herumzustochern.

»Alles okay? Du wirkst minimal apathisch«, durchbrach Apryl das Durcheinander in meinem Kopf. »Ich meine, wenn du gar nicht hier sein willst, hättest du auch zu Hause bleiben können. Oder gar nicht erst beitreten müssen.«

»Alles okay, danke der Nachfrage«, sagte ich milde lächelnd. Wenn sie auf Streit aus war, würde sie bei mir auf Granit stoßen. Mit Gelassenheit konnte man Mädchen wie sie sowieso am allermeisten treffen.

Sie sah mich lauernd an, wahrscheinlich erwartete sie hinter meiner freundlichen Antwort einen versteckten Angriff. Als ich nichts weiter sagte, meinte sie: »Robin findet es bestimmt nicht schlimm, wenn du dich nach dem Essen zurückziehst. Du siehst echt müde aus.«

»Robin«, mischte sich Dorville ein, »würde das als Regelverstoß werten. Vor Ende der Dreizehnten Stunde schläft niemand.«

Vin und Gwynnia sahen zwischen uns dreien hin und her.

Apryl nahm einen Schluck von ihrem Wasser und stellte das Glas so energisch auf den Tisch zurück, dass sie dabei fast die Blumenvase in dessen Mitte umgestoßen hätte. »Das weiß ich. Aber für Louelle scheinen unsere Regeln ja nicht zu gelten.« Sie strich ihr Haar auf diese nervtötend tussenhafte Art zurück. »Dank *PartyTime* weiß seit eben jeder über euer illegales Pool-Date Bescheid.«

Dorvilles Blick traf auf meinen. Apryl genoss meinen

Schock sichtlich. »Das könnte großen Ärger geben. Der Eigentümer will Anzeige erstatten. Es heißt jetzt, du hast einen schlechten Einfluss auf Robin.«

Eine Anzeige? Und *ich* sollte die Schuldige sein? Hatten die Beweise?

»Dumm gelaufen, wer lässt sich auch bei so was erwischen? Sagt bloß, ihr wart zu beschäftigt, um zu merken, dass noch jemand da war.«

Dorville bemühte sich um ein ernstes Gesicht, aber ich sah seine Mundwinkel zucken. Fand er das etwa lustig? Meine Augen verengten sich zu Schlitzen.

»Sagst du vielleicht auch mal was dazu?«, fragte ich ihn herausfordernd.

»Du hast sie doch gehört. Wir sind ertappt. Was sollte ich also noch sagen?« Oh, dieses heimtückische Grinsen! Es war an der Zeit, den Spieß umzudrehen. Im Sachen-Erfinden war ich bekanntlich eine der Besten.

»Ich glaube ja nicht, dass irgendjemand von euch meine Version hören will«, sagte ich. »Aber in Wirklichkeit brauchte Mr Dorville bloß jemanden, bei dem er sich ausheulen konnte. Vor allem wegen seiner Ex, die er einfach nicht vergessen kann. Wie hieß sie noch gleich? Ach ja: Chloe.«

Es wurde schlagartig still in unserer Runde. Dorvilles Blick war eiskalt geworden. »Du verlässt diesen Tisch. Sofort.«

Schon wieder ein nicht beendetes Essen. Schon wieder ein Tischverbot. Ich lächelte. »Nur zu gerne.«

Dorville schloss mich von dem gemeinsamen Barabend aus, was mir gerade recht war.

Ich hatte die Hoffnung, bei ihm so sehr in Ungnade gefallen zu sein, dass ich den Samstag nutzen konnte, um allein ein bisschen die Insel zu erkunden. Der Plan ging aber leider nicht auf. Ich war noch nicht lange wach, als Gwynnia bei mir klopfte und mich wissen ließ, dass wir uns alle am Strand treffen würden.

Ich war als Erste dort und suchte eine weniger bevölkerte Liegestuhlecke aus.

Dort fand mich Dorville wenig später beim Sonnenbaden.

Er stellte sich vor mich, sodass sein Schatten auf mich fiel. »Du hättest nicht mit dem Thema anfangen dürfen gestern.«

Ich rutschte ein Stück mit dem Stuhl nach rechts, aber Dorville ging seitwärts mit und stand mir weiterhin im Licht.

»Und du hättest die Poolsache nicht so stehen lassen dürfen.«

Wir fochten ein kleines Blickduell aus, das er schließlich mit einem Achselzucken beendete. »Schadet doch niemandem.«

Doch, zum Beispiel mir, wenn ich eine polizeiliche Vorladung bekam. Dann wäre Schluss mit Lou. Wie sollte ich Blanche helfen, wenn ich selbst einen Strafprozess am Hals hatte?

»Hast du einen Verdacht, wer uns gefolgt sein könnte?«, wollte Dorville wissen. »Das kann niemand von der Presse gewesen sein. Erstens kommen die nicht aufs Gelände, zweitens hätten sie es dann schon früher gebracht.«

Clea würde sich zu so was nicht herablassen. Apryl schon, aber diesmal hielt ich sie für unschuldig. Mir würde sie jederzeit eins auswischen, allerdings nur, wenn sie es mich dann auch wissen lassen konnte. Ich war mir recht sicher, dass ich die Meldung Poème zu verdanken hatte. Das würde nur zu gut passen. Da ich sie aber lieber nicht noch mehr gegen mich aufbringen wollte, behielt ich das für mich.

»Spielt das noch eine Rolle? Ich würde lieber wissen, was wir jetzt tun sollen!«

Endlich trat er zur Seite und ließ zwei Plätze zwischen uns frei, als er sich setzte. »Nur die Ruhe, Lou. Ich hab mich schon darum gekümmert.«

Vin stieß zu uns und breitete sein Handtuch über einen freien Stuhl. »So was kostet ihn nur einen Anruf.« Beunruhigung rang mit meiner Erleichterung. So viel Einfluss hatte diese Familie?

Auch wenn es stimmte und der Fall wirklich nicht weiterverfolgt wurde – die Gerüchte, die dadurch in Umlauf gekommen waren, würde nicht mal ein Dorville zurückpfeifen können.

Wir verbrachten den ganzen Tag am Strand. Feiner goldener Sand unter brennender Sonne, kristallklares Wasser in tiefem Türkisblau, mehr brauchte es nicht, um mich allen Umständen zum Trotz für eine Weile zu entspannen. Ich seilte mich von den anderen ab, so gut es ging, schwamm weit hinaus und nutzte die Phasen, wenn die anderen im Wasser waren, um auf dem Strandlaken im Liegestuhl zu dösen. Dorville hielt sich an Vin, Apryl tat alles, um trotzdem seine Aufmerksamkeit zu bekommen, und Gwynnia streifte in der Bucht umher und brachte mir ein Eis mit.

Am Abend spielte eine Band als Unterhaltungsprogramm im Hotel, und auch wenn die meinen Musikgeschmack nicht wirklich traf, war ich froh, einfach nur dasitzen zu können und mich beschallen zu lassen. So musste ich mich nicht Apryls Giftspritzerei aussetzen.

Am Sonntag funktionierte das allerdings nicht so gut. Wir waren wieder am Strand. Nur Gwynnia war noch nicht da, weil sie ein paar Telefonate für die Saya Nord erledigte.

Auch heute trübte kein Wölkchen den Himmel. Zwischen meinen Zehen kitzelte der Sand, und ich hatte diesen wunderbaren Salzgeschmack auf den Lippen. Das Meer streichelte die Bucht und die umliegenden Klippen mit zärtlichen Wellen, und trotz der vielen Badegäste war es paradiesisch ruhig – zumindest bis eben noch. Apryl machte ein Mordstheater, weil sie von Dorville mit Sonnenmilch eingecremt werden wollte. Wahrscheinlich lag es nur an ihrer Nörgelei, dass er schließlich nachgab. Durch die dunklen Gläser meiner Sonnenbrille beobachtete ich, wie seine Hände das Oberteil ihres lachsfarbenen Bandeau-Bikinis umrundeten, und rätselte darüber, warum er Apryl jemals angenommen hatte. Irgendwann würde ich das herausfinden.

»Du auch?«, fragte Dorville und winkte mir mit der Cremetube.

Ich verzog das Gesicht. »Eher verbrenne ich zu Asche.«

Er schnalzte und warf mir die Tube auf den Bauch. Ich quietschte erschrocken und krümmte mich zusammen, als sie mich traf. »Ich hab nicht gefragt, ob ich dir dabei behilflich sein soll«, sagte er. »Denn nur zu deiner Info: Ich habe wirklich nicht das Bedürfnis, dich anzufassen.«

Am liebsten hätte ich ihm eine Handvoll Sand ins Gesicht geschleudert, konnte den kindischen Impuls aber gerade noch unterdrücken.

Dorville ging Richtung Wasser, und Apryl folgte ihm wie ein Hündchen, nicht ohne mir vorher noch einen überheblichen Blick zuzuwerfen.

»Du machst ihr Angst«, sagte Vin, der neben mir auf dem Rücken lag und sich bräunte. Wir sahen zu, wie Apryl Dorvilles Hand nahm und sich von ihm ins flache Wasser ziehen ließ.

»Den Eindruck habe ich nicht.«

»Er mag dich.«

Er mag dich. Drei Worte in ihrer vollkommenen Absurdität. Sie nisteten sich irgendwo in meinem Kopf ein, wo ich sie nicht haben wollte.

»Sieht nicht so aus«, sagte ich abfällig.

In etwa zweihundert Metern Entfernung küsste Dorville gerade Apryl. Gut, vielleicht auch eher Apryl ihn.

»Es ist viel komplizierter, als du denkst«, sagte Vin.

»Wie ist es denn?«, bohrte ich nach.

»Schon gut. Ich hätte gar nichts sagen sollen.«

Natürlich machte er dicht. War ja schon fast Standard, wenn es um Clea und Apryl ging.

»Jedenfalls scheint er dir zu vertrauen, wenn er dich einfach so mit einer seiner Harmonien allein lässt«, sagte ich.

Vin schluckte. »Scheint so«, sagte er dann und sah aufs Meer hinaus.

Wenig später machte er sich auf den Weg zu dem kleinen Toilettenhäuschen, etwas weiter den Strand rauf. Ich blieb allein bei unseren Sachen. Es vergingen fünf Minuten, zehn, fünfzehn, zwanzig. Vin kam nicht zurück, dafür aber Dorville mit Apryl. Zeit, sich ebenfalls mal auf den Weg zu den Klos zu machen.

Dort stieß ich auch wieder auf Vin. Er war nicht allein.

Unweit des Eingangs zu den Damentoiletten stand er, die Hände an Gwynnias Taille und seine Lippen auf ihren. Wer hätte das gedacht?

»Ähm … läuft das schon länger?«

Wie vom Blitz getroffen fuhren die beiden auseinander.

In Gwynnias Gesicht stand ganz klar Panik, während Vin sich beunruhigt umsah, als befürchtete er, es könnte noch jemand unerwartet auftauchen. Dorville? Dann dämmerte es mir. »Das dürft ihr nicht, oder?«

»Lou …«, sagte Gwynnia, während Vin mit »Bitte sag es nicht …« anfing. Gleichzeitig hielten beide inne.

Ich hob beschwichtigend meine Hände. »Ganz ruhig, ja? Alles im grünen Bereich.«

»Nein«, sagte Vin. »Nein, nicht ganz. Wenn du das Robin erzählst, wird er …«

»Warum sollte ich das tun?«

Gwynnia legte Vin eine Hand auf den Arm. »Sie wird es für sich behalten. Oder?« Mit großen Augen sah sie mich an.

»Klar«, sagte ich, bevor sie noch zu hyperventilieren begann.

»Danke«, sagte Vin – und dann zu Gwynnia: »Geh schon mal vor zu den anderen. Es ist besser, wenn wir nacheinander kommen.«

Sie nickte und huschte an mir vorbei.

»Ich dachte, ihr könnt so was einfach bei Dorville anmelden«, sagte ich verständnislos. »So nach dem Motto ›Wir wollen übrigens zusammen sein‹ und ›Ja klar, okay‹.«

Vin schüttelte den Kopf. »Das würde er nie sagen. Sie ist seine Schwester.«

Das kam mir jetzt nicht so ganz logisch vor.

»Und du sein bester Freund oder nicht? Du kannst einfach Anspruch auf sie erheben – oder wie auch immer ihr das noch mal nennt –, und …«

»Nein. Er würde es nicht zulassen. Du kennst ihn nicht so wie ich.«

»Okay, okay«, ruderte ich zurück. »Ich mein ja nur ... Wäre wahrscheinlich immer noch besser, als wenn er es so herausfindet wie ich gerade, oder?« Damit ließ ich ihn stehen.

Der Rest des Nachmittages verlief ohne besondere Zwischenfälle. Da das Meer nun wieder Dorville- und Apryl-frei war, ging ich schwimmen und hatte so meine Ruhe. Jetzt, wo Gwynnia und Vin mich ständig ansahen, als sei ich eine Bombe, die jeden Moment hochgehen könnte, war die Atmosphäre leider nur noch angespannter.

Am Abend aßen wir auf der Hotelterrasse. Es gab Dorade vom Grill und ein reichhaltiges Beilagenbüfett. Um eine Situation wie am Vorabend zu vermeiden, hielt ich einfach den Mund und versuchte, das Essen zu genießen. Gwynnia und Vin schwiegen ebenfalls und bemühten sich krampfhaft, nicht einen einzigen Blick auszutauschen. Jetzt fragte ich mich, wie ich so lange hatte übersehen können, was sie füreinander empfanden.

Apryl fühlte sich als Alleinunterhalterin ziemlich wohl und laberte irgendwelches Zeug, das niemanden am Tisch interessierte. Wenigstens wagte sie es nicht mehr, über *mich* zu reden. Vielleicht hatte es doch etwas Gutes gehabt, dass ich Dorvilles Ex angesprochen hatte, und sie fürchtete, dass ich wieder davon anfangen könnte.

Als endlich alle Teller leer waren, verkrümelte ich mich auf mein Zimmer. Wenig später klopfte es. Schnell pfefferte ich das Telefon zurück auf das Nachtschränkchen. Statt Blanche zu schreiben, hatte ich jetzt doch einen Anruf wagen wollen. Schon mindestens fünfmal hatte ich ihre Nummer gewählt und dann doch immer wieder aufgelegt.

Ich machte auf, und Dorville bat sich selbst herein.

»Lass uns noch ein bisschen draußen sitzen«, sagte er. »Die Sonne geht gleich unter, und von deinem Westbalkon kann man sie sicher gut sehen.« Schon zog er die Glastür auf.

»Du willst mit mir den Sonnenuntergang bewundern?«, fragte ich ungläubig.

»Nein, aber Vin wollte draußen noch mal eine Runde drehen, und jetzt belagert Apryl unser Zimmer. Ich hab grad keinen Nerv für sie.«

»Das kommt also auch vor?«

Er warf mir einen unwilligen Blick zu, bevor er rausging und sich einen der Stühle zurechtrückte.

Ich ging zu ihm auf den Balkon und setzte mich neben ihn, den Blick auf das Wasser gerichtet, das von der sinkenden Sonne tatsächlich in ein zauberhaftes Farbenspiel getaucht wurde.

»Ich hatte heute nicht besonders viel von dir«, meinte Dorville.

Ich schlug die Beine übereinander. »Ich wusste nicht, dass du mehr von mir haben *wolltest.*«

»Du machst es dir mit vielen Dingen zu leicht, Lou.«

Du kennst mich doch gar nicht, wollte ich dagegenhalten. Aber ich kannte mich ja nicht mal mehr selbst. Wer war dieses Mädchen, das sich als Lou ausgab und hier mit dem Typen auf einem Hotelbalkon plauderte, der es auf ihre beste Freundin abgesehen hatte? Das Mädchen, das sich langsam wünschte, dass alles nur ein großer Irrtum war?

Am Horizont sank der Sonnenball immer tiefer. Menschen, die von hier aus wirkten wie winzige Schattenfiguren, standen am Strand und sahen ihm beim Verschwinden zu. Ich fragte mich, ob Vin sich wohl heimlich mit Gwynnia dort getroffen hatte oder ob ich die beiden so erschreckt hatte, dass sie jetzt vorsichtiger sein würden.

»Meine Mutter hätte das geliebt«, sagte Dorville rau. »Als ich klein war, hat sie mich auf jeder Reise aus dem Bett geholt – zu einem Sonnenunter- und einem Sonnenaufgang.«

Ich versuchte, mir ihn als kleinen Jungen vorzustellen, in den Armen seiner Mutter auf einem Balkon wie diesem, verschlafen in das Spektakel am Himmel blinzelnd.

»Sie konnte sich nie entscheiden, worüber sie mehr staunen soll: das majestätische Ende eines alten Tages oder die flirrende Ahnung eines neuen.«

Ich musste an die Videointerviews mit Prisca Dorville denken, an ihr warmes Lächeln, wenn sie von ihm gesprochen hatte. Mein Herz wurde schwer.

»Kannst du dich denn entscheiden?«, fragte ich leise.

Er schaute zu mir, schien aber ganz in der Vergangenheit zu sein. Tiefer Schmerz zeichnete sein Gesicht. »Beides erinnert mich immer nur an sie.«

Ich suchte nach Worten, die irgendetwas bedeuten würden, auch wenn sie nichts änderten. »Stimmt es, dass du immer der Rebell in der Familie warst?«, fragte ich schließlich und zitierte: *»Was wäre eine Visionärin ohne einen Rebellen, der an ihre Visionen glaubt?«*

Ein trauriges Lachen entfuhr ihm. »Die eigentliche Frage ist doch: Was ist ein Rebell ohne Visionen, an die er noch glauben kann?«

Ich berührte ihn am Arm, nur ganz kurz. »Aber ein Rebell bist du immer noch?«

Da lächelte er mich an, vollkommen anders als sonst, offener und irgendwie entwaffnend. Der Schmerz verweilte in seinen Augen, aber das Blitzen kehrte langsam zurück. Ich hatte es vermisst. Seltsamerweise kam es mir gar nicht mehr so einstudiert machohaft vor. »Was denkst du denn?«

Ich schüttelte leicht den Kopf, mehr um das Bild von seinem Lächeln zu vertreiben, als um seine Frage zu verneinen. Wen hatte ich hier eigentlich gerade zu trösten versucht? Viel barscher als notwendig begann ich: »Kommt mir leider nicht so vor! Deine Gesellschaft liegt dir zu Füßen, und du bist genauso arrogant und hirnlos und …«

»Hey, schon gut. Ich sag dir jetzt besser nicht, was ich von *dir* halte.«

Ich verschränkte die Arme vor der Brust. »Tu dir keinen Zwang an.«

Er lächelte wieder so, als ob er verstanden hätte, dass mich das aus der Bahn brachte. »Du bist unfassbar niedlich, wenn du dich aufregst. Also eigentlich die ganze Zeit.«

»Ganz schlechte Anmache.«

Dafür bekam ich nur ein Lachen. Schön, dass es ihm schon wieder so viel besser ging! »Oh nein, nicht auf *diese* Weise niedlich! Eher auf diese Kleinkind-Art. Vorausgesetzt, man mag Kinder.«

Das musste ich mir echt nicht geben! Ich stand kommentarlos auf, ging ins Zimmer und schloss ihn aus. »Gute Nacht!«, brüllte ich, damit er es auch durch die Scheibe hören konnte. Dann zog ich einfach die Vorhänge zu.

Er reagierte nicht, wie ich erwartet hatte. Er sprang weder auf und pochte gegen die verschlossene Tür, noch versuchte er, über den Nachbarbalkon zu flüchten. Er blieb einfach sitzen, ein entspannter Schatten hinter dem Vorhang.

Ich ließ ihn sitzen. Als ich etwas später fertig zum Schlafengehen aus dem Bad kam, hatte er sich immer noch nicht von der Stelle bewegt. Es war jetzt dunkel, und ich sah sein Handy an seinem Ohr leuchten. Er sprach mit irgendjemandem. Erst ging ich davon aus, dass er den Hotelservice oder Vin informierte, doch nach ein paar Minuten telefonierte er immer noch, und dann sagte er ihren Namen. Clea. Er redete mit Clea. Ob er mit ihr genauso vertraut sprach wie mit mir gerade?

Wahrscheinlich ging er davon aus, ich würde die Tür schon wieder öffnen, aber den Gefallen tat ich ihm nicht. Ich legte mich ins Bett.

Mitten in der Nacht ließ mich ein Poltern auf dem Flur hochschrecken. Doch es schienen nur irgendwelche Betrunkenen zu sein, die aus der Hotelbar kamen und nun ihr Zimmer suchten. Da fiel mir Dorville ein. Saß er immer noch draußen? Oder war er irgendwie vom Balkon geklettert? Ich schlüpfte aus dem Bett und zog die Gardine zur Seite.

Zusammengerollt lag er auf dem Boden meines Balkons und schlief, den Kopf auf eines der Sitzkissen gebettet. In T-Shirt, Shorts und Flipflops. Bestimmt war es inzwischen deutlich abgekühlt. Ich wollte meine Hand zwingen, erneut den Lichtschalter zu drücken, damit ich weiterschlafen konnte. Aber sie gehorchte mir nicht. Stattdessen holte sie ohne meinen

Willen eine Tagesdecke aus dem Schrank, öffnete leise die Tür und warf sie über Dorvilles schlafende Gestalt. Verräterische Hand! Zum Glück regte er sich nicht, und ich konnte flugs wieder im Zimmer verschwinden. In ihrer Widerspenstigkeit hatte meine Hand die Tür nicht wieder verriegelt, und ich hoffte, er würde einfach weg sein, wenn ich am Morgen wach wurde.

11.

Vicky

Schon bevor ich die Augen öffnete, hatte ich dieses Gefühl, beobachtet zu werden. Ruckartig fuhr ich hoch. Dorville saß neben mir auf der Matratze, und ich bereute sofort, die Tür in der Nacht nicht wieder verschlossen zu haben.

»Ich hab Rückenschmerzen«, sagte er. »Und nur zu deiner Info: Wenn es die Runde machen würde, was ich dir so alles durchgehen lasse, würd mich das echt in Schwierigkeiten bringen.«

Ich sagte nichts, aber es war ja kein Geheimnis, wie egal es mir war, wenn er meinetwegen Probleme bekam.

»Sei froh, besonders Apryl wird etwas ganz anderes vermuten«, fügte er hinzu.

»Gefällt dir das etwa?«

»Eigentlich«, sagte er, »gefällt es mir nur, weil es dir nicht gefällt. Genau wie der Kuss auf deiner Willkommensparty.«

Dann folgte dieser peinliche Moment, in dem wir uns gegenseitig auf die Lippen starrten.

Dorville räusperte sich. »Okaaay. Unser Zeitplan ist außerhalb der Gesellschaft immer ein bisschen außer Kraft gesetzt. Vielleicht sollten wir ausnahmsweise mal frühstücken.« Er schaute zur Uhr. »Wir reisen in zwei Stunden ab. So sind wir früh genug zurück, damit ich noch die letzten Dinge für morgen vorbereiten kann.«

»Morgen?«, fragte ich.

»Cleas Geburtstag«, sagte er knapp, schon fast bei der Tür. »Bis gleich also.«

Auf der Heimreise drückte Gwynnia sich auffällig viel in meiner Nähe herum und versuchte, Small Talk zu machen. Entweder sie wollte um jeden Preis davon ablenken, dass sie eigentlich am liebsten bei Vin sein wollte, oder sie dachte, es wäre an der Zeit, sich besser mit mir anzufreunden, damit ich sie bloß nicht verriet.

Nach unserer Ankunft in der Saya Nord verschwand Dorville von der Bildfläche, um sich um die Erledigungen für Cleas Geburtstag zu kümmern.

Ich sah ihn erst auf der Party am Abend wieder, in Begleitung von Clea selbst, die dafür sorgte, dass er die ganze Zeit über in ihrer Nähe blieb.

Wir nahmen das Blickspiel wieder auf – gucken, weggucken, gucken, weggucken. Jedes Mal, wenn ich merkte, wie ich nach ihm Ausschau hielt, hätte ich mich selbst schlagen können, doch meist war es schon zu spät, und ich hatte ihn bereits in der Menge ausgemacht. Und ausnahmslos jedes Mal war es, als würde er es spüren, wenn ich meinen Blick auf ihn richtete. Jedes Mal erwiderte er ihn.

»Wie wär's?«, fragte Tayla mich irgendwann lachend. »Ich hol dir was von der Bar, damit du dir Mut antrinken kannst, und du gehst endlich zu ihm?«

Obwohl ich ihr standhaft versichert hatte, dass auch während des Ausflugs nichts zwischen ihm und mir passiert war, glaubte sie mir nicht. Apryls Bericht war wohl überzeugender – oder einfach skandalträchtiger.

»Das werde ich nicht, aber ein Drink ist eine gute Idee«, befand ich und zog sie am Arm mit, raus aus Dorvilles Sichtfeld.

Am nächsten Morgen weckte Tayla mich und eröffnete mir, dass alle Gesellschaftsmitglieder ausnahmsweise früh aufstanden und zusammen frühstückten, wenn eine Harmonie, ein Vorstandsmitglied oder der Regent selbst Geburtstag hatte. Zwei Tage Frühstück in Folge, ich konnte mein Glück kaum fassen!

Im Speisesaal war ein Platz für Clea mit Blumen dekoriert, und die Anzahl der Kerzen ließ darauf schließen, dass heute ihr Achtzehnter war. An der Wand schräg zum Büfett gab es einen Geschenketisch, wohin Tayla auch ihr Päckchen brachte. Netterweise hatte sie draufgeschrieben, es wäre von uns beiden, obwohl Clea wissen würde, dass dem nicht so war, und wahrscheinlich auch keinerlei Wert darauf legte, etwas von mir zu bekommen.

Clea kam mit Dorville herein, sie hielten sich an den Händen. Ob er wohl die Nacht mit ihr verbracht hatte?

Sie hatte sich zur Feier des Tages Locken in die Haare gedreht, und vermutlich bekam jede Frau im Raum ihretwegen Komplexe. Jede Märchenprinzessin wäre bei ihrem Anblick vor Neid erblasst.

Als sie Platz genommen hatte, wurde es still, und Dorville holte Luft. »Clea, auch wenn ich dir schon gratuliert habe, möchte ich das auch noch mal im Namen der ganzen Gesellschaft tun. Wir alle sind unglaublich froh, dich bei uns zu haben, und wünschen dir alles Gute für dein neues Lebensjahr!«

Alle klatschten zustimmend.

Dorville beugte sich zu Clea hinunter und küsste sie. Die anderen jubelten, aber ich schaffte es nicht mal zum Schein, mit einzustimmen. Da waren plötzlich zwei Klöße, einer in meinem Hals, einer in meinem Magen. Verdammt, was stimmte nicht mit mir? Ich war doch nicht die Art Mädchen, die sich von jemandem angezogen fühlte, von dem sie wusste, dass er nicht gut für sie war.

»In Momenten wie diesem«, sagte Clea, als ihre Lippen sich endlich wieder von seinen trennten – und man konnte ihre Worte nur hören, weil alle so gebannt lauschten –, »bereue ich manchmal, dass ich nicht kandidiere.«

Ich sah, wie Dorville sich anspannte.

»Tu es doch einfach!«, rief irgendwer von irgendwo, woraufhin andere das lautstark bekräftigten.

Clea schloss die Augen, als müsste sie sich besinnen, Dorville schlug mit der flachen Hand auf den Tisch und verkündete aufgesetzt fröhlich: »Und jetzt guten Appetit allerseits!«

Nicht nur das Essen war noch üppiger und fantastischer als sonst; der ganze Tag war perfekt durchorganisiert – Artisten und Bands traten im Versammlungssaal auf, und es gab verschiedene Tanz- und andere Workshops. Ich ließ mich eine Weile von der Show berieseln, aber irgendwann wurde es mir zu viel, und ich musste raus.

Als ich auf den Hof hinaustrat, hörte ich Cleas aufgebrachte Stimme. Dorville und sie standen nicht weit von mir. Schnell drückte ich mich wieder in die Einbuchtung der Tür.

»… tust so, als würde das ewig so weitergehen? Sag mir, wann! Ich halt das nicht aus!«

Sie konnte ich nur von hinten sehen, aber Dorville stand ihr so gegenüber, dass ich sein Gesicht im Blick hatte.

»Nicht mehr lange, wirklich! Gib mir einen Monat!«

Ihre Schultern sanken nach unten. »Einen Monat? Dann ist die Harmonienwahl doch längst beendet.«

Er schüttelte den Kopf. »Ich finde eine Lösung für eine Verlängerung, zögere es hinaus, stell mich krank, was auch immer!«

Sie stemmte die Hände in die Hüften. »Und wenn nicht?«

»Clea, ich hab es dir doch …«

»… versprochen, ja, ich weiß! Ich kann's nicht mehr hören!«

»Ich rede so schnell wie möglich mit Lou.« Sein Blick wanderte kurz in meine Richtung, und etwas an seinem Gesichtsausdruck sagte mir, dass er mich längst bemerkt hatte. »Wenn sie mitmacht, geht es vielleicht schneller.«

»Und warum hast du sie nicht schon längst gefragt? Ihr zwei sollt euch inzwischen ja recht nahestehen«, sagte Clea bitter.

»Ich rede mit ihr«, wiederholte er, ohne ihre Frage zu beantworten.

»Na, da bin ich ja beruhigt!«, sagte sie. Dann gab sie ihre abweisende Haltung plötzlich auf und umarmte ihn. »Bitte sag mir wenigstens hinterher, was sie gesagt hat«, bat sie. »Ich zerbreche mir sonst ewig den Kopf.«

Er gab ihr einen flüchtigen Kuss. »Okay. Geh jetzt wieder rein und hab Spaß, ja? Ich bin gleich wieder bei dir.«

Sie zögerte, sicher wollte sie fragen, was er vorhatte. Doch sie beließ es bei einem Nicken. »Ich liebe dich«, sagte sie.

Zwei Sekunden, drei Sekunden, vier Sekunden vergingen. Dann drehte sie sich um und ging ins Haus zurück, zum Glück durch den Eingang auf der anderen Seite.

Dorville wartete, bis man die Tür ins Schloss fallen hörte. »Kannst rauskommen«, sagte er.

Ich trat aus meinem schlechten Versteck.

»Worüber sollst du mit mir reden?«, fragte ich sofort.

Er winkte ab. »Nicht hier. Die Unterhaltung führen wir woanders.«

»Und wo?«

»Wir fahren morgen zusammen weg. Es ist eh Mittwoch, das heißt, niemand erwartet uns zum Feiern zurück.«

»Und hast du auch Lust, Lou?«, setzte ich das Gespräch allein fort. »Klar, wenn du mir sagen würdest, worum es überhaupt geht. – Nö, dazu bin ich viel zu cool und geheimnisvoll.«

Er lachte. »Morgen erfährst du alles, versprochen.«

»Du versprichst ziemlich oft Sachen, oder?«

»Aber ich halte sie auch ein.«

»Sag mir endlich die Wahrheit über dich und Clea. Das fänd ich nur fair, wenn du mich für etwas brauchst, was mit ihr zu tun hat. Was ist das mit euch?«

Er überlegte kurz. »Na gut. Lass uns zum Steg runtergehen.«

Nach der Hitze in Malta war es hier gefühlt schon Herbst, und ich hatte keine Jacke mit rausgenommen, aber das musste ich jetzt in Kauf nehmen. Würde Dorville wirklich mit der Sprache rausrücken?

Auf dem Steg blies der Wind, und als wir uns setzten, zog ich die Beine an und vergrub die Hände im Stoff meines Rocks.

»Es ist eigentlich schnell erklärt«, meinte Dorville. Er war kurzärmlig unterwegs, und ich sah deutlich die Gänsehaut auf seinen Armen. Fast hätte ich die Hand ausgestreckt und darübergerieben. Ab welchem Zeitpunkt hatte das mit diesen dummen Impulsen nur angefangen?

»Ich bin schon fast so lange mit Clea zusammen, wie es die Saya Nord überhaupt gibt. Nur mit Clea, wenn du verstehst.«

Ja, ich kapierte sofort, was er meinte, und nein, irgendwie wollte ich es gar nicht verstehen.

»Ich dachte, du warst bis kurz vor der Gründung mit Chloe …?«

»Ja, und? Das war aus, und Clea hat mich gebraucht. Ich sie auch.« Mit den Fingern zog er die Rillen in den Holzplanken des Stegs nach. »Wenn du irgendwem auch nur ein Sterbenswörtchen sagst, werde ich alles abstreiten«, sagte er, noch bevor ich irgendwie reagieren konnte. »Keiner würde dir glauben.«

Selbst wenn er damit recht haben sollte – warum sollte er mir eine so heikle Information anvertrauen? Ausgerechnet mir?

Doch das war nicht das Einzige, was mich irritierte. Da war noch etwas anderes, was mir seltsam vorkam.

»Als ich dich in Frankfurt gefragt habe, ob du je verliebt warst … Du hast Clea mit keiner Silbe erwähnt.«

Ich wollte sehen, was mein Einwand in seinen Augen auslöste, aber er hatte das Gesicht abgewandt. Bis er mich wieder ansah, hatte er, was immer ich darin gesehen hätte, längst wieder sorgsam weggeschlossen. »Ich liebe …«, er schien fast über das Wort zu stolpern, »Clea auf eine andere Art. Eine bessere vielleicht.«

Was wollte er damit sagen? Dass das Obsessive, Besitzergreifende fehlte, das er dem Brief nach zu urteilen Blanche gegenüber empfand? Das, an das ich nach wie vor nicht glauben wollte?

»Unsere Mütter waren sehr gute Freundinnen«, sagte er. »Sie waren immer überzeugt davon, dass wir eines Tages zusammenkommen würden.«

»So was endet doch nie gut«, warf ich ein.

»Als meine Mutter …« Er hielt inne und sprach erst nach mehreren Atemzügen weiter. »Als sie im Sterben lag, musste ich ihr versprechen, immer bei Clea zu bleiben und auf sie aufzupassen.« Und noch ein Versprechen.

Ich öffnete den Mund, aber er kam mir zuvor. »Sag nichts! Das ist nicht alles. Ich hab sie schon einmal im Stich gelassen, Chloes wegen. Und es wäre für mich besser gewesen, das wäre nicht passiert. Das mit Clea und mir könnte nie in so einem Desaster enden.«

»Na ja, wenn es nicht funktioniert, ist es bereits ein Desaster.«

»Niemand hat gesagt, dass es nicht funktioniert.«

»Und niemand hat gesagt, dass du sie liebst. Jedenfalls nicht so, wie du solltest.«

»Sie ist perfekt für mich.«

»Perfekt: ja, für dich: nein. Gerade weil sie perfekt ist, passt sie nicht zu dir. Und wie lange kann man eine Liebe ohne Feuer schon am Brennen halten?«

Reicht jetzt, Vicky – zu dem Thema solltest du echt nicht die Expertin raushängen lassen!, ermahnte ich mich.

»Feuer?«, fragte er und zog die Augenbrauen hoch.

»Sie kandidiert nicht mal. Warum nicht?«

»Vielleicht muss sie das nicht. Was glaubst du, wie groß die Überraschung wird, wenn die Wahl damit endet, dass eine Nicht-Kandidatin nachrückt und gewinnt?«

Das war der Plan – ein ausgeklügeltes Finale für die Gesellschaft und die Öffentlichkeit, mit dem niemand rechnete und das sich doch viele gewünscht hatten? Oder wollte er mich nur von den wahren Gründen ablenken? Hatte Clea sich aus Protest geweigert, an der Wahl teilzunehmen? Weil sie zu stolz war, um mit anderen um ihn zu wetteifern, selbst wenn ihr der Sieg sicher wäre?

Ich dachte an ihre Worte zurück. Eine andere Möglichkeit wäre, dass Dorville sie zappeln ließ, obwohl sie es kaum erwarten konnte, endlich mitzumischen.

Ob ich noch etwas mehr darüber rauskriegen könnte? Ich probierte es mit einem Seitenhieb: »Wie kannst du behaupten, dass zwischen euch alles gut ist, wenn du gleichzeitig was mit Apryl am Laufen hast und dann auch noch einer gewissen Neuen ständig diese Blicke zuwirfst?«

»Hört, hört!«, spottete er. »Dir ist schon klar, dass diese Neue damit angefangen hat?« Plötzlich leuchtete etwas in seinen Augen auf. »Oder warte – kann es sein, dass du eifersüchtig bist, weil ich eine Freundin hab?«

Wieder eine dieser verzwickten Situationen, in denen meine Rolle ein Ja erforderte, ich mir aber einfach nicht diese Blöße geben konnte. Ich schwieg, das konnte immerhin alles heißen. Er ließ von dem Thema ab, wofür ich ihm wirklich dankbar war.

»Ich versteh sie einfach manchmal nicht«, sagte er. »Das ist das einzige Problem. Ich weiß, dass sie unglücklich ist, und habe keine Ahnung, was ich dagegen tun soll.«

Jetzt musste ich lachen. War er so blind? »Frauen wie Clea sind doch so leicht zu verstehen«, sagte ich.

»Findest du? Dann sag du mir, was sie will.«

»Liegt doch auf der Hand«, sagte ich verächtlich. »Sie träumt von einem wunderschönen Brautkleid, einer Regentenfamiliensuite und zwei oder drei Kindern.«

Er sah nicht überrascht aus, eher irgendwie verwirrt. »Genau das bekommt sie doch früher oder später.«

Ich dachte daran, wie er ihre Liebeserklärung nicht erwidert hatte. »Weiß sie das denn auch?«, fragte ich herausfordernd.

Nun war es an ihm zu schweigen.

»Was ist mit dir?«, fragte er nach einer Weile. »Träumst du auch von so einem Leben?«

»Nein!«, rief ich sofort. Ich verschwieg, dass ich bis vor Kurzem nicht weit davon entfernt gewesen war, zumindest was einen der Punkte betraf. Ich konnte mir nur zu gut vorstellen, wie er über mich lachen würde, wenn er herausfand, dass ich geglaubt hatte, Jasper würde mir einen Antrag machen, und erst während des Gesprächs kapiert hatte, dass er in Wahrheit mit mir Schluss machte.

»Das ist nichts mehr für mich«, sagte ich. »Ich lebe nur noch von Absturz zu Absturz.« Und abgestürzt war ich grandios. Sonst säße ich wohl kaum hier.

»Das hängt mit deinem geheimnisvollen Ex zusammen, oder?«, vermutete Dorville auch prompt.

»Nachdem er mich verlassen hatte, hab ich alles geschmissen. Ich bin in den nächstbesten Club gegangen, habe eine Menge getrunken und kurz hintereinander mit drei verschiedenen Typen rumgemacht. Ich kann mich nicht erinnern, wie sie hießen.« Meine Stimme klang gepresst, und erst jetzt fragte ich mich, was ich hier eigentlich tat. Warum ich das erzählte. *Wem* ich das erzählte.

Als ich Dorville ansah, waren für einen Moment alle Masken weg. Keine Heuchelei, keine Überheblichkeit, keine Distanz zwischen uns. Fast glaubte ich, er würde versuchen, mich zu trösten. Aber nur fast.

»Eine etwas krasse Reaktion, hm?«

Ich schnaubte. »Streich die letzte Minute einfach aus deinem Gedächtnis.«

Die Masken kehrten allesamt an ihre Plätze zurück.

»Na ja«, sagte Dorville. »Danke jedenfalls für deine Clea-Analyse.« Er stand auf. »Es bleibt bei morgen Nachmittag. Auf dem Parkplatz um halb fünf.«

Eigentlich fühlte ich mich so, als bräuchte ich erst mal eine mindestens einmonatige Dorville-Pause.

Aufgewühlt und frierend blieb ich auf dem Steg zurück.

12.

Clea

Ich lächelte, ich schüttelte Hände, ließ mich umarmen, nahm Geschenke und Glückwünsche entgegen, lächelte weiter. Doch etwas in mir schmerzte. Königin der Saya Nord – so nannten mich viele. Und doch würde ich es nie sein.

Robin hatte keine Kosten und Mühen gescheut, um ein gewaltiges Spektakel aus meinem Geburtstag zu machen. Vielleicht wurde ich darum beneidet, vielleicht war tatsächlich alles noch perfekter als bei allen Feiern der anderen Harmonien. Trotzdem drang das alles gar nicht richtig zu mir durch. Ich blieb bis zum Feuerwerk, das die Dreizehnte Stunde abschloss, hinterm Haus. Um kurz nach eins wartete ich in meinem Zimmer. Robin war fast den ganzen Abend bei mir gewesen und hatte gesagt, er würde herkommen, sobald er dem Aufräumteam die letzten Instruktionen gegeben hatte.

Ich hatte schon alle Lampen ausgeknipst. Der Mond war fast voll, und da mein Bett vor dem Fenster stand, war es ganz in schimmerndes Licht getaucht. Ich trug ein weißes Nachthemd aus Seide, dessen halber Rücken und kurze Ärmelchen aus hauchzarter Calais-Spitze gearbeitet waren. Die Locken, die ich am Morgen gedreht hatte, flossen über den tiefen, dreieckigen Rückenausschnitt. Ich wusste, dass ich hübsch aussah, fast wie eine echte Königin, aber ich war mir nicht ganz sicher, ob ich mich nicht ein bisschen zu sehr aufdrängte.

Als Robin hereinkam, blieb er stehen und betrachtete mich lange Augenblicke von der Tür aus. »Himmel, Clea. Du hast was so viel Besseres verdient, weißt du das?«

Ich streckte eine Hand aus. »Komm her.«

Er streifte sein T-Shirt über den Kopf und ließ es auf den Boden fallen, behielt die Jeans aber an. Er krabbelte über die Matratze zu mir und schloss mich in die Arme.

»Bist du müde?«, fragte er.

»Nein.«

Er ließ mich los und sah mich an.

»Darf ich dich um etwas bitten?«, fragte ich. »Ich meine, in all der Zeit habe ich dich eigentlich nie um irgendwas gebeten.« Wie sollte ich ihm bloß beibringen, wie glücklich es mich machen würde, wenn er mich nur ein einziges Mal neben ihm aufwachen lassen würde, statt vorher abzuhauen?

»Ach nein?« Er lächelte und schob mir mit einer sanften Bewegung das Nachthemd bis zum Bauch hoch. Ich hielt den Atem an.

»Was ist hiermit?« Mit dem Daumen umkreiste er das Piercing an meinem Nabel, ein Stecker mit silbernen Steinchen.

Seine Berührung strahlte durch meinen ganzen Körper, und ich erschauerte.

»Das wollte ich gar nicht«, gab ich zu. »Eigentlich habe ich es nur beantragt, weil ich dich provozieren wollte.« Ich hatte es stechen lassen, eine Woche nachdem Apryl in die Gesellschaft gekommen war und mit ihren Machtspielchen angefangen hatte.

Er lachte. »Du hättest wissen müssen, dass mich das nicht aus der Fassung bringen würde. Da müsstest du dir schon was Skandalöseres ausdenken.« Dann nahm sein Gesicht plötzlich einen entschiedenen Ausdruck an. »Clea … Du weißt doch, dass ich es ernst meine, oder? Es wird bald nur noch dich und mich geben. Du bist außer Konkurrenz.«

Verwundert sah ich ihn an. Auch wenn unser Ziel immer klar gewesen war, hatte er sich vor den Details dieser Zukunft immer gedrückt. Was würde jetzt kommen?

»Was glaubst du, warum ich noch nicht durchgedreht bin? Nur weil ich das immer vor Augen habe«, antwortete ich. Fünf Kandidatinnen, die alle so selbstsicher waren und glaubten, sie könnten es schaffen. Keine von ihnen würde bekommen, was sie wollte. Keine von ihnen würde unsere Gesellschaft führen. Das war mein Halt in all den Ereignissen der Wahl. »Ich kann es kaum erwarten.«

»Ich auch nicht«, sagte er leise. Dann fuhr er zögerlich fort: »Und wenn es so weit ist, wirst du dann …« Er biss sich auf die Lippe. Als er mir wieder in die Augen schaute, zitterte mein Herz. Mit einer Hand zog er ein Kästchen aus seiner Hosentasche, die andere lag immer noch an meinem Bauch. Ich schnappte nach Luft, im gleichen Moment, in dem er den Deckel aufschnappen ließ. »Willst du mich dann heiraten?«

Die Welt hielt an. Wie oft hatte meine Fantasie mich in diese Szene geschickt? Wie oft hatte ich mir gesagt, dass sie niemals wahr werden würde?

Nicht weinen!, dachte ich, aber die Tränen waren mir längst in die Augen gestiegen.

Er missdeutete meine Reaktion und fluchte leise. »Ich wusste es! Es …«

»Ja!«, sagte ich. »Ja, will ich!« Passierte das hier wirklich? Wenn es nicht real war, sollte ich lieber auf der Stelle aufhören zu träumen, denn dann würde es mich umbringen, wach zu werden.

Ich küsste ihn. Es fühlte sich echt an. Ganz konnte ich es trotzdem nicht glauben.

»Du weißt, diejenige, die ich wähle, bekommt den Ring. Ich dachte, ich gebe ihn dir jetzt schon, weil ... Weil ich schon vor langer Zeit dich gewählt habe.«

Die erste Träne floss. Ich wischte sie nicht weg, ließ sie ihre Bahn über mein Gesicht suchen. Das Glück ging so tief.

»Du kannst ihn noch nicht tragen, weil er ja offiziell im Safe liegt und auf das Ende des Wettkampfs wartet, also versteck ihn am besten.«

Ich brachte kein Wort mehr heraus, konnte nur nicken. Er hielt mir das geöffnete Kästchen hin, und ich nahm den Ring mit zitternden Fingern heraus. Priscas Ring.

Als kleines Mädchen war ich einmal in ihr Zimmer gekommen, als sie gerade ihr Schmuckkästchen sortierte. Staunend hatte ich all die schönen Dinge bewundert, ohne mich zu trauen, irgendetwas anzurühren. Sie hatte über mein ehrfürchtiges Gesicht gelächelt und mir über den Kopf gestreichelt.

»Was davon magst du am liebsten?«, hatte ich gefragt, obwohl ich mir gar nicht hatte vorstellen können, dass man sich bei so vielen Sachen für etwas entscheiden könnte.

Da hatte sie mir den Ring gezeigt, den Augusto ihr am Ende der Harmonienwahl angesteckt hatte. Er hatte einen ganz besonderen Zauber auf mich ausgeübt. Ich hatte sie darüber ausgefragt, und jetzt, wo er auf meiner Handfläche lag und ich den Blick nicht davon lösen konnte, ging mir alles durch den Kopf, was sie damals meinem überwältigten, kleinen Ich erklärt hatte: vierzehn Karat Weißgold, ein von einem Kranz aus sechzehn kleinen Diamanten umgebener, oval geschliffener

Saphir in einer Krappenfassung. Und das Wichtigste: der Ring, den sie an ihren Sohn weitergeben würde.

»Bist du dir sicher, dass du ihn nicht behalten willst?«, fragte ich, obwohl ich am liebsten meine Finger darum geschlossen und ihn nie mehr losgelassen hätte. Ich wusste, dass dieser Ring eines der wenigen Dinge war, die er von Prisca noch hatte.

Er schüttelte den Kopf. »Er ist für dich. War er immer.« Er nahm ihn und steckte ihn an meinen Finger. »Zumindest heute Nacht kannst du ihn schon mal tragen.«

Meine ganze Unsicherheit, all die ängstlichen Fragen und bösen Ahnungen der letzten Tage waren wie weggepustet. Als Robin mich an sich zog, war ich nur noch ein bebendes Bündel aus Hoffnung und Träumen.

13.

Vicky

Dorville verspätete sich und sah furchtbar übernächtigt aus. »Sorry«, sagte er. Sonst gar nichts. Er schien völlig neben sich zu stehen.

Er fuhr ein altes rotes Auto aus der Garage und ließ mich einsteigen. »Damit fallen wir nicht so auf«, meinte er und schlug fast schon aggressiv auf einen Knopf, um das anspringende Radio abzuwürgen. »Und solang es fährt …«

Und wie es fuhr! Wir waren von Anfang an zu schnell. Und zwar nicht bloß ein paar »Hab nicht auf den Tacho geguckt«-km/h. Als wir auf die Autobahn kamen und es überhaupt keine Geschwindigkeitsbegrenzung mehr gab, trat Dorville das Gaspedal förmlich bis unten durch.

Ich ertrug das eine Weile, die Hände unauffällig ins Sitzpolster gekrallt. Doch irgendwann reichte es mir. »Musst du so rasen?«

»Kein Kommentar zu meinem Fahrstil, verstanden?«

»Das ist kein Fahrstil, das ist Abreagieren – und das wiederum sollte man nicht beim Fahren tun. Also sag mir, was los ist, und mach langsamer.«

Er hörte nicht auf mich. »Okay, wem hab ich das jetzt zu verdanken?«, fragte ich genervt. »Clea oder Apryl?«

Ein tiefes Seufzen kam über seine Lippen, dann drosselte er endlich ein wenig das Tempo. »Clea.«

»Und was hat sie Schreckliches getan, dass du so drauf bist?«

»Nichts.«

Dann halt nicht.

Wir waren fast zwei Stunden unterwegs. Dorville fing kein Gespräch mehr mit mir an, und auch mir war nicht danach zu plaudern. Ich fragte nicht mal, wohin wir eigentlich wollten.

Schließlich fuhren wir von der Autobahn ab und landeten in einem kleinen Dörfchen. Dorville parkte das Auto auf einem Stellplatz, von dem eine in Stein gehauene Treppe zu einer Gaststätte hinaufführte. *Unter den goldenen Masten*, verkündete ein Wegweiser am Fuß der Stufen den Namen des Restaurants.

»Wir gehen essen?«

»Du hast es erfasst.«

»Und dafür sind wir so weit gefahren?«

»Es lohnt sich, wirst sehen.«

Wir stiegen zum Eingang hinauf und betraten das Lokal. Dorville nahm mir die Jacke ab und hängte sie an die Garderobe. Ein Kellner eilte uns entgegen.

»Ich hab reserviert. Tisch siebzehn«, sagte Dorville.

Der Mann nickte und führte uns zwischen den Tischen hindurch. Nummer siebzehn befand sich am Fenster. Von dort hatten wir einen Blick über den ganzen Ort.

Der Kellner zündete die hohe weiße Kerze in der Mitte des hübschen blassgrünen Zierdeckchens an. Wir bestellten Getränke und ließen uns die Speisekarte geben.

»Ich weiß ehrlich gesagt nicht, was ich hiervon halten soll«, gab ich zu.

»Erst bestellen, dann reden.«

Ich verdrehte die Augen und wandte mich wieder der Karte zu.

Ich entschied mich schnell für den Nordsee-Heilbutt, meine Lieblingsfischsorte.

Der Kellner kam mit unseren Getränken und fragte, ob wir schon wüssten, was wir essen wollten.

»Für sie den Heilbutt«, sagte Dorville, bevor ich den Mund aufmachen konnte. »Und ich nehm das Zanderfilet.«

Lächelnd notierte sich der Kellner beides und eilte dann zu zwei Neuankömmlingen.

Ich stützte die Arme auf den Tisch. »Woher wusstest du das?«

Auf der Speisekarte hatte es Dutzende Gerichte gegeben. Ich hatte die Karte vor mich gehalten; er hatte unmöglich sehen können, woran meine Augen hängen geblieben waren.

Dorville lächelte. »Ach, Lou. Manchmal habe ich das Gefühl, ich kenne dich in- und auswendig. Als wärst du schon viel länger in meinem Leben als nur dreieinhalb Wochen.«

Dreieinhalb Wochen erst? Auch mir kam es viel länger vor, aber nicht etwa, weil wir so vertraut miteinander gewesen wären.

»Ab und zu frage ich mich, wie es wäre, dich nicht zur Feindin zu haben.«

Meine Fingerspitzen begannen zu kribbeln, wollten, dass ich sie in seine Nähe brachte. *Hört auf damit!*, befahl ich ihnen.

»Ich bin nicht deine Feindin, sondern deine Harmonie.«

»*Dis*harmonie würde es eher treffen.«

»Woher kennst du das Restaurant?«, fragte ich, um möglichst schnell vom Thema abzulenken.

»Ich war eine Zeit lang hier auf dem Internat – Schloss Vilbell«, sagte er und deutete aus dem Fenster. In der Ferne, etwas außerhalb des Dorfes, war ein großer Gebäudekomplex zu sehen.

Ich hob schnell mein Glas an die Lippen, um meinen Schreck zu verbergen. Das war das Internat, das auch Blanche eine Zeit lang besucht hatte! Dort also mussten die beiden sich zum ersten Mal begegnet sein. Logisch, ich hatte mich schon oft genug gefragt, in welchem Zusammenhang sie ihm überhaupt jemals über den Weg gelaufen sein könnte.

Es wurde höchste Zeit, dass ich mich bei ihr meldete, zugab, dass mir das alles gerade gewaltig über den Kopf zu wachsen begann, und sie noch einmal geradeheraus fragte, was genau es war, womit Dorville sie so unter Druck setzte.

Werde meine Harmonie, oder du wirst es bitterer bereuen, als du dir vorstellen kannst.

Am liebsten hätte ich ihn direkt damit konfrontiert: Hast du schon mal jemandem gedroht? Aber natürlich hätte er dann sofort die Verbindung zwischen Blanche und mir gezogen.

Ich überlegte, wie ich ihn dazu bringen könnte, über sie zu sprechen, ohne zu erkennen zu geben, dass ich sie kannte. Könnte ich mich danach erkundigen, wie die anderen am Internat so gewesen waren? Doch da überrumpelte er mich seinerseits mit einer Frage. Einer beunruhigenden Frage: »Wolltest du schon mal jemanden umbringen?« Sein Blick war ernst und vielleicht ein bisschen angespannt.

»Ähm … nein?« Nicht mal ihn, auch wenn ich rasend wütend gewesen war, als ich seinen Brief gelesen hatte. Ich wusste nichts darüber, warum Dorville solchen Hass auf Blanche haben sollte oder sie auf ihn, aber je öfter er in meiner Nähe war, desto schwerer fiel es mir, ihn für den zu halten, als den Blanche ihn dargestellt hatte.

»Natürlich nicht«, sagte Dorville in meine wirbelnden Gedanken hinein. »Du bist ja auch nicht so kaputt wie ich.«

Tatsächlich?, hätte ich fast gefragt. *Sieh mich doch an.*

»Also ich hatte schon als Kind Mordgedanken. Es ging um Saya.«

»Nur zu verständlich«, murmelte ich.

»Manchmal hab ich die immer noch«, fuhr er fort. »Aber im Grunde würde es mir schon reichen, wenn sie lebenslänglich kriegt.«

An der Stelle kapierte ich, dass er keine Witze machte. Und dann fragte ich, was ich mich bisher nicht zu fragen getraut hatte: »Was hat sie getan?«

Er starrte in die Flamme der Kerze auf unserem Tisch. »Ich bin mir nicht sicher, ob du das wirklich wissen willst.«

Ich mir ehrlich gesagt auch nicht. Aber ein Teil von mir wollte die Geschichte hören, wollte wissen, wer er war und wer ihn zu dieser Person gemacht hatte. »Du kannst es mir erzählen.«

Er zögerte. »Saya tauchte kurz nach der Harmonienwahl meines Vaters auf«, begann er dann. »Muss wohl Liebe auf den ersten Blick gewesen sein.« Er tippte sich an die Stirn. »Die Erleichterung war groß, als sie schon kurz darauf wie vom Erdboden verschwand. Wirklich verwunderlich war das nicht – sie hatte keine Chance, auch wenn mein Vater durchaus Interesse an ihr hatte.«

Ich vermutete, es wäre besser gewesen, sie wäre nie wieder zurückgekehrt.

»Meine Mutter war mit Herz und Seele Regentin, aber die Höchstharmonie mit meinem Vater war für beide eher zweckmäßig.«

»Ist das euer Wort für die Ehe?« Ich unterbrach ihn ungern, weil ich längst mitten in der Geschichte steckte.

Ein kurzes Lächeln huschte über seine Lippen, hielt sich aber nicht. »Da hat wohl jemand seine Hausaufgaben nicht gemacht. Sag jetzt bloß nicht, du warst so scharf auf mich, dass dir alles egal war.«

Erwischt! »Erzähl einfach weiter.«

»Du kannst dir vorstellen, was passiert ist: Saya wollte sich die Niederlage nicht eingestehen. Ein Jahr später war sie zurück und sagte meiner Mutter den Kampf an, zumindest inoffiziell.«

»Wie es aussieht, hat dein Vater sie ja mit offenen Armen wieder aufgenommen.«

»Ja«, sagte er mit zusammengebissenen Zähnen. »Hat er. Er tat das Undenkbare und machte Saya zu seiner Geliebten. Fanden die meisten nicht so gut, aber er hat sich die Regeln passend zurechtgebogen.«

Komischer Mann, wenn eine Frau wie Saya sein Typ war.

»Cyan ist nur ein paar Monate jünger als ich. Ich glaube, uns hat nie jemand wirklich als Brüder betrachtet. Eigentlich war er ein unharmonisches Kind. Das hat sich mit Sayas Aufstieg geändert. Na ja …« Er seufzte. »Das Ganze ist jedenfalls viele Jahre lang so gegangen. Prisca war Erstharmonie, Saya die Frau daneben. Du kannst dir vorstellen, dass Saya mit der Situation nicht besonders glücklich war.«

»Du willst doch hoffentlich nicht sagen …?« Ich sah zu, wie mein Arm sich streckte und meine Hand sich auf seine legte, die er auf dem Tisch zur Faust geballt hatte. *Zurück!,* forderte ich, aber sie blieb, wo sie war.

»Gift«, sagte er.

Ich war mir sicher, dass mir bei diesem Wort alle Farbe aus dem Gesicht wich.

Er lachte freudlos. »Oder Herzversagen. Wenn man der offiziellen Version Glauben schenken will.«

Was um alles in der Welt hatte das zu bedeuten? Tischte er mir Lügen auf? Oder stimmte es? Wusste Blanche davon? Ich wusste überhaupt nicht mehr, was ich denken sollte.

»Bist du dir sicher?«, brachte ich heraus.

Sein Blick wäre schon Antwort genug gewesen. »Ich habe keine Beweise«, sagte Dorville. »Darum geht es. Ich muss die Wahrheit herausfinden, für sie und für mich. Aber ich habe keine Möglichkeit, in der Mirasol zu spionieren. Du dagegen schon.«

Er zog seine Hand unter meiner weg.

»Was?« Ich versuchte zu verstehen, was er von mir wollte. Es ergab keinen Sinn. Gleichzeitig ergriff mich Panik. Die Mirasol war der letzte Ort, an den es mich zog. Das Zuhause von meiner Mutter und ihrem Neuen. Ich hatte absolut nicht das Bedürfnis, sie zu sehen. Nicht mehr.

»Du tust so, als wolltest du dich mit Saya gegen mich verschwören. Du findest bestimmt einen Grund, aus dem du mich hassen könntest.« Er grinste mich an. »Dann schleimst du dich einfach bei ihr ein und bietest ihr an, ihr dabei zu helfen, mich loszuwerden. Ich weiß, dass sie das will.«

Sollte das etwa heißen, Saya war darauf aus, nach seiner Mutter auch ihn zu beseitigen? Hatte er recht? Hätte der Tod seiner Mutter verhindert werden können? Er hatte die ganze Zeit nicht nur mit ihrem Tod, sondern auch noch mit diesem Verdacht leben müssen?

»Du bist die perfekte Person dafür«, sagte er. »Es ist offensichtlich, dass du was gegen mich hast. Aber trotzdem bist du meine Harmonie geworden. Für Saya wärst du die optimale Partnerin. Dir würde sie es sofort abnehmen, dass du den Vertrag durch meinen Tod lösen willst.« Er deutete auf mein Armband.

Ich schüttelte den Kopf. »Nein. Das ist verrückt. Außerdem … Du hast doch selbst dafür gesorgt, dass ich mich mit ihr anlege. Und jetzt soll ich so tun, als wollte ich ihre *Verbündete* werden?«

»Ich musste mich ja erst mal vergewissern, dass du nicht Gefahr läufst, dich wirklich mit ihr zusammenzutun«, meinte er.

Das Gespräch wurde unterbrochen, weil unser Essen kam. Während der Kellner die Teller vor uns absetzte, nahmen zwei ältere Damen am Nebentisch Platz. Ich ging davon aus, dass Dorville bei *dem* Thema keine Mithörer haben wollte.

Ich bedankte mich bei dem Kellner, und als er weg war, senkte ich die Stimme. »Was sollte ich davon haben?«

»Ich weiß, dass es riskant ist. Natürlich würde ich dich angemessen bezahlen.«

»Was soll ich mit deinem Geld?«, fragte ich, bevor ich das erste Stückchen Fisch probierte.

»Sag mir, was du sonst willst. Ich tue alles dafür.«

Alles? Mal wieder übernahm mein vorlautes, mieses Ich die Führung und stürzte sich auf das gefundene Fressen. Mein Verstand war absolut nicht daran beteiligt.

»Was, wenn ich es machen würde«, fragte ich, »wenn du dich dafür von deiner Familie lossagst und mit mir abhaust?«

Er verschluckte sich an seiner Cola.

Ich wusste, das war jetzt der Moment, in dem ich mir auf den Schenkel schlagen und lachend sagen sollte, dass das ein Scherz gewesen war. Aber ich tat es nicht.

Er hustete und stellte das Glas wieder auf dem Tisch ab. Mehrere Augenblicke gab er mir Zeit, um die Forderung auf der Stelle zurückzuziehen. Als ich beharrlich schwieg, sagte er: »Vielleicht solltest du die ganze Geschichte erst mal sacken lassen. Und in Ruhe darüber nachdenken, ob es wirklich das ist, was du willst.«

Er sagte nicht, dass er nicht bereit wäre, es zu tun.

»Entschuldigst du mich kurz?« Ich sprang auf. »Muss mal zur Toilette!«

Er zog die Brauen hoch.

Ich eilte davon und fand schnell die richtige Tür. Im Vorraum der Damentoilette hielt ich vor dem Waschbecken und starrte mein Spiegelbild an. Ich sah aufgewühlt aus, und meine Wangen glühten förmlich. Ich sah aus wie jemand, der sich gerade gegen seinen Willen und allen Widersprüchen zum Trotz in eine Person verliebte, die er wirklich hasste.

Oh nein. Oh nein, oh nein, oh nein. Ich drehte den Hahn voll auf und klatschte mir erst mal einen Schwall kaltes Wasser ins Gesicht.

Endlich saßen wir wieder im Auto. Der Rest des Essens war einfach nur peinlich gewesen. Jetzt, wo Dorville hinterm Steuer saß – so besorgniserregend das an sich auch war –, konnte er mich wenigstens nicht mehr vielsagend ansehen.

Es war inzwischen dunkel und das Dorf wie ausgestorben.

Dorville fuhr im Vergleich zum Hinweg richtig vorbildlich; vielleicht hatte er es nicht eilig, in die Saya Nord zurückzukommen. Selbst auf der Autobahn überholte er niemanden.

»Wie konntest du damit leben?«, platzte es irgendwann aus mir heraus.

»Du meinst, wie ich einfach weiterfeiern konnte?«

»Nein. Na ja, das auch.«

»Ich war für ein paar Wochen von den gemeinsamen Abenden befreit. Hatte die eine oder andere direkte Konfrontation mit Saya. Ich hab auch gegen sie ausgesagt, bin aber nicht damit durchgekommen.«

Ich registrierte, dass ihn das Thema dazu brachte, wieder deutlich mehr Gas zu geben.

»Das Leben ging irgendwie weiter. Ich glaube, einige haben immer was geahnt. Cleas Mutter, Vins Mutter, Taylas Mutter …« Er atmete hörbar aus. »Es war die schlimmste Zeit meines Lebens. Ich habe die Gesellschaften so sehr gehasst, und eine eigene wollte ich weniger als jemals zuvor.«

»Aber Clea und Marcon haben dich doch noch überzeugt?«, kombinierte ich.

»Könnte man so zusammenfassen.«

Welche Zukunft hatte er sich damals gewünscht? Einen Job zu finden, mit seiner Freundin zusammenzuziehen und nie wieder über seine Familie nachzudenken? Doch dann traten all meine Vermutungen und Gedanken in den Hintergrund, denn wir fuhren von der Autobahn ab, einem hohen, hell erleuchteten Gebäude entgegen. Mir wurde kalt, als ich die großen Buchstaben der Leuchtreklame sah, die auf dem Dach angebracht war: *Wächt Hotels.*

»Was hast du vor?«, fragte ich gepresst.

»Da übernachten, was sonst? Es reicht, wenn wir morgen zurückkommen. Wird seinen fünf Sternen nicht unbedingt gerecht, aber reicht völlig.«

»Wollen wir nicht doch lieber durchfahren?«, fragte ich und hasste, wie piepsig ich mich anhörte.

Er deutete meine kleine Panikattacke falsch. »Ich hab nicht vor, dich im Schlaf zu ermorden oder so.«

»Vielleicht sollte jemand wie du keine solchen Witze machen.« Ich war angespannt, und das hörte man.

»Hast recht«, sagte er bitter. »War nur Spaß. Alles ist nur Spaß, oder nicht?«

Er fuhr in eine Parklücke.

Ich flehte innerlich, dass alle Zimmer belegt sein würden, aber die Chancen dafür standen nicht besonders gut.

Ich stieg aus und folgte ihm zögerlich zum Eingang des Hotels. Wenn ich mich jetzt weigerte, reinzugehen, würde er merken, dass ich ihm etwas verheimlichte.

Jetzt reg dich mal nicht so auf, redete ich mir selbst gut zu, *dadrin wird dich ja wohl kaum jemand erkennen.*

Trotzdem war es ein ziemlich ungutes Gefühl, das Hotel zu betreten – als würde ich direkt von meinem Vater beobachtet. Nachdem meine Mutter uns verlassen hatte, hatte er mich eine Zeit lang auf seine Reisen zu den verschiedenen Standorten seiner Hotels mitgenommen. Ich hatte mehr Nächte meiner Kindheit in den immer gleich aussehenden Zimmern verbracht als in meinem eigenen. So war mir auch dieses Hotel hier auf unangenehme Weise vertraut.

Ich hielt mich im Hintergrund, als Dorville an der Rezeption fragte, ob noch etwas frei sei. Ob die Dame am Empfang mich schon mal irgendwo gesehen hatte? Hoffentlich konzentrierte sie sich ganz auf Dorville.

»Also ein Doppelzimmer?«, hörte ich die Frau sagen.

»Auf keinen Fall! Zwei einzelne, bitte.«

Die Frau nickte und ließ sich nicht anmerken, ob Dorvilles Reaktion sie überrascht hatte. Sie schaute zu mir rüber, und ich konzentrierte mich auf das große, gerahmte Foto an der Wand hinter ihr, um mich nicht zu verraten. Allerdings wandte ich auch davon schnell wieder die Augen ab, als mir klar wurde, dass es meinen Vater mit einigen seiner Geschäftspartner bei irgendeiner Veranstaltung zeigte.

»Lou, träumst du?«, fragte Dorville und wedelte mit den Schlüsselkarten vor meiner Nase herum.

Ich schüttelte wortlos den Kopf und nahm ihm eine ab.

Wir waren im zweiten Stock untergebracht, nur wenige Türen auseinander.

Mein einziger Wunsch in dem Moment war, in dem Zimmer zu verschwinden und am nächsten Morgen möglichst schnell wieder hier wegzukommen.

Dorville hatte natürlich andere Pläne. Schon wenige Minuten nachdem wir uns getrennt hatten, stand er wieder vor meiner Tür.

»War noch mal beim Auto«, sagte er und hielt mir eine Tasche entgegen. »Ich hab mir erlaubt, dir ein paar Sachen einzupacken, weil ich mir schon gedacht hab, dass wir auswärts übernachten.«

Ach so. Er hatte es sich *schon gedacht*. Wie wäre es da mit einer kleinen Vorwarnung gewesen?

Und übrigens – was an Wächt Hotels war seiner Meinung nach bitte nicht fünf-Sterne-gerecht?

Dorville drängte sich an mir vorbei ins Zimmer.

»Ich muss zugeben, ich bin schon müde, aber wir wollen ja nicht gegen die Regeln verstoßen.« Er schaute demonstrativ zur Uhr. »Bis die Dreizehnte Stunde um ist, müssen wir uns wohl noch irgendwie wach halten.«

»Das ist jetzt nicht dein Ernst.«

Er angelte sich die Fernbedienung vom Nachttisch, machte es sich auf meinem Bett gemütlich und schaltete den Fernseher ein. Dann klopfte er neben sich auf die Decke.

Mir war klar, dass ich mich normal verhalten, sprich ihm einen Vogel zeigen und ihn rausschmeißen sollte. Fühlte sich nur leider nicht so an, als würde ich das auch wollen. Ohne Widerspruch setzte ich mich neben ihn. Wie war das noch? Ausnahmen bestätigen die Regel.

Es lief irgendein verworrener Krimi, aber die Fernbedienung war vom Bett gerutscht, und Dorville war anscheinend zu faul, sie zu suchen. Ich bekam sowieso kaum etwas von der Handlung mit. Mein Armband blinkte jedes Mal violett, wenn Dorville sich bewegte und mich dabei streifte. Das machte jegliches Konzentrieren unmöglich. Vielleicht war es auch gar nicht so sehr das Blinken, das mich ablenkte, sondern eher das Streifen – und die damit verbundene Tatsache, dass ich dabei war, mir ernsthafte Probleme einzuhandeln.

14.

Vicky

Ich brauchte einen Moment, um mich zu orientieren. Das Zimmer war mir fremd und irgendwie doch nicht. Dann kam die Erinnerung. Ich lag in meinen Klamotten unter der Bettdecke. War ich etwa während des Films eingeschlafen?

Der Fernseher war aus, Dorville nicht mehr da. Wie hatte ich nicht merken können, dass er gegangen war?

Mein Blick fiel auf die Uhr, dann aufs Telefon. Jetzt! Ich musste endlich mit Blanche reden.

Ich stand auf und prüfte, ob die Tür zu war und Dorville sich nicht zufällig im Bad versteckte. Dann wählte ich Blanches Handynummer. Sie ging gleich dran.

»Weißt du, wie lang ich schon auf ein Lebenszeichen von dir warte? Sag mir bitte, du hast einen Weg gefunden, da rauszukommen! Geht es dir gut?«

»Wie man's nimmt. Ich will dir helfen, Blanche. Aber ich brauche mehr Informationen. Dorville … Ich kann mir nicht vorstellen, dass dieser Brief …«

»Kapierst du das nicht, er wiegt dich in Sicherheit und schlägt zu, wenn du es nicht erwartest!«

»Bis jetzt hält er mich bestimmt nicht für eine Gefahr«, sagte ich. »Aber darum geht es auch nicht. Ich muss wissen, womit er dir solche Angst macht!«

Ich konnte vor mir sehen, wie sie energisch den Kopf schüttelte. »So einfach ist das nicht. Was denkst du denn, worum es geht?«

»Genau das will ich ja von dir hören.«

Sie sagte nichts.

»Es hat was mit deinen Eltern zu tun, oder? Wissen sie über den Brief Bescheid?«

Immer noch keine Antwort. Als würde ich gegen eine Wand reden.

Dann musste ich es anders aus ihr herauskitzeln. »Als du in Vilbell warst … Hast du da eine Chloe kennengelernt? Seine Ex?«

Betroffene Stille.

»Er hat dir von ihr erzählt?«, kam es dann. Ihre Stimme klang belegt.

»Du kennst sie also.«

»Nein, nicht persönlich. Wieso habt ihr über Vilbell …?«

»Und? Was ist mit ihr? Hat sie was mit alldem zu tun?«

»Woher soll ich das denn wissen?«

»Blanche, jetzt komm schon. Wir haben noch nie Geheimnisse voreinander gehabt. Sag mir, was los ist. Bitte!«

Seit dem Tag, an dem sie neu in meine Klasse gekommen war und in der Pause ihren Schokoriegel mit mir geteilt hatte, weil sie der Meinung war, es sei ein magischer Freundschaftsriegel, hatte es nichts gegeben, was ich ihr nicht erzählt hatte, und nichts, was ich nicht über sie wusste. Wie konnte sie mich jetzt so ausschließen?

Wieder Stille, lang anhaltend diesmal und nur von leisem Schniefen durchbrochen.

»Chloe und er waren wohl zusammen, bevor er ans Internat kam. Sie hat ihn für einen Australier verlassen, das hat er ihr nie verziehen.«

»Von dem hat er nichts gesagt.«

»Typisch. Er würde nie zugeben, dass man jemand anderen ihm vorziehen könnte.« Sie holte tief Luft. »Vicky, es war die Hölle. Als ich ihn kennengelernt habe, war er so nett zu mir. Ich hatte keine Ahnung, wer er war, er hat sich damals Leander genannt und …«

Leander – da war der Name wieder. Also hatte ich richtiggelegen mit seiner zweiten Identität? Doch etwas anderes an dem, was sie gerade gesagt hatte, machte mich noch viel stutziger: »Moment! Willst du etwa sagen, du hattest was mit ihm?«

»Nein! Ich habe früh genug die Wahrheit über ihn herausgefunden. Aber er … Ich …« Ihre Stimme brach, und sie brauchte einige Sekunden, um sie wiederzufinden. »Er sagte, ich erinnere ihn an Chloe. Dass wir wie füreinander geschaffen seien.«

Wieder betroffene Stille, diesmal auf meiner Seite der Leitung. Ich war wieder im Hallenbad, unter dem Sprungturm. *Manchmal erinnerst du mich an Chloe.*

Nein.

»Ich habe versucht, ihn zu ignorieren, aber er hat angefangen, mich zu verfolgen. Plötzlich war er überall, wo ich hinging. Er hat mir Nachrichten geschrieben und mir in den Fluren aufgelauert. Ich war heilfroh, als mein Kurs vorbei war und ich abreisen konnte.«

»Blanche. Ich weiß nicht, was ich sagen soll. Warum hast du denn nicht …?«

»Niemand hätte mir geglaubt. Er hat mich immer nur anonym kontaktiert, und nach außen hin wirkte er vollkommen normal. Als ich nach Hause kam, dachte ich, ich würde nie wieder von ihm hören, aber er hat Leute beauftragt, mich beobachten zu lassen. Er wollte mich besitzen.«

»Aber der Brief«, sagte ich, »den hat er doch unterschrieben. Du könntest damit zur Polizei gehen!«

»Er ist ein Dorville; der Teil der Polizei, der nicht selbst in den Glamourgesellschaften drinhängt, kommt nicht an ihn ran. Oh, Vicky! Als du einfach zu ihm hin bist, da dachte ich, ich verliere alles. Sobald er herausfindet, wer du bist, hat er mich.« Sie schluchzte auf. »Wenn ich dann seiner Forderung nicht nachgebe, wird er das an *dir* auslassen.«

Ihre Worte ließen mich schaudern.

»Dass du ihm die ganze Zeit was vorgemacht hast, wird alles nur noch viel, viel schlimmer machen. Hast du eine Ahnung, was ich für Ängste ausstehe, seit du versuchst, mich zu retten?«

Mein Kopf war plötzlich ganz leer, und mein ganzer Körper bestand nur noch aus meinem Magen, der sich schmerzhaft zusammenkrampfte. Dorville war vieles, aber wäre er wirklich in der Lage, mir etwas anzutun? Nach dem, was er mir gestern über seine Mutter erzählt hatte, erschien mir das vollkommen unmöglich. Und nach dem Bild, das ich mir in den letzten Tagen von ihm gemacht hatte, auch.

Verzweifelter Zorn machte sich in mir breit, richtete sich auf das Erste, was er finden konnte: »Was war also dein Plan – es aussitzen?«

»Ich … Er hat etwas über meine Mutter ausgegraben, das unsere Familie vernichten könnte. Etwas, das ich nicht mal dir sagen kann.«

Also doch! Es ging um Ariane. Reichte es nicht, dass ich darum kämpfen musste, meine beste Freundin zu beschützen? Musste Dorville auch noch die Frau mit reinziehen, die für mich selbst das war, was einer Mutter am nächsten kam? Einatmen. Ausatmen. Rational denken.

»Stimmt es, dass Prisca Dorville vergiftet wurde?«

»Über sie hat er auch gesprochen? Sie ist gestorben, aber es war ein natürlicher Tod, das kann man überall nachlesen. Vicky, er ist verrückt! Ein Psychopath. Du darfst auf keinen Fall …«

»Weißt du etwas über seine Stiefmutter? Saya? Er sagt, sie …«

»Du darfst ihm kein Wort glauben!«, flehte Blanche. »Er will dich für sich einnehmen.«

Inzwischen zitterte ich. Widerstreitende Gefühle tobten in mir. Ich sollte auf Blanche hören und sofort die Flucht ergreifen.

In Gedanken spielte ich durch, wie es wäre, abzuhauen. Dorville schlief garantiert noch. Ich könnte einfach aus dem Hotel marschieren und per Anhalter in die nächste Stadt fahren, um mich dort von Blanche abholen zu lassen oder mit dem Zug zu ihr zu fahren. Ich würde die Lou-Hülle fallen lassen und einfach wieder Vicky sein. Ich sein.

Die Sache hatte allerdings ein paar Haken. Erstens hatte ich das Armband. Es würde für Dorville ein Leichtes sein, mich aufzuspüren, wenn ich es nicht schnell genug loswurde. Wahrscheinlich würde er sofort meine Verfolgung aufnehmen. Das zweite große Problem war, dass alles umsonst gewesen und Blanche und ihre Familie immer noch in Gefahr wären – und ich mit ihnen. Als Harmonie hatte ich gute Karten, Dorville zu überführen. Ich könnte mir Hilfe innerhalb der Gesellschaft suchen, vielleicht sogar bei Dorvilles Vater. Solange Dorville nicht wusste, dass er die beste Geisel gegen Blanche direkt vor seiner Nase hatte, war es am sichersten, wenn ich in der Saya Nord blieb.

Vielleicht ist ja doch alles anders, als Blanche denkt, flüsterte es in meinen Gedanken.

Denn konnte ich mich so sehr in jemandem täuschen? Konnte mir jemand tatsächlich so brillant etwas vorheucheln? Das wollte ich einfach nicht glauben.

Außer Blanche lag richtig, und er war verrückt. Und für verrückt hielt ich ihn zwar, aber nicht *so*.

»Hör mir jetzt bitte genau zu, Vicky. Wende dich an Apryl. Sag ihr, du bereust deinen Beitritt und willst weg. Sie kann dich rausschleusen und dafür sorgen, dass Robin dich nicht finden wird. Sie wird nur zu gern drauf anspringen. Sag ihr aber nicht, wer du bist. Und erwähn mich nicht.«

»*Apryl?* Woher kennst du …?«

»Tu es einfach. Bitte!«

»Ich denk drüber nach«, log ich und legte auf.

Ich duschte ausgiebig. In der Tasche, die Dorville für mich gepackt hatte, fand ich Wechselklamotten. Als ich angezogen war, hängte ich mir die Tasche über die Schulter und ging mit gemischten Gefühlen zu Dorvilles Zimmer. Ich wusste, ich sollte Angst haben, aber vor allem anderen war ich verwirrt.

Entgegen meiner Erwartung schlief er nicht mehr. Die Tür stand sperrangelweit offen; drinnen saugte gerade der Room-Service den Boden. Ich schaltete schnell. Er war nicht mehr hier. War er etwa …?

Ich raste nach unten zur Rezeption. Es widerstrebte mir, die

Frau dort anzusprechen, aber was blieb mir anderes übrig? »Dorville!«, stieß ich hervor. »Hat er schon ausgecheckt? Wir sind gestern zusammen gekommen, erinnern Sie sich? Braune Haare, gut aussehend, ein Stückchen größer als ich?«

»Vor ungefähr fünf Minuten.«

Ich stieß ein ungläubiges Schnaufen aus. Hastig warf ich ihr die Zimmerkarte hin und rannte zum Ausgang. Sie rief mir etwas hinterher, aber ich achtete nicht darauf.

Ich war mir ganz sicher, zu spät zu kommen und eine leere Parklücke vorzufinden. Doch das Auto war noch da. Verwirrt sah ich mich um. Am Rande meines Blickfeldes registrierte ich eine Bewegung. Da schoss auch schon jemand zwischen den Autos hervor, meine Tasche plumpste zu Boden, ich wurde gepackt und durch die Luft gewirbelt. Mein Schrei gellte über den ganzen Platz.

»Robin!«, stieß ich hervor. »Spinnst du?«

Er setzte mich wieder ab, über das ganze Gesicht grinsend. Das Blitzen in seinen Augen war wieder da, herausfordernd wie gewohnt, aber doch anders als sonst, wärmer und nur für mich bestimmt.

»Wow«, sagte er, und das Grinsen verblasste kein bisschen. »Hast du endlich meinen Vornamen rausgefunden?«

»Wolltest du mich hier sitzen und zurücktrampen lassen?«, fauchte ich.

Er trat näher und legte die Hände auf meine Schultern. »Niemals, Lou. Wie kannst du so was von mir denken?«

Das Blitzen verwandelte sich in ein schelmisches Funkeln. »Wo du doch auf einem so guten Weg bist, meine Lieblingsharmonie zu werden.«

Die Person, von der Blanche gesprochen hatte, und er – das ging einfach nicht. Irgendein wichtiges Puzzleteil musste fehlen.

Er ließ mich los und öffnete den Kofferraum, damit ich die Tasche hineinwerfen konnte.

»Diesmal fahr ich!«, stellte ich klar.

Zu meiner Überraschung warf er mir den Schlüssel zu. »Ganz wie du willst.«

Als wir auf der Autobahn waren, wagte ich einen Versuch. Solange ich am Steuer saß, würde er wohl kaum auf mich losgehen.

»Darf ich dich etwas fragen?«

Ich spürte seinen Blick. »Klar«, kam es schließlich.

»Weißt du … wo Chloe jetzt ist?«

Ich sah weiter starr nach vorne, beobachtete aber trotzdem aus dem Augenwinkel seine Reaktion. Er wurde nicht blass oder wütend und tat auch sonst nichts Auffälliges.

»Wozu willst du das wissen?« Er stupste mit der Hand gegen meine Schulter. »Sie wird nicht zurückkommen und dir Konkurrenz machen, da kannst du ganz beruhigt sein.«

»Ich will wissen, was sie jetzt macht. Wo sie lebt. Ob sie einen Neuen hat.«

»Jetzt machst du mir Angst.«

»Beantworte einfach die Frage.«

Er stieß einen Seufzer aus. »Ich weiß es nicht, okay? Und es interessiert mich auch nicht.«

Es klang überzeugend. Aber Blanche hatte auch überzeugend geklungen.

»Du solltest dir deinen Kopf über Wichtigeres zerbrechen.

Zum Beispiel, wie du deine Harmonienparty gestalten willst. Gwynnia hat mir gesagt, dass du das Geld dafür noch nicht bei ihr eingefordert hast. Dir steht ein Budget von zehntausend Euro zur Verfügung.«

Ich hustete. Zehntausend waren keine Summe, die mir mein Vater jemals für eine Party mit meinen Freunden überlassen hätte.

»Kein Stress«, sagte ich. »Morgen ist ja erst mal Apryl dran. Mir bleibt noch eine ganze Woche!«

Eine weitere Woche Zeit, um die richtige Entscheidung zu treffen, die Lage zu retten und der Gesellschaft wieder zu entkommen.

»Da ich ja selbst nicht im Wettbewerb bin, kannst du mir doch wenigstens ein paar Hinweise geben, oder? Ich bin schon so gespannt!«

Ich kam gerade aus dem Bad und kapierte im ersten Moment überhaupt nicht, wovon Tayla sprach.

Die Donnerstagabendparty stand an. Tayla war dabei, sich die Nägel rot zu lackieren, und als ich nicht gleich reagierte, hielt sie inne und blickte auf.

»Du weißt schon … deine Party?«

Ich räusperte mich. »Ähm, ja. Dafür muss ich mir wohl noch etwas einfallen lassen.«

Zurück in der Saya Nord, war ich zuerst zu Gwynnia gegangen und hatte mir von ihr eine Kreditkarte für die Planung meiner Harmonienparty geben lassen. Dann hatte ich mich in den Internetraum verzogen und eine großzügige Spende an das nächstgelegene Tierheim gesendet.

»Sehen wir den Tatsachen ins Auge«, meinte Tayla mit einem Lächeln. »Du hast gar kein Interesse daran, eine gigantische Party auszurichten. Generell scheinst du nicht übermäßig gern zu feiern.«

Ich versuchte, schockiert auszusehen. »Warum hätte ich dann beitreten sollen?«

Sie legte den Kopf schräg und betrachtete mich nachdenklich. »Weißt du, was ich glaube?«

War sie nun auch misstrauisch geworden? Hatte ich irgendetwas getan, was mich als Lou zu unglaubwürdig gemacht hatte?

»Was denn?«, fragte ich zögerlich.

»Du hast durchaus vor, die Party zu geben. Allerdings bist du darauf aus, damit unser komplettes System zu widerlegen. Du wartest auf einen Einfall, mit dem du ein klares Statement setzen kannst. Ein Blinder sieht, wie sehr du das allermeiste an unserem Gesellschaftsleben verabscheust.«

Ihre Worte hätten mich beunruhigen müssen, aber dafür irritierte mich ihr Grinsen viel zu sehr. Sie fühlte sich ganz offensichtlich nicht angegriffen.

»Nur weißt du noch nicht, wie du dieses Ziel mit der zweiten Sache verbinden könntest, die du erreichen willst. Du kannst mir nichts vormachen. Ich weiß, dass du Robin magst. *Sehr* magst.« Mit diesen Worten tauchte sie das Pinselchen wieder in die Nagellackflasche und widmete sich ihrem linken Zeigefinger.

»Natürlich tu ich das«, presste ich hervor. »Was hat das mit meiner Party zu tun?«

Sie hob den frisch lackierten Nagel vor ihre Lippen

und pustete. »Ist doch sonnenklar. Du willst ihn vielleicht lächerlich machen. Aber genauso sehr willst du ihn beeindrucken.«

Kopfschüttelnd ging ich zur Tür. »Ich geh schon mal vor.«

Taylas Unterstellung noch im Ohr, begab ich mich auf die Party. Sie fand an diesem Abend unter freiem Himmel im Hof statt.

Ich war wenig motiviert, wieder so lange aufbleiben zu müssen, und hatte keine Ahnung, wie ich die ganze Zeit rumkriegen sollte. Zuerst setzte ich mich etwas abseits in eine luxuriöse Hollywoodschaukel mit weißen Polstern und beobachtete lustlos das Geschehen.

Ich grübelte darüber nach, was Tayla gemeint hatte, als sie sagte, ich würde das ganze Gesellschaftsleben verabscheuen. Ich war inzwischen lange genug hier, um neue Erkenntnisse gewonnen zu haben. Einige meiner Vorurteile hatten sich bestätigt, und es gab tatsächlich vieles, was ich nur belächeln konnte. Doch wenn ich von alldem absah, gab es zumindest eine Sache, die mich überrascht hatte: der Zusammenhalt der Gesellschaft, ihre innere Dynamik.

Die meisten Menschen hier mochten verwöhnt und nicht gerade bodenständig sein. Aber immerhin schafften sie es, ihrem eigenen verrückten Regelwerk zu folgen. Sie veranstalteten Abend für Abend diese aufwendigen Partys. Sie verstanden sich als großes Miteinander.

In mir wuchs eine Idee. Die Regeln besagten, dass es verboten war, Eventplaner oder andere professionelle Unterstützung heranzuziehen. Doch das hieß ja noch lange nicht, dass ich einen Alleingang machen musste. Ich würde unmöglich alle einspannen können, aber was wäre, wenn …?

Zwischen den Tanzenden sah ich Collies unverkennbare rosa Haarmähne. Ich sprang auf, kämpfte mich zu ihr durch und zog sie mit mir zurück zu der Hollywoodschaukel. Als ich ihr von meinem Plan erzählte, wurde ihr Lächeln immer breiter. Sofort fiel ihr noch viel mehr dazu ein, und sie fing an, Vorschläge zu machen. Sie wusste genau, wen wir wofür fragen könnten.

»Dunja ist mit Abstand die musikalischste von uns Harmonien«, erklärte sie. »Sie wird sich bestimmt freuen, wenn …«

»Collie, darf ich dir Lou kurz entführen?«

Robin war neben mich getreten und fasste nun nach meinem Handgelenk. Sofort änderte mein Armband die Farbe.

Ohne ihre Antwort abzuwarten, geschweige denn, mich zu fragen, führte er mich weg.

Ich blickte mich um. Konnten Clea oder Apryl sich denn nicht um ihn kümmern? Das machten sie doch sonst so gern. Von mir aus sogar Poème. Ich hätte eine Auszeit von ihm brauchen können. Es gab da einiges, über das ich mir dringend klar werden musste.

Erst als wir einen der beiden Gebäudeflügel umrundet hatten, machte Robin halt. Wir befanden uns in der Nähe des Salons. Die Musik drang nur gedämpft bis hierher.

»Wir spielen eine neue Runde«, verkündete er.

Ich verdrehte die Augen. »Das hättest du mir auch ruhig auf der Party sagen können.«

»Da hätte uns jemand belauschen können.«

»Aktiv.«

»Ich wusste, auf dich ist Verlass.« Er lächelte. »Wobei die Aufgabe diesmal eine Nummer zu groß für dich sein dürfte.«

»Hab ich schon jemals versagt?«

»Du stürzt dich immer so leichtsinnig in alles hinein. Das gefällt mir.«

»Worum geht es diesmal? Wenn es so unglaublich schwierig ist, will ich natürlich auch eine entsprechend hohe Gegenleistung.«

»Was du willst.«

Ich dachte darüber nach, was ich diesmal als Belohnung verlangen könnte. Nach meinem letzten Wunsch an ihn traute ich mir da ehrlich gesagt selbst nicht mehr über den Weg. Meine bisherigen Versuche, etwas über ihn herauszufinden, das mir weiterhelfen würde, waren nicht besonders effektiv gewesen. Ich sollte mir etwas ausdenken, um ihn zum Reden zu bringen. Doch da rutschte mir auch schon etwas anderes heraus: »Wenn ich es trotzdem schaffe, wirst du bei der nächsten Versammlung sagen, dass ich bisher deine Favoritin bin.« Ups.

Er lachte. »Wenn das mal nicht zu deiner Aufgabe passt!« Er berührte meine Wange, und ich zuckte nicht zurück. Sein Blick nahm meinen gefangen. »Morgen ist Apryls Party. Wie auch immer du das anstellen willst … Ich erwarte, dass du allen klarmachst, wie sehr du mich willst.«

Unsere Blicke rangen miteinander.

»Warum?«, fragte ich.

Er machte ein paar Schritte rückwärts, sah mich weiter unverwandt an. »Die richtige Frage wäre: Warum nicht?«

»Ich verstehe dich nicht«, stellte ich fest.

»Ich dich auch nicht, Lou. Wirklich nicht.«

15.

Vicky

Die Wahrheit über Apryl und ein Ort für meine Harmonienparty. Diese zwei Ziele vor Augen, verzog ich mich am nächsten Morgen zum Recherchieren in den Internetraum.

Zuerst machte ich mich daran, alles aufzustöbern, was es in den Weiten des Netzes über Apryl zu finden gab. Viel war es nicht. Kurz nach ihrem Beitritt hatte es viele Spekulationen gegeben – woher sie kam und warum sie, genau wie es bei mir angenommen wurde, keine nennenswert einflussreiche Familie vorzuweisen zu haben schien. Sie war bei einigen externen Partys abgelichtet worden, einmal auch an Robins Seite, aber die Bildunterschriften waren nichtssagend. Mir fiel auf, dass die meisten Beiträge, die mit Apryl zu tun hatten, von demselben Verfasser stammten, einem gewissen Felix Karger.

Und noch etwas war verdächtig: Ab einem bestimmten Zeitpunkt wurde die Faktenlage noch dünner. Ungefähr zwei Monate, nachdem sie Harmonie geworden war. Sehr merkwürdig.

Ich schrieb mir den Namen des Journalisten auf und die Nummer der *PartyTime*-Redaktion, denn natürlich arbeitete er für die. Ein Plan begann, Gestalt anzunehmen, einer, für den ich mich sofort schämte. Aber ich brauchte endlich Ergebnisse, eine Lösung, die rettende Information, egal zu welchem Preis.

Ich schob die Gedanken an Apryl und daran, dass Blanche mehr über sie wissen musste, erst mal beiseite und konzentrierte mich auf meine Partyplanung. Es dauerte eine Weile, aber schließlich wurde ich fündig: ein Grillplatz an einem Stausee – ich hatte die perfekte Location gefunden.

Als ich Gwynnia einweihte, wirkte sie ziemlich skeptisch. Mit nichts anderem hatte ich gerechnet; ich würde es mir trotzdem nicht ausreden lassen. Mit den Vorgaben konnte mir auch niemand kommen, an die hatte ich mich gehalten: eine Location im Inland, die nicht zu den Dorville-Immobilien gehörte.

»Darf ich anrufen und mir die Genehmigung einholen? Der Platz muss angemietet werden.«

Gwynnia ging an ihrem Rechner noch auf der Website des betreffenden Bürgerservices die Details durch, während ich mich unauffällig vorbeugte, um einen Blick auf die Post-its zu werfen, die sie neben sich auf den Tisch geheftet hatte. Gleich der dritte von links kam wie gerufen: ein Meeting mit Marcon zur Planung von irgendetwas, das ich nicht entziffern konnte, ... *konferenz*, in einer knappen Stunde.

Sollte ich es wirklich versuchen? Das musste ich, oder?

»Lou ... bist du dir sicher?«, fragte Gwynnia, als ob sie erraten hätte, was mich beschäftigte. Doch natürlich sprach sie nur von meiner Party. »Es ist bestimmt nicht die allerschlechteste Idee, aber die anderen ... erwarten etwas ... Spektakuläreres, meinst du nicht? Du hast es ohnehin schwer, die bisherigen Partys zu übertreffen, willst du nicht ...?«

»Nein, Gwynnia. Kann ich jetzt bitte das Handy haben?«

»Auf deine Verantwortung.« Seufzend hielt sie es mir hin.

Ich nahm es entgegen und schlug mir im selben Moment mit der freien Hand gegen die Stirn. »Ach, Mist, voll vergessen! Vorhin bin ich Marcon begegnet, und ich soll dir ausrichten, dass er euer Treffen gern eine Stunde vorverlegen würde.«

Nach einem Blick zur Standuhr fluchte sie. »Dann wartet er schon auf mich?«

»Ich habe ihm gesagt, ich würde dich nicht lange aufhalten.«

»Oh nein! Ich rufe ihn direkt an.«

»Wir sind doch praktisch fertig, geh ruhig schon, ich komme klar.«

Sie nickte gestresst. »Danke dir! Leg das Handy nach dem Anruf einfach hierher zurück, bitte mit gesperrtem Display.«

»Klar.« Ich tat so, als würde ich bereits die Nummer eintippen.

Sie holte zwei dünne Mappen heraus und machte sich damit auf den Weg. Ich sah ihr hinterher, mein Herz raste. Konnte ich das wirklich durchziehen? Sofort hatte ich wieder Blanches Stimme im Ohr. Die Angst darin. Ich konnte!

So drastisch war mein Plan nun auch wieder nicht, und vielleicht würde ich gar nichts erreichen. Die Telefonate rund um die Harmonienpartys waren die einzigen, die ohne Robins Genehmigung geführt werden durften, um alles möglichst lang geheim zu halten. Daher war das meine große Chance.

Ich zog mich mit dem Handy in den nächsten freien Raum zurück und schloss mich ein. Hoffentlich würde ich fertig sein, bevor meine Lüge aufflog und Gwynnia zurückkam!

Ich sagte der Dame bei *PartyTime* natürlich nicht, wen sie in der Leitung hatte, doch sie nahm mir ab, dass ich Mitglied der Saya Nord war – wahrscheinlich, weil sie das gern glauben wollte. Nachdem sie mich versehentlich falsch durchgestellt hatte, landete mein Anruf schließlich doch bei Herrn Karger. Wie ich befürchtet hatte, zeigte er sich nicht unbedingt kooperativ.

»Ich weiß nichts über Apryl.«

»Warum haben Sie das Interesse an ihr verloren?« Dass er aus diesem Grund aufgehört hatte, über sie zu schreiben, glaubte ich keine Sekunde.

»Tut mir leid, Sie verschwenden Ihre Zeit. Ich kann Ihnen nichts …«

»Was, wenn Sie im Gegenzug etwas *von mir* erfahren? Eine exklusive Story direkt aus dem innersten Kreis der Saya Nord. Ein Geheimnis, von dem noch nicht einmal Robin selbst weiß.«

»Etwas über Louelle Graf?«, fragte er, beiläufig, als hinge er nicht bereits an der Angel.

»Etwas mindestens genauso Spannendes. Alles, was ich dafür erwarte, ist ein kleiner Abriss von dem, was Sie über Apryl sagen können.«

»Sie werden wissen, dass ich geredet habe.«

Sie?

»Ich werde sehr vorsichtig mit meinem neuen Wissen umgehen. Das verspreche ich Ihnen. Unser Gespräch ist und bleibt vertraulich. Sie zuerst!«

Ein letztes Zögern seinerseits. *Nun mach schon!*

»Also, ich berichte nicht mehr über sie, weil Augusto Dorville persönlich es so angeordnet hat. Viel habe ich nie in Erfahrung bringen können, aber durch einige glückliche Fügungen erhielt ich Informationen über die Umstände ihres Beitritts. Ich musste dann jedoch von der Veröffentlichung absehen.«

Wenn Augusto höchstpersönlich sich eingeschaltet hatte, musste ich auf eine gute Fährte gestoßen sein.

»Sie hat sich zweimal vergeblich als Mitglied und Harmonie beworben. Robin lehnte sie beide Male ab.«

Abgelehnt? Gut – dass sie von all seinen Harmonien die unerträglichste war, war nicht zu leugnen. Aber hatte er ihr wirklich wiederholt ins Gesicht gesagt, dass sie seiner Gesellschaft gestohlen bleiben konnte? Wie passte das mit der jetzigen Situation zusammen? Hatte da auch Augusto seine Finger im Spiel gehabt?

»Nette Geschichte«, sagte ich. »Vielleicht würde ich Ihnen das abnehmen, wenn sie nicht …«

»Sie ist zu seinem Vater gegangen«, fiel er mir ins Wort. »Woraufhin der sich mit ihr darauf einigte, dass sie ein besonderes Geburtstagsgeschenk werden sollte. Eine neue Harmonie zu Robins Achtzehntem, handverlesen von Augusto.«

»Das ist krank«, stellte ich fest. Die Frage war nur, ob es kränker war als alles andere, was ich schon über die Glamourgesellschaften wusste. »Was hat sie Augusto dafür versprochen? Besonders hübsche Enkel?«

»Sie spioniert für ihn und Saya und erstattet ihnen Bericht über jeden Schritt, den Robin macht. Er scheint nicht gerade der Liebling der beiden zu sein.«

Deshalb hatte sich Augusto bei dem Abendessen nach der vermeintlich kranken Apryl erkundigt! Diese Familie war einfach unfassbar. Sollte das heißen, Apryls Kandidatur war nichts weiter als Rache? Zwang sie Robin zu all der Aufmerksamkeit?

»Das war alles. Kommen wir zu *Ihrer* sensationellen Geschichte.«

Nach dem Gespräch fühlte ich mich so schäbig wie noch nie zuvor in meinem Leben. Ich kehrte an den Empfang zurück, wo Gwynnia noch nicht wieder eingetroffen war, und machte den zweiten, wesentlich einfacheren Anruf. Meine Location war zu dem Datum meiner Party noch zu haben, und ich vereinbarte die Anmietung. Ich ließ das Handy wie versprochen auf Gwynnias Schreibtisch zurück – wenigstens das.

Ein paar Minuten zu spät betrat ich den Salon, wo Collie auf mich wartete, um ihre Ideen mit mir durchzusprechen. Sie hatte Liv und Alisha aus ihrer Kreativgruppe mitgebracht. Sie hatten bereits Entwürfe vorbereitet.

Ich weihte sie in den Veranstaltungsort ein, und sie waren zuerst ähnlich irritiert wie Gwynnia, stürzten sich dann aber mit Elan in die Planungen.

Ihre Begeisterung war ansteckend, und das Ganze begann, mir Spaß zu machen. Vor allem lenkte es mich ab.

»Ich will nicht hoffen, dass du gegen die Regeln verstößt.«

Wir waren so in unsere Arbeit vertieft gewesen, dass wir gar nicht bemerkt hatten, wie Apryl an unseren Tisch getreten war. Mit ihr wollte ich mich jetzt am allerwenigsten auseinandersetzen.

»Tut sie nicht«, nahm Collie mich in Schutz. »Kümmere dich um deinen eigenen Kram.«

Apryl lächelte gekünstelt. »Oh, Colleen, genau das tu ich. Alles, was Robin betrifft, ist *mein Kram.*«

Collie rollte mit den Augen. »Nerv nicht! Du bist hier bei Weitem nicht die einzige Harmonie, also spiel dich nicht so auf.«

»Nicht die einzige, da magst du recht haben.« Sie sah mich an. »Aber sehr bald die wichtigste.«

»Wenn du dir da so sicher bist«, sagte ich, »musst du ja auch gar nicht versuchen, mich einzuschüchtern.«

Wusste sie, was zwischen Robin und Blanche vorgefallen war? Warum hatte Augusto Dorville es für nötig befunden, sie auf seinen Sohn anzusetzen? Ich wünschte, ich könnte ihr die Fragen einfach entgegenschleudern.

Apryl stützte ihre Hände auf die auf dem Tisch verstreuten Skizzen und beugte sich zu mir herunter. »Ich will dir nur unnötige Mühen ersparen. Dein Beitritt, dein Benehmen – das ist doch alles lächerlich. *Du* bist lächerlich! Robin mag manchmal komische Launen haben und Dinge tun, die kein Mensch nachvollziehen kann, aber eins ist ganz eindeutig: Er hat nicht das geringste Interesse daran, dich zu seiner Ersthar-monie zu machen.«

Gut möglich, dass sie recht hatte. Nur galten die meisten ihrer Feststellungen auch für sie selbst, das war mir jetzt klarer als je zuvor. Also erwiderte ich ihr falsches Lächeln vollkommen gelassen. »Fühlst du dich von mir bedroht, Apryl?«

Sie lachte. »Oh, sollte ich das?«

»Ich verspreche dir, dank mir wird er auf deiner Party heute Abend keinen Blick an dich verschwenden.« Ich wusste, ich sollte mich nicht auf ihr Spiel einlassen, mich nicht auf ihr Niveau begeben. Aber vielleicht war es das: Ich war süchtig nach Herausforderungen, wahrscheinlich genauso sehr wie Robin nach dem Risiko.

»Wie schön, du willst mich sabotieren?« Apryl schob angriffslustig das Kinn vor.

Ich grinste. »Ich glaube nicht, dass ich das nötig habe.«

»Du ringst ihm ja nicht mal einen Kuss ab.«

»Wollen wir wetten?«

»Ich bin dabei. Du hast zwölf Stunden Zeit. Die Verliererin schuldet der anderen einen beliebigen Gefallen. Alles ist erlaubt.«

Diese Frau war echt die Härte! »Wie du willst.«

Bevor sie ging, klopfte sie mir auf die Schulter. »Mach dich auf eine Niederlage gefasst, Louelle.«

16.

Vicky

Zwei Fliegen mit einer Klappe zu schlagen, war mir praktisch vorgekommen, aber jetzt wünschte ich, ich hätte diese Fliegen einfach ignoriert. Als ich am Abend vor dem Eingang zu Apryls Party wartete, die in einem Kaufhaus – einem *Kaufhaus*! – stattfinden würde, hatte sich meine Selbstsicherheit bereits verflüchtigt.

Seit ich in der Saya Nord lebte, hatte ich meine Identität verheimlicht und eine neue aufgebaut, die sich inzwischen längst anfühlte wie eine zweite Haut. Doch auf dieser Party würde ich noch eine ganz andere Rolle spielen müssen.

Du musst gar nichts, beteuerte meine innere Stimme, aber ich hörte nicht hin.

Apryl hatte uns Harmonien vor den anderen Mitgliedern herbestellt und uns die Anweisung gegeben, in normalen Alltagsklamotten zu kommen. Ich vermutete, dass sie an diesem Abend die einzige herausgeputzte Harmonie sein wollte.

Doch sie hatte etwas anderes im Sinn. In einem hautengen bronzefarbenen Kleid holte sie uns beim Eingang ab und führte uns in das Center.

Wenn es nicht Apryl gewesen wäre, die das hier organisiert hatte, wäre ich beeindruckt gewesen.

Sie hatte das Kaufhaus zweckentfremdet, aber alles, was sich für ihre Party angeboten hatte, integriert: die beleuchtete Springbrunnenanlage, eine Saftbar, eine Eisdiele und die verschiedenen zu den Gängen offenen Imbisse mit Sitzgelegenheiten. Das Gebäude hatte drei Ebenen, von denen aus man jeweils in die anderen hinauf- oder hinunterschauen konnte. Das machte drei umfunktionierte Tanzflächen mit unzähligen Angeboten drum herum.

»Ein paar Läden haben geöffnet«, erklärte Apryl, als wir ihr die Rolltreppe hinauffolgten. »Unter anderem das Nagelstudio und ein paar von den coolen Shops.«

Die Harmonien vor mir begannen, aufgeregt zu tuscheln. Sollte die allseits verhasste Apryl heute Abend etwa ein paar Pluspunkte sammeln?

Wir fuhren in die oberste Etage hinauf, an deren einem Ende sich eine hell erleuchtete Boutique befand.

»Und jetzt habe ich eine besondere Überraschung für euch!«

Danke, aber *nein* danke. Aus Apryls Mund hatte das Wort *Überraschung* so gar keinen schönen Klang.

»Die Besitzerin des Ladens und ich haben lange zusammengesessen, und sie hat für heute Abend ein wirklich tolles Sortiment zusammengestellt. Ihr könnt eure Outfits selbst wählen. Es sind auch Schneiderinnen für kleine Änderungen da.«

Als wir uns der großen Glasfront näherten, hinter der einige Schaufensterpuppen in sehr teuer aussehenden Abendkleidern posierten, begannen der Reihe nach unsere Armbänder rosa zu leuchten.

»Natürlich hat Robin das letzte Wort bei euren Entscheidungen«, sagte Apryl in dem Moment, in dem er aus dem Laden heraustrat.

Robin hob nur kapitulierend die Hände.

»Ach, komm schon«, sagte Apryl und zog einen Schmollmund, »Das wird lustig!« Sie küsste ihn, und er ließ sie für exakt vier Sekunden gewähren, bevor er sie von sich schob.

Jede Geste zwischen den beiden erschien mir jetzt in einem ganz neuen Licht.

»Wie sieht's aus – geht es los?« Er klatschte in die Hände. »Wir haben nicht ewig Zeit, bis die Party beginnt, und ich weiß aus Erfahrung, dass ihr Mädels echt lang für eure Garderobe braucht.«

Die Harmonien stürmten an ihm vorbei in den Laden. Ich war die Letzte, die an Robin vorbeikam. Ich hatte die Hand nach ihm ausgestreckt, um ihn im Vorbeigehen zu streifen, aber er fing sie ab und hielt mein Handgelenk fest.

Mit einem Blick, der mir sagte, dass er es mir nicht leicht machen würde, ließ er mich wieder los. »Behalt deine Pfoten besser bei dir.« Er lächelte. »Viel Spaß beim Aussuchen. Ich bin wirklich sehr gespannt auf deine Wahl.«

Ich nahm ihn beim Wort. Während die anderen fröhlich schnatternd umherstöberten, durchkämmte ich das Angebot an Kleidern gezielt nach einem, das meinem Zweck dienen würde.

Da Apryl eine Vorauswahl getroffen hatte, war es gar nicht so einfach, das Richtige zu finden. Die anderen hatten sich schon fast alle in die Umkleiden zurückgezogen, als ich immer noch auf kein brauchbares Teil gestoßen war.

Ich sah Robin und Apryl beim Zugang zu den Kabinen stehen und ging zu ihnen hinüber.

Von hinten legte ich die Arme um Robin. »Schatz, könntest du mir vielleicht helfen? Ich kann mich wirklich nicht entscheiden!«

Er fuhr zu mir herum und entwand sich dabei meiner Umarmung. Apryls Augen sprühten Funken.

»Ich denke, das kriegst du auch allein hin.« Er nahm Apryls Hand und ging mit ihr zu den Umkleiden, wo gerade Poème heraustrat, um ihr Kleid zu präsentieren. Es war schon fast ein bisschen lustig, dass sie durch meine beiden Wetten heute Abend Verbündete waren, ohne etwas davon zu wissen.

Ich wandte mich wieder den Kleiderständern zu – und da fiel mein Blick auf das, was ich gesucht hatte. Um ein bisschen Theater zu spielen, sollte es perfekt sein. Grinsend nahm ich den Bügel mit dem Kleid vom Ständer und suchte eine freie Kabine. Robin hatte sich inzwischen neben Apryl auf einer weißen Couch niedergelassen. Er sah gelangweilt aus. Das würde ich ändern.

Ich zog das Kleid an und betrachtete mich im Spiegel. Es war raffiniert gemacht: Das Oberteil war schwarz mit Spaghettiträgern und hatte einen dreieckigen Ausschnitt. Unterhalb der Brust war ein weiteres kleines Dreieck ausgeschnitten, unter dem die Haut zu sehen war.

Das Ganze lief in einen weißen Ballonrock aus, der gut zwei Handbreit über den Knien endete. Aber das Beste war der Rücken, wo die Träger über Kreuz liefen und sich unterhalb des Nackens in einer riesigen Schleife vereinten. Das lieferte mir den perfekten Vorwand.

Ich zerrte einen Arm wieder aus dem Ärmel heraus. So sollte es gehen.

Am Vorhang vorbei steckte ich meinen Kopf hinaus. Ich hätte keinen besseren Moment erwischen können. Allem Anschein nach war außer Apryl gerade keine andere Harmonie draußen.

»Robin, jetzt brauche ich aber wirklich deine Hilfe. Diese

Schnürung am Rücken ist etwas kompliziert – ich komm allein nicht in das Kleid rein.«

Er machte keine Anstalten, aufzustehen.

Ich biss mir auf die Lippe und versuchte, hilflos auszusehen. »Bitte.«

Nach einem letzten Zögern erhob er sich endlich und trat zu mir in die Kabine. Er musterte mich und das Kleid mit zusammengekniffenen Augen. »Hübsch«, meinte er. »Aber entweder bin ich blind, oder du musst einfach nur den Arm durch den Ärmel stecken. Wo ist das Problem?«

»Vielleicht gibt es keins«, flüsterte ich.

Er reagierte nicht schnell genug, um mich aufzuhalten. Als meine Lippen auf seine trafen, fühlte es sich an, als würde ich eine Grenze niederreißen. Ich hatte eine Menge Fehler gemacht, seit Jasper sich von mir getrennt hatte, doch das hier war im Begriff, mein größter zu werden.

Ich zuckte zurück, stolperte mit dem Rücken gegen den bodenhohen Spiegel. Das kalte Glas an meiner Haut schickte einen Schauder über meinen ganzen Körper.

Robin sah mich an, hob die Augenbrauen. »Das war alles?«

Unter seiner Gelassenheit lag etwas anderes. Etwas, das ich selbst genauso empfand: Verwirrung. Kampfwillen. Vielleicht auch Angst.

Ich vergaß meinen Impuls zu fliehen. Er vergaß unsere Wette. Der Abstand zwischen unseren Lippen wurde rasend schnell kleiner. Als sie sich berührten, war es kein Kuss. Es war alles andere als das: ein Aufeinanderprallen, ein Wettstreit, ein Krieg. Ich wollte das mehr als alles andere, und ich hatte nie etwas weniger gewollt. Ich war Überlegene und Besiegte, voller Wut und Abscheu und doch Besitzerin dieses immer schneller pochenden Herzens.

Wir mussten verrückt sein.

Wie ein Strudel zog mich das, was hier zwischen uns passierte, aus der Realität heraus. Ich dachte nicht darüber nach, wo wir waren. Wer noch alles da war.

Erst als Apryl wie eine Furie den Vorhang der Kabine zur Seite riss, platzte die absurde Seifenblase, die mich eingehüllt hatte.

»Es reicht!«, kreischte sie, und erst da fiel mir auf, wie still es eigentlich geworden war.

»Geschickt, muss ich schon sagen. Du hast gewonnen, aber jetzt kannst du aufhören. Wie es aussieht, hast du ihn ja tatsächlich dazu gebracht, dich zu küssen.« Beim letzten Wort verzog sie das Gesicht, als hätte sie Schmerzen.

Robins Blick schoss zwischen ihr und mir hin und her. Dann verstand er. Ich sah genau, wie es bei ihm klick machte.

»Krass«, sagte er. »Bist du jetzt stolz auf dich, Lou?«

Er quetschte sich an Apryl vorbei nach draußen. »Um es in Apryls Worten zu sagen: Du hast gewonnen, aber jetzt kannst du aufhören. Halt dich verdammt noch mal von mir fern.«

Weg war er.

Ich stand da wie vom Donner gerührt. War er jetzt etwa *sauer*? Er war es doch gewesen, der das mit seinem blöden Spiel angezettelt hatte!

Trotz ihrer Niederlage konnte Apryl bereits wieder lächeln. »Ich hoffe, du bist zufrieden.«

Das Beste an der Partylocation war, dass man den anderen Gästen leicht aus dem Weg gehen konnte. Drei Ebenen bedeuteten viele versteckte Winkel. Wenn man Glück hatte, fand man sogar einen, der noch nicht von einem Pärchen belegt war.

Ich machte mir keine Sorgen, dass Apryl oder Robin sich dazu herablassen könnten, mich noch mal auf den Kabinenvorfall anzusprechen. Es ging mir eher um die wenigen vernünftigen Menschen hier, die das ebenfalls mitbekommen hatten, insbesondere Tayla und Collie. Ich hatte sie schon mehrmals zu zweit durch die Menge streifen sehen. Bisher war ich noch jedes Mal rechtzeitig untergetaucht, bevor sie mich entdeckten.

Gedankenverloren drehte ich an dem Ring mit dem roten Stein, der an meinem Finger steckte; Apryl hatte für jede Harmonie einen in ihrer Farbe anfertigen lassen.

Ich hatte ihr etwas beweisen wollen, Robin sowieso, aber vor allem auch mir selbst: Dass dieser Kuss mir nichts anhaben konnte. Nur prickelte er immer noch auf meinen Lippen, zwang meine Gedanken immer wieder zurück zu der fieberhaften Spannung, die sich zwischen uns aufgebaut hatte, zurück zu Robin.

Er selbst betrieb wohl ein weiteres Mal Wiedergutmachung. Jedenfalls hatte ich ihn vorhin bei Clea gesehen. Bei wem auch sonst?

Es gab noch einen anderen Grund dafür, dass ich hinter der Kundeninfo hockte und den Kopf einzog – Karger. Die Story müsste inzwischen die Runde machen, und sie würde diese Party erreichen, daran hegte ich nicht den geringsten Zweifel.

Allzu schlimm würde es bestimmt nicht werden.

Wurde es doch.

Es begann mit aufgeregten Stimmen: »In dem Schuhgeschäft dahinten!« – »Es läuft im TV!« – »Schnell, das müsst ihr sehen!«

Mehrere Personen rannten an meinem Versteck vorbei.

Ich sollte besser bleiben, wo ich war, allein mit der aussichtslosen Hoffnung, es ginge um etwas anderes, etwas, das nicht meine Schuld war. Andererseits … sollte ich es vielleicht mit einer Vorwarnung versuchen?

In diesem Augenblick verstummte im ganzen Gebäude die Musik. Ich sprang auf und rannte los, an der nächsten Tanzfläche entlang, auf der sich alle ratlos anblickten, an dem Schuhgeschäft vorbei zur Rolltreppe. Zuletzt hatte ich Robin in der untersten Etage gesehen. Ich drängte mich an zwei Mädchen vorbei und hastete die träge abwärtsstrebenden Stufen hinunter.

»Wo ist er?«

Stahlhart zerschnitten Robins Worte die angespannte Stille.

Die anderen versperrten mir die Sicht. Ich lief einen Bogen und entdeckte Robin am Rand des großen Springbrunnens, sein Handy in der Hand. Es war nicht schwer zu erraten, was es ihm gezeigt hatte. Dennoch wühlte ich mich durch die neugierig herbeiströmende Menge bis zu ihm durch und riss es ihm aus der Hand. Was er ignorierte – für ihn existierte ich in diesem Moment gar nicht. Mit geballten Fäusten suchte er die Reihen nach Vin ab.

Ich las die fett gedruckte Headline: *Gwynnia Dorville hintergeht ihren Bruder durch heimliche Affäre mit seinem besten Freund.*

Die kleinen Wasserfontänen im Brunnen plätscherten unnatürlich laut in meinen Ohren.

Ich hatte mich gefragt, warum das alles unbedingt ein Geheimnis bleiben musste, warum die beiden so viel Aufhebens darum machten. Was sollte Robin dagegen haben, wenn zwei Menschen, die ihm wichtig waren, sich gefunden hatten? Doch der Zorn, den er jetzt ausstrahlte, zeigte, dass ich die Lage unterschätzt hatte. Deutlich unterschätzt.

Zwischen seinen Brauen hatte sich eine gefährlich steile Falte gebildet. Mit vorgeschobenem Kinn und zusammengepressten Kiefern stand er da, bereit für einen Kampf.

»Ich bin hier.«

Die Umstehenden wichen zurück, ließen Vin durch. Köpfe wurden zusammengesteckt, die Neuigkeiten von einem zum anderen weitergeraunt.

»Ich will Anspruch auf sie erheben!«

Als Antwort bekam er von Robin nur ein grausam kaltes Lachen, das sich über die Überraschungslaute und das aufgeregte Murmeln der anderen erhob. »*Damit* willst du dich jetzt rauswinden? Das kannst du so was von vergessen!«

Vin trat näher. »Hör mir erst zu. Bitte! Ich würde dich nicht fragen, wenn ich mir nicht sicher wäre. Sie empfindet genauso wie …«

»Wie lange schon«, fuhr Robin ihm scharf ins Wort, »läuft da was hinter meinem Rücken?«

Augenpaare wanderten zwischen den beiden hin und her wie bei einem Tennismatch.

Was hatte ich bloß angerichtet? Seit wann war ich bereit, Beziehungen anderer aufs Spiel zu setzen, für Dinge, die das nicht im Mindesten rechtfertigten?

»Rob…«

»Vergessen wir's. Ich will nie wieder was davon hören. Du wirst persönlich eine Gegendarstellung von *PartyTime* fordern. Und mit meiner Schwester wirst du nicht mal mehr reden, kapiert?«

»Ich bin dein bester Freund!«

»Und ich bin Regent, und ich sage dir, es ist vorbei.«

Noch immer kamen weitere Mitglieder herbei, aber inzwischen war es unheimlich still, als wären Robin und Vin von Geistern umgeben.

»Das kannst du nicht machen! Ich habe nie gewollt, dass du es so erfährst. Wir hätten es dir früher gesagt, wenn …«

»Wenn du dich an unsere verfluchten Regeln halten würdest! Ich bin derjenige, der es zu entscheiden hat, und ich sage Nein.«

Kurz glaubte ich, Vin würde aufgeben. Aber Gwynnia war ihm anscheinend wirklich wichtig.

»Ich verlange eine Verhandlung vor dem Gesellschaftsrat. Ich habe das Recht, angehört zu werden.«

»Mach es nicht noch schlimmer.«

»Es tut mir leid, aber du wirst damit nicht durchkommen.«

»Ich kann und ich werde.«

»Robin!« Die Menge teilte sich für Gwynnia.

»Du fährst auf der Stelle nach Hause«, knurrte Robin zu Vin. Auf seinen Wink hin traten zwei Typen von der Security wie aus dem Nichts hervor. Sie nahmen Vin zwischen sich und führten ihn ab wie einen Verbrecher.

Robin entriss mir das Handy und ging mit großen Schritten in die entgegengesetzte Richtung davon, bevor Gwynnia ihn erreichen konnte. Dafür fand ihr verzweifelter Blick nun mich. »*Du!* Und ich dachte, das mit der Terminvorverlegung wäre ein Missverständnis gewesen!« Eine Träne lief über ihre Wange, und sie wischte sie wütend weg. »Ich hab dir vertraut!«

Ich brachte kein Wort zu meiner Verteidigung heraus. Eine Flutwelle aus Scham spülte durch mich hindurch, und ich schaute betreten zur Seite. Direkt zu Robin, der alles gehört haben musste und stehen geblieben war. Früher an diesem Abend hatte er mich etwas spüren lassen, das Enttäuschung sehr nahe gekommen war. Jetzt war es reine Verachtung.

Ich hatte sie mehr als verdient.

Er ging, Gwynnia ging, und ich stand am Brunnen, eine verlassene Verräterin.

17.

Clea

Die Gesellschaftshalle füllte sich. Doch an diesem Donnerstag stand uns keine gewöhnliche Vollversammlung bevor. Es war Vins Anhörung vor dem Vorstand der Saya Nord, fast eine Woche nach Apryls Party. Schon seit einiger Zeit saß ich auf meinem Platz im Stuhlhalbkreis auf der Bühne, von wo aus wir Harmonien gemeinsam mit dem Vorstand die Verhandlung verfolgen würden, und wartete auf den Startschuss.

Ich war unruhig. Robin unter Druck zu setzen, war nie eine gute Idee, und genau das tat Vin mit dieser Aktion.

Sie hatten es wirklich gut verborgen. Ich hätte früher darauf kommen müssen. Vin und Gwynnia. Es lag auf der Hand.

»Ich geb's zu, ich würde mein Amt gerade gern abgeben.« Marcon war zu mir getreten. »Es wird krachen.«

»Du stehst das durch. Wir alle werden das irgendwie.«

Marcon sah nicht überzeugt aus. »Indem er die Führungsriege hinzuzieht, untergräbt er Robins Autorität. Was, wenn alles aus dem Ruder läuft? Das liegt jetzt in *meiner* Verantwortung!«

Ich hatte keine Ahnung, wie ich ihn beruhigen könnte. Ich saß ja selbst wie auf glühenden Kohlen. »Du hast keinen großen Einfluss darauf, was passieren wird. Also musst du es passieren lassen.«

Gwynnia kam herein. Sie war leichenblass und schien unter den vielen Augenpaaren immer kleiner zu werden.

Ich stand auf. »Ich kümmere mich um sie.«

Gwynnia und ich waren zwar nicht unbedingt Freundinnen, kamen aber gut miteinander aus, und als sie sah, dass ich sie zu mir winkte, lächelte sie erleichtert und kam auf die Bühne hoch. Da sie so direkt beteiligt war, sollte sie auch bei uns sitzen, fand ich.

»Oh, Clea. Ich war mir so sicher, dass Louelle uns nicht verraten würde. Ich habe ihr vertraut.«

Ihr vertraut? Mir fiel niemand weniger Vertrauenswürdiges ein. Für mich passte es ins Bild zu hören, dass *sie* den kleinen Skandal ausgelöst hatte. Was wohl für sie dabei herausgesprungen war?

Diese Frau trieb es zu bunt – marschierte hier ein, flirtete mit *meinem* Freund und stiftete überall Unfrieden. Irgendjemand musste ihr dringend das Handwerk legen. Das würde jetzt auch Robin endlich einsehen müssen.

Die ganze Gesellschaft litt spürbar unter dem Streit zwischen ihm und Vin. Sogar die Stimmung bei den gemeinsamen Abenden war in den letzten Tagen gedrückt gewesen.

Meine Versuche zu vermitteln waren kläglich gescheitert. Robin war mir aus dem Weg gegangen, und Vin hatte dichtgemacht. Mit keinem von beiden war zu reden gewesen. Wenn wir Pech hatten, sah es heute nicht besser aus.

Vin kam herein und schritt selbstbewusst in die Mitte der Bühne. Ich bezweifelte, dass er sich so sicher fühlte, wie er tat.

Als Robin eintrat, würdigten die beiden einander keines Blickes.

Er kam ebenfalls auf die Bühne, stellte sich mit großem Abstand neben Vin und ließ sich ein Mikro geben, als wäre an dieser Versammlung gar nichts Besonderes. Wir auf der

Bühne waren aufgestanden und nahmen auf seinen Wink hin wieder Platz.

Es war totenstill im Saal.

»Es tut mir leid, dass unser Zusammenkommen heute von einem so bedauernswerten Konflikt überschattet wird«, sagte Robin. »Aber vorab möchte ich noch etwas zur Harmonienwahl loswerden.«

Ich horchte auf. Was hatte er denn nun schon wieder vor?

»Ich weiß, dass ihr schon Wetten abschließt und viel diskutiert wird. Es wird ja noch eine Weile dauern, bis die offizielle Entscheidung fällt, aber ich dachte, ein kleiner Zwischenstand könnte nicht schaden. Vielleicht fühlt sich ja die eine oder andere Kandidatin davon herausgefordert.« Er lächelte. Ich folgte seinem Blick zu der Neuen. Warum sah er sie so an?

»Wenn ich heute entscheiden müsste«, sagte Robin, »würde ich Lou wählen.«

Auf einmal war es vorbei mit der Stille. Ein lautes Gemisch aus Pfiffen, Klatschen und Kreischen toste auf. Alles erreichte mich nur wie aus weiter Ferne.

Ich saß mit weit aufgerissenen Augen da und begann am ganzen Körper zu zittern. Wie konnte er? Noch dazu in dieser Situation? War ihm inzwischen alles egal?

In diesem Moment glitt Robins Blick zu mir. Er schüttelte leicht den Kopf und wollte mir anscheinend signalisieren, dass er das nicht ernst gemeint hatte. Er konnte sich seine Beschwichtigungen schenken. Diesmal hatte er den Bogen überspannt. Was fiel ihm ein? Und das, nachdem ich seit einer geschlagenen Woche auf eine Entschuldigung von ihm wartete, weil er weniger als fünf Meter weit weg von mir mit einer selbstsüchtigen Trulla in der Umkleide rumgeknutscht hatte?

Ich wandte das Gesicht ab, Tränen brannten hinter meinen Augen.

Gwynnia legte mitfühlend ihre Hand auf meine. Vor wenigen Minuten hatte ich noch geglaubt, dass *ich sie* trösten sollte.

Robin hatte das Mikro an Marcon weitergegeben, der jetzt zwischen die beiden trat und sichtlich nervös die Verhandlung einleitete.

Dann ließ er Robin die Situation in wenigen Sätzen schildern. Als Regent hatte er immer das erste Wort in solchen Angelegenheiten. Und das letzte. Ich konnte nur hoffen, dass Vin das nicht zum Verhängnis werden würde. Hier stand eine jahrelange Freundschaft auf dem Spiel, und ich war genauso sehr in Sorge um sie wie Marcon.

»Vin zweifelt eine Entscheidung an, die mir unseren Gesetzen nach zusteht. Dabei sollte er froh sein, dass ich nicht vorhabe, ihn zu bestrafen – obwohl er sich allem Anschein nach schon länger ohne mein Wissen an meine Schwester herangemacht hat.«

Es war wirklich beachtlich, wie ruhig Vin nach außen hin blieb. Als er das Mikro bekam, sprach er mit lauter und fester Stimme. »Ich möchte den Vorstand und die Harmonien darum bitten, in diesem Ausnahmefall die Entscheidung unseres Regenten zu übergehen. Nur weil es hier um seine Schwester geht, darf Robin den Fall nicht anders angehen als bei jedem beliebigen anderen Mitglied!« Er sah zu Gwynnia, und ihr Anblick schien ihm Mut zu machen. »Ich hatte Angst, Anspruch auf sie zu erheben, weil ich wusste, es würde Streit geben. Nur deshalb haben wir es eine Weile geheim gehalten. Ich liebe Gwynnia, und daran ist nichts falsch.«

Marcon verlas den Paragrafen aus der Gesellschaftsordnung, der besagte, dass der Regent jede Anspruchserhebung bewilligen musste. Dann wandte er sich an Vin. »Hast du Beweise dafür, dass es bei dieser Entscheidung um etwas Persönliches geht? Denn ohne handfeste Gründe darf unser Vorstand das Urteil des Regenten nicht infrage stellen.«

Vins Schultern sackten nach unten. »Ist es nicht Beweis genug, dass ich Robins bester Freund bin und Gwynnia seine Schwester?«

»Nein«, sagte Marcon, und ich hörte genau, was er eigentlich sagen wollte: Leider nein. Er holte tief Luft. »Aber auch im Namen des Vorstands und der Harmonien … Robin … wir würden dich bitten, die Sache zu überdenken.«

In Robins Augen funkelte Zorn. »Ich bleibe bei Nein! Wenn er seine Finger nicht von meiner Schwester lässt, fliegt er aus der Gesellschaft.«

Gwynnia schluchzte leise auf.

Er würde jetzt also seinen Wutanfall ausleben und alles platt walzen wie ein Orkan. Er würde seinen besten Freund verlieren. Ich konnte das nicht mit ansehen.

Ich erhob mich. »Robin, bitte!« Meine Worte waren viel zu leise in diesem großen Raum. »Wenn sie zusammen sind, bedeutet das nicht, dass du sie verlierst. Das tust du nur, wenn du so weitermachst!« Ich wusste, er hasste es, wenn ich aussprach, was er fühlte. Aber was blieb mir denn noch anderes übrig?

Seine Züge entspannten sich ein bisschen. Immerhin sah es nicht so aus, als würde er jetzt auf mich losgehen.

»Machen wir nicht so ein Drama daraus«, sagte er. »Nein heißt nein. So einfach ist das.«

Ich ließ mich mit einem Seufzen zurück auf meinen Platz sinken.

»Gwynnia und ich verlassen die Gesellschaft freiwillig.« Vins Stimme klang brüchig. »Ich fordere unsere Entlassungsunterlagen. Wir wären dann hier fertig.«

Robin zuckte mit den Schultern. »Ja, geh ruhig. Aber meine Schwester bleibt.«

»Sie kann selbst entscheiden. Nicht einmal unsere beschissenen Gesetze können sie zwingen hierzubleiben. Nicht einmal du kannst das.« Hoffnungsvoll sah er zu Gwynnia, die jetzt richtig weinte.

»Nein«, stieß sie hervor. »Ich kann nicht gehen.« Dann sprang sie auf und rannte hinaus.

Sie hatte sich für ihren Bruder entschieden. Jeder entschied sich für ihn, egal, wie gemein er sein konnte.

Vin saß da wie erstarrt. Robins Lächeln war traurig, nicht triumphierend. Das war das Verzwickte – es war nie seine Absicht, den Menschen wehzutun, die ihm nahestanden, und doch tat er es. Würde er nie lernen, dass es auch anders ging?

»Ich denke, wir brechen an dieser Stelle ab«, sagte Marcon aufgebracht. »Vin, Robin, bitte überlegt euch das beide noch mal.«

»Nicht nötig«, kam es synchron.

»Wenn sonst nichts wirklich Dringliches anliegt, würde ich sagen …«

»Warte!«

Es war an der Zeit, etwas zu unternehmen. Ich konnte nur

etwas bewirken, wenn ich meinen eigenen Standpunkt deutlich machte. Schlimmer konnte Robins Laune heute sowieso nicht mehr werden.

»Ich möchte auch noch eine Ankündigung machen«, sagte ich.

Marcon runzelte die Stirn, winkte mich aber zu sich und überreichte mir das Mikro. Ich hatte all unsere Mitglieder vor mir, alle Harmonien, die Neue, Marcon und unsere anderen Vertreter, Vin. Doch als ich sprach, sah ich nur Robin an. »Ich kandidiere.«

Kollektives Nach-Luft-Schnappen im Saal.

»Nein.« Es war, als würde er durch mich hindurchsehen.

Vin lachte bitter. »Das ist wohl alles, was du heute zu sagen hast, was?«

Ich blieb stark. »Du bist ja nicht gezwungen, mich zu wählen«, sagte ich, viel frecher, als ich es mir selbst zugetraut hätte. »Mit unseren Regeln kannst du hier jedenfalls nicht argumentieren. Die Kandidatur steht jeder Harmonie offen. Und es gibt auch keine Regelung, die ausschließt, dass man sich auch während der Wahlphase noch aufstellen lassen kann.«

Marcon lächelte. »Sie hat recht.«

»Also«, sagte ich, »ich kandidiere.«

Da brach es wie ein Sturm los. Donnernder Applaus, Stampfen, dann ein immer lauter werdender Sprechchor: »Clea! Clea!«

Ich riskierte einen Blick zu Robin. Sein Gesichtsausdruck ließ sich kaum beschreiben. Am ehesten traf es wohl fassungslos.

Ich lächelte. In diesem Augenblick spürte ich mehr denn je, was es bedeutete, Königin dieser Gesellschaft zu sein.

18.

Vicky

»Jetzt mal Klartext. Was ist los mit dir?« Tayla schüttelte ihre dunkle Haarmähne aus und bändigte sie mit einem Zopfgummi. Dann postierte sie sich vor meinem Bett auf dem Boden. Sah nicht so aus, als wäre sie bereit, mich in absehbarer Zeit in Ruhe zu lassen. »Ich mein, gerade sind irgendwie alle mies drauf, aber kannst du mir vielleicht erklären, warum *du* dich so benimmst?«

Hatte sie nicht eigentlich Volleyball um diese Uhrzeit? Wenn ich gewusst hätte, dass sie herkommen würde, hätte ich mich woandershin verzogen.

»Wie benehme ich mich denn?«, fragte ich und tat so, als würde ich die Skizzen auf der Bettdecke vor mir sortieren. Dabei wusste ich genau, worauf sie hinauswollte.

»Du blockst alles und jeden ab. Seit Freitag haben wir kaum miteinander geredet. Selbst auf den Partys grenzt du dich total aus.«

Das konnte ich schlecht abstreiten. Die Einzigen, mit denen ich zu reden versucht hatte, waren Gwynnia und Vin. Keiner von beiden hatte mir die Chance gegeben, mich zu entschuldigen. Gwynnia drehte sich jedes Mal weg, wenn ich nur in ihre Nähe kam.

Was hatte ich nur getan? Sie war eine der wenigen, die mich von Anfang an mit offenen Armen empfangen hatten.

Bei Robin hatte ich es gar nicht erst versucht, und nach der katastrophalen Verhandlung vorhin schien endgültig alles verloren.

Niemand hatte bislang enthüllt, wie die Information über Gwynnias und Vins Beziehung an die Presse hatte gelangen können. Als Robin seinen besten Freund auf der Bühne zur Schnecke gemacht hatte, war ich mehrmals kurz davor gewesen, meinen Anteil an dem Desaster vor allen anderen zuzugeben. Doch ich hatte gekniffen, war in meinem Sitz nur immer weiter nach unten gerutscht. An dem, was ich da losgetreten hatte, hätte es wohl so oder so nichts geändert.

»Geht es um die Wahl?«, fragte Tayla unerträglich mitfühlend. »Machst du dir Sorgen wegen Robins Entscheidung? Weil Clea nun doch dabei ist? Denkst du etwa, er hat nur gesagt, dass er nach aktuellem Stand dich wählen würde, um sie zu provozieren?«

Ich wusste nicht, ob ich lachen oder weinen sollte. Wäre schön, wenn *das* mein Problem wäre!

Ich zog die Knie an und drückte die Stirn dagegen.

»Hast du etwa versucht, ihn wegen Gwynnia und Vin umzustimmen? Ist er deshalb so wütend auf dich?«

Natürlich, sie dachte, ich würde es immer gut mit allen meinen. Meine Kehle schnürte sich zu. Es konnte nicht mehr lange dauern, bis sie die Wahrheit erkannte. Besser, ich stellte mich schon mal darauf ein.

»Wie kommst du darauf, dass er wütend auf mich ist?« Robin war doch gerade sowieso gefühlt auf alles und jeden sauer. Klar, ganz besonders auf mich, doch woher wollte sie das wissen?

»Ich beobachte euch eben. Weißt du, ihr seid einfach … süß. Mein zukünftiges Lieblingspärchen sozusagen.«

Mir entfuhr ein Schnaufen. »Wir waren nie weiter davon entfernt.«

Ich blinzelte zu Tayla runter. Sie rollte sich auf die Seite, stützte den Ellbogen auf und erwiderte meinen Blick. »Gemütlich, so ein Zimmerboden! Es gibt Leute, die behaupten, dass ich sehr geduldig bin. Also sei gewarnt: Bevor du mir nicht alles erzählt hast, rühr ich mich nicht vom Fleck.«

Ihre Hartnäckigkeit erinnerte mich an Blanche, was mich im Moment jedoch eher noch unglücklicher machte.

Vielleicht sollte ich Tayla einfach gleich sagen, was ich getan hatte. Dann würde sie sich garantiert nicht mehr um mich bemühen.

»Fangen wir doch mit der Anprobe auf Apryls Party an. Wie war der Kuss?«

»Taylaaa«, stöhnte ich gequält.

»Sag schon!«

»Es hatte nichts zu bedeuten.«

Sie maß mich mit einem Röntgenblick. »Ach ja?«

»Wenn du es genau wissen willst: Ich hatte eine doppelte Wette am Laufen. Mit Robin und unabhängig davon auch noch mit Apryl.«

Nicht mal das brachte sie aus dem Konzept. »Du musst sehr dankbar gewesen sein, eine Ausrede zu haben, um ihn zu küssen.«

Ich schwieg.

Selbst wenn sie mir geglaubt hätte – ich fühlte mich einfach nicht in der Lage, so zu tun, als wäre ich nur deshalb bei Robin abgeschrieben.

»Weißt du, was? Ich finde, du stehst dir echt selbst im Weg.«

Sie hatte ja keine Ahnung, wie oft ich das in meinem Leben schon zu hören bekommen hatte.

»Ich habe mich immer wieder gefragt, wie du jemals auf die Idee kommen konntest, dich als Kandidatin zu bewerben. Es hat überhaupt nicht zu dir gepasst, je mehr ich dich kennengelernt habe, desto weniger. Aber ich habe mich geirrt.«

»Hast du das?«, murmelte ich.

»Du traust dir das vielleicht gar nicht so richtig zu, aber du könntest da reinwachsen – in die Rolle als Erstharmonie, meine ich.«

»Wer sollte das schon wollen?«

»Robin.«

»Er am allerwenigsten.« Mein Fuß war eingeschlafen. Ich löste mich aus meiner zusammengekauerten Haltung und streckte das Bein aus, um ihn zu schütteln.

»Glaub mir. Er will dich genauso sehr, wie du ihn willst.«

Ich schloss die Augen, ihre Worte tosten durch mein Inneres.

»Und er *braucht* dich.«

»Ich hab Mist gebaut!« Keine Sekunde länger konnte ich das aushalten. »So richtig.«

Mit einem Mal schwappte alles aus mir heraus wie überlaufendes Abwasser: Meine Entdeckung auf Malta, meine Suche nach Informationen über Apryl – auch wenn ich den Grund dafür ausließ –, wie ich Gwynnia reingelegt hatte, um mit Karger zu sprechen, mein feiges Abwarten.

Ich hielt die Augen geschlossen; um nichts auf der Welt hätte ich Tayla ansehen können.

»Mir war nicht klar, dass Robin so heftig reagieren würde«, schloss ich leise. »Ich habe mir sogar eingeredet, ich würde helfen.« Doch wirklich geglaubt hatte ich das nicht.

Wieder sah ich Gwynnia vor mir, als sie erkannt hatte, wer sie verraten hatte, erinnerte mich an den Schmerz auf Vins Gesicht und daran, wie Gwynnia weinend aus dem Saal gestürmt war.

»Du wolltest weder ihnen noch Robin wehtun. Das ist, was zählt.«

Tayla hievte sich zu mir auf die Matratze hoch und schloss mich in die Arme.

Ich kämpfte mit den Tränen. »Du verstehst nicht! Die Konsequenzen waren mir total egal. So weit ist es mit mir schon gekommen.«

Warum ließ sie mich nicht los? Kapierte sie denn nicht, dass ich es nicht wert war?

»Aber jetzt sind sie dir nicht mehr egal, oder?« Sie drückte meine Schulter. »Mach dich selbst nicht so fertig. Du solltest lieber darüber nachdenken, was zu tun ist.«

Was könnte das schon sein? Ich hatte nur lahme Worte und mein endlos schlechtes Gewissen.

»Robin würde es nicht zugeben, aber Clea kennt ihn zu gut: Er hat *definitiv* Verlustängste. Mit jedem Menschen, den er wegstößt, bestätigen sie sich für ihn. Also lass du dich nicht wegstoßen!«

»Um mich geht es doch gar nicht. Egal, was du denkst: Ich bin ihm nicht wichtig.«

»Sehr viel wichtiger, als du ahnst.« Sie lächelte, als bestünde Hoffnung für etwas, das ich mir selbst nicht zu hoffen gestatte. »Wenn es irgendjemanden gibt, der das wieder geradebiegen kann, dann du.«

19.

Vicky

Ich schrak mitten in der Nacht hoch, geweckt vom Grollen eines Donners. Heftiger Regen prasselte gegen die Fensterscheiben. Als ein Blitz das Zimmer erhellte und die Gestalt neben meinem Bett für den Bruchteil einer Sekunde in Licht tauchte, keuchte ich auf. Für einen Moment glaubte ich, ich würde sterben. Dass Robin gekommen war, um mich umzubringen.

Aber er legte nur den Finger an die Lippen. »Tayla schläft.«

Ich versuchte, wieder ruhig zu atmen. »Du nicht«, stellte ich fest.

»Und du jetzt auch nicht mehr«, gab er flüsternd zurück.

Nein, dank des Schrecks, den er mir eingejagt hatte, war ich hellwach.

»Kommst du mit?«

»*Jetzt?* Wohin?«

Er lächelte. »Raus natürlich.«

Nach einer Woche Funkstille, in der er mich aus der Ferne angehasst hatte, nun *das*?

»Was, wenn nicht?«

»Dann geh ich allein. Ich dachte nur, mit dir wäre es lustiger.«

»Lustiger, aha.«

»Oder bestehst du drauf, dass ich dich per goldenem Brief bitte?«

»Lass mal.« Ich schälte mich aus der Decke. Was hatte er hier zu suchen? Hatte er beschlossen, mich irgendwo lebendig zu verscharren?

»Zieh dir was anderes an. Nichts Weißes, wenn du dir einen Gefallen tun willst. Ich warte vor der Tür.«

Ich zog hastig den Pyjama aus und streifte T-Shirt und Leggins über. Es wäre vernünftiger gewesen, seine Einladung zu ignorieren, aber vielleicht war ich längst infiziert mit seinen bescheuerten Einfällen – und viel zu erleichtert darüber, dass er mich nicht mehr mied. Mich wieder im Bett zu verkriechen, konnte ich mir jedenfalls beim besten Willen nicht vorstellen.

Robin stand im Flur, bewaffnet mit einer großen Taschenlampe, die er vorhin wohl dort deponiert hatte.

»Sagst du mir, was genau wir vorhaben?«

»Hab ich doch schon: rausgehen. Das Gewitter jagen.«

Na, wenn das nicht der Plan des Jahres war.

Auf leisen Sohlen gingen wir ins Erdgeschoss hinunter.

Meine Gedanken schweiften zu der Versammlung zurück. Dass Robin Wort gehalten und mich zu seiner aktuellen Favoritin erklärt hatte, hatte mich überrascht, ganz besonders nach unserem Zusammenstoß bei der Anprobe und meinem Kontakt zu Karger. Aber dank Tayla war mir eine Idee gekommen. Ich hatte viel wieder auszubügeln, und das wäre ein Anfang.

»Können wir noch eine Runde spielen?«, fragte ich.

Von der Seite warf Robin mir einen irritierten Blick zu.

»Man sollte meinen, nach der letzten Runde würdest du uns mal eine Auszeit gönnen.«

Wir bogen in den Flur, an dessen Ende sich der Zugang zum Hof befand, und die Deckenlampen leuchteten auf.

»Du hast damit angefangen«, sagte ich. »Aber die Wahl meiner letzten Belohnung war unüberlegt, das sehe ich ein.«

»Unüberlegt? Dank dir geht Clea jetzt auf die Barrikaden.«

Wir hatten den Ausgang erreicht und traten nach draußen. Der Wind peitschte mir sofort den Regen ins Gesicht. *Was* machten wir noch mal hier?

»Mir war nicht klar, wie sehr die anderen Mitglieder sie vergöttern!« Ich musste die Stimme heben, damit meine Worte nicht im Sturm untergingen. »Warum regt dich ihre Kandidatur so auf? Ich dachte, am Ende wolltest du sie sowieso als Erstharmonie aus dem Hut zaubern?«

Robin schaltete die Taschenlampe ein und ließ den Lichtkegel über den Hof huschen.

»Sie hätte mich einfach nicht so überfallen dürfen damit.« Er lief los.

»Hey, was wird das überhaupt? Du willst doch nicht etwa baden gehen?«, rief ich ihm hinterher.

»Wir gehen nicht bis an den Strand runter!«, rief er über die Schulter zurück. »Nur zu den Wiesen hinter dem Salon.«

Ich wagte mich unter dem Vorsprung an der Tür hervor und holte ihn ein. Schon nach wenigen Augenblicken war meine Kleidung völlig durchnässt.

»Also, worum willst du so dringend spielen?«

Vor dem Rauschen des Regens klang er ganz leise.

»Wenn ich es dir sage, spielst du nicht mit.«

Er blieb stehen und sah mich erwartungsvoll an.

Kurzerhand überrumpelte ich ihn. »Aktiv oder Passiv?«

Er verzog den Mund. »Kommt nicht infrage.«

»Nach mehreren bestandenen Runden steht mir das zu. Du musst dich auch mal beweisen.«

Sein Stirnrunzeln zeigte mir, dass er keine Ahnung hatte, worauf ich hinauswollte. Gut so.

»Aktiv«, sagte er zögernd.

»Ich wusste es.« Ich musste grinsen. Doch dann wurde ich wieder ernst. »Entschuldige dich bei Vin. Nimm deine Entscheidung zurück.«

Sofort verschloss sich sein Gesicht. Er ging weiter, als hätte ich nichts gesagt.

»Er ist dein bester Freund!«, rief ich. »Und normalerweise sollte er jetzt mit dir hier sein. Ist doch so, oder?«

»Ach, auf einmal möchtest du, dass alle sich wieder lieb haben? Nachdem du selber für den großen Knall gesorgt hast? Ich fass es nicht, dass du damit zu diesen Aasgeiern gegangen bist! Übrigens – hatten sie die Poolsache vielleicht auch von dir?«

»Nein, das war ich nicht. Was ich getan habe, tut mir leid. Ehrlich.«

»So kleinlaut auf einmal? Was hast du denn eigentlich davon gehabt?«

Mein verrücktes, beschämtes Ich wollte es zugeben, wollte ihm sagen, dass ich wusste, was Apryl mit ihm abzog. Doch ich musste aufhören, ihm vertrauen zu wollen. Ich hatte doch gesehen, wie zerstörerisch seine Wut sein konnte.

»Nichts, was es auch nur ansatzweise wert gewesen wäre. Bitte hilf mir, es wieder in Ordnung zu bringen.«

»Alles, was nötig war, habe ich bereits getan. Ich werde nicht weiter mit dir darüber diskutieren.«

»Dann hättest du mich nicht wecken sollen.«

Wir ließen den Salon hinter uns. Vor uns erstreckte sich die riesige Rasenfläche am Hang. Es war so dunkel, dass ich nicht bis an ihr Ende sehen konnte.

»Er wird sowieso nicht gehen«, sagte Robin. »Nicht, wenn Gwynnia bleibt. Und ich wusste, wie sie sich entscheiden würde.«

Jetzt war ich es, die stehen blieb. Von meinem Pony rannen mir Wassertropfen in die Augen, und ich musste blinzeln.

»Was ist dein Problem? Wäre es so schlimm, wenn sie einfach glücklich würden?«

Er griff nach meinem Arm. Mein Armband begann, violett zu glühen.

»Es läuft immer so. Die Menschen, die mir nahestehen, geben mich nie auf.« Ich konnte seinen Blick nicht deuten. »Auch wenn ich sie früher oder später in den Abgrund reiße.«

Er ließ mich los und legte die Taschenlampe ins Gras, wo ihr Strahl ein paar Meter weit das Grün beleuchtete und dann von der Nacht verschluckt wurde. Der Regen prasselte immer noch in Strömen auf uns nieder.

Ich wusste nicht, was ich mit Robins Worten anfangen sollte, nur, was ich daraus hätte folgern *müssen*. Denn wenn er aus irgendwelchen Gründen sogar bereit war, seinen Freunden wehzutun, dann bestätigte er damit alles, was Blanche mir über ihn gesagt hatte.

Doch bei aller Logik und aller nötigen Vorsicht – ich brachte es nicht über mich, mich umzudrehen und zu gehen.

Ich wandte meinen Blick zum Meer, genau in dem Moment, als ein weißer Blitz darüber zuckte.

»Rennen wir?« Robin deutete über die Wiese.

Ich schluckte alles hinunter, was ich hätte sagen sollen.

»Willst du, dass wir vom Blitz getroffen werden? Zwei Menschen auf einer flachen Ebene – bei dem Wetter echt eine ganz miese Idee.«

Ein kleines Lächeln flatterte über sein Gesicht. »Natürlich, sie ist ja auch von mir.«

»Renn du ruhig, oder tu, was auch immer du Verrücktes tun musst. Ich warte hier.« Mit diesen Worten ließ ich mich ins nasse Gras fallen.

Ich schloss die Augen. Es war total absurd. Ich lag mitten in der Nacht auf dem Rücken auf einer Wiese, ließ mich nass regnen und lauschte einem Gewitter.

Der Regen war kalt, meine Haare hätte ich auswringen können, und T-Shirt und Hose klebten an meiner Haut. Aber es fühlte sich alles so echt an. Belebend. Tief sog ich die kühle, reine Luft in mich auf.

Ich hörte, wie Robin sich neben mich setzte.

»Ich tu's.«

Ich schlug die Augen wieder auf. Er sah auf mich herunter.

»Wenn du mir wegen Saya hilfst. Ich weiß, was ich gesagt hab, aber ich kann auf keinen Fall mit dir weg, Lou. Selbst wenn du das wirklich wolltest.«

Es gab einen sehr guten Grund, mich auf den Handel einzulassen, auch wenn allein der Gedanke an die Mirasol mir Angst machte. Ich musste die Verantwortung für meinen Fehler tragen. Außerdem wusste ich, es wäre ein großer Schritt für ihn. Und ohne dass ich es mir selbst erklären konnte, wollte ich, dass er ihn ging.

»Einverstanden.«

Er sah mich lange an. »Wir sollten wieder rein«, sagte er dann.

Auf dem Rückweg bekam Robin dann doch noch sein Rennen.

Von unserem nächtlichen Ausflug blieb mir eine dicke Erkältung. Als ich gegen Mittag erwachte, hatte ich Halsschmerzen, und im Laufe des Nachmittages wurde es immer schlimmer. Keine Stimme mehr, Schmerzen beim Schlucken, pausenloses Naselaufen – das ganze Programm.

Schließlich schleifte Tayla mich in die Krankenstation.

Nachdem Jessi festgestellt hatte, dass ich zu allem Überfluss auch noch Fieber hatte, fällte sie ihr Urteil: »Keine Frage, du gehörst ins Bett. Tut mir leid, Louelle, aber so kannst du unmöglich heute Abend mit zu Poèmes Party fahren.«

Da würde die Ärmste furchtbar enttäuscht sein.

Jessi kramte in ihrem Arzneischrank nach irgendwelchen Halstabletten und Erkältungstee.

»Hol dir die Sachen, die du brauchst. Ich behalt dich eine Weile nebenan im Krankenzimmer.«

»Ich kann auch in meinem eigenen …«

»Ausgeschlossen. Du könntest andere anstecken. Außerdem kann ich dich hier besser pflegen.«

»Ich bin erkältet, Jessi, nicht todkrank.«

»Ich weiß«, sagte sie lächelnd. »Aber du bist eine Harmonie.«

»Bedeutet das heiße Schokolade, so viel ich will?«

»Unter anderem«, bestätigte Tayla. Dann verabschiedete sie sich, um sich für den Abend fertig zu machen.

Bevor ein Großteil der Gesellschaft zu Poèmes Party aufbrach, bekam ich noch zweimal Besuch.

Der erste Gast war Vin. Kurz hörte ich ihn nebenan mit Jessi streiten, ob er zu mir dürfe oder nicht, dann kam er herein.

»Was hast du mit ihm gemacht?« Er klang fassungslos, aber nicht unbedingt verärgert.

»Mit wem gemacht?«, fragte ich mit meiner verschnupften Stimme und setzte mich im Bett auf. Noch wagte ich nicht zu hoffen, dass passiert war, wonach es aussah.

»Mit Robin. Er sagte, ich soll mich bei *dir* bedanken, ausgerechnet. Verdammt, Louelle, womit um alles in der Welt hast du ihn bestochen?« Er schüttelte den Kopf. »Moment, ich will es gar nicht wissen.«

Ich lachte, woraufhin meine Nase wieder zu laufen begann und ich in das gefühlt hundertste Taschentuch schnäuzen musste.

»Wenn er es nicht mal meinetwegen über sich bringen konnte und nicht mal für seine Schwester … Er muss dich noch viel mehr mögen, als ich angenommen hatte.«

»Nein«, widersprach ich. »Ganz bestimmt nicht. Ich hab ihm nur einfach keine Wahl gelassen.«

Nachdenklich sah er mich an. »Ich frage mich, ob du das auch sagen wirst, wenn feststeht, wer Erstharmonie wird.«

Nur kurze Zeit später öffnete sich die Tür erneut.

»Sie braucht auch mal Ruhe!«, schimpfte Jessi aus dem Nebenraum.

»Ich bin die Ruhe in Person«, gab Robin zurück. Dann schloss er die Tür wieder hinter sich.

Er balancierte ein Tablett, das er nun zu mir ans Bett trug und auf dem Schränkchen daneben abstellte. Ich linste darauf und entdeckte einen Teller mit Keksen, eine Tafel Schokolade und eine Tasse dampfenden Kakao.

»Für dich«, sagte Robin. »Hab gehört, das ist ein sehr gutes Rezept gegens Kranksein. Außerdem meinte Tayla, du stehst auf so'n Zeug.«

»Das passt irgendwie gar nicht zu dir«, sagte ich.

»Obwohl ich mich langsam frage, ob das mit dir und dem Krankenzimmer ein Running Gag ist oder so: Ohne mich wärst du jetzt wahrscheinlich nicht hier«, stellte er fest. »Also sorry. Und außerdem ist es mein Job, mich um meine Harmonien zu kümmern.«

»Na, wenn das *so* aussieht«, sagte ich und nickte in Richtung der Kekse, »könnte ich mich daran gewöhnen.«

Er setzte sich auf die Bettkante. »Ich hab's getan«, sagte er, ohne mich anzusehen.

»Ja, weiß ich. Bin stolz auf dich.«

»Aber ich habe nachgedacht. Ich will nicht mehr, dass du für mich zu Saya gehst.«

Das kam überraschend und mir ziemlich gelegen. Es war ihm doch so wichtig gewesen. »Ach nein?«

»Nein. Sie würde dich sofort durchschauen. Außerdem müsste ich öffentlich mit dir brechen, damit es glaubwürdig wäre.«

Ich konnte seinen Argumenten nicht ganz folgen, doch da es mir ja wirklich entgegenkam, wenn er mich nicht in die Gesellschaft seines Vaters schickte, würde ich ihm seinen Sinneswandel sicher nicht ausreden.

»Schön, aber du hast dir bestimmt schon etwas ausgedacht, was du stattdessen von mir willst?!«

»Vielleicht habe ich schon alles.« Er streckte die Hand aus

und strich mit zwei Fingern über die Perlen meines Armbands. »Du bist an mich gefesselt; es ist nicht fair, wenn ich noch irgendwas von dir verlange. Wobei …« Seine Lippen verzogen sich zu einem Lächeln. »Mir fällt da gerade eine Kleinigkeit ein. Vielleicht könntest du dafür sorgen, dass ich die Party heute Nacht leider frühzeitig verlassen muss?« Er rutschte näher zu mir heran und beugte sich halb über mich. »Ich könnte mich ja aus Versehen bei dir anstecken.«

Diesmal war er es, der mich mit dem Kuss überrumpelte. Wenn man es denn so nennen konnte, denn er legte seine Lippen nur so hauchzart auf meine, dass ich es kaum spürte.

Trotzdem stieg mir die Hitze in den Kopf, und ich hatte die böse Ahnung, dass daran nicht das Fieber schuld war.

»Wahnsinn«, sagte ich. Zum Glück konnte ich die raue Stimme auf die Erkältung schieben. »Und das, nachdem Clea ihre Kandidatur erklärt hat? Du solltest so was nicht tun.«

»Ich rede nicht mal mehr mit ihr. Ich mag es nicht, wenn man sich gegen mich auflehnt.«

Da war dieser blöde Drang, ihn wieder zu mir zu ziehen. »Wirklich nicht?«

Er gluckste. »Na ja, bei bestimmten Leuten mag ich es vielleicht. Manchmal.«

Ich wusste nicht, wo diese Vertrautheit herkam. Wir sollten sie dringend loswerden.

Robin sah das offenbar anders. Jedenfalls küsste er mich noch einmal. Ich fragte mich, warum ich nichts dagegen unternahm.

»Hör auf«, murmelte ich, während ein Teil von mir eigentlich mehr wollte. »Ich krieg keine Luft.«

»Gib zu, es wäre ein schöner Tod.«

Halbherzig versuchte ich, ihn von mir wegzudrücken, aber er ließ es nicht zu. Mir war sehr bewusst, dass ich mich anhörte, als würde ich tatsächlich ersticken. Nicht gerade anziehend.

»Robin, ist gut jetzt«, kam es von der Tür. »Ihr könnt das fortsetzen, wenn sie wieder gesund ist. Aber nicht heute und nicht in meiner Station. Raus hier, ich mein's ernst.«

»Ich geh ja schon.« Er streckte die Hand aus und strich mit dem Zeigefinger über meine Lippen. Ich konnte mich nicht rühren.

»Ich hoffe, du weißt, was du anrichtest«, sagte er zu mir. Dann ging er an Jessi vorbei aus dem Zimmer.

»Übrigens«, neckte sie ihn, »Erkältungen übertragen sich nicht Mund zu Mund.«

Als ich wieder allein war, setzte sich ein aufsässiger Gedanke in meinem Hirn fest, den ich nicht denken wollte: Was, wenn es stimmte und er wirklich angefangen hatte, mich zu mögen? Durch mich hatte er seinen ganzen Aufstand wegen Vin und Gwynnia doch noch fallen lassen. Würde er dann nicht auch Blanche in Ruhe lassen, wenn ich einfach mit ihm darüber redete? Vielleicht brauchte ich gar kein Druckmittel mehr gegen ihn. Ich könnte selbst das Druckmittel sein.

20.

Vicky

Von Poèmes Party hörte ich nicht viel. Ich hatte mich von Jessi noch zwei Tage krankschreiben lassen und sehr viel Zeit mit meinen eigenen Planungen zugebracht.

Dass ich bis zum nächsten Freitag aus der Gesellschaft verschwinden würde, war inzwischen eher unwahrscheinlich. Vor wenigen Wochen hatte ich nicht daran geglaubt, meine Party je ausrichten zu müssen. Aber nun war es fast so weit, und ich war mehr als froh, ein Team hinter mir zu haben.

Die ganze Woche steckte ich in den Vorbereitungen. Selbst auf den Partys an den Abenden war ich damit beschäftigt, rekrutierte zusammen mit Collie und Tayla weitere Helfer und versuchte gleichzeitig, die Pläne noch vor möglichst vielen geheim zu halten.

Nachdem ich mich die ganze Zeit über von ihm ferngehalten hatte, musste ich Robin am Freitagmorgen über die Location Auskunft geben.

»Der *Stausee*?«

Begeisterung klang anders.

»Jep, der Stausee.«

Er schüttelte ungläubig den Kopf. »Warum?«

Ich dachte an Taylas Theorie. »Na, sicher nicht, um dich zu beeindrucken«, sagte ich, bevor ich ging, weil ich mit Collie und ein paar Mädels zum See fahren und mit dem Aufbau beginnen wollte.

Leider wusste ich wirklich selbst nicht mehr, ob das nicht eine glatte Lüge war.

Dann war es auch schon Freitag. Ich war den ganzen Tag samt Team vor Ort gewesen und hatte überwacht, dass alles an seinen Platz kam. Um uns selbst partyfertig zu machen, waren wir noch einmal zurück zum Palazzo gefahren.

Jetzt stand ich an dem kleinen Waldparkplatz und begrüßte die Ankömmlinge.

Nervös beobachtete ich jedes eintreffende Auto. Robin war noch nicht da. Als Regent hätte er als Erster auftauchen müssen. Bei den Partys der anderen Harmonien war er immer von Anfang an dabei gewesen.

Ich hätte nie gedacht, dass ich dermaßen aufgeregt sein würde. Diese Party entschied für mich gar nichts. Trotzdem hatte ich viel mehr hineingesteckt, als ich zum Zeitpunkt meines Beitritts in die Saya Nord je zu geben bereit gewesen wäre. Zeit, Ideen und ja, auch echtes Herzblut waren in die Vorbereitungen geflossen.

Es war mein Finale in der Saya Nord.

Denn mein Entschluss stand fest. Das Lügen musste ein Ende haben. Dadurch wäre so viel beinahe zu Bruch gegangen. Ich würde Robin die Wahrheit sagen. Ich würde ihn nach Blanche fragen und danach, was wirklich mit Chloe passiert war. Und ich würde ihn bitten, mir seinen Preis zu nennen, um Blanche in Ruhe zu lassen.

Aber erst morgen. Heute war mein Tag, und ich hatte vor, ihn zu genießen.

Zum Glück spielte das Wetter mit. Es war ein wunderbarer warmer Sommerabend, und eine sanfte Brise spielte mit dem leichten Stoff meines bodenlangen, schulterfreien Kleides in Karminrot.

Aus den Boxen an der kleinen Bühne, die wir aufgebaut hatten, drang Musik, die Dunja zusammengestellt hatte. Ihr hatte ich nach dem Geheimtipp von Collie die komplette musikalische Gestaltung des Abends übertragen.

»Lou, entschuldige die Verspätung.«

Robin war von der Seite an mich herangetreten, und ich zuckte zusammen, als seine Stimme plötzlich so nah an meinem Ohr erklang.

»Unsere lieben Freunde vom Sender wollten gern die Party besuchen. Ich durfte mich mit ihnen herumschlagen und ihnen klarmachen, dass dieser Abend genau wie die anderen Harmonienpartys für die Öffentlichkeit absolut tabu ist.«

Ich atmete auf. »Gut.« Als er von *PartyTime* angefangen hatte, hatte ich bereits ein albtraumhaftes Szenario vor Augen gehabt, in dem ich im Fernsehen als Tochter des Hotelmoguls van Wächt enttarnt wurde. Ich hatte schon ziemliches Glück, dass ich als Harmonie bisher so gut von den klatschsüchtigen Medien abgeschirmt worden war, auch wenn es das eine oder andere Mal brenzlig geworden war.

»Hältst du eine Eröffnungsrede?«, wollte Robin wissen.

»Eine kleine vielleicht.«

Er bot mir den Arm und führte mich zur Bühne.

Die Mitglieder hatten sich bereits über das ganze Gelände verteilt – ans Seeufer hinunter, wo wir mehrere Picknickdecken ausgebreitet hatten und später Lagerfeuer machen würden, über die Wiese, auf der neben dem Getränkezelt die Grills und das kalte Büfett aufgebaut waren, und auf der Tanzfläche vor der Bühne. Die Bäume, die die Wiese säumten, waren mit den Lampions geschmückt, die Collie und ihre Freundinnen gebastelt hatten. Sie hatten auch die Rückwand der Bühne gestaltet, mit einer Collage von Bildern der Mitglieder und verschiedener Gesellschaftsevents der letzten Zeit.

Als Robin und ich auf die Bühne traten, strömten alle herbei. Ich war ein bisschen nervös, aber ich wusste genau, was ich sagen wollte.

Dunja stellte die Musik ab und reichte mir ein Mikrofon.

»Ihr Lieben«, begann ich. »Ich weiß, dass einige von euch vielleicht denken oder sogar wollen, dass ich mich heute vollkommen blamiere. Dabei kann ich meinen Auftritt auf meiner Begrüßungsparty doch sowieso nicht mehr toppen.«

Gelächter schwappte zu mir herauf und machte mir Mut.

»Ich weiß, ich bin noch nicht lange eine von euch, und ich kann mir gut vorstellen, dass ihr geteilter Meinung über mich seid. Der heutige Abend wird etwas anders sein als unsere üblichen Partys.« Ich machte eine kleine Pause und sah zu meinen Helfern hinüber, die direkt neben der Bühne standen.

»Ich bin noch Neuling, und ich hätte das hier niemals alleine schaffen können. Bedingung war, dass ich keine Partyplaner beauftrage. Das habe ich auch nicht getan. Ich hatte viel bessere Unterstützung.« Ich lächelte. »Wenn ich in den letzten Wochen etwas über diese Gesellschaft gelernt habe, dann, dass es nicht die Partys sind, die sie ausmachen. Nicht ihr Geld und ihr luxuriöser Lebensstil, nicht ihre Regeln und Ordnungen. *Wir* sind es.«

Jubel brandete auf.

»Ich möchte mich an dieser Stelle bei den Harmonien bedanken, die nicht kandidieren. Jede von ihnen hat ihre unverwechselbare Art in dieses Fest heute eingebracht. Auch viele andere von euch haben mit angepackt.« Ich holte Luft für das Ende meiner kleinen Ansprache.

»Für mich ist dieser Abend nicht Teil eines Konkurrenzkampfes oder ein Mittel, um Status und Macht in der Saya Nord zu gewinnen. Es ist nicht nur meine Party. Sie ist für euch.«

Das war der Schlusssatz gewesen, den ich mir zurechtgelegt hatte. Umso schockierter war ich, als meine Hand das Mikro noch einmal vor meinen Mund führte und ich mich leiser hinzufügen hörte: »Und für Robin.«

Es waren dieselben Menschen, die mir applaudierten, wie bei der Anspruchserhebung. Doch diesmal fühlte ich mich von ihrem Jubel nicht bloßgestellt, sondern bestätigt. Es fühlte sich unerwartet gut an.

Ich reichte Robin das Mikro. Nun war es an ihm, den Abend offiziell zu eröffnen.

Er nahm es entgegen, sah mich an, räusperte sich, sah mich weiter an.

Warum sagte er denn gar nichts? Ein Gefühl zwischen Angst und kribbliger Erwartung wallte in mir auf. Ich lächelte unentwegt weiter und legte die Hände ineinander, sie waren schon ganz schwitzig.

Da drehte er sich einfach um und verließ die Bühne.

Er bahnte sich einen Weg durch die Menge und verschwand Richtung Parkplatz.

Ich versuchte, nicht so bedröppelt auszusehen, wie ich mich fühlte, und stattdessen die Situation zu retten. »Also … habt Spaß! Be glamouros und so.« Wahrscheinlich erreichte ich damit nur die ersten drei Reihen, da Robin das Mikro einfach mitgenommen hatte.

Zu meiner Erleichterung klatschten alle einfach noch mal und strömten dann wieder aufs ganze Gelände aus.

»Was war das denn eben?«, fragte ich, als ich zu Tayla und Collie stieß, die bei einem der Stehtische nahe den Grills standen.

Dunja hatte das Mikro zurückorganisiert und sang jetzt live auf der Bühne. Sie hatte auf meinen Wunsch hin die ganze Woche lang mit einer ebenfalls aus Mitgliedern bestehenden Band geprobt.

»Ich glaube, du hast unseren lieben Regenten einfach sprachlos gemacht«, sagte Collie augenzwinkernd.

Unruhig schob ich die mit Sandkunst gefüllte Flasche zurecht, die die weiße Papierdecke beschwerte. »Ich hatte eher das Gefühl, er würde jeden Moment ausrasten«, meinte ich. Noch ein Stückchen näher zum Windlicht, noch ein bisschen an der Blütendeko herumgezupft – perfekt. Collie und ihr Kreativteam hatten sich wirklich selbst übertroffen.

»Macht auf mich nicht den Eindruck.« Tayla nickte in Richtung der Grills. An einem davon warteten Robin und Marcon mit ihren Tellern in der kleinen Schlange, in ein angeregtes Gespräch vertieft.

Er war zurückgekommen. Ein Glück.

»Achtung!«, rief Collie. »Königin im Anmarsch.«

Schon war Clea bei uns. »Können wir kurz sprechen, Louelle?«

Es war wirklich bewundernswert, dass sie selbst dann majestätisch klang, wenn sie nur zischte.

Ich seufzte, folgte ihr aber zu den Bäumen. Anscheinend wollte sie mir nicht vor allen anderen eine Szene machen.

»Was willst du erreichen?«, fragte Clea mich aufgebracht.

»Ist das nicht offensichtlich? Der Gesellschaft einen guten Abend schenken. Die Harmonienwahl gewinnen. Robins Kinder zur Welt bringen.« Ich verdrehte die Augen.

Der wütende Gesichtsausdruck stand ihr nicht. Er passte überhaupt nicht zu ihren hübschen Zügen.

»Das ist nicht witzig, Louelle. Du kannst alle an der Nase herumführen, aber nicht mich. An deinem plötzlichen Beitritt ist einfach irgendetwas faul, und ich kriege raus, was es ist.«

»Das wirst du schneller, als du denkst«, murmelte ich. Meine Stunden als Lou waren gezählt, und das war auf eine unerwartet schmerzliche Art eine große Erleichterung.

Ich ließ die Königin einfach stehen.

Nach Einbruch der Dunkelheit wurde die Stimmung immer fröhlicher und ausgelassener. Mit den vielen Lichtern, den Kerzen und dem Feuer am Ufer entstand eine gemütliche Atmosphäre. Entlang der Wege hatten wir Fackeln in die Erde gesteckt, und für die Tanzfläche gab es Knicklichter und Wunderkerzen.

Immer noch war die Luft so lau, dass ich ohne meinen Bolero herumlaufen konnte.

Fast ununterbrochen sprachen mich andere Mitglieder an, um mich zu der gelungenen Party zu beglückwünschen, und ich war in Hochstimmung. Vin und Gwynnia begegneten mir im Doppelpack, Hand in Hand, und bedankten sich noch tausendmal bei mir. Ich war so froh, dass die beiden mir verziehen hatten.

Außer Clea, Apryl, Vero und Poème, die ich vorhin gemeinsam am Lagerfeuer hatte schmollen sehen, schienen alle bester Laune zu sein. Geeska bildete eine Ausnahme unter den Kandidatinnen und alberte mit ein paar ihrer Freundinnen herum. Wenn Robin schlau war, würde er sie wählen. Ha, für den Gedanken hatte ich mir jetzt aber einen Drink verdient. Der würde auch den Anflug von Bauchschmerzen vertreiben.

Ich war gerade in das von Lampions erhellte Getränkezelt getreten, als ich Robin entdeckte. Er bemerkte mich im gleichen Moment und löste sich aus der Gruppe, bei der er gestanden hatte.

»Hey.« Er winkte mich zur Bar und ließ uns zwei Champagnergläser füllen. Dann reichte er mir eines. »Auf den Abend!«

Wir stießen an und tranken.

»Was war vorhin los?«, fragte ich.

»Nichts.« Er nahm noch einen Schluck. »Du hast mich nur ein bisschen verwirrt. Die rebellische Lou plötzlich als Verfechterin der Glamourgesellschaften?«

Ich lächelte. »Ganz so drastisch hätte ich es jetzt nicht formuliert.«

Er nahm mir das Glas wieder ab und stellte es auf die Theke zurück, seins gleich daneben. Sie waren noch halb voll.

»Komm mit.«

»Ich kann wohl kaum meine eigene Party verlassen.«

»Gib mir nur fünf Minuten. Wir gehen nicht weit.«

Ich gab nach und winkte ihn hinter mir her aus dem Zelt.

Draußen übernahm er die Führung. Er zog eine Fackel aus der Erde, und wir entfernten uns entlang der Bäume, bis es um uns herum immer stiller und dunkler wurde. Dann wandten wir uns Richtung See und gingen bis zu einem schmalen

Steinufer, wo wir nebeneinander stehen blieben und aufs Wasser sahen.

»Von allen Orten auf der Welt ... Warum ausgerechnet dieser?«

Die Frage kam unerwartet.

»Wie konntest du davon wissen?«, setzte er nach.

»Wovon redest du?«

»Du kannst mir nicht erzählen, dass es Zufall war.«

Als ich ihn weiter nur verständnislos ansah, seufzte er tief. »Zum letzten Mal war ich hier mit ... meinem Vater und seinen Harmonien. Für Cyans Gesellschaft war bereits ein Grundstück gekauft, und wir waren auf der Suche nach einem guten Standort für die Saya Nord. Damals sollte es noch die Prisca Nord werden – was ich nach ... Sayas Aufstieg nicht mehr durchbekommen habe.« Er schloss die Augen, als könnte er sich so besser erinnern. »Auf dem Rückweg haben wir hier einen Zwischenstopp gemacht, um uns den See anzusehen und vor der langen Fahrt ein bisschen die Beine zu vertreten. Ich hab mich von den anderen abgeseilt und stand ziemlich genau hier.« Er öffnete die Augen wieder. »Meine Mutter kam zu mir. Es war das letzte Mal, dass ich mit ihr allein war vor ... der Nacht ihres Todes. Wir haben eine Weile an dieser Stelle gestanden und geschwiegen. Und weißt du, was sie dann zu mir gesagt hat?« Mit der Schuhspitze kickte er einen Stein ins Wasser. Wir beobachteten, wie er im Fackelschein immer größere Kreise zog. »Wenn du nicht willst, musst du niemals Regent werden.«

Ich wusste, es war nicht gut für mich, das alles zu hören. Er musste in meinen Augen wenigstens den Rest eines skrupellosen, verzogenen reichen Jungens behalten.

»Aber jetzt sind wir hier, und du bist es«, sagte ich.

»Ja«, sagte Robin bitter. »Ich bin hier, und sie ist *tot.*«

Seine Hände ballten sich zu Fäusten, und ich stellte fest, dass meine es ihnen nachtaten.

»Jeder muss irgendwann für seine Taten bezahlen«, sagte ich. »Auch Saya.«

Zum ersten Mal seit Minuten sah er mir wieder in die Augen.

Etwas in ihnen veränderte sich.

»Ich hatte nicht vor, dir mein nicht existentes Herz auszuschütten.«

Ich versuchte, das bedrückende Gefühl abzuschütteln, das sich in mir ausbreitete. »Was war dann dein Plan?«, fragte ich betont locker. »Hab ich mir mit meiner genialen Party ein paar Streicheleinheiten à la Apryl verdient?«

Ich biss mir auf die Lippe. Das war jetzt vielleicht etwas *zu* unbefangen gewesen.

Er blieb vollkommen ernst. »Nein«, sagte er. »Du hast dir heute Abend etwas ganz anderes verdient: meinen Respekt.«

Als er die Fackel in den Boden steckte und zur Party zurückging, blieb ich am Ufer zurück. Ich ging in die Hocke und beobachtete die Kräusel, die der Wind auf der dunklen Wasseroberfläche zog. Neben mir knisterten die flackernden Flammen leise Worte in die Nacht hinaus.

Gegen fünf kehrten Tayla und ich in unser Zimmer im Palazzo zurück; ich war todmüde und konnte mich kaum noch auf den Beinen halten. Meine Augen brannten, und von der Runde Sekt nach Ende der Dreizehnten Stunde war mir leicht schwummrig.

Erschöpft saß ich auf meinem Bett und wartete darauf, dass ich nach Tayla ins Bad konnte.

Plötzlich begann mein Armband, blau zu blinken. Schlagartig war meine Müdigkeit verschwunden.

Blau bedeutet, dass er dich zu sich ruft, erinnerte ich mich.

Sollte ich …? Keine gute Idee! Schlafen gehen sollte ich.

Ich stand auf. »Tayla, ich bin noch mal weg.«

Bevor sie antworten konnte, war ich schon draußen.

Auf Socken tapste ich durch die Gänge, bog in Robins Flügel ab und sah, dass die Tür zu seinem Schlafzimmer einen Spaltbreit offen stand.

Er stand neben dem Raumteiler und drehte einen kleinen Gegenstand zwischen den Fingern.

Unsere Blicke trafen sich und verhakten sich ineinander. Ich deutete auf mein Armband. »Was gibt's?«

Ein paar Augenblicke lang sagte er nichts. Dann: »Ich wusste nicht, ob du kommen würdest.«

»Geht es um was Wichtiges?« Mein Ton passte irgendwie nicht zu meiner Frage. Ich klang, als würde es um *alles* gehen.

Er sah mich immer noch an. Ich hörte ihn ein- und wieder ausatmen. Er legte das, was er in der Hand gehalten hatte, zurück in einen Schuhkarton im Regal, kam auf mich zu und streckte den Arm aus, um die Tür hinter mir zuzudrücken. Sie schloss sich mit einem seltsam endgültigen Geräusch.

»Erinnerst du dich daran, wie du mir gesagt hast, dass du nur noch von Absturz zu Absturz lebst?«

Ich konnte nicht antworten. Ich war übermüdet und beschwipst und wusste beides. Und ich sah etwas auf mich zurasen, das ich nicht aufhalten konnte. Oder wollte.

Ich machte einen Schritt in seine Richtung, sodass wir fast zusammenstießen. Er beobachtete mich wachsam.

Ich nickte, vielleicht als Reaktion auf seine Frage, vielleicht auch auf all das, was er nicht gefragt hatte.

Er schaltete das Licht aus.

Meine Lippen verzogen sich von selbst zu einem Lächeln. Manchmal war die Realität so widersinnig.

Seine Hände fanden meine in der Dunkelheit. »Lass mich dein nächster Absturz sein.«

Ich war vollkommenes Vergessen. Ich war zersplitterter Widerstand. Ich war bodenloses Fallen.

Es spielte keine Rolle, wer er war. Wer ich war. Wer wir waren oder sein würden.

Seine Lippen waren warm, und jede seiner Berührungen sicher und ohne jedes Zögern. Es war wie ein Sog, der uns beide mit sich riss. In mir übernahm etwas die Kontrolle, das mich die Kontrolle restlos verlieren ließ.

Und als ich stürzte, stürzte ich tief.

Absturz

1.

Vicky

Ich wurde wach und fühlte mich irgendwie überfahren. Die Mittagssonne schickte ihre Strahlen durchs Fenster und ließ mich blinzeln. Der Gnadenmoment, in dem ich noch nicht richtig wach war, verstrich schnell, nicht zuletzt, weil ich feststellen musste, dass mein Arm quer über Robins Bauch lag. Die Erinnerungen der Nacht schlugen über mir zusammen.

Was. Hatte. Ich. Getan?

Herzlich willkommen in Ihrer nächsten Szene, spottete eine Stimme in mir. *Wir präsentieren: der Morgen danach.*

Ich machte eine Bestandsaufnahme. Verstand: schon lange nicht mehr da. Herz: akut verwirrt. Ich: verloren.

Doch im Vergleich zu der Nacht, nachdem Jasper sich von mir getrennt hatte, waren zwei Dinge anders. Ich hatte nicht einen Moment lang an meinen Ex gedacht. Und, was noch schockierender war: Es hatte sich richtig angefühlt.

»Ich hab nicht gedacht, dass ich das jemals zu dir sagen würde …«

Ich zuckte zusammen. Er war längst wach! Ein guter Zeitpunkt, um meinen Arm von ihm runterzunehmen.

»… aber es tut mir leid.«

Ich stützte mich auf den Ellbogen, um ihn besser ansehen zu können. »Das muss es nicht.«

Schon war mein Gesicht über seinem, und ich küsste ihn. Ein Zögern, ganz kurz nur, wie ein kleiner Schock, im nächsten Moment schon verflogen. Sanft legte er die Hände in meinen Nacken und erwiderte den Kuss.

Ich hatte gehofft, es würde anders sein, jetzt bei Tageslicht, mit halbwegs klarem Kopf. Aber das war es nicht. Da war das gleiche Glühen zwischen uns.

»Was muss ich tun …«, stieß ich hervor, als ich mich wieder von ihm gelöst hatte, »damit du mich wählst?«

Ich glaube, die Frage erschreckte uns beide. »Es gibt da etwas, über das wir reden müssen«, schob ich hastig hinterher. Es war so weit. Ich würde ihn nach Blanche fragen. Das durfte nicht länger zwischen uns stehen.

»Nein, mach das nicht. Nicht jetzt.« Robin starrte an die Decke. »Ich will nicht, dass irgendjemand so von mir denkt, nicht mal du«, fuhr er dann fort, irgendwie resigniert. »Ich bin kein Typ für eine Nacht. Und auch keiner, der seine Freundin betrügt.«

Ach ja. Clea. An die hatte ich noch keine Sekunde gedacht.

»Aber du hättest wissen müssen, dass es auf meiner Liste stand.«

Ich bemühte mich, ihm zu folgen, doch mir war jeglicher Zusammenhang abhandengekommen.

»Es hat mich einfach zu sehr gereizt: eine Nacht mit meiner potenziellen Mörderin.«

Die Zeit stand still. Obwohl ich seine Worte nicht begreifen konnte, packte mich eine Vorahnung, die das zarte, flatternde Gefühl in meinem Brustkorb mit Schatten überzog. Was immer da gerade lawinenartig auf mich zurollte, würde mich unter sich begraben.

»Was soll …?«

»Versuch's erst gar nicht. Wir haben das Gift gefunden.«

Gift? Der Begriff pochte von innen gegen meine Schläfen, ohne seine Bedeutung zu finden.

»Was haben sie dir über mich erzählt, *Vicky*?«

Plötzlich war mein Mund ganz trocken.

Ich bekam keine Luft mehr. Jedes Wort musste ich mühsam herausstoßen: »Seit wann weißt du es?« Meine Finger hatten sich in die Decke gekrallt, die ich mir jetzt bis zum Hals zog. Auf einmal war mir sehr bewusst, dass ich in jedem Sinne nackt war.

»Vom ersten Moment an.«

Am liebsten hätte ich geschrien. Stattdessen blieb ich ganz still und konzentrierte mich auf das Zittern in mir.

»Blanche hat immer gesagt, dass ihr wie Schwestern seid. Schwestern verzeihen sich wohl alles, oder? Du warst also trotz allem sofort dazu bereit, mit ihr und Saya gemeinsame Sache zu machen. Praktischerweise konntest du das Ganze auch noch mit einem Gefallen für deinen Daddy verbinden und ihm die Infos zuspielen, die er haben wollte. Dachtest du, ich merke nicht, dass du an meinen Sachen warst?«

Verzeihen? Blanche und Saya? Infos? Wovon redete er da?

Alles war so wirr, aber eins meinte ich genau zu verstehen. »Es stimmt, oder?«, fragte ich und hasste, wie schwach und besiegt ich klang. »Chloe hat dich verlassen, und du willst Blanche an ihrer Stelle.«

Er fluchte. Kurz glaubte ich, er würde mich angreifen, aber er stieg bloß über mich hinweg, um das Bett zu verlassen. Er verschwand hinter der Regalwand, und ich hörte, wie er sich anzog. Ich wartete regungslos, bis er zurückkam und mir etwas hinhielt – einen USB-Stick. »Deswegen bist du hier. Bitte schön.«

Ich schloss die Finger um den Stick.

»Ich würde ja sagen, geh und lass dich hier nicht wieder

blicken.« Robin schnaubte. »Aber du musstest ja unbedingt schwören zu bleiben.«

Er ging zur Tür, und ich sah ihm nach, innerlich völlig taub.

Die Klinke in der Hand, blickte er noch einmal zu mir zurück. »Ich frage mich, wen von uns beiden Blanche im Moment mehr hasst. Wenn du jemals wieder mit ihr redest, frag sie doch, was wirklich passiert ist, damals auf Vilbell. Ach, und noch eins: Ich habe heute Nacht dein Leben ruiniert. Sie kann dasselbe erwarten.« Er zog sein Handy aus der Hosentasche und schaute darauf. »Ich habe schon ganz schön viele Anfragen. Die Presse will eine Stellungnahme von dir. Aber weißt du was?«

Ich verstand gar nichts mehr. Wie versteinert saß ich auf seinem Bett, fest in die Decke gewickelt, die Augen weit aufgerissen.

»Ich will, dass du weißt, wie sich das anfühlt. Wenn man gar nicht erst die Chance bekommt, sich zu erklären.«

Der Knall, mit dem er die Tür hinter sich zuschlug, drang bis in mein Innerstes.

Zum Glück war Tayla nicht da, als ich in unser Zimmer kam. Wie hatte ich es überhaupt hierhergeschafft? Meine Beine fühlten sich an wie Wackelpudding.

Ich wusste, ich müsste mir dringend ansehen, was auf dem Stick war, aber ich fühlte mich nicht bereit dazu.

Alles war über mir zusammengebrochen und hatte mich erstarrt in den Trümmern zurückgelassen.

Ich duschte über eine halbe Stunde; besser machte es nichts.

Schließlich traute ich mich wieder aus dem Zimmer. Nur allzu schnell wurde mir klar, dass alle es wussten. Jeder, der mir begegnete, maß mich mit diesem abfällig vorwurfsvollen Blick. Wenn ich vorbeigegangen war, begann das Tuscheln.

Langsam sickerte das, was Robin zu mir gesagt hatte, zu mir durch. *Die Presse will eine Stellungnahme von dir.* Hatte er damit etwa angedeutet, dass …? Nein. Bitte nicht. Bitte, bitte nicht.

Ich beschleunigte meine Schritte.

Der Internetraum war leer. Erleichtert verdrückte ich mich an einen Platz in der letzten Reihe.

Bevor ich mich dem stellte, was ich auf dem Stick finden würde, musste ich etwas anderes wissen. Ich rief die Website von *PartyTime* auf. Schon in der Schlagzeile des Tages sprang es mir entgegen: *Geheimnisvoller Neuzugang entpuppt sich als Millionärstochter!* Und darunter: *Durch einen anonymen Hinweis am gestrigen Abend fiel die Tarnung: Louelle ist Vicolina Sibel van Wächt. Was kann Robins neueste Harmonie dazu bewogen haben, ihre wahre Identität zu verheimlichen?*

Ich minimierte das Browserfenster. Mehr wollte ich gar nicht sehen.

Mit einem Gefühl von Leere in mir schloss ich den Stick an. Meine Hände zitterten so sehr, dass es mir erst beim zweiten Versuch gelang. Ein Fenster zur automatischen Wiedergabe poppte auf und fragte, ob ich die Dateien auf dem Wechseldatenträger in einem Ordner anzeigen lassen wolle. Wollte ich nicht, aber ich klickte trotzdem darauf. Es konnte ja gar nicht mehr schlimmer werden.

Das erste Foto zeigte Blanche. Das war keine Überraschung. Doch ich verstand nicht, was es damit auf sich haben sollte. Es war vollkommen unverfänglich und alles andere als die heimliche Aufnahme eines Stalkers. Blanche trug die Schuluniform von Vilbell, stand irgendwo im Grünen und strahlte über das ganze Gesicht.

Krampfhaft versuchte ich, mich an jenen Sommer zu erinnern, in dem sie dort zur Schule gegangen war. Es war ein mehrwöchiger Kurs vor den großen Ferien gewesen. Hatte Blanche anders geklungen, wenn ich sie angerufen hatte? Wie war sie gewesen, als sie vom Internat zurückgekommen war? Aber ich hatte in dieser Zeit anderes im Kopf gehabt, war vielleicht unaufmerksam gewesen, hatte mir von ihr etwas vorspielen lassen. Nur wenige Wochen zuvor war ich mit Jasper zusammengekommen. Für mich hatte sich alles nur noch um ihn gedreht.

Auch wenn es keinen Zweck hatte, ärgerte ich mich über mich selbst. Hätte ich Blanche auch nur ein einziges Wochenende auf dem Internat besucht – alles hätte anders kommen können.

Ich klickte mich weiter durch die Bilder. Blanche am Strand, Blanche an einem Brunnen, Blanche mit zwei anderen Mädchen in der gleichen Uniform, immer mit einem Lächeln auf den Lippen, genau wie ich sie kannte. Dann traf mich fast der Schlag. Auf dem nächsten Bild war sie zusammen mit Robin. Und zwar ganz eindeutig nicht zufällig oder unfreiwillig. Er hatte sie huckepack genommen, und sie lachten beide so sehr, dass sie sich nur mit Mühe an ihm festhalten konnte.

Auch auf den folgenden Bildern waren sie zusammen zu sehen. Bei dem ersten Kussbild ließ ich die Maus los.

Ich versuchte, sachlich zu denken, den Schmerz und das Gefühl, vollkommen verraten worden zu sein, auszublenden.

Sie waren also ein Paar gewesen. Blanche hatte mir kein Sterbenswörtchen davon gesagt, weder während sie zusammen gewesen waren, noch als sie mir am Telefon von ihrem Kennenlernen erzählt hatte.

Die Bilder sprachen eine deutliche Sprache, und Robin hatte gewollt, dass ich sie zu sehen bekam. Was bedeutete das? Gab es Chloe überhaupt, oder hatten sie beide mich das nur glauben lassen? Hatte Robin jedes Mal Blanche gemeint? Warum hatte er mich so lange Lou sein lassen? Die Dinge, die ich zu wissen glaubte, wollten einfach nicht zusammenpassen.

Stimmte, was Blanche über den Brief behauptet hatte? War ihre Romanze das einzige Detail, das sie mir verschwiegen hatte? Hatte mir überhaupt irgendjemand irgendetwas Wahres gesagt? Ich schlug die Hände vors Gesicht. Das war alles zu viel.

»Schade. Du bist also doch nicht abgehauen.«

Mein Blick flog zur Tür. Ich hatte Clea nicht hereinkommen hören.

»Ich habe ja gewusst, dass mit dir irgendetwas nicht stimmt«, sagte sie.

Ich lehnte mich auf dem Stuhl zurück, verschränkte die Arme vor dem Oberkörper und musterte sie. Sie war ohne Zweifel sehr wütend, aber das war nicht alles. Ihre Augen waren gerötet. Sie hatte geweint.

»Tja«, sagte ich. »Jetzt weißt du auch, was.«

Hoch erhobenen Hauptes kam sie zu mir, trat neben mich und schaute auf das Foto, das ich noch geöffnet hatte: Blanche und Robin auf einer Parkbank, in einen Kuss versunken. Sie sog scharf die Luft ein.

»Woher hast du das?«

Erst wollte ich einfach schweigen und warten, bis sie wieder abzog. Doch dann wurde mir klar, dass sie vielleicht mehr wusste als ich. »Kennst du sie?«

Als keine Antwort kam, legte ich den Kopf in den Nacken, um Clea anzusehen. Sie war blass geworden.

»Robin hat mir die Bilder überlassen«, erklärte ich.

»Das ist es also«, sagte sie.

»Das ist was?«

»Hat Saya dich geschickt?«

Erst Robin und jetzt auch noch sie.

»Warum sollte sie?«

Sie schien mir meine Verwirrung nicht abzunehmen. »Was hast du mit Blanche zu tun?«

»Ich bin ihre …« Ich brach ab, weil ich mich fragte, ob ich das noch sagen konnte, ob ich das noch war. Denn Robin hatte recht: Sie würde mich dafür hassen, was ich getan hatte. Und ich wusste auch nicht mehr, wie *ich* zu *ihr* stehen sollte. »… ihre beste Freundin«, murmelte ich dennoch.

»Gib diese Fotos auf keinen Fall an sie weiter«, sagte Clea entschieden. »Melde dich nicht bei ihr. Sie darf nicht herkommen. Darauf ist er aus.«

Ich ließ mir ihre Worte durch den Kopf gehen. Deswegen das ganze Spiel? Um über mich an Blanche heranzukommen? »Hat er sie deinetwegen verlassen?«, fragte ich.

Sie stieß ein unglückliches Lachen aus. »Ich wünschte, es wäre so. Aber seit letzter Nacht solltest du eine Vorstellung davon haben, was er für mich empfindet.«

Ich senkte den Blick.

Erst als ich sie nach Luft schnappen hörte, sah ich wieder auf. Da wurde mir klar, dass es ein Test gewesen war.

»Und ich Idiotin wollte es nicht glauben!« Sie rannte zur Tür. Auf der Schwelle wirbelte sie noch einmal zu mir herum, Tränen in den Augen. »Sorg dafür, dass sie *das* nicht erfährt!« Sie atmete schwer. Die Knöchel ihrer Hand am Türrahmen traten weiß hervor. »Hat er es dir gesagt?«

»Was gesagt?« In meinen Ohren rauschte es. Was denn noch?

»Dass wir verlobt sind und er mit mir weggehen will? Hätte das für dich überhaupt irgendeinen Unterschied gemacht?«

Ich hätte nicht gedacht, dass mich nach allem noch etwas mit solcher Wucht treffen könnte. »Sag, dass das nicht wahr ist«, hauchte ich.

Sie reagierte nur mit einem verzweifelten Laut, halb Aufschrei, halb Schluchzen, und ließ mich allein.

Er hatte ihr einen *Antrag* gemacht? Etwa, weil ich gesagt hatte, dass es das war, wovon sie träumte? Und sie wollten zusammen durchbrennen?

Ich hätte es schon vorher sehen müssen. Robins ganze abenteuerlichen Eskapaden – sie waren nichts anderes als Fluchten. Oder die Sache mit Apryl: Warum sollte er sich auf sie einlassen, ohne sie zu mögen, wenn es gar nichts gab, was er vor ihr verbergen musste?

Die Brieffetzen mit den Wohnungsbildern in Robins Papierkorb fielen mir wieder ein. Also wollten sie sich nach Spanien absetzen?

Scheiße, das passierte doch nicht wirklich! Auf keinen Fall. Robin war der Ex meiner besten Freundin und mit einer anderen verlobt? Nein. Einfach nein. Tränen schossen mir in die Augen, ich konnte kaum atmen.

Ein paar Minuten saß ich nur da. Ich hatte mich noch nie so gedemütigt gefühlt. All die Blicke, die Nähe, die Verbundenheit. War nichts davon echt gewesen? Hatte Robin leichtes Spiel gehabt, weil ich so anfällig dafür war?

Mir schwirrte der Kopf von all den Enthüllungen und offenen Fragen.

Ein seltsamer, kurzer Ton lenkte meine Aufmerksamkeit wieder auf den Bildschirm. Erst konnte ich nicht zuordnen, was er zu bedeuten hatte, doch als ich den Browser aufrief, in dem der Tab mit *PartyTime* noch geöffnet war, sah ich, dass gerade eine neue Meldung online gestellt worden war: *Lügen in den Laken: Betrügerin nutzt die Nacht vor der Enttarnung für den Spaß ihres Lebens.*

Fassungslos starrte ich auf die Worte, bis sie vor meinen Augen verschwammen, und fragte mich, was bloß aus mir geworden war.

2.

Clea

Ich lief so lange durch den Palazzo, bis mir das Leuchten meines Armbandes endlich verriet, dass Robin in der Nähe sein musste. Meine Tränen waren versiegt. Doch mein Magen war ein einziger großer Knoten.

Robin musste im Empfangsraum sein; wenn ich mich davon entfernte, wurde das Leuchten der Perlen wieder schwächer. Ich legte das Ohr an die Tür und konnte seine Stimme erkennen. Mit wem redete er da?

Die Frage beantwortete sich schneller als erwartet: Die Tür wurde aufgerissen, und jemand rannte fast in mich hinein.

Geistesgegenwärtig sprang ich zurück und sah mich einer Frau mit blondierten Haaren gegenüber.

Ihre Augen wurden tellergroß. »Was für eine Überraschung!«, quietschte sie. »Clea!« Das a zog sie unnötig in die Länge – als wäre mein Name ein Schlachtruf. »Wollen Sie vielleicht einen kurzen Kommentar abgeben? Wie haben Sie Vicolina erlebt? Haben Sie etwas geahnt? Darf ich Ihre Antwort aufnehmen?«

»Lassen Sie sie in Ruhe!«, kam es energisch von Robin, der hinter ihr aus dem Raum getreten war. Jetzt ließ er die Paparazzi also schon direkt zu uns nach Hause kommen?

»Was hat er Ihnen erzählt?«, brauste ich auf. »Hat er Ihnen vielleicht erklärt, warum er sie noch schnell ins Bett kriegen musste, bevor ihr großes Geheimnis auffliegt?«

Die Reporterin zog verwirrt die Augenbrauen hoch.

»Raus!«, fuhr Robin sie an. »Ich denke, Sie haben genug gehört. Gehen Sie.«

Ich blieb stehen, wo ich war, und wartete, bis er sie hinausbegleitet hatte und zurückkam. Er ließ sich auffällig viel Zeit, und als er endlich wieder auftauchte, merkte ich deutlich, dass seine gewohnte Selbstsicherheit heute Risse zeigte.

»Reden wir?« Er nickte zum Empfangsraum, dessen Tür noch offen stand.

»Vergiss es.« Dachte er wirklich, ich würde mich wie eine Fremde dadrinnen um den Finger wickeln lassen? »Ich habe dir ausnahmsweise rein gar nichts zu sagen.«

»Ich fürchte, das nehm ich dir nicht ab.«

Er streckte die Hand nach meinem Arm aus, aber ich schlug sie weg. Wir sahen uns an. Er schaute zuerst weg.

»Du hast gesagt, ich soll mir keine Sorgen machen«, erinnerte ich ihn.

»Und du bist mir in den Rücken gefallen mit deiner plötzlichen Kandidatur.«

Nicht zu fassen! »Also hast du das getan, um dich an mir zu *rächen*?«

Wahrscheinlich wurde ihm erst da klar, dass er gerade wirklich nicht in der Position war, *mir* Vorwürfe zu machen.

Ich sah genau, wie es in seinem Kopf arbeitete. Ganz offensichtlich hatte er keine Entschuldigung zur Hand.

»Ich weiß, dass du das nicht verstehst. Aber … Blanche hat sie geschickt, und ich … Ich musste das tun.«

»Gar nichts musstest du!«, schnaubte ich. »Du wolltest ihr wehtun? Schön, vielleicht hast du das. Und was ist mit mir? Bin ich der Kollateralschaden?«

Sein Blick wurde weich. »Clea …«

»Nein. Ich will das nicht hören.«

Sag es ihm, feuerte mich eine Stimme an, *sag ihm, dass du genug hast. Dass du dich von ihm trennst. Trenn dich von ihm. Er kann dich nicht aus der Gesellschaft werfen.*

Aber Robin war mein Leben, immer schon. Und ich war noch nicht bereit, mich von dem Versprechen zu verabschieden, das er mir gegeben hatte. Es musste ihm doch etwas bedeuten!

»Es tut mir leid. Ich weiß, dass ich das nicht entschuldigen kann. Aber auch wenn es im Moment nicht so aussieht: Ich lebe nur für den Tag, an dem wir endlich zusammen fortgehen.«

»Warum hältst du mich dann schon so lange hin?«

»Du kennst die Antwort.«

Dass ich sie kannte, hieß nicht, dass ich sie akzeptieren konnte. »Die Route steht, das Apartment in Torrevieja ist schon seit zwei Monaten auf Leander Holm angemietet. Ich gebe dir noch sieben Tage.«

Er zögerte. »In Ordnung«, sagte er dann.

»Und ich habe eine Bedingung: Wenn Montag die Versammlung einberufen wird, um über den Fall zu urteilen, ist ein Machtwort fällig. Vicolina van Wächt wird die Saya Nord verlassen. Du schickst sie weg.«

»Das hatte ich vor.«

Ich war mir nicht sicher, ob er das vielleicht nur sagte, um mich zu beruhigen.

»Ich bring das zu Ende, und ich schwöre dir: Danach werde ich alles daransetzen, endlich die Person zu sein, die du verdienst.«

»Du bist diese Person längst, du musst dich nur ein kleines bisschen zusammenreißen.« Ich versuchte mich an einem kleinen Lächeln.

In der ersten Zeit, nachdem er mit Marcon und mir zurückgekehrt war, um die Saya Nord aufzubauen, war es zwischen uns komisch gewesen. Ich hatte immer Angst gehabt, dass ihm nach Blanche in unserer Beziehung alles zu schnell ging. Aber ich hatte nie an unserem Happy End gezweifelt. Auch dann nicht, als er mir gestanden hatte, dass er es nicht durchziehen konnte und an Flucht dachte.

Robin zupfte am Saum seines T-Shirts. Es war seltsam, ihn verlegen zu sehen.

»Du wirst vermutlich Nein sagen, und das kann ich dir nach dem ganzen Mist echt nicht verübeln, aber ... wir könnten heute Abend die Party sausen lassen und zusammen etwas machen, was normale Menschen tun? Kino oder so?«

»Du lädst mich auf ein Date ein? Nachdem du ...?«

»Wenn du um halb acht nicht draußen auf dem Parkplatz bist, weiß ich Bescheid.«

Im Weggehen streifte seine Hand meine Schulter.

Ich ließ mich an der Wand zu Boden sinken und vergrub das Gesicht in den Händen. Ich sah die magischsten Momente meines Lebens wieder vor mir: *Robin, wie er das Kästchen hervorzieht. Das leichte, fast unsichere Lächeln auf seinen Lippen, so untypisch für ihn. Dann: die alles entscheidende Frage, die Sekunden, in denen ich nicht begreifen kann, dass das gerade passiert. Die Freudentränen. Mein Ja. Immer wieder Ja.*

Wie gut sich der Ring an meinem Finger angefühlt hatte – und wie viel besser noch der Gedanke an das neue Leben, das Robin und ich uns aufbauen würden!

Ich wusste, er war zu weit gegangen. Ich wusste, ich sollte endlich Rückgrat beweisen und ihm zeigen, dass ich nicht alles mit mir machen ließ. Aber was ich auch wusste, war, wer um halb acht bei Robin auf dem Parkplatz sein würde.

3.

Vicky

»Sie hat uns alle getäuscht. Es ist meine Aufgabe, die Saya Nord vor Menschen wie ihr zu schützen, und ich kann nicht glauben, dass ich sie nicht durchschaut habe.«

Robin im Exklusivinterview. Er, der sich doch niemals freiwillig mit der Presse abgab.

Hätte ich es gewusst, wäre ich auf keinen Fall hergekommen. An einem Ecktischchen im Salon versuchte ich, mich mit einem Kakao nach dem anderen halbwegs wieder aus dem Zombiemodus rauszubekommen. *PartyTime* auf gleich vier Wandbildschirmen machte den Plan aber komplett zunichte. Netterweise drehte jetzt auch noch jemand die Lautstärke höher.

»Unglaublich, dass sie ausgerechnet die Tochter von Leonard van Wächt ist! Gehen Sie davon aus, ihr Vater könnte sie geschickt haben?«

Ich konnte nicht wegsehen. Robins Gesicht, ganz groß, in vierfacher Ausführung. So fremd.

»Nein, das denke ich nicht.«

Oh doch, das dachte er.

Die Mitglieder im Raum konnten sich gar nicht entscheiden, was spannender war: das Geschehen im Fernsehen oder meine Reaktionen darauf. Es war schwer, so zu tun, als würde ich ihre Blicke nicht bemerken. Doch ich traute mich nicht, sie direkt aufzufangen, wollte niemanden provozieren. Würden sie mich aufhalten, wenn ich hinauslief? Mir etwas nachrufen?

Die Tür ging auf, und Tayla und Collie kamen herein. Ob sie zu mir kommen und mir zuhören würden? Sie sahen zu mir herüber. Ich schöpfte Hoffnung, aber da wandten sie sich auch schon wieder ab und suchten sich den Tisch aus, der am weitesten von mir entfernt war.

Mehrmals hintereinander blinzelte ich heftig, doch es war schon zu spät. Die Tränen ließen sich nicht mehr unterdrücken. Ich saugte sie mit meinem Pulloverärmel auf und zog die Nase hoch. Jetzt nicht die Nerven verlieren. Nicht zusammenbrechen.

Ich hatte die nächste Frage der Journalistin verpasst. Robins Antwort nahm ich dafür umso deutlicher wahr.

»Sie hat zugegeben, dass sie darauf aus war, die Gesellschaft auszunehmen«, sagte er. »Einen Großteil des Geldes für ihre Harmonienparty hat sie beispielsweise über ein Tierheim an ihr Konto in der Schweiz weiterleiten lassen.«

Die Frau schlug sich affektiert die Hand vor den Mund und ließ seine falschen Wahrheiten wirken.

»Hat sie Ihnen das ins Gesicht gesagt?«

»Ja, heute Morgen. Sie sagte, sie habe nun alles erreicht, was sie wollte. Und dass die Nacht mit mir ein netter Bonus war.«

»Schlampe!«, rief ein Typ zwei Tische weiter und sah aus, als würde er gleich seinen Muffin nach mir werfen.

Meine Wangen brannten. Ich steckte in einem Albtraum fest.

»Warum hat sie das so leichtfertig zugegeben?«, fragte Robins Gegenüber.

»Ich denke, es ging ihr nicht so sehr um das Geld. Es war ein Spiel für sie, vielleicht Rache an ihrer Mutter, weil sie die Familie für die Mirasol verlassen hat.«

»Ungeheuerlich! Dann wird sie die Aufmerksamkeit, die die Enthüllung ihrer Identität nach sich ziehen wird, wohl genießen?«

»Das werde ich ihr so schwer wie möglich machen. Alle sollen sehen, wie sie wirklich ist.« Ein Gesicht aus Beton.

Die Frau sah aus, als würde sie sich gleich die Hände reiben. »Ich hoffe, die Frage ist Ihnen nicht zu persönlich, aber … Haben Sie etwas für Vicolina empfunden? Man munkelt, sie lag während der Harmonienwahl in letzter Zeit vorn, und auch unser Publikum hat sie im Voting weit an der Spitze gesehen.«

Der Beton bröckelte nicht, nicht das kleinste bisschen.

»Das ist Geschichte.«

»Hätte diese Nacht der Anfang von etwas sein können?«

War da nun doch ein kleines Zucken gewesen? Oder hatte ich es nur wahrgenommen, weil ich es wollte?

»Kein Kommentar.«

Ich lenkte meine Aufmerksamkeit von den Fernsehern weg und erhob mich schwerfällig wie eine alte Frau. Meine Kehle war wie zugeschnürt, als ich bei Tayla und Collie ankam.

»Ich kann euch erklären, wie es gewesen ist.«

Keine Reaktion. Als wäre ich ein Geist. Robin war das Opfer, und ich war abgeschrieben.

Ich biss mir auf die Innenseite meiner Wange und rannte aus dem Salon, dann die Stufen hinunter und ums Haupthaus herum. Ohne auch nur einmal anzuhalten, ließ ich den Parkplatz hinter mir und folgte der langen Allee. Trotz heftigem Seitenstechen und Atemnot trieb ich mich immer weiter an. Der Wind rauschte in den Baumkronen und blies mir in den

Nacken. Ich würde abhauen und nicht wieder hierher zurückkommen. Niemals!

Endlich kam die Schranke auf der Straße in Sichtweite. Wie weit war es zu Fuß bis ins Dorf? Gab es dort einen Bahnhof? Ich hatte nicht mal Geld. Schwarzfahren auf der Zugtoilette?

Der Posten im Kontrollhäuschen trat heraus und sah mir entgegen. Als ich näher kam, stellte er sich breitbeinig hin und streckte die Arme zu beiden Seiten aus wie ein Verkehrspolizist.

»Halt!«

Keuchend stoppte ich, und er machte ein paar Schritte auf mich zu.

»Bitte!«, stieß ich hervor. »Ich muss hier raus!«

Er schüttelte den Kopf. »Glaub mir, hier wären alle froh, dich los zu sein. Aber Harmonie ist man auf Lebenszeit. Du kannst nur drauf hoffen, dass Robin eine Art außerordentlicher Kündigung herbeiführen kann.«

»Lass mich einfach durch.«

»Nein. Ich habe eben jemanden vom Sicherheitsdienst informiert. Er wird gleich hier sein, um dich zurückzubegleiten.«

Ich hätte mich am liebsten von Jessi für die Party am Abend entschuldigen lassen, aber ich traute mich gar nicht erst, zu ihr zu gehen.

Heute wurde in der großen Halle hinter dem Haupthaus gefeiert. Eine Zeit lang versteckte ich mich dort in der Abstellkammer, bis sie von einer Horde angeheiterter Mitglieder gestürmt wurde. Die hatten sie allem Anschein nach als Ort für ihre Trinkspiele auserkoren.

Ich fing mir ein paar unschöne Kommentare und Beleidigungen ein und war froh, dass mir niemand folgte, als ich mich nach draußen verdrückte und auf den Steg am Meer zusteuerte. Bloß weg! Wen interessierte es schon, wenn ich mich nicht mehr an die Regeln hielt? Ich war in den Augen aller eine Betrügerin.

Am Ende des Stegs setzte ich mich auf die Holzplanken. Die Sonne war bereits untergegangen, aber bis die Dreizehnte Stunde vorbei sein würde, war es noch lange hin.

Ich sah in die Ferne und versuchte, nicht daran zu denken, wie es für mich weitergehen würde.

»Na, brauchst du eine kleine Auszeit vom allgemeinen Hass?«

»Verschwinde, Apryl.« Noch eine, die sich an meiner Niederlage weiden wollte.

Natürlich ließ sie sich von mir nichts sagen. Sie setzte sich einfach neben mich.

»Du hast noch einen Gefallen bei mir gut, den du bisher nicht eingefordert hast. Betrachte ihn mit meinem Beistand als erfüllt«, meinte sie. »Übrigens: Ich hätte dir gar nicht zugetraut, dass du noch verschlagener bist als ich.«

»Ich bin nicht wie du.« Zwischen den dunklen Wolkenfetzen suchte ich nach dem Mond, nach etwas, das immer noch dasselbe war. Ein Flugzeug zog als blinkender Punkt seine Bahn über den Himmel, und ich folgte ihm mit den Augen. Wie gern wäre ich jetzt auch dort oben, unterwegs an einen weit entfernten Ort.

»Na ja, seit heute haben wir eins gemeinsam: Niemand kann uns leiden.«

»Ja«, sagte ich bitter. Nicht mal ich selbst.

»Ich hoffe, du gibst jetzt nicht auf?! Das wäre wirklich schade. Weißt du, mit einer ebenbürtigen Gegnerin macht alles viel mehr Spaß.«

Ich klaubte ein kleines Steinchen auf, das vielleicht irgendeine Schuhsohle hierhergetragen hatte, und rieb es zwischen meinen Handtellern. Seine spitzen Kanten kratzten über meine Haut. »Spätestens nach dem Wochenende wird er mich rausschmeißen.«

»Wird er nicht. Warum sollte er auch? Vielleicht für *Clea*?«

»Halt einfach die Klappe. Du bist total gestört.«

Sie knuffte mich in die Seite. »Auch nicht gestörter als du. Oder Robin.«

Was wollte sie von mir? Sollte das eine schräge Art von Aufmunterung sein? War Apryl es etwa leid, mit ihrer Hinterhältigkeit allein zu sein?

»Er hasst dich, ohne Zweifel. Aber es ist nicht nur das.«

Ich schnipste das Steinchen ins dunkle Wasser und schwieg. Vielleicht würde sie abziehen, wenn ich sie ignorierte.

»Alle reden darüber, dass du in seinem Zimmer warst. Erlaubterweise, meine ich. Das steht eigentlich nur der Ersthamonie zu.«

»Ich fühle mich ja so geehrt.« Ich war nicht besonders gut darin, Leute zu ignorieren, die mich aufregten.

»Und du bist die Erste, die er nicht mitten in der Nacht allein gelassen hat.«

»Wohin hätte er auch gehen sollen?«, knurrte ich. »Außerdem hat er sich viel zu sehr darauf gefreut, mich fertigzumachen, sobald ich die Augen öffne.« Warum erzählte ich ihr das?

Sie lächelte. »Mag sein. Aber ein Teil von ihm wollte einfach nur neben dir aufwachen. Jede Wette.«

Ich hatte mir verboten, über diese Dinge nachzudenken. »Ich geh jetzt«, kündigte ich an und stand auf.

Ich zwang mich zu einem aufrechten, selbstbewussten Gang, obwohl mich das Gewicht meiner Schultern nach unten zog. Unter meinen Schritten knarzten die Planken leise; das Geräusch vermischte sich mit dem Glucksen der Wellen an den Pfosten. In einem Bogen überquerte ich Strand und Rasen und ließ dabei die Partyhalle rechts liegen.

Als ich in einiger Entfernung zum Haus am Regentenflügel entlanglief, erregte plötzlich ein Lichtschein meine Aufmerksamkeit. Ich folgte ihm zu Robins Fenster und blieb abrupt stehen. Hinter den Vorhängen zeichneten sich zwei eng umschlungene Silhouetten ab.

Fast wäre ich auf die Knie gesunken. Nicht mal vierundzwanzig Stunden war es her. Wenn ich die Augen schloss, spürte ich noch seine Haut unter meinen Fingerspitzen und seine Lippen auf meinen.

Sah nicht so aus, als ginge es ihm auch so.

»Ah, sie sind zurück.« Apryl war mir nachgelaufen.

»Waren sie gar nicht auf der Party?«, fragte ich, obwohl ich es nicht wissen wollte.

»Nö, sind zusammen in die Stadt gefahren. Feiern jetzt die große Versöhnung. Wie so oft. Krank, oder? Clea würde ihn selbst dann nicht fallen lassen, wenn er mich wählen würde. Oder dich.«

Ich wandte den Blick ab und lief mit gesenktem Kopf weiter.

»Wie bringt man es zur Königin, wenn man dermaßen abhängig von jemandem ist?«, fragte Apryl frustriert.

»Ich dachte, sein Zimmer wäre tabu?« Mist, warum konnte ich nicht einfach mal still sein?

Apryl lächelte. »Ist es auch. Nur muss er ihr jetzt beweisen, dass es nicht so ist.« Sie griff nach meinem Arm. »Wie wär's? Betrinkst du dich mit mir?«

Ich war drauf und dran, sie anzufahren, aber dann hielt ich inne und seufzte. »Klingt nach einer richtig guten Idee.«

Ich erwachte mit einem dicken Kater, dem zweiten seit meinem Beitritt, wenn man meinen Koffeinschock nicht mitzählte, definitiv aber dem schlimmeren. Irgendwer war gerade in den Raum gekommen. Ich hatte keine Ahnung, wo ich war, und meine Erinnerungen fuhren Karussell. Ich wusste nur, dass ich einfach liegen bleiben wollte.

»Hier bist du also. Vicky, steh auf. Du hast Besuch.«

»Robin, raus hier«, murmelte Apryl von der anderen Seite des Zimmers schläfrig.

Ach ja. Nachdem wir uns beide die Kante gegeben hatten, war ich mit zu ihr gekommen und dann wohl irgendwie hier ins Bett gefallen. Mit wem wohnte sie eigentlich zusammen – Poème?

Robin zog gnadenlos die Rollos hoch und riss ein Fenster auf. Das Licht spaltete mir fast den Schädel. Ich hielt mir die Augen zu.

»Tickt ihr eigentlich noch ganz richtig? Apryl, verdammt, du weißt genau, dass ihr euch bei den Drinks ans Repräsentantenlimit zu halten habt!«

»Fand ich schon immer unfair. Hatten zum Glück jemanden, der uns immer wieder Nachschub geholt hat.«

Robin gab einen unwilligen Laut von sich. Dann kam er wieder zu mir ans Bett. »Aufstehen, hab ich gesagt.«

»Du kannst mich mal«, murmelte ich und blinzelte zwischen meinen Fingern hindurch. Konnte er bitte damit aufhören, so auszusehen wie der Typ, der mich vorletzte Nacht beim Einschlafen im Arm gehalten hatte? Mein Herz kam damit so gar nicht klar.

Als er mich an der Schulter berührte, fuhr ich schlagartig hoch und sprang auf die Beine. »Wag es nicht!«, schrie ich.

Von der schnellen Bewegung wurde mir übel. Ich schwankte leicht und bemühte mich, tief durch den Mund einzuatmen. Gut, dass durch das Fenster ein Luftzug hereinkam. Bitte nicht, flehte ich innerlich, jetzt nicht kotzen.

»Oha. Du siehst echt beschissen aus.«

»Witzig, und so fühl ich mich auch. Woher das wohl kommt?«

Mir war schwindelig, und ich taumelte fast gegen ihn. Als er mich festhielt, blaffte ich ihn nicht noch einmal an. Wenn er mich losgelassen hätte, wären mir vermutlich die Beine weggeknickt.

»Wir haben keine Zeit, ich hab schon ewig gebraucht, dich zu finden. Versuch, dich einigermaßen in Ordnung zu bringen, okay? Dein Vater ist hier.«

Das vertrieb zwar leider nicht den Kater, sorgte aber dafür, dass ich plötzlich wieder klar denken konnte. Mein Vater? Hier? Mein Ende.

»Ich warte vor der Tür. Beeil dich, Marcon hat ihn in Empfang genommen, aber ich glaube, er möchte eher dich und mich sprechen.« Er ließ mich vorsichtig los, vergewisserte sich, dass ich wieder festen Stand hatte, und ging dann hinaus.

Fluchend wankte ich ins Bad. Ich schöpfte Wasser mit beiden Händen, trank langsam und wartete ab. Zu meiner Erleichterung kam es nicht wieder hoch. Ich wusch mein Gesicht und betrachtete mein Spiegelbild. Robin hatte recht. Ich sah beschissen aus. Leichenblass mit dunklen Ringen unter den Augen. Hektisch versuchte ich, mit den Schminkutensilien, die auf der Ablage unter dem Spiegel lagen, ein bisschen was zu retten, war aber nicht besonders erfolgreich.

»Viel Glück«, brummte Apryl, bevor ich das Zimmer verließ.

»Wird mir auch nicht mehr helfen.« Die Tür fiel hinter mir ins Schloss.

Robin sah überraschend besorgt aus. Aber er wusste es gut zu überspielen. »Du bist doch jetzt nicht etwa mit *Apryl* befreundet?«

Ich zuckte die Schultern. »Dank dir kann ich nicht mehr besonders wählerisch sein.«

»Darf ich dir einen Rat geben?«

»Nein.«

»Ein kleines bisschen Selbstachtung würde dein Leben sehr viel einfacher machen.«

Ich ging nicht darauf ein. »Kann ich noch meine Sachen holen? Ach nein, ich hab ja gar nichts Wichtiges hier.« Ich machte ein paar Schritte.

»Er wird dich nicht mitnehmen.«

»Ja, sicher, er ist garantiert tierisch wütend. Aber warum sollte er herkommen, wenn nicht, um mich abzuholen?«

Wir kamen an die Treppe ins Erdgeschoss. Robin streckte den Arm nach mir aus und zog ihn sofort wieder zurück, als er es merkte. Ich behalf mir mit dem Treppengeländer. Die Vorstellung, die Stufen hinunterzupurzeln, war nicht gerade verlockend.

»Klar ist er deswegen hier. Es ging mir eher darum, dass ich das nicht zulassen werde.«

»Was? Warum …?«

»Falsche Frage.«

»Du kennst meinen Vater nicht«, sagte ich matt. Er wollte mich hierbehalten?

»Und er *mich* nicht.«

»Das ist nicht mein Vater.« Beim Anblick des Mannes, der mit Marcon in dem Raum wartete, in dem ich vor einer gefühlten Ewigkeit mein Bewerbungsgespräch geführt hatte, wäre ich fast in Gelächter ausgebrochen. »Sondern sein Assistent.«

Hatte ich wirklich geglaubt, der ehrenwerte Herr van Wächt würde dieses Mal sein Hotelimperium im Stich lassen, um sich um seine Tochter zu kümmern?

»Marcon hat einen Gast angekündigt, der deinetwegen da ist«, sagte Robin, fast entschuldigend. »Also bin ich davon ausgegangen, dass …«

»Schon gut.« Ich ging voran in den Raum.

Chris sah nicht erfreut aus. Er wandte sich zu uns um, und seine Gesichtszüge entgleisten. Ich schaute weg, um diesem missbilligenden Blick zu entgehen.

Hinter uns traten zwei junge Männer aus Robins Sicherheitsdienst ein.

»Setz dich«, murmelte Robin und schob mir einen Stuhl hin.

Ich plumpste darauf und konzentrierte mich auf meine Hände.

»Ich nehme an, Vicolinas Vater schickt Sie, weil er nichts vom Beitritt seiner Tochter wusste?«, fragte Robin.

»Ihr Aufenthalt hier gefährdet den Ruf der Familie«, erklärte Chris. »Sie wird mit mir kommen, und wir erwarten, dass kein Mitglied dieser Gesellschaft auch nur ein weiteres Wort über die Sache verliert. Durch *PartyTime* ist schon genug Schaden angerichtet worden.«

Genervt sah er zu mir. Er hatte es noch nie leiden können, wenn mein Vater ihn zum Kindermädchen degradierte – und das war in all der Zeit, in der er schon für ihn arbeitete, oft genug passiert. Seit meinem Abi hatte ich Chris zum Glück kaum noch zu Gesicht bekommen, aber davor hatten wir uns nur zu oft miteinander herumschlagen müssen. Hauptsache, mein Vater blieb der perfekte Geschäftsmann ohne den kleinsten Makel in seinem Umfeld.

»Ich glaube, Ihnen ist nicht klar, dass Vicky aus freien Stücken zu mir gekommen ist. Sie hat sich von sich aus als Ersthamonie beworben.«

»Nichtsdestotrotz wird sie in ihr Leben zurückkehren. Ihr Vater hat da klare Erwartungen. Ich würde Ihnen raten, uns diesbezüglich keine Steine in den Weg zu legen.«

»In welches Leben?«, fragte Robin.

Obwohl ich am liebsten im Boden versunken wäre, wagte ich einen Blick zu ihm. Er würde mich nicht schonen, das erkannte ich sofort. Auf einmal war ich sehr erleichtert, dass mein Vater nicht persönlich gekommen war, um sich das anzuhören.

»Tut mir leid, Sie enttäuschen zu müssen. Falls Vicky Herrn van Wächt nicht darüber in Kenntnis gesetzt hat: Sie ist nicht mehr immatrikuliert, hat die Wohnung beim Campus sofort untervermietet und mehrere Monate mit ihrem Freund zusammengewohnt, bis der sie vor die Tür gesetzt hat. Danach ist sie dann bei mir gelandet.«

Die Wahrheit klang aus Robins Mund noch so viel erbärmlicher. Er hatte sich gut informiert.

»Sag mir, dass er lügt«, verlangte Chris drohend.

»Es stimmt«, murmelte ich. Der Schmerz hinter meinen Schläfen wollte einfach nicht nachlassen.

Chris stöhnte auf. »Bravo, Vicolina. Eiferst du jetzt also deiner Mutter nach?«

Mit nichts anderem hätte er mich mehr treffen können.

»Ich bin nicht wie sie!«, verteidigte ich mich sofort, war mir aber nicht mehr sicher, ob er nicht recht hatte.

»Kennen Sie Marina?«, fragte Chris Robin.

»Ich habe mit ihr unter einem Dach gelebt, also ja, ich kenne sie.«

Natürlich. Robin Dorville kannte meine Mutter mit an Sicherheit grenzender Wahrscheinlichkeit besser als ich selbst.

Chris schüttelte den Kopf. »Wie dem auch sei … Ich werde nicht ohne Vicolina abreisen.«

»Ich bedaure. Sie hat per Unterschrift bestätigt, der Saya Nord dauerhaft als Harmonie beitreten zu wollen, und auch wenn sie einen anderen Namen angegeben hat, kann die ganze Gesellschaft ihren Schwur bezeugen.«

Chris lachte trocken. »Das wird vor keinem Gericht der Welt Bestand haben.«

»Robin …«, fing Marcon an, der mit Sicherheit dafür war, mich einfach gehen zu lassen, aber Robin hörte ihm gar nicht zu.

»Wenn ihr Vater mich verklagen will, soll er es ruhig versuchen. Dem Image seines Unternehmens wird das allerdings nicht besonders guttun. Mal ganz davon abgesehen, genießen die Glamourgesellschaften Immunität. Juristische Einmischungen sind nur auf Wunsch des Regenten möglich.«

Zu den externen Mitgliedern zählten nicht wenige Anwälte und Richter. Das musste Chris auch bewusst sein.

»Wie viel wollen Sie?«

Robin trat hinter mich und legte mir eine Hand auf den Rücken. Ich schüttelte sie ab. »Schluss jetzt, ich gehe freiwillig! Das ist immer noch meine Entscheidung.«

»Ist es nicht«, sagte Robin.

»Nennen Sie mir Ihren Preis«, forderte Chris erneut, mit zusammengebissenen Zähnen.

»Richten Sie Herrn van Wächt aus, dass seine Tochter in meinen Augen unbezahlbar ist.« Robin wies zur Tür. »Marcon, begleitest du unseren Gast bitte nach draußen?«

»Das wird ein Nachspiel haben.«

»Sagen Sie Ihrem Chef, ich freue mich darauf.«

Ich blickte nicht auf, bis Chris den Raum verlassen hatte, hinter ihm Marcon, dann die beiden vom Sicherheitsdienst.

»Robin, warte!«

Auch er war schon fast draußen. Ich hatte nicht erwartet, dass er zurückkommen würde, aber er tat es.

Ich stand auf und musste wieder gegen den Schwindel kämpfen. »Erzähl mir deine Version der Wahrheit.«

Er sah mir nicht in die Augen, und das sagte mir einiges.

»Die spielt keine Rolle mehr.«

»Was, wenn dein Brief an Blanche der einzige Grund für mich war, herzukommen? Sie hat mich nicht geschickt und auch niemand sonst.«

»Du kannst aufhören mit der Schauspielerei. Es gibt kein Publikum mehr dafür.«

Ich merkte, dass ich so bei ihm nicht weiterkommen würde. Er war ja nicht mal bereit, mir all die Vorwürfe zu erklären, die er mir an den Kopf geworfen hatte.

»Können wir verhandeln?«

»Worüber?«

Auch der schroffe Tonfall bestärkte mich in meiner Vermutung. Robin mochte alles, was zwischen uns passiert war, vom ersten Moment an darauf ausgelegt haben, mich am Ende vor aller Welt bloßzustellen. Doch in der Nacht, bevor die Bombe platzte, hatte er mir sehr viel mehr über sich verraten, als ihm vielleicht bewusst war.

»Versprich mir, dass du dich ab jetzt aus Blanches Leben raushältst. Ich habe keine Ahnung, was genau zwischen euch passiert ist, aber du musst aufhören, ihr zu drohen.«

»Warum sollte ich? Sie ist selbst schuld.« Es war wirklich unheimlich. Ich wusste, was folgen würde, bevor er es sagte: »Und was sollte ich schon noch von dir wollen?«

»Weißt du, was ich gedacht habe, nachdem ich die Bilder von dir und Blanche gesehen hatte?« Ich wusste, ich begab mich auf dünnes Eis. »Clea willst du nicht enttäuschen, obwohl du sie viel mehr als Schwester betrachtest. Apryl erpresst dich. Mit mir wolltest du dich an deiner Ex rächen.«

Er schwieg. Jetzt war es auch schon belanglos, dass ich damit verraten hatte, was ich von Karger hatte wissen wollen.

»Aber das stimmt nicht. Inzwischen glaube ich, dass du andere Gründe hattest, was mich angeht.«

Endlich riskierte er den Blick in meine Augen. »Ich wollte dir eigentlich nur den Stick geben.«

»Ist das alles, was du dazu zu sagen hast?« Dabei war es so viel mehr, als er mir bisher zugestanden hatte. Es gab Dinge, die er nicht geplant hatte.

»*Du* warst es doch, die die ganze Zeit nichts gesagt hat. Es hätte nicht so kommen müssen.«

»Ich bedeute dir was«, fuhr ich unbeirrt fort.

Er sah zu Boden. »Definitiv nicht.«

Ich legte meine Hände an seine Brust und hoffte, dass es Erinnerungen an vorgestern Nacht in ihm heraufbeschwören würde, wenn ich ihn berührte. Bei mir jedenfalls waren sie leider nur zu deutlich ins Gedächtnis eingebrannt.

»Mag sein, dass du mein Absturz warst«, sagte ich, meine Stimme bebte. »Aber ich war dein Klippensprung. Wir wissen beide, dass du wieder springen wirst. Weil du dich lebendig fühlst mit mir.«

Vielleicht bildete ich es mir nur ein, doch es fühlte sich an, als würde sich sein Herzschlag beschleunigen.

»Also nur falls ich dir doch nicht ganz so egal bin, denk bitte noch mal über die Sache mit Blanche nach.«

Das spöttische Lächeln gelang ihm nur zur Hälfte. In seinen Augen lag etwas anderes. »Ich bin nicht bestechlich. Außerdem …« Er fuhr mit dem Zeigefinger über die Perlen an meinem Armband. »Wenn wir die Zeit zurückdrehen würden, würdest du dieselbe Entscheidung treffen. Du *wolltest* diese Nacht. Du würdest es wieder tun, ganz ohne jede Bedingung.«

Würde ich? Na ja, ich hatte gerade versucht, ihn damit zu locken, also ja. Ja, verflucht. Ich wollte ihn fast so sehr, wie ich ihn hasste. Und dafür hasste ich ihn noch mehr.

Sein wissendes Lächeln brachte mein Blut zum Kochen. »Jetzt ist Blanche am Zug.« Er wandte sich zum Gehen. »Und sie wird auch entscheiden, wie es ausgeht.«

»Du hast gesagt, du würdest mich auffangen.«

Er reagierte nicht darauf, aber seine schneller werdenden Schritte verrieten mir, dass ihn meine Worte verfolgten.

4.

Clea

Jeden Moment würde es losgehen. Ich saß an meinem Platz im Versammlungssaal und wusste nicht, warum das hier überhaupt noch nötig war. Es hatte sich herumgesprochen, dass Vicolinas Vater seinen Assistenten geschickt hatte. Warum hatte der die verlogene Tochter seines Arbeitgebers nicht gleich mitgenommen?

Sie saß auf der Bühne, Marcons und Robins Plätzen gegenüber, und verzog keine Miene. Den gleichgültigen Ausdruck beherrschte diese Frau wirklich in Perfektion.

Ich tastete nach der kleinen Ausbeulung in meiner Hosentasche. Der Ring war im Moment mein Halt und mein Beruhigungsmittel. Ich musste ihn einfach bei mir tragen, auch wenn das riskant war.

Neben mir diskutierten Tayla und Collie flüsternd, ob sie ihrer falschen Freundin verzeihen sollten. Sie schienen zu glauben, dass sie vielleicht gute Gründe für die ganze Farce gehabt haben könnte. Damit waren sie die absolute Ausnahme – alle anderen Harmonien waren extrem sauer und sehr schadenfroh.

»Wenn ihr noch irgendetwas für sie tun wollt, wünscht ihr einen schnellen Rauswurf«, murmelte ich.

Leider durften wir in dieser Angelegenheit nicht mitentscheiden, da wir durch die laufende Harmonienwahl nicht wirklich objektiv waren.

»Ich darf doch?« Apryl setzte sich auf den freien Platz links neben mir, ohne mein Nein abzuwarten. Sie hielt mir eine

Tüte Popcorn unter die Nase. »Auch was? Dürfte spannend werden.« Sie grinste mich an. »Du denkst doch nicht ernsthaft, dass er sie wegschickt? Nicht nach der Nacht in seinem Zimmer.«

»Du klingst, als würde dich das freuen«, stellte ich fest.

»Das nicht direkt, aber du weißt ja, gewissermaßen freut mich alles, was dich nicht freut.« Sie lächelte. »Und ich liebe ihn nicht so wie du.«

Marcon und Robin kamen auf die Bühne und gaben mir einen guten Vorwand, um das Gespräch zu beenden.

Marcon beschrieb noch einmal, was wir alle schon wussten: wie Vicolina sich unter falschem Namen in die Saya Nord eingeschlichen und sich die ganze Zeit für eine andere ausgegeben hatte.

»Du darfst uns jetzt deine Beweggründe erklären«, schloss er.

Vicolina sah überrascht aus; sicher hatte sie nicht damit gerechnet, überhaupt zu Wort zu kommen.

»Die Tatsachen sprechen wohl für sich«, sagte sie schließlich. »Ich kann nicht vor euch allen darüber reden, worum es mir ging. Was ich aber anmerken möchte, auch wenn ihr es nicht glauben werdet: Ich wollte Robin die Wahrheit sagen, spät erst, aber ich wollte es tun. Doch er ist mir zuvorgekommen und hat mich auffliegen lassen. Er wusste die ganze Zeit Bescheid, und ehrlich gesagt halte ich das für genauso unaufrichtig wie meine Täuschung.«

Ich für meinen Teil wusste, dass das stimmte. Im Nachhinein schien es mir, als hätte sie von Anfang an ein Schild mit sich herumgetragen mit der Aufschrift *Blanches beste Freun-*

din, längst von Robin durchschaut. Nur hatte ich dieses Schild nicht gesehen. Nicht einmal, als mir klar wurde, dass Robin ein besonderes Interesse an ihr zu haben schien.

»Ist das wahr?«, fragte Marcon Robin mit gerunzelter Stirn. »Wusstest du, wer sie ist?«

»Natürlich nicht. Ich wollte bestimmt keine notorische Lügnerin zur Harmonie haben.«

Es war fast bewundernswert, wie schnell sie den Kommentar wegsteckte. »Tja, wenn euer Regent das sagt, werde ich gerade wohl wiederholt gelogen haben. Oder auch nicht, weder er noch ich haben Beweise.«

Zumindest das war jedoch wieder eine Lüge; ich hatte sie schließlich mit den Fotos gesehen. Ihre Verbindung zu Blanche bewies alles, und zumindest Marcon würde sie damit überzeugen können. Doch wie es aussah, wollte sie die privaten Hintergründe nicht in dieser Versammlung breittreten.

»Der Vorstand hat den Fall schon im Vorfeld ausgiebig diskutiert und ist zwiegespalten«, sagte Marcon. »Bei einem einfachen Mitglied wäre es klar – das Vergehen ist schlimm genug, um sie der Gesellschaft zu verweisen. Nur stellt es ein Problem dar, dass Loue… Vicolina eine Harmonie ist.« Er sah zu Robin. »In diesem speziellen Fall solltest du allein die Entscheidung treffen.«

Robin nickte, etwas anderes hatte er wohl auch gar nicht erwartet. »Ich weiß«, begann er, »dass die meisten von euch wahrscheinlich Blut sehen wollen. Ihr fühlt euch hintergangen, weil sie vorgegeben hat, eine von uns zu sein.« Er machte eine Pause und schaute zu Vicolina. »Aber genau das ist sie trotz allem geworden: eine von uns.«

Wie bitte?

»Vielleicht war das nie ihre Absicht, aber spätestens mit ihrer Party hat sie es uns gezeigt. Die habt ihr ja auch trotz allem ziemlich gut gerankt.«

Was sollte das werden?

»Somit kann sie sich offensichtlich in die Saya Nord integrieren. Außerdem habe ich ihr gegenüber den Anspruchseid abgelegt – das vielleicht höchste Instrument, das unsere Gesellschaftsordnung kennt. Meine Bestrafung für Vicolina wird also darin bestehen, dass sie bleiben muss.«

Kurz glaubte ich, mein Aufschrei hätte ein Echo, doch das war Vicolina, die auch geschrien hatte.

»Sollte allerdings noch irgendetwas vorfallen, das mich vermuten lässt, ihre Anwesenheit könnte der Gesellschaft schaden, werde ich sie auf der Stelle fortschicken. Ich danke euch für euer Vertrauen.«

Das war er gewesen: der Tropfen, der das Fass zum Überlaufen brachte.

In mir wurde es ruhig. Ich stand auf, ein beherrschtes Lächeln auf den Lippen, das hoffentlich meine Wut kaschierte. Wie schon bei der Ankündigung meiner Kandidatur ging ich zielstrebig auf die Bühne. Marcon sah mir halb hoffnungsvoll, halb besorgt entgegen. Robin dagegen nahm sofort eine abwehrende Haltung ein. *Halt dich raus,* schien er mir sagen zu wollen.

Ich warf die Haare zurück und wandte mich an die Mitglieder. »Ich möchte mich jetzt schon bei euch entschuldigen. Was ich jetzt sagen werde, wird viele von euch erschrecken.«

»Clea, setz dich wieder hin. Es ist für uns alle eine angespannte Situation, aber du kannst im Moment nichts tun.« Ich drehte mich nicht mal zu Robin um. »So ungern ich das zugebe – Vicolina hat mit einer Sache recht: Robin wusste, wer sie ist. Er hat sie angenommen, um sich an ihrer besten Freundin zu rächen. Da ich diese Freundin persönlich kennengelernt habe, kann ich bezeugen, dass Robin noch eine Rechnung mit ihr offen hat.« Ich holte kurz Luft, sprach dann schnell weiter. »Es gibt viele Dinge, die er euch verschwiegen hat. Woher ich das weiß? Weil ich fast so lange, wie diese Gesellschaft besteht, seine Freundin bin. Wir führen eine feste Beziehung, und es steht euch zu, auch das zu erfahren.«

Sie fingen nicht an zu flüstern, und sie buhten mich nicht aus. Sie begehrten auch nicht dagegen auf, dass ich die Regeln gebrochen hatte. Es war ganz still.

»Sicherheitsdienst«, sagte Robin. »Bringt sie in ihr Zimmer. Sie ist labil und weiß nicht, was sie redet.«

Obwohl ich geahnt hatte, dass er es leugnen würde, traf es mich ganz tief innen. Aber ich würde nicht zusammenbrechen. Den Gefallen würde ich ihm nicht tun.

»Stopp!«, rief Marcon, als die Jungs vom Sicherheitsdienst auf mich zusteuerten. »Robin, was soll das? Clea ist aufgewühlt, nicht wahnsinnig!«

Robin war aufgestanden. »Seit sie plötzlich kandidieren wollte, erkenne ich sie nicht wieder. Ihr wisst alle, wie nah wir uns stehen. Ich hätte ihr nie unangebrachte Hoffnungen gemacht.«

Unangebrachte Hoffnungen – vielleicht war das wirklich alles, was ich je von ihm bekommen würde. Aber so schwer das hier für mich auch war, konnte ich doch nicht das Feld räumen.

»Du hast mir verboten zu kandidieren.«

Die Empörung der Mitglieder äußerte sich in einem erschrockenen Raunen, das durch den Saal glitt.

»Das ist nicht wahr. Ich hätte dich doch niemals davon abhalten können.«

Ich musste stark bleiben. Wenn ich ihn jetzt gewinnen ließ, würde ich mich selbst verraten.

Kurz fing ich Vicolinas Blick auf, sah, wie sie sich auf die Lippe biss. Dann nahm ich wieder Robin ins Visier, flehte ihn mit meinen Augen an, nachzugeben. Ich zog den Ring aus der Hosentasche und präsentierte ihn auf meiner Handfläche.

»Und wie willst du erklären, woher ich den habe? Wirst du auch abstreiten, dass wir uns verlobt haben?«

Ich dachte, er würde die Kontrolle verlieren. In gewisser Weise tat er das auch. Entgeistert starrte er auf den Ring. Ich dachte, ich hätte es geschafft. Doch dann musste ich auf sehr schmerzhafte Weise lernen, dass Robin selbst dann, wenn man ihn überraschte, selbst dann, wenn man ihn in der Hand zu haben glaubte, seine eigene Schwäche zu einer Waffe machen konnte.

Seine Verblüffung war echt, aber er behielt die wahre Ursache für sich.

»*Woher* hast du den?«, fragte er scharf.

Ich hätte den Ring nach ihm werfen sollen, stattdessen umschloss ich ihn ganz fest mit meinen Fingern.

Ein Schluchzen drängte sich durch meinen Körper, und ich presste mir die Faust an die Lippen, um es einzusperren.

Erst als ich sicher war, dass ich es erstickt hatte, ließ ich sie wieder sinken. Die Mitglieder wurden unruhig, verwirrtes, unschlüssiges Murmeln wogte durch den Saal.

Ich brauchte alle Kraft, die ich aufbringen konnte, um Robin noch einmal in die Augen zu sehen.

»Ich hoffe, du hast letzte Nacht genossen. Es war unsere letzte. Pech für dich, dass du so zurückhaltend warst.« Es war mir egal, dass ich das hier vor allen anderen tat. Überhaupt alles war jetzt egal. »Da du nicht mal dazu stehen kannst, wird es dir sicher nichts ausmachen: Es ist vorbei.«

Ich blinzelte die Tränen weg. Die durften erst kommen, wenn ich allein war. »Du vernichtest wirklich jeden, der dir zu nahekommt.«

Ich rannte hinaus; hinter mir brach ein Tumult los. Ich hörte mehrere Stimmen meinen Namen rufen, Stimmen aus dem Publikum, Marcons Stimme. Robins Stimme nicht.

Die hörte ich erst, als ich Minuten später in meinem Zimmer saß und er gegen die Tür bollerte, die ich abgeschlossen hatte. Das hatte er davon, dass er mir nicht sofort gefolgt war. So hatte ich jedenfalls genug Zeit gehabt, mich zu verschanzen.

»Lass mich rein, bitte! Du kriegst deine Entschuldigung und was immer du sonst willst. Aber du musst verstehen, dass ich keine Wahl hatte.«

Diesmal musste ich mich nicht zwingen, standhaft zu bleiben. Wut und Schmerz rumorten in mir und ließen heiße Tränen über meine Wangen fließen.

Robin hatte mir die Kandidatur verboten, weil er mich dem Wettkampf nicht aussetzen wollte. Vor allem aber hatte er unsere Flucht für die anderen nicht noch schlimmer machen wollen; immerhin hätten sie dann nicht nur ihren Regenten, sondern auch die Favoritin der Harmonienwahl verloren. Das hatte ich verstanden, auch wenn ich letztendlich dennoch hatte antreten wollen.

Dafür, was er heute getan hatte, gab es dagegen keine Entschuldigung.

Er versuchte es weiter, doch ich hörte ihm nicht zu.

Ganz still saß ich auf meinem Sofa, die Knie angezogen, ein Feuerzeug in der Hand, und gab mir Mühe, mich nicht zu verbrennen, während ich eine Perle meines Armbands nach der anderen verschmorte.

5.

Vicky

Ich war wie unsichtbar. Von meinem Platz nahe der Bar aus starrte ich in die feiernde Menge. Niemand nahm Notiz von mir. Für den Moment war es mir lieber so, aber es machte mir auch Angst. Würde das jetzt mein Leben sein? Allein herumstehen auf Partys, an denen ich teilnehmen musste, obwohl mich keiner dort haben wollte?

Clea durfte offenbar fehlen. Jedenfalls konnte ich sie nirgends entdecken. Warum hatte ich mich nicht für sie eingesetzt? Ich hatte genau gewusst, dass sie die Wahrheit sagte. Gegen uns beide gemeinsam hätte Robin keine Chance gehabt, noch dazu, wo ich so etwas nie Clea zuliebe erfinden würde.

Stattdessen hatte ich nur zugesehen und darüber nachgegrübelt, was sie gemeint hatte, als sie sagte, Robin hätte sich in der letzten Nacht zurückgehalten. Was ich empfand, war nicht normal. Ich konnte seine Nähe nicht ertragen, und gleichzeitig suchte ich überall nach Anzeichen für Dinge, die ich nicht wollen sollte. Das Schlimmste war, dass er wirklich alles zu glauben schien, was er mir vorwarf. Ein Teil von mir verstand, warum er mich so sehr hatte verletzen wollen, der andere war unfassbar wütend. Natürlich war ich nicht ehrlich zu ihm gewesen, aber er lud mir eine sehr viel größere Schuld auf, als ich verdient hatte.

Ich hatte ihn schon die ganze Zeit über im Auge behalten. Als ein Typ vom Sicherheitsdienst in seine Richtung eilte und Robins Gesicht sich schlagartig verdunkelte, war ich sofort in höchster Alarmbereitschaft.

Dann sah ich sie, auf der Treppe am Eingang. Sie trug schwarz: schwarze Stiefel, schwarze Hose, schwarzer Kapuzenpulli. Das einzig Helle an ihr waren ihre blonden Locken. Blanche sah aus wie ein Racheengel.

Meine Füße setzten sich in Bewegung. Ich konnte nicht fassen, dass sie wirklich hier war. Die Gesellschaft war zu meiner Realitätsflucht geworden – eine Art unwirklicher Traum. Doch Blanche war Teil meines Lebens da draußen. Ich wusste nicht, was passieren würde, wenn diese beiden Welten aufeinanderstießen.

Nur eins war klar: Ich durfte meine beste Freundin nicht verlieren. Nicht wegen Robin. Ganz egal, wie viel sie mir verschwiegen haben mochte.

»Blanche!« Ich legte die letzten Stufen zurück und warf mich in ihre Arme.

Sie drückte mich so fest an sich, dass ich kaum noch Luft bekam, und ich musste mit aller Kraft die Tränen zurückhalten.

»Ich hätte so viel früher bei dir sein müssen«, murmelte sie in mein Haar und ließ mich nicht los. »Das werde ich mir nie verzeihen. Wenn ich geahnt hätte …« Sie verstummte und schob sich auf meine andere Seite, als wollte sie zum Keller hin einen Schutzschild bilden.

Ich drehte mich um und spähte über ihre Schulter. Robin stand auf halber Höhe der Treppe. Er kam zu uns hoch und baute sich direkt vor Blanche auf, hinter ihm nun zwei Sicherheitsmitglieder.

»*Chloe*«, sagte er.

»Leander«, erwiderte Blanche spöttisch. Ich stand so dicht hinter ihr, dass ich sie atmen spüren konnte.

»Es ist lange her.«

»Nicht lange genug.«

Ich wusste, ich sollte etwas sagen, irgendwas, aber ich bekam keinen Ton heraus.

»Wir sollten uns in Ruhe unterhalten.« Robin trat an uns vorbei und lotste uns nach oben.

Die beiden Securitymänner flankierten uns. Niemand sprach ein Wort, aber Blanche nahm meine Hand, und ich klammerte mich daran.

Robin führte uns bis in sein Büro. Er bot uns keine Stühle an. Mit dem Rücken zu seinem Schreibtisch blieb er stehen und bedeutete den beiden anderen, an der Tür zu warten. Blanche löste ihre Hand aus meiner und machte einen wütenden Schritt auf ihn zu.

»Woher wusstest du es?«, fragte sie. Ihre Stimme war schneidend.

»Im Ernst? Für wie blöd hältst du mich? Du hast damals viel von ihr erzählt. Außerdem haben wir am ersten Abend ihr Handy im Gebüsch gefunden.«

Ich schluckte. Wie unvorsichtig ich gewesen war. Wie leichtgläubig.

»Ach ja, und falls du es vergessen haben solltest: Für dich geht es bei alldem doch nur um sie.« Robin schüttelte den Kopf. »Ich muss zugeben, mittlerweile zweifle ich stark an eurer ach so tiefen Freundschaft. Vicky hat es nicht verdient, dass du sie dermaßen ausnutzt. Und auch dass du jetzt erst herkommst …«

»Ich bin hier, weil sich niemand, *niemand* ungestraft an meiner besten Freundin vergreift.«

»Deprimierend, oder, Vicky? Ich wusste, spätestens das würde sie dazu bringen, sich endlich auf den Weg zu machen. Deshalb musste ich es auch dem Sender erzählen. Ist sonst nicht mein Stil.«

Meine Gedanken überschlugen sich. *Für dich geht es bei alldem doch nur um sie …* Der Brief! *Du weißt, ich kann dir wegnehmen, was dir am wichtigsten ist.* Am wichtigsten für Blanche war … ich.

Ich wich bis zur Wand zurück und presste meinen Rücken und beide Handflächen gegen die kühle Tapete, als könnte ich alle Gefühle dort hineinleiten. Blanche hatte zischend die Luft ausgestoßen. Ich war froh, ihren Blick nicht sehen zu können.

»Ich kann nicht glauben, dass du ihr nicht von uns erzählt hast, Blanche. Aber um die Drecksarbeit für Saya und dich zu erledigen, war sie gut genug? Bin ich schuld daran, dass du so geworden bist?«

»Blanche hat mich nicht geschickt«, warf ich verzweifelt ein, »Und erst recht nicht Saya. Die kannte ich bis zu dem Abendessen letztens doch nicht mal! Woher denn auch?«

»Schon gut«, sagte Blanche, ohne sich umzudrehen. »Er weiß es sowieso, du musst es nicht mehr abstreiten.«

Ich taumelte nach vorn, neben sie, versuchte, in ihrem starren Gesicht zu lesen. Was …? Sie kannte Saya? Warum ließ sie sich auf den Unsinn ein, den er redete? War das ein Plan, um uns hier rauszubringen?

Robin beobachtete mich genau. Als wüsste ich, was hier vor sich ging.

»Dass sie mitgespielt hat, ist die eine Sache«, sagte er. »Aber wie konntest du sie für eure Zwecke einspannen, nach dem, was du getan hast? Du wusstest, dass sie dazu neigt, sich selbst zu schaden. Und dass sie am Boden zerstört war. Vielleicht genug, um einen Mord zu begehen? Wie praktisch für dich.«

»Ich wollte nichts von alledem!«, schrie Blanche. »Wenn du nicht diesen sinnlosen Krieg gegen eine Unschuldige führen würdest, hätten wir nie ein Problem bekommen.«

»Und Vicky? Hast du auch mal an sie gedacht? Sie hätte damit leben müssen, verdammt!«

Er hatte jetzt auch geschrien. Sie starrten einander an, und dann veränderte sich etwas in Blanches Blick. Sie stieß einen Fluch aus. »Du stehst wirklich auf sie.«

Robin lachte auf. »Willst du mich beleidigen? Sie ist leicht zu haben, und ihr Leben ist total im Arsch. Macht sie beides nicht gerade attraktiv.«

»Könnt ihr bitte aufhören?«, flehte ich. »Ich bin auch noch da!« *Und es tut verdammt weh, wenn du so was sagst. Siehst du mich wirklich so?*

Robin sah nur kurz zu mir, ich konnte die Gefühle in seinem Blick nicht greifen. »Weiß sie wirklich alles?«, fragte er Blanche. »Je mehr ich darüber nachdenke, desto unwahrscheinlicher kommt es mir vor.«

»Ich habe keine Geheimnisse vor ihr.«

Ich lauschte meinem eigenen Lachen wie dem einer verrückten Fremden. Wollte sie mich schützen? Wovor? Warum ließ sie es so aussehen, als wäre ich wirklich die Betrügerin, die ich in Robins Augen war?

Solange wir uns haben, hat der Weltuntergang keine Chance, sagte sie immer. Warum fühlte es sich dann so an, als würde sie ihn gerade persönlich herbeiführen?

»Am liebsten würde ich hier und jetzt testen, ob das stimmt«, entgegnete Robin auf Blanches Behauptung. »Du hättest es verdient. Aber sie nicht.«

»Du wolltest mich, hier bin ich. Lass Vicky einfach gehen.« Sie tat es schon wieder, schloss mich einfach aus, feilschte um mich, genau wie Chris es versucht hatte.

»Einfach? Du weißt doch, dass mit mir nie etwas einfach ist.«

»Warum willst du mich bestrafen?«

»Warum willst du mich umbringen?«

Blanche stieß die Luft aus. »Sag endlich, was du willst.«

»Okay«, sagte Robin. »Dann kommt hier deine letzte Chance zu beweisen, dass du tatsächlich eine genauso loyale Freundin bist wie Vicky: Nimm ihren Platz ein.«

Zum ersten Mal, seit wir im Büro waren, erwiderte Blanche meinen Blick. Darin lag keine Überraschung, keine Angst, nur Entschlossenheit und die Liebe, die mich schon durch so viele schlimme Momente getragen hatte.

Erst in der Stille, die folgte, ging mir auf, was Robin da gerade verlangt hatte.

Er zog einen Ordner aus dem Regal und nahm ein paar zusammengeheftete Blätter heraus, legte sie auf den Schreibtisch und griff nach einem Stift, um ihn Blanche hinzuhalten. »Unterschreib einfach diesen Vertrag, und wir halten Vicky von jetzt an raus.«

Zu meinem Entsetzen nahm Blanche, ohne zu zögern, den Stift.

»Nein! Das werde ich auf keinen Fall …!« Da packte mich einer der Securitytypen. Robin hatte ihm nur einen kleinen Wink gegeben.

»Blanche, tu das nicht! Er kann dich nicht zwingen! Ich werde hier auch so irgendwie rauskommen.«

Blanche atmete tief durch. Sie wandte sich nicht zu mir um, als sie zum Tisch ging und sich über den Vertrag beugte. »Mein Bruder steht mit seinem Auto vor dem Haus. Fahr mit ihm nach Hause. Sag ihm, er soll sich keine Sorgen um mich machen. Mach *du* dir keine Sorgen.«

»Nein! Bitte, wir ...«

»Nehmt ihr das Armband ab«, sagte Robin. Er holte eine Drahtschere aus einer Schublade und übergab sie dem zweiten Kerl. Ich versuchte, mich aus dem Griff des anderen zu befreien, vergeblich. Unbarmherzig hielt er mich umklammert, während der zweite sich an meinem Armband zu schaffen machte.

»Robin!«, flehte ich jetzt. »Das kannst du nicht machen! Du musst mich dabehalten, du hast heute Morgen der ganzen Gesellschaft gesagt, dass ich bleibe! Und du hast geschworen ...« Wieder konnte ich nicht ausreden.

»Ich sagte, wenn irgendetwas vorfällt, schicke ich dich weg, und ich fürchte, der Fall ist jetzt eingetreten.«

Er hatte seine Mauer hochgezogen, dieselbe, gegen die heute auch Clea schon angerannt war. Er würde nicht zulassen, dass ausgerechnet ich sie durchbrach.

»Hört ihr?«, appellierte ich jetzt an die beiden anderen. »Er dreht und wendet das alles, wie er will. Aber er kann nicht so mir nichts, dir nichts den Anspruchseid brechen.«

»Kann er schon«, meinte der, der mich festhielt. »Er ist der Regent.«

Ich hätte wissen müssen, dass Robin extra zwei absolute Volltrottel für diese Aktion ausgesucht hatte.

Es gab einen Klick, und das Armband fiel zu Boden. Keine Spur von der Erleichterung, die ich hätte spüren müssen. Hilflos sah ich zu, wie Blanche ihren Namen unter das Dokument setzte.

»Ich danke dir«, sagte Robin. Er nickte den zwei Typen zu. »Ihr könnt Vicky jetzt nach draußen begleiten. Als Nichtmitglied hat sie auf diesem Gelände nichts mehr verloren.«

Als sie mich aus dem Raum schleiften, tobte ich. Ich schlug um mich und schrie abwechselnd Blanches und Robins Namen. Es war mir egal, dass ich mich lächerlich machte. Blanche reagierte nicht, blickte kein einziges Mal zu mir. Das Letzte, was ich sah, waren ihr Rücken und ihr gesenkter Kopf.

»Das wirst du bereuen, Robin!«, rief ich auf dem Flur und hoffte inständig, dass er es hörte. Dann brachten sie mich nach unten bis vor die Eingangstür.

»Ihr könnte mich jetzt loslassen!«, fauchte ich. »Ich geh ja schon. Aber ich werde wiederkommen, das verspreche ich.«

Wortlos ließen sie mich frei. So würdevoll es mir in meiner so würdelosen Situation möglich war, stieg ich die Treppenstufen hinunter und drehte mich nicht noch einmal um.

Heiße Tränen liefen über mein Gesicht, als ich auf das mir nur zu bekannte Auto zuging. Gut, dass es schon dunkel war. Ich riss die Beifahrertür auf und setzte mich in den Wagen, ohne den Fahrer anzusehen.

»Blanche wird nicht kommen«, setzte ich ihn so sachlich in Kenntnis, wie ich konnte. »Wir können los.«

Jasper machte keine Anstalten, den Schlüssel zu drehen. Er schwieg lange. »Ich habe dich verlassen, damit du dich findest«, sagte er schließlich. »Nicht, damit du dich endgültig verlierst.«

»Halt die Schnauze!«, herrschte ich ihn an. »Jetzt fahr endlich!«

Er gehorchte mit einem Seufzen. »Ich hoffe, du hast einen Plan.«

»Noch nicht. Aber bald.«

Als wir den Palazzo hinter uns ließen, blickte ich nicht zurück. Ich würde sehr bald wieder zurück sein, und dann konnte die Saya Nord sich auf was gefasst machen! Meine Wut begann langsam, alles andere zu überlagern.

Was hatte Blanche sich nur dabei gedacht? Alles, was ich für sie getan hatte – umsonst. Was zur Hölle ließ sie glauben, mich auf diese Weise schützen zu müssen? Wollte sie das überhaupt? Wie hing das alles zusammen?

Sie würden schon sehen. Ich würde es auf eigene Faust herausfinden.

Meine Grübeleien wurden jäh unterbrochen, als sich plötzlich jemand auf dem Rücksitz räusperte. Ich fuhr heftig zusammen.

»Also … Jasper, danke für die Mitfahrgelegenheit.« Clea beugte sich vor und legte mir die Hand auf die Schulter. »Gut, dass wir da raus sind, oder, Vicolina? Es kann ja nur besser werden.«

Danksagung

Schreiben ist Herzenssache, und die Menschen in meinem Leben haben viel damit zu tun, dass ich nicht aufhöre, es zu lieben, obwohl ich es auch hasse.

In diesem Sinne möchte ich meiner Familie danken.

Miri – dass meine Charaktere von dir auf Papier und Leinwand gebracht werden, ist und bleibt eine große Ehre für sie und für mich. Sehen zu dürfen, wie du sie siehst, bedeutet mir viel. Danke, dass ich mich in jeder Krise und Nicht-Krise auf dich verlassen kann. Und sorry für die Albträume!

Ich habe das Glück, sehr gute Freundinnen zu haben:

Larissa, du warst dabei, als ich vor fast vier Jahren in Horumersiel die ersten Zeilen der allerersten Fassung geschrieben habe. Franzi, danke dir, besonders für die inspirierenden Tage in Stockholm und für die Idee mit dem Tee.

Jana, mit dir hat das Lesezeichenbasteln gleich noch mehr Spaß gemacht. Danke, dass du meine Geschichten liest.

Sophia, Vera, Laura – auf unsere Schreibtreffen!

Veröffentlichen ist Glückssache, nicht nur, aber auch. Weil es glücklich und unglücklich machen kann (manchmal zur selben Zeit), vor allem aber, weil es an so vielen Dingen hängt – Marktchancen, Programmplätzen, Entscheidungen – und an so vielen Menschen.

Dieses Buch und ich verdanken Christina Köhl sehr viel. Danke, dass ich dir Vicky und Clea anvertrauen durfte und für alles, was darauf folgte. Ohne dich wäre es weder dasselbe gewesen noch geworden.

Ein großes Dankeschön an meine Testleser der ersten Version: Marie-Christine Gößl, Julia Spiro, Sarah Liske und Christina Schuchardt.

Danke an Eva Wansleben fürs Mitmischen und fürs Auffangen des Projektes in der Übergangsphase.

Danke an Vicky Graz für die Aufnahme meiner mehr oder weniger glamourösen Mädels bei Oetinger Taschenbuch.

Danke ganz besonders an meine Lektorin Lena Jahnke – es ist großartig, mit dir zu arbeiten!

Danke auch an alle anderen, die auf die eine oder andere Weise daran beteiligt waren, dass aus meinem Manuskript ein Buch werden konnte.

Danke an euch Leser – es ist ein unglaubliches Gefühl, dass ich meine Geschichten mit euch teilen darf.